Joe Thomas

White Riot

Kriminalroman

Aus dem Englischen
von Alexander Wagner

btb

MIX
Papier | Fördert
gute Waldnutzung
FSC
www.fsc.org
FSC® C083411

Penguin Random House Verlagsgruppe FSC® N001967

1. Auflage
Deutsche Erstveröffentlichung April 2025
Copyright © der Originalausgabe 2023 by Joe Thomas
Copyright © der deutschsprachigen Ausgabe 2025 by btb Verlag
in der Penguin Random House Verlagsgruppe GmbH,
Neumarkter Straße 28, 81673 München
produktsicherheit@penguinrandomhouse.de
(Vorstehende Angaben sind zugleich
Pflichtinformationen nach GPSR)

Coverdesign: www.sempersmile.de
nach einer Vorlage von Nathan Burton
unter Verwendung von Bildmaterial der Agentur
Focus / Magnum (Peter Marlow)
Satz: GGP Media GmbH, Pößneck
Druck und Einband: CPI books GmbH, Leck
MA · Herstellung: han
Printed in the EU
ISBN 978-3-442-77464-7

www.btb-verlag.de
www.facebook.com/penguinbuecher

Vorbemerkung des Autors

Obwohl dieses Buch auf wahren Begebenheiten aus den Jahren 1978–1983 beruht, ist es ein fiktionales Werk. Wo es möglich war, habe ich dokumentierte Äußerungen realer Personen verwendet oder für den Roman adaptiert und in einigen Fällen in meine eigenen Dialoge eingebaut. Dem Haupttext folgt eine Danksagung, die eine umfassende Bibliografie aller verwendeten Quellen sowie Anmerkungen zu allen zitierten Materialien enthält.

Dieser Roman ist dem Gedenken an Altab Ali und Colin Roach, ihren Familien und Freunden sowie all jenen gewidmet, die sich im Kampf gegen die Ungerechtigkeit in Hackney engagiert haben und weiterhin engagieren.

Vorbemerkung des Verlags

Dem Verlag ist bewusst, dass der Roman Begriffe und Formulierungen enthält, die im zeitgeschichtlichen Kontext zu verstehen sind. Bei einigen Ausdrücken handelt es sich um Diffamierungen, deren Verwendung und unverfälschte, nicht beschönigende Übersetzung jedoch zur Charakterisierung der Figuren gehören.

Die Verpflichtung der Untertanen gegenüber dem Souverän besteht nur so lange und nicht länger, als dieser die Macht hat, sie zu schützen. Denn das natürliche Recht der Menschen, sich selbst zu schützen, wenn kein anderer sie zu schützen vermag, kann durch keinen Vertrag entäußert werden.

Thomas Hobbes, *Leviathan*

Die Vergangenheit ist ein fremdes Land.

L. P. Hartley, *The Go-Between*

Ich glaube fest an den Faschismus. Die einzige Möglichkeit, die Entwicklung des Liberalismus zu beschleunigen, der heute nur noch lasch in der Luft hängt, wäre, den Fortschritt einer diktatorischen Tyrannei von rechts zu beschleunigen und die Sache so schnell wie möglich hinter uns zu bringen. Adolf Hitler war einer der ersten Rockstars.

David Bowie, Interview, *Playboy*, 1976

Ich denke, Enoch hat recht, wir sollten sie alle zurückschicken.

Eric Clapton auf der Bühne in Birmingham, 1976

Ich glaube, dass Enoch der Richtige ist. Ich bin auf seiner Seite. Dieses Land ist überbevölkert. Man sollte die Einwanderer nach Hause schicken. Basta.

Rod Stewart, 1970, Kommentar in der *International Times*

ERSTER TEIL

Heroes

Shahid Akhtar ist betrunken.

Er trägt einen Trainingsanzug und ist sturzbesoffen.

Um acht Uhr abends verabschiedet er sich von seiner Frau und seinen Kindern und verlässt sein Reihenhaus in der Mildenhall Road, um joggen zu gehen.

Doch anstatt zu joggen, landet er im Spirituosenladen an der Ecke und kauft die teuerste Flasche Scotch, die im Angebot ist: Bell's.

Die meistverkaufte Marke Europas, sagt der Ladenbesitzer fröhlich zu Shahid Akhtar. Eine Million Menschen können nicht irren.

Tatsächlich, räumt Shahid Akhtar ein, erfüllt das Zeug seinen Zweck.

Nach seinem Einkauf weiß er nicht wohin, also schlendert er seine übliche Joggingroute entlang, trinkt dabei Europas beliebtesten Whisky und denkt über alles nach.

Irgendwann setzt er sich auf eine Bank am Uferweg neben dem Kanal, gleich hinter der belebten Lea Bridge Road, direkt bei der Brücke.

Über ihm rauschen die Autos vorbei, dahinter liegt der North Millfields Park, er blickt auf den verlassenen Hof einer Baufirma. Es ist dunkel.

Sehr dunkel, stellt Shahid Akhtar fest, und in seinem Kopf dreht sich alles.

Richtig finster.

Wenn er sich umdreht und den Hals reckt, kann er die Lichter der beiden Pubs Prince of Wales und Ship Aground sehen, und einen Moment lang überlegt er, ob er nicht einfach dorthin spazieren und sich ein paar Drinks genehmigen soll, vielleicht hat ja dort jemand eine Lösung für sein Problem.

Aber das Prince of Wales schüchtert Shahid Akhtar ein, mit seinem steifen Gehabe und der vermeintlichen Exklusivität, und das Ship Aground verfolgt eine strikte »No Asians«-Türpolitik, also scheidet auch das aus.

Shahid Akhtar lacht laut bei dem Gedanken.

Dass es so weit gekommen ist: allein im Dunkeln, besoffen und ohne Plan.

Heute Abend hat er alles noch schlimmer gemacht.

Vorhin hat er von einer Telefonzelle in der Fletching Road seine Geliebte angerufen, eine Frau namens Dawn.

Einige Tage zuvor hat Dawn, eine weiße Frau, Shahid Akhtar verkündet, dass sie von ihm schwanger ist.

In der urinverpesteten Luft der Telefonzelle hat Shahid Akhtar ihr Geld angeboten.

Erpressung, hat sie es genannt.

Es war eine ordentliche Summe, denkt er jetzt verbittert.

Er ist vermögend, Shahid Akhtar, mit seinen Geschäftsbeteiligungen in der Brick Lane und seinem Einfluss im Viertel. In der Brick Lane geht kaum etwas über den Ladentisch, ohne dass Shahid Akhtar daran beteiligt ist.

Überraschenderweise hat sich Dawn geweigert, das Geld anzunehmen.

Überraschenderweise hat sie stattdessen verkündet, dass sie am nächsten Tag zu Shahids Haus *marschieren* würde – das waren tatsächlich ihre Worte –, um Shahids Frau und seinen drei Kindern im Detail zu erzählen, was zwischen ihnen vorgefallen war.

Das ist ein echtes Problem, denkt er erneut.

Dieses Telefonat hat er ziemlich vermasselt.

Er überlegt, ob er einen seiner Kontakte in der Whitechapel Police Station anrufen soll. Wahrscheinlich keine gute Idee, denkt er, die werden nur darüber lachen, dass er sich so in die Nesseln gesetzt hat, oder es als Druckmittel gegen ihn benutzen. Nach dem letzten Wochenende, dem Marsch und dem Konzert, ist er *ihnen* ohnehin etwas schuldig, weil sie seine Interessen – *ihre* Interessen – geschützt haben.

Er leert seinen Whisky und schleudert die Flasche in den Kanal. Sie klatscht mit einem satten Geräusch auf das Wasser und versinkt.

Er denkt an alles, was er für Dawn getan hat; was er ihr anvertraut hat.

Zur Absicherung, hat er ihr gesagt, falls du es mal brauchst.

Das verstehe ich nicht, hat sie erwidert.

Er erinnert sich, dass er in diesem Moment gelächelt, ihr zugezwinkert und gesagt hat: Wenn du es irgendwann mal brauchst, Liebes, wirst du schon verstehen.

Es ist sehr dunkel, und Shahid Akhtar ist sehr betrunken. Er sollte nach Hause gehen, nicht zuletzt, weil bald Sperrstunde ist, und dann an einem der Pubs vorbeizugehen, ist keine gute Idee.

Er beschließt, sich eine Weile hinzulegen, um den Kopf frei zu kriegen.

Liegen tut gut.

Er atmet tief durch und schaut in den Himmel, in die Sterne, öffnet und schließt die Augen, ein Auge, dann das andere, sieht Sterne, so viele Sterne, blinkende und sich drehende Sterne, und er versucht aufzustehen, aber er schafft es nicht, er strauchelt und stolpert, und er denkt, ich muss nach Hause, aber wo bin ich eigentlich?

Die Lichter der Pubs leuchten, der Verkehr rauscht vorbei –

Er hört den Song von David Bowie, denkt: *We can be heroes* –

Stimmen in der Dunkelheit, Pfeifen in der Dunkelheit, Lachen in der Dunkelheit –

Shahid Akhtar schläft ein.

1

Das Wochenende davor:

Punky Reggae Party
30. April 1978, Carnival Against Racism,
Victoria Park

Simon

Sie werden dich aufnehmen, weil du einer von ihnen bist. Mach dir keine Sorgen wegen des Treffens, das wird schon. Am besten, du machst gleich mit, mischst dich ein. Das willst du doch. Zeig ihnen, dass du einer von ihnen bist. Und du bist einer von ihnen. Du bist im Hackney Mothers' Hospital in der Lower Clapton Road zur Welt gekommen. Du hast im Pembury Estate gelebt, bevor es von jamaikanischen und nigerianischen Familien überschwemmt wurde. Du bist in die Rushmore Infants' School gegangen, dann in die Juniors' School und schließlich in die Hackney Downs School. Danach hast du nicht gewusst, wie es weitergehen soll. Für ein College hat es nicht gereicht, für ein eigenes Geschäft hat das Geld gefehlt. Du warst ein schlauer Junge. Warst hier und da ein bisschen gewalttätig, hast Autoradios geklaut, ein paarmal haben sie dich verhaftet, aber du musstest nie richtig Zeit absitzen. Maler und Anstreicher gibt es genug in der Stadt, was blieb da für dich übrig? Jetzt bist du vierundzwanzig, hast keinen Job und ein paar kleine Vorstrafen. Niemand stellt dich ein. In der Nachbarschaft wohnt ein älterer Typ namens Harry, der braucht ab und zu Aushilfen auf dem Bau, aber immer nur tageweise, das hat keine Zukunft. Und am Ende macht er es nur dem alten Herrn zuliebe. Du bist wütend. Du fühlst dich ausgeschlossen. Du fühlst dich von der Regierung im Stich gelassen, so erklären sie es dir. Sie erklären dir, dass es jedem Fremden, jedem Ausländer, jedem Illegalen hier besser geht als dir, weil die Regierung das so will, dass es denen besser geht als dir, und zwar auf deine Kosten. Das sagt dir dein Kumpel Phil, der sich eine Glatze rasiert und Springerstiefel gekauft hat. Du hörst es von den alten Knackern in der Kneipe, die morgens ihre Sozialhilfe versaufen und nachmittags Essensreste aus dem Müll fischen. Du hörst es von den Kids in der Siedlung, die Klebstoff schnüffeln und Graffiti sprühen. Man hört es in den Wettbüros, im Arbeitsamt. Du hörst es beim Fußball, bei den Spielen von West Ham. Du hörst es in der Musik, bei Sham 69. Du hörst es überall, und du fängst an, es zu glauben, und irgendwann haben sie dich überzeugt, und du entscheidest, ja, ich bin dabei, ich komme zum Treffen, okay.

Umkleideraum, West End Central Police Station.

Detective Constable Patrick Noble macht sich für den Tag schick. Er muss zum Victoria Park, um das Festival im Auge zu behalten, also trägt er keine Uniform. Nach Hackney abkommandiert –

Wegen möglicher rassistischer Übergriffe sind alle in Alarmbereitschaft.

Was soll das werden, denkt Noble, eine Aufklärungsmission?

Und dafür opfert er seinen Sonntag.

The Clash sind in Ordnung, denkt er. Es macht Sinn, was Joe Strummer neulich gesagt hat.

»Die Leute sollen wissen, wir sind antifaschistisch, wir sind gegen Gewalt, wir sind gegen Rassismus, wir sind für Kreativität. Wir sind gegen Ignoranz.«

»Oi, Noble!« Ein Schrei vom anderen Ende des Raumes. »Du nimmst besser dein Taschentuch mit, Junge.«

Noble dreht sich um. Es ist Big Ron Robinson, Detective Constable und ein richtiges *Original*. Ein echter Charmeur, dieser Big Ron.

Noble sagt: »Lass das meine Sorge sein, Ron.«

»Und pass auf deine Brieftasche auf«, sagt Ron.

»Worauf willst du hinaus?«

Big Ron grinst. »Punks und Schwarze, Kumpel«, sagt er. »Bei deinem kleinen Konzert heute Nachmittag.«

Noble schüttelt den Kopf. Noble murmelt: »Blöder Wichser.«

Big Ron beugt sich vor. »Der eine spuckt dir ins Gesicht, der andere klaut dir die Kohle.«

»Verpiss dich, Ron.«

Noble schließt seinen Spind und geht zur Tür.

»Viel Glück, Chance, alter Junge«, lacht Ron. »Viel Glück, Paddy Boy.«

Chance Noble: Ein bisschen Glück hatte er, einmal, ein Zufallstreffer, aber der Spitzname ist geblieben.

Dass er Patrick heißt, hilft auch nicht unbedingt.

Der sprichwörtliche irische Glückspilz ist in den Londoner Polizeistationen selten anzutreffen.

Am selben Tag, ein paar Stunden zuvor.

Suzi Scialfa ist auf einer Hausbesetzer-Party in der Charing Cross Road.

Um vier Uhr morgens legt jemand »Police and Thieves« von Junior Murvin auf. Reggae-Stimmung.

Jemand ruft: »Ist das nicht ein Clash-Song?« Alle lachen.

Suzi schaut aus dem Fenster. Unten ist eine Prozession, Hunderte von Menschen ziehen die Straße entlang.

Suzi, ziemlich betrunken, lehnt sich aus dem Fenster. Sie ruft: »Wo wollt ihr hin?«

»Wo kommst du denn her, Süße?«, ruft jemand zurück.

Gelächter. Rufe: »Oi, oi!«

Suzi lacht zurück, lässt ihren breiten amerikanischen Akzent raus. »New York, New York, Darling.«

Sie zückt ihre Kamera und knipst. »Wollt ihr mir nicht sagen, wo ihr hingeht?«

Eine andere Stimme ruft: »Trafalgar Square, Schätzchen, Marsch gegen Rassismus.«

Suzi sagt: »Jetzt? Es ist vier Uhr morgens.«

»Man kann nie früh genug hingehen«, ruft jemand anderes.

Junior Murvins Bass rumpelt durch die Nacht.

Jemand legt The Clash auf.

Suzis Freund kommt ans Fenster. Sie zeigt auf die Menge.

»Heilige Scheiße«, sagt er.

Mildenhall Road, Clapton, etwas später.

Jon Davies kuschelt mit seinem sechs Monate alten Sohn Joe im Bett, während seine Frau Jackie unten Tee kocht.

Sie ruft nach oben: »Willst du auch mitmarschieren, Schatz? Oder nur zum Konzert gehen?«

Jon denkt schon seit Tagen darüber nach. Der Demonstrationszug marschiert vom Trafalgar Square zum Victoria Park, das sind schon ein paar Meilen. Sie nehmen den langen Weg nach Westen und dann wieder zurück nach Osten. Ob der Kleine das alles mitmacht? Jon weiß nie, wie der Junge etwas findet. Er scheint mit allem zufrieden zu sein, bis er es plötzlich nicht mehr ist.

Der Marsch wird anstrengend. Aber er wird von der Anti-Nazi League organisiert, das Konzert von Rock Against Racism, und Jon arbeitet für die Bezirksverwaltung, also könnte es diplomatisch klug sein, sich bei beidem zu zeigen –

Als ob das irgendjemandem auffallen würde.

»Nur zum Konzert, Schatz«, ruft er nach unten. »Ich will Steel Pulse nicht verpassen.«

»Steel wer?«, schreit Jackie.

Noble klopft an DS Foremans Tür und tritt ein.

Foreman lächelt. »Sie haben sich herausgeputzt, Chance, wie ich sehe. Sehr schick.«

»Sehr witzig, Chief«, sagt Noble.

»Wenigstens fallen Sie so nicht auf.«

Noble ist sich nicht sicher, ob das wirklich stimmt.

Foreman sagt: »Hier.« Er reicht Noble ein Dokument. »Das ist eine Liste mit Leuten, nach denen Sie Ausschau halten müssen.«

»Okay.«

»Das ist eine reine Aufklärungsmission, Chance, mehr nicht. Sie bleiben nur Beobachter.«

»Klar, Boss.«

»Und hier«, er reicht Noble einen Umschlag, »ist etwas Geld und ein Backstage-Pass.« Foreman lächelt wieder. »Wir dachten, Sie würden gerne mal die *Glamour-Crowd* aus der Nähe sehen.«

Noble nickt.

»Wir möchten, dass Sie auf der ganzen Strecke vom Trafalgar Square an dabei sind. Verschaffen Sie sich einen Überblick, okay?«

Noble überfliegt das Blatt.

Überschrift: *PERSONEN VON INTERESSE AUS DEM LINKEN SPEKTRUM.*

Und eine Liste mit Namen:

Red Saunders, Gründungsmitglied von Rock Against Racism [RAR]
Syd Shelton, Vorstandsmitglied bei RAR
David Widgery, Vorstandsmitglied bei RAR

Ruth Gregory, Vorstandsmitglied bei RAR
John Dennis, Vorstandsmitglied bei RAR
Wayne Minter, Vorstandsmitglied bei RAR
Kate Webb, Vorstandsmitglied bei RAR
Roger Huddle, Socialist Workers Party, Vorstandsmitglied bei RAR
Peter Hain, Gründungsmitglied der Anti-Nazi League
Paul Holborow, Gründungsmitglied der Anti-Nazi League

Etwa in der Mitte des Blattes findet sich eine weitere Über-schrift: *PERSONEN VON INTERESSE AUS DEM RECHTEN SPEKTRUM.*

Aber keine Namen.

»Chief«, sagt Noble. Er wedelt mit dem Zettel. »Was hat das zu bedeuten?«

Foreman lächelt. »Das müssen Sie selbst ausfüllen, mein Sohn. Das bedeutet es.«

Noble nickt.

Foremans Ton wird freundlicher. »Auf der einen Seite ha-ben wir die Skinheads und die Headbanger, richtig? Auf der anderen Seite«, er hebt die linke Hand, »sind die Subversiven. Es ist leicht, die Skinheads im Auge zu behalten. Das sind nur Hooligans, mehr nicht.«

»Und die National Front?«, fragt Noble. »Die interessiert Sie nicht, Chief?«

»Das ist eine offizielle politische Partei, DC Noble«, sagt Foreman. »Legal.«

»Ich dachte, Chief«, sagt Noble langsam, »ich kümmere mich um rassistische Übergriffe, schwere Körperverletzung, solche Sachen.«

»Das tun Sie, mein Sohn.« Foreman seufzt.

Foreman ist in Ordnung, das weiß Noble, er ist nur –

Na ja, er sorgt sich mehr um seinen Job als um alles andere.

Foreman sagt: »Ein Tipp für Sie, Chance.«

»Schießen Sie los.«

»Die Skinheads werden es nicht mögen, wenn dieser linke Mob direkt durch ihr Gebiet marschiert, verstehen Sie?«

Noble nickt. »Brick Lane.«

Foreman schüttelt den Kopf. »Das ist nicht das Problem.«

»Nein?«

»Sie kennen doch Gardiner unten in Whitechapel, oder?«

Noble nickt.

»Er wird oben in der Brick Lane bei den Uniformierten warten. Gehen Sie hin und sagen Sie Hallo.«

»Verstehe.«

»Und wenn Sie in die Nähe von Bethnal Green kommen«, sagt Foreman, »würde ich mich an Ihrer Stelle an die Front des Zuges bewegen.«

»Im wörtlichen und im übertragenen Sinne«, sagt Noble.

Foreman lacht. »Der war gut, Chance, cleveres Kerlchen. Arrivederci.«

Mit halbem Ohr hört Suzi einem Mann zu, der laut erzählt, dass die Bühne im Victoria Park die ganze Woche über von ein paar Hafenarbeitern und gleichgesinnten West-Ham-Fans besetzt war, und dass sie dreimal von Schlägern der National Front angegriffen worden sind, die sie aber problemlos vertrieben haben, was sich anhört, als wäre es ein Riesenspaß gewesen –

Suzi dreht sich zu ihrem Freund um. »Wie spät ist es?«

»Sechs Uhr dreißig.«

»Schon halb sieben? Wie kann das sein?«

Ihr Freund tippt sich an die Nase und schnieft kräftig. »Was meinst du, Schatz? Wir sollten besser gehen, oder?«

Suzi nickt. Schließlich haben sie beide den ganzen Tag zu tun.

Sie lächelt, auf eine gute Art aufgeregt, während sie ihre Umhängetasche auf Kameraausrüstung, Notizbuch und Stift hin überprüft.

Sie tastet ihre Hosentaschen nach Schlüsseln, Geld und Zigaretten ab. Check, check, check.

»Na dann«, sagt sie. »Auf geht's!«

Schon verlassen Menschen das besetzte Haus, aufgeregtes Geschwätz und Parolen hallen durch das Treppenhaus:

»Die National Front ist eine Nazi-Front, zerschlagt die National Front.«

Menschen singen auf der Straße. »London's Burning« von The Clash.

Suzi lehnt sich an die Schulter ihres Boyfriends. Das Wort *Boyfriend* gefällt ihr, irgendwie fühlt sie sich damit englischer.

»Bist du aufgeregt, Babe?«, fragt sie.

Keith legt seinen Arm um sie. »Das bin ich, Schatz. Heute ist ein großer Tag. Bist du aufgeregt? Du solltest es sein, Süße.«

Suzi lächelt und drückt ihre Nase noch tiefer in Keiths Halsbeuge.

Sie kann es kaum erwarten, um ehrlich zu sein.

Die Luft ist feucht – seit drei Tagen regnet es ununterbrochen –, aber jetzt scheint die Sonne, die Straßen glänzen, und alle sind irgendwie fröhlich. Normalerweise ist ein Sonntagmorgen im West End trostlos, denkt Suzi. Pfützen aus Erbrochenem. Überall Müll. Aber nicht heute. Heute, so scheint es, haben alle eine Mission.

Keith ist der Tontechniker von The Ruts, und sie werden auf einem Truck spielen, der den ganzen Weg vom Trafalgar Square bis zum Victoria Park fährt. Suzi wird auf dem Truck mitfahren, Fotos für das Magazin *Temporary Hoarding* schießen, Notizen machen und ein paar Zitate sammeln.

Jemand rennt die Charing Cross Road hinunter und schreit: »Los! Auf geht's!«

Sie drehen sich um. Es ist Syd Shelton, einer der Organisatoren der Demo und Grafikdesigner von *Temporary Hoarding*, so etwas wie Suzis Chef.

Er klopft Keith auf den Rücken und gibt Suzi einen dicken Kuss. »Alles klar, Sweetheart«, sagt er grinsend.

Als Suzi mit siebzehn Jahren in die Londoner Szene kam, nannten sie so viele Leute Sweetheart, dass sie es zu ihrem offiziellen Spitznamen machte, natürlich halb ironisch. Suzi ›Sweetheart‹ Scialfa. Sie wollte ihn testen, wie sie sagte. Er blieb.

So ist das mit Spitznamen, man wird sie nicht mehr los.

Keith sagt: »Du bist früh auf.«

»Konnte nicht schlafen.« Syd zwinkert Suzi zu.

»Du scheinst sehr zufrieden mit dir zu sein, Syd, wenn ich das sagen darf«, sagt Keith.

»Hört ihr das?« Syd bleibt stehen und hält sich lauschend die Hand ans Ohr.

Sie sind auf halbem Weg zum Leicester Square, es ist zu spät – oder zu früh – für die Nachtschwärmer von Soho, die Touristen sind noch im Bett, aber von irgendwoher kommen Stimmen.

»Es klingt wie eine Menschenmenge«, sagt Suzi.

»Wir schätzen, dass schon zehntausend hier sind«, sagt Syd. »Busse aus Schottland, Manchester, Liverpool, Sheffield, Middlesbrough, Südwales, von überall her. Sie wollten dem Berufsverkehr zuvorkommen«, sagt er mit gespielter Gelassenheit.

»Zehntausend?« Keith pfeift durch die Zähne. »Dann sollten wir heute keine Probleme haben.«

»Wohl kaum, Kumpel«, sagt Syd. »Ich habe mich gerade mit ein paar Punks aus Aberystwyth unterhalten. Die spielen alle Rugby, aber nur sonntags.«

Sie lachen.

Suzi ist erleichtert. Sie würde es nicht zugeben, aber sie hatte ein bisschen Angst, dass es Ärger geben könnte. Sham 69 spielen später – Jimmy Pursey hat angeblich etwas vor –, und bei ihren Auftritten hat es schon oft Ärger gegeben. Besonders schlimm war es, als die Skins der National Front im Middlesex Poly für Aufruhr sorgten.

Suzi hatte befürchtet, dass sie während des Marsches den Truck ins Visier nehmen könnten. Aber jetzt schon zehntausend? Da haben sie keine Chance.

»Das sind nicht nur Punks«, fügt Syd hinzu. »Das sind alle möglichen Leute. Jung und kreativ. Schwarz, weiß und braun. Teds, Mods, Biker, Punks, Greaser, Disco-Kids. Alle Altersgruppen. Im Osten werden gerade die Reggae-Soundsysteme aufgebaut. Und es ist noch nicht mal sieben.«

»Heilige Scheiße«, sagt Keith.

»Hört zu«, sagt Syd. »Ich muss los. Wir sehen uns auf dem Truck, meine Süßen.«

Sie blicken Syd nach, der die Straße hinunterfliegt.

»Wo zum Teufel ist Aberystwyth?«, fragt Suzi.

»Babe«, ignoriert Keith sie. »Ich weiß nicht, wie es dir geht, aber mir ist nach einer Tasse Tee und einem Schinkensandwich, bevor der ganze Spaß losgeht.«

Suzi drückt Keiths Arm. »Bitte weisen Sie den Weg, mein Herr«, sagt sie.

Keith nimmt ihre Hand, und sie biegen rechts ab nach Chinatown.

Suzi verzieht verwirrt das Gesicht. »Schatz?«

Keith grinst. »Ich kenne da einen Laden.«

»Daran habe ich nicht gezweifelt, Schatz.«

Jon Davies sitzt in seinem großen braunen Sessel und schaut Fußballnachrichten. Auf der Armlehne stehen eine Tasse Tee und ein kleiner Teller, auf seinem Schoß hockt sein kleiner Junge.

Der Kleine zappelt ein wenig herum, die Hand im Mund. Jon Davies nippt am Tee und beißt schnell in sein Bacon-Sandwich. Die braune Soße verleiht ihm eine angenehme Schärfe.

Jackie ist unten und bereitet weitere Sandwiches für den Carnival vor.

»Schinken und Käse für dich, Jon?«, ruft sie die Treppe hinauf.

Jon Davies ruft zurück: »Wunderbar, Schatz, danke!«

Eines der Probleme, wenn man aus einer Wohnung auszieht und sein ganzes Geld in ein kleines Reihenhaus investiert, ist, dass man viel öfter die Treppe rauf und runter rufen muss.

Die Fußballergebnisse sind trostlos. Jons Mannschaft, West Ham, hat auswärts gegen Liverpool verloren, durch Tore von McDermott in der 38. und Fairclough in der 66. Minute.

Liverpool scheint gegen West Ham leichtes Spiel gehabt zu haben. Der Abstieg steht bevor, denkt Jon.

Er sagt zu dem Jungen: »Du hast noch viel vor dir, mein Sohn.«

Der Junge gluckst und lächelt.

Jon will bald mit dem Jungen ins Upton-Park-Stadion gehen. Er ist sechs Monate alt und trägt bereits einen Schlafanzug in den Vereinsfarben Bordeaux und Hellblau. Jon ist schon sein ganzes Leben lang Fan von West Ham, was sonst? Arsenal? Die verdammten Spurs? Und lass mich in Ruhe mit dem verdammten Chelsea.

Aber im Boleyn haben sie gut gespielt, das muss man ihnen lassen.

Manche der Fans gehen ihm auf die Nerven. Es ist nur eine Minderheit, und mit den meisten kann er sich arrangieren, aber manchmal macht es einfach keinen Spaß mehr. Klar, es gibt die bösen Jungs, die sind in Ordnung, die von der North Bank oder vom Chicken Run, aber die legen sich nur mit ihresgleichen an. Was immer dich glücklich macht, ist Jons Einstellung.

Nein, es sind die alten Knacker auf der Haupttribüne, die Jon nicht mag. Ihre Schmähgesänge. Ihre Dreistigkeit. Manche nehmen kein Blatt vor den Mund.

Verpiss dich, Clyde, riefen sie, bis Clyde vor einer oder zwei Spielzeiten schließlich den Verein verließ.

Los, Clyde, los. Tritt ihnen in den Arsch.

Ein Mann mit Stil, dieser Clyde Best. Ein attraktiver Kerl. Gut am Ball. Ein Arbeitstier.

Eine von Jons Nachbarinnen, eine ziemlich sexy Frau in

seinem Alter, soll mit Clyde Best geschlafen haben, dem ersten schwarzen Spieler bei West Ham.

»Noch Tee, Schatz?«, ruft Jackie.

»Nein, danke«, schreit Jon zurück.

Der Kleine kaut auf seiner Hand, irgendwie nachdenklich, findet Jon.

Auf dem Trafalgar Square wimmelt es von Menschen. Noble ist beeindruckt. Er hört einem Wichtigtuer zu, der in ein Mikrofon bellt. Ein Typ namens Tom Robinson, wie Noble herausfindet. Ein linker Sänger, der später mit der Tom Robinson Band auftreten wird. Wahnsinnig einfallsreicher Bandname, denkt Noble spöttisch.

Dieser Tom Robinson redet viel über Positivität, aber die Tonqualität ist miserabel, und Noble versteht nur diesen Teil:

»Die Botschaft dieses Carnival richtet sich nicht nur an die Verrückten der National Front, sondern an alle Fanatiker überall. Sie lautet: Hände weg von unseren Leuten. Schwarz und Weiß, wir stehen zusammen, heute Nacht und für immer.«[1]

Ein anderer Typ folgt. Cord und lange Haare.

Noble merkt sich den Namen: Peter Hain. Noble merkt sich das Gesicht: Dieser Peter Hain steht auf seiner Liste.

Peter Hain verkündet etwas wie: »Wir bauen eine Volksbewegung auf, um die Nazis zu schlagen.«[2]

Nazis? Noble runzelt die Stirn. Er schaut auf seinen Zettel. Peter Hain, Anti-Nazi League.

Na, das erklärt alles.

Noble bahnt sich einen Weg durch die Menge, hält den Kopf gesenkt und setzt ein breites, falsches Lächeln auf.

»Zerschlagt die National Front!«

Und so weiter. Eine Haltung, mit der er durchaus sympathisiert.

An der Ecke des Platzes, am oberen Ende von Whitehall, bemerkt Noble einen distinguiert aussehenden Mann mit Notizbuch und Presseausweis. *Telegraph*. Was für eine Überraschung, denkt Noble.

Die Menge wiegt sich und singt. Aus einem der abfahrbereiten Tieflader dröhnt Musik.

Noble kennt das Lied, aber nicht diese lahme Reggae-Version. »Police and Thieves«. Er lächelt. Heute sind wir alle dabei, denkt er.

»Ich hätte nicht gedacht, dass sich eure Leute hier blicken lassen«, sagt Noble zu dem Reporter.

Der vornehme Herr zeigt Noble sein Notizbuch. »Das habe ich geschrieben«, sagt er. »Falls Sie es überprüfen wollen.«

»Warum lesen Sie es mir nicht vor?«

»Das werde ich.« Er blickt Noble an und nickt in Richtung Straße. »Ich bin nur hier, um über ein Veteranentreffen zu berichten.«

»Na dann los«, sagt Noble. »Lesen Sie.«

Der Mann blättert um. »Das ist der verachtenswerteste Abschaum aus den untersten Schichten der Gesellschaft, den ich je gesehen habe«, liest er vor.[3] Er schließt das Notizbuch. »Ich spreche von Ihnen, junger Mann.«

Noble lächelt. »Schauen Sie sich um.« Er holt mit dem Arm aus. »Ich glaube nicht, dass das auf irgendjemanden hier zutrifft.«

»Das ist es auch nicht, was Sie morgen in der Zeitung lesen werden, junger Mann.«

Tom Robinson hüpft auf den Truck von The Ruts. Die Band baut ihr Equipment auf, Keith dirigiert.

Suzi beobachtet, wie Tom Robinson herumspringt.

»Verdammt viele Leute«, sagt er zur Band. »Es müssen Zehntausende sein. Was für ein Gefühl! Solidarität und Stärke, Jungs. Was für eine unglaubliche Versammlung!«

Suzi macht haufenweise Fotos.

Sie hört noch einen Sprechchor.

»We're black, we're white, we're dynamite.«

Suzi entdeckt David Widgery, einen Kollegen von *Temporary Hoarding*. Er hält ein Plakat hoch mit den Worten seines ersten Editorials, seines Manifests:

WIR WOLLEN REBELLISCHE MUSIK, STRASSENMUSIK, MUSIK, DIE DEN MENSCHEN DIE ANGST VOREINANDER NIMMT. MUSIK DER KRISE. JETZT-MUSIK. MUSIK, DIE WEISS, WER DER WAHRE FEIND IST. ROCK GEGEN RASSISMUS. LOVE MUSIC, HATE RACISM.[4]

Er kommt auf sie zu, lächelt, ruft: »Lies das!«, und hält ihr sein Notizbuch hin.

Suzi liest:

Trafalgar Square in Farbe getaucht. Gelbe ANL-Buttons, punkig-pinke Rock-Against-Racism-Sterne, DayGlo-Fahnen, die während der Reden zustimmend geschwenkt werden.

Suzi denkt: goldrichtig.

»Wann geht's los, Schatz?«, ruft Jackie wieder.

Jon, der den Jungen die Treppe hinunterträgt, sagt: »Ich

glaube, es geht ziemlich früh los. Schätzungsweise halb elf? Wir könnten am Kanal entlangspazieren.«

»Gute Idee, Schatz.«

Noble bahnt sich durch die Menge, die sich auf den langen Weg zum Victoria Park macht. Er schlängelt sich zur Bühne. Dort entdeckt er eins der hohen Tiere, den Deputy Chief Constable in Uniform, der mit einem der Organisatoren spricht. Noble nähert sich langsam –

Das hohe Tier sagt: »Gott sei Dank wollten alle so schnell wie möglich losziehen, sonst hätte die Situation leicht außer Kontrolle geraten können.«

Der Angesprochene antwortet: »Diese Leute hier wollen keine Konfrontation, Officer.«[5]

Noble meint, es sei an der Zeit, sich an die Spitze des Zuges zu setzen, und wendet sich ab.

Der Truck mit den Ruts befindet sich etwa am Ende des ersten Drittels des Zuges. Misty in Roots spielen weiter vorne, und Suzi kann ihr basslastiges Reggae-Gewummer hören. Keith gibt ein Zeichen: lauter, *lauter*.

Die Band brüllt sich durch ihr Set, und Keith hat ein breites Grinsen in seinem wunderschönen Gesicht –

»Punky Reggae Party!«, brüllt Keith.

Sie spielen »Dope for Guns«, »Jah War«, »Savage Circle«, »Human Punk«, »Something That I Said«.

Das Publikum der Ruts ist eine Mischung aus Jugendlichen und Erwachsenen. Klebstoffschnüffler und Aktivisten.

Suzi fotografiert. Alle tanzen, singen und skandieren. Ihre Idee, mit ein paar Leuten zu reden und ein paar Statements zu bekommen, geht nicht auf. Der Lärm. Zehntausend Trillerpfeifen, alle auf einmal. Bevor Tom Robinson vom Wagen springt, prahlt er damit, dass er sie vom Chef der EMI bekommen hat, was alle zum Lachen bringt.

Sie erreichen die Bethnal Green Road, und eine leichte Nervosität macht sich bei Suzi bemerkbar.

Die Wohnblöcke, die etwas zurückgesetzt und bedrohlich an der Straße stehen, sind die berüchtigten Brutstätten der Front. Wenn es so etwas wie eine Reaktion auf diesen provokativen Demonstrationszug durch das rechte Hinterland geben wird, dann hier.

Sie richtet ihre Kamera auf ein Plakat, knipst:

JUNGER QUEER-JÜDISCHER SOZIALIST SUCHT EINE BESSERE WELT[6]

Ruhig fließt der Kanal dahin. Irgendwie schön, denkt Jon, als sie nach Homerton spazieren, dann nach Hackney Wick und schließlich hinauf in den Park.

Der Millfields Park ist trostlos, das Gras voller Zigarettenkippen und Hundehaufen. Strommasten ragen über die Baumkronen. Die Leitungen summen und brummen. Jon muss an *Krieg der Welten* und *Die Triffids* denken.

Das Wasser sieht nicht sehr verlockend aus.

Sie spielen ein Spiel, das sie schon als verliebte Teenager gespielt haben. Einkaufswagen, Verkehrsleitkegel, Angel, Fernseher, Liegestuhl, Reifen –

Dabei zeigen sie auf das Wasser.

»Was ist das?«, fragt Jon.

»Wo?«

»Da vorn, direkt unter der Oberfläche.«

Sie starren in den Schlamm.

»Sieht aus wie ein Autoradio«, sagt Jackie. »Du solltest reinspringen und es holen, Schatz. Wir brauchen ein neues.«

Jeden Montagnachmittag geht Jackie mit dem Jungen zum Mutter-Kind-Schwimmen in der Schule von Hackney Downs. Etwa einmal im Monat wird dort die Autoscheibe eingeschlagen und die Stereoanlage gestohlen.

Jon hat es satt, für diese Schwimmstunden zu bezahlen. Jon nickt. Er bewundert die Graffiti am Deich. Es regnet.

Der Junge schläft im Kinderwagen. Schön, denkt Jon.

Da es nur langsam vorwärts geht, braucht Noble nicht lange, um die Spitze des Zuges zu erreichen. Für eine Ansammlung von Hippies und Faulenzern kommen sie ganz gut voran, denkt er.

Ein ziemlich wilder Haufen. Klar, viele Punks, aber auch viele andere. Viele Second-Hand-Klamotten, lange Haare, viel Leder. Viele in scharfen Anzügen, mit Gürtel und Hosenträgern, Mädchen und Jungs. Breite Revers, knöchellange Hosen. Schuluniform-Chic. Viel Cord. Viel Jeansstoff. Schlaghosen und Stiefel. Komisch, dass nicht wenige als Fußball-Hooligans durchgehen würden, denkt Noble. Sogar die Zartbesaiteten unter ihnen haben diesen coolen Look. Vereinzelte Matrosenpullover. Ein paar Hüte. Und viele Asiaten, viele braune Gesichter. Noble glaubt, noch nie so viele Asiaten zwischen Schwarzen und Weißen gesehen zu haben. Er vermutet, dass das etwas zu bedeuten hat.

Oben in der Brick Lane stehen uniformierte und berittene Polizisten.

Es ist ein bemerkenswerter Aufmarsch an einem besonderen Ort: Die Läden und Geschäfte in der Brick Lane sind seit

Langem im Visier der Schlägertrupps der National Front, und Noble vermutet, dass einige von ihnen sich hier herumtreiben, weil ihnen die Anwesenheit der Opposition nicht gefällt. Es wäre eine Botschaft, denkt Noble, wenn sich das herumsprechen würde.

Noble entdeckt Gardiner, nickt ihm zu und schiebt sich zwischen den Uniformierten hindurch, aus dem Blickfeld der Menge. Sie schütteln sich die Hände.

»Foreman hat Sie angekündigt«, sagt Gardiner.

Noble deutet auf die Pferde. »Sie verzichten also auf taktische Einsatzschilder?«

»Nun ja.« Gardiner zuckt mit den Schultern. Er nickt die Straße hinunter. »Wir helfen nur aus.«

»Wem helfen?«

Gardiner grinst und schüttelt den Kopf. »Nicht mein Bier.«

»Vergessen Sie's.«

Gardiner deutet auf eine Gruppe asiatisch aussehender Männer, die in der Nähe stehen. »Die Gemeindevertreter haben mit jemandem gesprochen, der mit mir gesprochen hat. Demnach wird heute in der Brick Lane nichts passieren.«

»Nur heute?«

»Wie gesagt, nicht mein Bier.«

Noble nickt. »Haben wir da einen Interessenkonflikt?«

Gardiner schnaubt. »Der Feind meines Feindes ist eher mein Freund.«

»Sehr tiefgründig.«

»Cowboys und Indianer, Kumpel, das ist es.«

Noble nickt in Richtung der Gruppe asiatisch aussehender Männer. »Die haben sicher für den Pensionsfonds gespendet, oder?«

»So etwas in der Art.«

Noble kneift die Augen zusammen. »Kennen Sie irgendwelche Namen?«

Gardiner nickt wieder in Richtung der asiatischen Männer. »Der, der freundlich aussieht, heißt Shahid Akhtar, ein Geschäftsmann.«

»Legale Geschäfte?«

»So ziemlich.«

»Und diese kleine Show ist für die Front, ja? Haltet euch zurück?«

»Man muss sich nur die Gesichter einiger Uniformierter ansehen«, zwinkert Gardiner. »Wie Bulldoggen, die auf Wespen herumkauen. Die können es kaum erwarten, zuzuschlagen.«

Noble lächelt. »Dann werden wir Sie wohl noch einmal in Aktion sehen.«

»Gut möglich. Passen Sie auf sich auf.«

Noble bahnt sich einen Weg durch die Uniformierten und zurück in die Menge.

Auf sich aufzupassen, sollte heute kein Problem sein, denkt er.

Die Organisatoren am Trafalgar Square hatten recht: Es herrscht keine aggressive Stimmung.

Er denkt darüber nach, was Gardiner ihm gerade gesagt hat – oder besser: nicht gesagt hat.

Offenbar gibt es eine Verbindung zwischen der Brick Lane und der Polizeistation in Whitechapel, mit der Gardiner jedoch nichts zu tun hat.

Mehr noch: Nicht jeder will die National Front daran hindern, Brick Lane und Umgebung zu terrorisieren.

Zurück im dichten Gedränge betrachtet Noble die Fahnen und Transparente. Das Schwarz und Gelb der Plakate der Anti-Nazi League, das allgegenwärtige Rot. Schilder der Socialist Workers Party mit marxistischen Parolen, dazwischen das vereinzelte Schwarz der Anarchisten. An fast jedem Revers, an jedem Kragen hängen irgendwelche Anstecker und Buttons.

Es sind vor allem junge Leute, die eine gute Zeit haben. Viele Kids, viele Jugendliche.

Ältere Rastas mit Dreadlocks und Spliff, mit stoischem, unergründlichem Gesichtsausdruck, nicken zur Musik einer Band auf dem ersten Truck, Misty in Roots, wie Noble erfahren hat. Britischer Reggae: anscheinend eine coole Szene.

Noble steht mehr auf Punk. Er mochte The Ruts, als er vorbeikam. Er mag ihre Energie und Direktheit, die Absicht dahinter. Das ist ein ernsthafter Haufen, die Punks. Noble bewundert das, die politische Haltung.

Der Demonstrationszug biegt in die Bethnal Green Road ein, und Noble hält die Augen offen.

Vor ihnen: das Blade Bone.

Ein Pub der National Front.

Skinheads und Sechzehn-Loch-Stiefel. Fiese rassistische Drecksäcke in billigen Anzügen, die aus dem Hinterzimmer das Kommando führen und die Leute mit Parolen darüber aufhetzen, dass man uns die Jobs wegnimmt, die Frauen klaut und wir England zurückwollen.

Es gibt kein Schwarz im Union Jack.

Noble lässt die Menge an sich vorbeiziehen. Er überquert die Straße, ist jetzt auf der gleichen Seite wie das Blade Bone.

40

Von ihrem erhöhten Standpunkt auf dem Truck hört Suzi Sprechchöre.

»Sieg Heil, Sieg Heil, rotes Gesindel.«

Sie verrenkt den Hals, stellt sich auf die Zehenspitzen und sieht ein paar Dutzend böse aussehende Schläger vor dem Blade Bone, die den Nazigruß zeigen und die Demonstranten mit Bier bespritzen.

Es wird gegrölt, man sieht Victory-Zeichen, und es wird gerufen: »Sucht euch einen Job und verpisst euch dahin, wo ihr hergekommen seid.«

Und nur eine Reihe Polizisten –

Suzi ist angespannt.

Als sich ihr Truck nähert, stimmen The Ruts ihr bekanntestes Lied »Babylon's Burning« an. Keith drückt einen Knopf, zwinkert Suzi zu, und aus den Lautsprechern dröhnt Sirenengeheul, genau wie auf der Platte, nur lauter – *lauter!* –, und dann das auf- und abschwellende Gitarrenriff, ein Brüllen ertönt, und ein gemäßigter Pogo setzt ein –

Alle singen mit, Arme hoch. Noble versteht etwas wie »burning in the street, burning in your houses«, es geht irgendwie um Angst …[7]

Die Nazigrüße lassen nach.

»Die halten das nicht durch!«, ruft jemand.

Suzi denkt: Stimmt. Die halten keine zwei Stunden durch, und so lange dauert es, bis fünfzigtausend Menschen an ihnen vorbeigezogen sind.

Ein anderer schreit: »Nehmt den rechten Arm zum Wichsen, ihr Fotzen!«

Er erntet Gelächter.

Ein alter Mann, der einen Einkaufswagen zieht, flucht über irgendetwas, winkt der Menge zu.

Die Menge applaudiert.

Suzi richtet ihre Kamera auf ein blaues Schild, die Corporation of The City of London, das St. George's Cross in der Mitte des Logos.

Darunter wälzt sich die Menge weiter.

Jon, Jackie und der Junge erreichen den Victoria Park. Sie betreten ihn durch den Südost-Eingang und kämpfen sich mit dem Buggy durch den Schlamm. Als sie die Bühne sehen, muss Jon lächeln.

Ein rotes Banner mit weißen Buchstaben ist über die gesamte Breite gespannt:

CARNIVAL AGAINST THE NAZIS

Die Großbuchstaben haben etwas Charmantes, etwas Amateurhaftes, findet Jon.

Darunter ein anderes Transparent, schwarze Buchstaben auf weißem Grund:

ANTI-NAZI LEAGUE

Sieht aus wie eine Schulaufführung, meint Jon.

Etwas weiter unten, auf der Höhe, wo die Bands spielen werden:

ROCK AGAINST RACISM

Sie halten kurz inne, alle drei. Sie sind noch ein ganzes Stück entfernt, aber sie können jemanden auf der Bühne erkennen, sie können etwas hören. Es sind kaum Leute da. Ein paar Hundert, weit verstreut.

»Sieht aus, als wären wir zu früh, Schatz«, sagt Jackie. Jon nickt abwesend.

»Wer ist das?«, fragt Jackie.

Jon ist nicht sehr beeindruckt von der Lautsprecheranlage, aber er weiß, wer es ist.

»X-Ray Spex«, sagt er. »Die Sängerin heißt Poly Styrene.«

»Sieht nett aus«, sagt Jackie.

»Wo sind denn alle?«, fragt Jon.

Noble ist einer der Ersten im Park.

Er hat den Truck hinter sich gelassen, als dieser in die falsche Richtung in eine Einbahnstraße einbog und beim Rückwärtsfahren auf einem Grünstreifen stecken blieb. Die Band spielte weiter, was Noble erfreut zur Kenntnis nahm.

Alle strömen in den Park und bewegen sich in Richtung Osten, wo die Bühne aufgebaut ist. Jugendliche schreien und lachen, es müssen Tausende sein.

Irgendein komischer Vogel mit Turban steht auf der Bühne und schreit ins Mikrofon, irgendwas von Bondage und ihr könnt mich mal, und dass man kleine Mädchen sehen, aber nicht hören sollte –

Noble lächelt. Aber alles in allem kein so schlechter Sonntag. Nicht, dass er mit seiner Arbeit vorangekommen wäre. Er überlegt, was er in den Bericht schreiben könnte, ist sich aber nicht sicher, ob er überhaupt einen schreiben muss. Er zückt seinen Backstage-Pass, oder was diese Amateure dafür halten, und geht zu einem Seiteneingang, gleich rechts neben der Band, die gerade ihr Repertoire durchspielt.

Er wird sich umsehen, er wird mit ziemlicher Sicherheit keine rechtsextremen Personen von Interesse finden, aber es wird hilfreich sein, ein paar Namen mit Gesichtern zu verbinden.

»Na toll, so ein Scheiß, ehrlich.«

Das Stöhnen kommt von John Jennings, genannt Segs. Der Bassist von The Ruts ist stinksauer. Suzi versteht, warum: Der Truck steckt fest.

»Segs, der Fahrer kann dich nicht hören, du Witzbold«, schreit Dave Ruffy, der Schlagzeuger.

Suzi hört nur halb hin. Keith hat ein schiefes Grinsen im Gesicht.

Wie immer, denkt sie.

Die Gänge quietschen, und der Truck ruckelt ein Stück weiter. Die schmalen Straßen rund um Bethnal Green sind verdammt eng. Die Siedlung wirkt grau und abweisend.

Suzi sieht die Menge durch das Haupttor des Parks strömen.

Es müssen Tausende sein.

Der Lastwagen rumpelt los. Die Menge teilt sich. »Wie das Rote Meer«, ruft jemand und winkt sie durch.

Ein anderer hält eine Art Funktelefon in der Hand. »Kein Empfang!«, schreit er. »Wir kommen nicht durch.«[8]

In der Victoria Park Road versuchen sie, den Lastwagen durch das Nordtor zu manövrieren, direkt neben dem Hemingway Pub. Kinder hocken auf den Mauern der Siedlung, verspotten sie, werfen Steine, machen das V-Zeichen. Alle sind gut gelaunt, Suzi lächelt, winkt. Segs schreit: »Verpisst euch, ihr kleinen Rotzlöffel!«

Das Tor ist verschlossen, zumindest der untere Teil. Eine Diskussion entbrennt.

Dann springt Syd Shelton wieder auf.

»Der Parkwächter ist total betrunken«, lacht er. »Wir haben ihm heute Morgen eine Flasche Johnnie Walker gegeben, und seitdem zieht er mit der Crew von Steel Pulse durch die Gegend.«[9]

Die Band, die gerade eine Pause macht, lacht.

»Hier«, sagt Syd. »Er konnte die Schlüssel nicht finden, aber er hat mir das hier gegeben.«

Er reicht dem Fahrer einen Vorschlaghammer. Der zertrümmert das Schloss.

Applaus brandet auf. Suzi spürt, dass die Luft voller guter Energie ist.

Sie rollen in den Park, Suzi klettert auf einen Lautsprecher.

»Vorsicht, Liebling«, ruft Keith.

Suzi grinst und winkt.

Die Bäume tropfen. Die Sonne bricht durch. Ein leichter Wind weht.

In der Ferne betritt eine Band die Bühne –

The Clash.

Sie winkt Keith noch einmal zu, ihr Mund formt: »Ich bin dann mal weg.« Sie deutet auf ihre Kamera, dann rennt sie quer durch den Park, um die achtzigtausend Menschen herum, zum Seiteneingang rechts der Bühne und steigt die Stufen hinauf, gerade als Jimmy Pursey –

»Wie die Menge plötzlich abgeht«, sagt Jon. »Aus dem Nichts!«

Jackie stupst Jon an. »Wie die Band plötzlich loslegt.«

»Ja, schon gut, Jacks«, sagt Jon grinsend. »Sie sind gut, sie sind ernsthafte Musiker, politisch.«

»Genau«, sagt Jackie. »Sie wirken sehr ernst.«

Jon ist dankbar, dass sie so weit hinten stehen.

Noble schiebt sich an den Bühnenrand, gerade als The Clash mit »London's Burning« loslegen.

Sie sehen richtig heiß aus, The Clash, das muss Noble ihnen lassen. Strummer trägt ein rotes T-Shirt und weiße Rude-Boy-Jeans. Simonon in blauer Jacke, Nietengürtel zur Lederhose, Plateaustiefel. Jones ganz in Schwarz, bedrohlich und mit Ketten.

Die Menge tobt. Es sieht chaotisch aus da unten, denkt Noble, der Ansturm auf die Bühne, ein Gewühl aus wild rudernden Armen und zuckenden Körpern.

In der Nähe entdeckt Noble Jimmy Pursey von Sham 69. Noble weiß alles über Sham 69 und ihre üblen Skinhead-Anhänger. Er entdeckt eine kleine Gruppe von Skins am Rande der Bühne, die mit Flaschen werfen.

Die aufgebrachte Menge stürzt sich auf sie. Sie werden verschluckt, verdaut, wieder ausgespuckt.

Links von der Bühne gibt es Streit. Streit darüber, ob The Clash noch länger spielen sollen. Irgendein aufgeblasener Kerl im roten Hemd gerät deswegen mit einem langhaarigen Schotten aneinander. »Die haben den Stecker gezogen«, brüllt jemand.[10]

Nobles Kiefermuskeln spannen sich an, er ist wachsam.

Die Hochhaussiedlung auf der anderen Seite des Parks schimmert durch die Bäume.

Dann springt Pursey auf die Bühne, in einem rot-weiß gestreiften T-Shirt, sehr französisch, mit Hosenträgern und Stiefeln. Er brüllt »White Riot« in ein Mikrofon, das jemand sofort ausschaltet.

Pogo. Fäuste werden in die Luft gestreckt. Wildes *Getümmel*.

Strummer singt in Simonons Mikro.

»I wanna riot«, brüllt die Menge. »I wanna riot.«

Dann ist alles vorbei, die Band verlässt die Bühne, sie sehen aus wie Rockstars, nicht wie Punks.

Noble schiebt sich weiter nach vorne.

Rotes Hemd hat irgendeinen Wichser in Lederjacke auf die Bühne geschubst, und der Wichser trinkt aus seiner Flasche mit Special Brew und schreit ins Mikro: »Mehr, mehr Clash, mehr Clash«[11], und der Schotte schreit: »Schafft den Idioten von der Bühne«[12], und die Lederjacke grinst. Noble mag nicht, wie der Typ sich benimmt, also geht Noble raus, sieht die Menge unter sich, Transparente und Trillerpfeifen, Irokesen und Sicherheitsnadeln, und er packt die Lederjacke am Revers und zieht sie nach hinten und sagt, direkt ins Gesicht dieses Wichsers: »Runter von der Bühne, du Wichser, verstanden?« Und der Typ schaut Noble an und merkt, dass Noble es ernst meint, und dass Noble niemand ist, mit dem man sich anlegen sollte, und die Lederjacke schrumpft, nickt, und Rotes Hemd macht eine beschwichtigende Geste: »Okay, alles in Ordnung, beruhigt euch«, und dann ist Noble schon weg, die Treppe runter, und er spürt eine Hand an seiner Jacke und dreht sich um –

»Das war ziemlich cool«, sagt Suzi zu dem Kerl, der gerade geholfen hat, die Bühne von der bescheuerten Roadcrew von The Clash zu befreien.

Er zuckt mit den Schultern. »Ein echter Herzensbrecher, der Typ in Leder.«

Suzi lächelt. »Ray Gange.«

»Äh?«

»Sein Name. Ray Gange. Er ist Schauspieler oder so. Sie

drehen einen Film über The Clash, und er spielt ein Mitglied ihrer Roadcrew.«

»Tolle Idee«, sagt der Mann.

»*Rude Boy* soll der Film heißen.«

»Na, da passen die beiden ja perfekt.«

»Darf ich ein Foto machen?«, fragt Suzi und macht eine entsprechende Geste mit dem Zeigefinger. »Klick, klick.«

»Nein, tut mir leid«, sagt der Typ. »Ich sehe auf Fotos immer aus wie ein Schwerverbrecher.«

Suzi schaut ihm nach, wie er in der Menge verschwindet. Sie macht zwei Fotos von seiner sich entfernenden Gestalt.

Sie steigt wieder die Treppe hinauf und wartet auf Steel Pulse.

»Ziemlich viele Familien hier, was, Jon?«, sagt Jackie.

»Karnevalsatmosphäre«, sagt Jon. »Ein verdammter Zirkus.«

Jackie lacht. »Wahrscheinlich sind die Leute von der Spielgruppe mittendrin.«

Jetzt muss auch Jon lachen. »Bestimmt. Hippies, was?«

Sie essen ihre Sandwiches. Sie haben eine ruhige Bank gefunden, ein Stück östlich von der Bühne, und Jackie füttert den Jungen, während sie ihr Mittagessen genießen.

Jon blickt auf das alte Schwimmbad, die etwas heruntergekommenen Tennisplätze, den Abenteuerspielplatz, der schon bessere Tage gesehen hat. Am See, erinnert er sich, hängt ein Schild:

ANGELN VERBOTEN, BADEN VERBOTEN,
BOOTE VERBOTEN

Ein echter Vergnügungssee, hat er immer gedacht.

Besser als so manches Graffiti, das er gesehen hat.

»Das ist mal was anderes als der übliche Sonntag«, sagt Jackie.

Jon nickt. Er schaut auf die Uhr. »Steel Pulse ist als Nächstes dran«, sagt er.

Er ist aufgeregt, um ehrlich zu sein. Klar, The Clash waren etwas ganz Besonderes, dieses »White Riot« ein unglaublicher Moment, das stimmt. Aber britischer Reggae, das ist ganz große Klasse.

Ihre Sonntage verlaufen seit den Tagen in ihrer ersten Wohnung in der Queensdown Road immer gleich.

Jackie schiebt völlig erschöpft ein Huhn in die Röhre, später schlurfen sie durch Millfields Park und genehmigen sich noch einen im Prince of Wales am Kanal, gleich neben der Lea Bridge Road. Den Kleinen dürfen sie nicht mitnehmen, also wartet Jackie draußen, während Jon ein Pint, ein Glas Weißwein und ein paar Tüten Chips holt. Er nickt und lächelt Harry zu, seinem Nachbarn, einem Bauunternehmer, der kurz vor der Rente steht und in der Bar gegenüber trinkt, wo Sägespäne auf dem Boden liegen und die Männer ihre Pints leeren, woraufhin ihre Gläser in Windeseile nachgefüllt werden.

Das Prince ist okay. Draußen gibt es einen Stand mit Meeresfrüchten, und Jackie isst gern eine Schale Herzmuscheln und eine mit Krabben. Auch den Essig mag sie. Sie trinkt das Zeug, *schlürft* es hinunter.

Ein paar Männer angeln, ein paar Kinder klettern auf dem dicken Rohr über den Kanal. Auf der anderen Seite ist so eine Art Schleusentor, dessen Sinn Jon nicht versteht, aber es sieht hübsch aus, und daneben steht ein kleines Häuschen, vielleicht gehört es einem Schleusenwärter, und es kommt Jon immer wie eine Idylle vor, wenn sie am Wochenende unten am Kanal sind.

Ja, es ist ganz in Ordnung, das Prince. Manchmal spazieren sie weiter am Kanal hinauf, überqueren die Fußgängerbrücke, werfen einen Blick auf das sonntägliche Fußballspiel, auf die Angler, die mit ihrer Ausrüstung am Ufer hocken und schweigend Karpfen angeln. Dann gehen sie weiter, schauen den Ruderern am Ufer des Springfield Park zu – *Ruderer*, denkt Jon immer, in *Hackney*? –, bevor sie im Robin Hood mit seinem traurigen Spielplatz oder vor dem Anchor and Hope – einem Pub ohne Tische, ohne Frauen und Kinder – Bier, Wein und Chips zu sich nehmen.

Ja, sie mögen das Prince.

Früher gingen sie ab und zu in den Pub daneben, das Ship Aground. Ein seltsamer Ort. Ein Betonklotz mit einer Betonterrasse. Nicht direkt wie ein Pub in einer Sozialsiedlung, aber nicht weit davon entfernt; die Sozialsiedlungen liegen noch ein Stück hinter der Lea Bridge Road. Das Ship war praktisch, wenn die Tische vor dem Prince voll waren.

Aber da gehen sie nicht mehr hin.

Das Schild am Victoria Park Lake –

ANGELN VERBOTEN, BADEN VERBOTEN,
BOOTE VERBOTEN

Es fällt Jon wieder ein.

Vor etwa einem Jahr saßen sie vor dem Ship Aground, als es plötzlich in Strömen zu regnen begann. Der Wirt steckte den Kopf aus der Tür und rief die Familien herein.

Guter Mann, dachte Jon.

Aber kaum waren sie drinnen, sah er, wie der Wirt die Hand hob, »Nein danke« sagte und der bengalischen Familie, von der Jon wusste, dass sie in der Nähe wohnte, den Zutritt verwehrte.

Ein paar Wochen später prangte ein neues Graffiti an der Wand vor dem Ship.

KEINE HUNDE, KEINE SCHWARZEN,
KEINE IREN

»Können wir ein bisschen näher ran, Schatz?«, fragt Jon. »Für Steel Pulse.«

Jackie nickt. »Sind sie das jetzt?«, fragt sie und zeigt auf die Bühne. »Es ist plötzlich so schrecklich still.«

»Ja, das sind sie.«

»Was haben sie da an?«

Jon ist sich nicht sicher. Sie sind ganz in Weiß gekleidet, mit weißen Gewändern – und großen weißen Kapuzen. Totenstille in der Menge. Dann setzt die Band mit ihrem Song »Ku Klux Clan« ein.

»Verdammte Scheiße«, sagt Jon.

Als Noble den Backstage-Bereich verlässt, klopft ihm noch jemand auf die Schulter.

»Danke, großer Mann. Dafür, dass Sie die Bühne geräumt haben«, sagt der Typ. »Jemanden wie Sie könnten wir gut gebrauchen. Hier.«

Er gibt Noble eine Karte.

»Alles klar«, sagt Noble.

Auf der Karte steht ein Name: Red Saunders.

Noble verlässt den Park und geht auf die Uniformierten zu, die sich in der Nähe des Ausgangs von Bethnal Green versammelt haben. Er will wissen, was sie vorhaben. Er entdeckt Gardiner, der lacht.

»Alles klar, Chance«, ruft Gardiner und winkt ihm zu. »Genießen Sie die Show?«

»Welche?«

»Nicht frech werden, Junge.«

Noble grinst, geht weiter und denkt: die Musik oder Brick Lane.

Von der rechten Seite der Bühne aus gelingt Suzi ein legendäres Foto, das für sie den ganzen Tag widerspiegelt. Im Hintergrund ist das Publikum zu sehen, eine bunte Mischung aus schwarzen, braunen und weißen Gesichtern, eine Vielfalt von Gesichtsausdrücken, Ehrfurcht, Verwunderung, Entschlossenheit, Freude und vor allem, kurz bevor sie auf den Auslöser drückt, Schock, ja, genau das ist es, Schock.

Auf vielen Gesichtern ist eine Art Erschrecken zu sehen.

Im Vordergrund stehen Steel Pulse in langen weißen Gewändern und mit weißen Kapuzen und spielen ernsthaften politischen Reggae.

2
Skinhead

Mai 1978

Simon

Dein Kumpel Phil sagt, heute Abend ist was los, du solltest kommen. Du beschließt hinzugehen. Es ist eine wichtige Veranstaltung, sagt Phil, ein paar Chefs kommen, es gibt eine Ankündigung. Du holst Phil auf dem Weg ab. Tüte Pommes, Phil?, fragst du, hast du Lust? Ich hab noch 'ne Tüte mit was anderem, Kumpel, sagt Phil, die pfeifen wir uns rein. Ihr setzt euch auf eine Mauer am Rande der Siedlung, und Phil zieht eine kleine Plastiktüte mit vergilbtem Amphetamin heraus. Traveller Speed, sagt Phil, gebraut in der Tasche eines lüsternen Zigeuners. Ihr lacht beide darüber. Das wird dich gut drauf bringen, fügt Phil hinzu. Davon gehst du aus. Ihr schnupft beide kräftig, und das Zeug wirkt sofort, dieses Schwefelbrennen in der Nase und im Kopf. Phil sagt: Lass uns noch was trinken, bevor das Meeting anfängt. Also marschiert ihr beide über die Kreuzung Cambridge Heath und Hackney Road, dann die Bahngleise entlang, werft Steine und spuckt, biegt rechts ab, an der U-Bahn vorbei und die Bethnal Green Road entlang. Ihr schaut in die Pubs, und jeder in den Pubs schaut euch an, manchmal mit einem Nicken, ja, weiter so, oder mit einer hochgezogenen Augenbraue, oder mit einem Wegschauen, aber ihr werdet bemerkt, ein paar große, furchterregend aussehende Jungs in Bovver-Boy-Stiefeln und Jacken, mit kurz geschorenen Haaren und durchtrainiert. Ihr erregt Aufmerksamkeit, als würden sie euch anfeuern oder zumindest wahrnehmen, und das fühlt sich gut an. Der Pub ist brechend voll. Du nickst und murmelst etwas, beißt nervös die Zähne zusammen, sie knirschen, aber ein Lächeln bahnt sich seinen Weg durch die zusammengebissenen Zähne, und Phil bahnt sich einen Weg durch die Menge zur Bar, wo schon volle Gläser mit Lager und Bitter in Reih und Glied stehen und ein paar leere Pint-Gläser mit Geldscheinen drin. Phil wirft ein paar Scheine in eines der Gläser und reicht dir ein Lager, das schal und säuerlich ist, aber trotzdem gut schmeckt, dich entspannt und deine schmerzenden Zähne kühlt. Phil nickt dem einen oder anderen in der Menge zu, schüttelt die eine oder andere Hand, stellt dich vor, und du wirst angestarrt, und man nickt dir zu, und da ist dieser seltsame Zug um den Mund, der zu sagen scheint, ja, der sieht lecker aus, und es ist ein Stimmengewirr im Raum, das dich an die Pubs in der Green Street und in Plaistow an Spieltagen erinnert, wo du mit deinem alten Herrn warst, und all der Lärm und der Optimismus und das Gelächter, so ähnlich, aber hier hat es irgendwie mehr Schärfe, mehr Bedeutung oder so, mehr Wichtigkeit. Du schaust dich um und siehst graue Gesichter und rote Gesichter und weiße Gesichter und Glatzen und Stiefel und Hosenträger und Leder, du siehst braune Anzüge und Koteletten und graue Anzüge und Krawatten, Arbeitsmäntel und staubige Overalls, du siehst Männer, viele Männer, und die drei Schlampen hinter der Theke, die diese Männer bedienen, sie bedienen mit ihrem großen Lächeln und ihren großen Titten und ihren großen Zähnen, sie plappern auch, ihre großen Zähne sind mit rotem Lippenstift verschmiert, und sie lachen, lachen, lachen, schenken ein Pint nach dem anderen aus. Phil stupst dich an und reckt sein Kinn vor. Das ist Tyndall, und das ist Webster, sagt er, das sind die Chefs, genau, und da, da drüben,

und er nickt, das ist Derrick Day, er ist der Organisator des gan-
zen Ladens, und du nickst und knirschst mit den Zähnen, und
du glaubst, den Namen zu kennen, und Phil sagt, Ich stelle dir
nachher Days Sohn vor, Derrick Junior, Little Derrick, nennen
wir ihn, weil er so verdammt groß ist, und Phil lacht, und du
lachst, und Phil sagt, Ruhe, es fängt an, und es wird still im Saal,
und du kramst nach deinem Geld und holst dir und Phil Nach-
schub, und dann schlägt Tyndall oder Webster, du bist nicht si-
cher, wer von beiden, Tyndall oder Webster, mit einem Hammer
auf einen Tisch, schreit Ruhe, Ruhe, und dann steht Tyndall oder
Webster auf einem Stuhl, und Tyndall oder Webster spricht.

DIE METROPOLITAN POLICE BITTET UM MITHILFE

MORD

DONNERSTAG, 4. MAI, 19:40 UHR

ALTAB ALI, 24, wurde in der Adler Street, E1
(Ecke Whitechapel Road) erstochen.

WAREN SIE ZUR TATZEIT IN DER GEGEND? HABEN
SIE ETWAS BEOBACHTET?

Bitte wenden Sie sich an die Mordkommission in der
LEMAN STREET POLICE STATION
Tel: 01-488 5212

Alle Hinweise werden streng vertraulich behandelt[13]

Whitechapel Police Station, 5. Mai 1978.

Die Jungs von der Whitechapel Station brauchen nicht lange, um die drei kleinen Rotznasen zu schnappen, die in der Nacht zum 4. Mai den armen Altab Ali im Park an der Adler Street erstochen haben.

Noble vermutet, dass die Alteingesessenen dafür gesorgt haben. Die von der alten Schule. Wahrscheinlich war ihnen die beiläufige, bösartige, *öffentliche* Art des Angriffs nicht recht, weil sie zu viel Aufmerksamkeit erregte.

Drei junge Männer in Haft. Noble wurde vom West End Central herbeigerufen, weil er Teil der Met Initiative on Race Crime ist, der städtischen Initiative gegen rassistisch motivierte Straftaten.

Er nickt DC Gardiner zu. »Ich hab doch gesagt, wir werden uns öfter sehen.«

Gardiner sagt: »Zwei sind unten in der Zelle, und einer der Mistkerle sitzt im Verhörraum.«

»Sie haben es also getan?«

Gardiner zwinkert. »Sieht so aus.«

»Verstehe.«

»Nur eine Frage der Zeit. Wir haben den Anführer, wenn man ihn so nennen kann.«

Gardiner reicht Noble einen Zettel. Darauf steht eine Erklärung:

Wenn wir Pakis gesehen haben, sind wir auf sie los-
gegangen. Wir haben sie nach Geld gefragt und sie
dann verprügelt. Ich habe mindestens fünfmal Pakis
verprügelt.[14]

»Das hat er gesagt, ja?«

Gardiner schüttelt den Kopf. »Der Jüngere, aber es ist ein Anfang.«

»Aber das ist doch kein Geständnis, oder?«

Gardiner schüttelt den Kopf. »Er wollte ein bisschen angeben.«

»Charmant«, sagt Noble. »Hat der andere auch was gesagt?«

»Der Mistkerl hat nach seiner Mama geschrien.«

»Hat sie ihn besucht?«

Gardiner lacht. »Sie hat auch gesessen.«

»Was für ein Land.«

Gardiner nickt in Richtung Flur. »Sie gehören Ihnen, mein Freund.«

Im Verhörraum, einem fensterlosen Kabuff mit festgeschraubtem Tisch und fest installiertem Aschenbecher in der Mitte, blickt Noble in die toten Augen des siebzehnjährigen Roy Arnold. Eine Geschichte der Gewalt ist in sein Gesicht und seine Knöchel gebrannt. Seine Stirn ist niedrig und zerfurcht, gezeichnet von Rebellion und Hass.

Noble zündet Arnolds Zigarette an, eine Embassy, und sieht zu, wie er in Handschellen raucht.

Die Situation scheint dem Jungen vertraut.

Noble sagt: »Es wird nicht lange dauern. Dein Kumpel Carl

Ludlow hat gestanden und dich und deinen jüngeren Kumpel hingehängt.«

»Okay«, sagt Arnold.

»Mich interessiert weder das Was noch das Wie, mein Junge«, sagt Noble. »Wir wissen genau, was du getan hast, wo du es getan hast, wie das Opfer – dein Opfer – ein paar Meter durch den Park getorkelt und dann verblutet ist.«

Arnold scheint von Nobles Schilderung völlig unbeeindruckt zu sein.

»Nein«, sagt Noble. »Mich interessiert das Warum.«

»Gibt überhaupt keinen Grund«, sagt Arnold.

Noble nickt. »Wir glauben, das Opfer war auf dem Weg zur Wahl.«

Arnold zuckt mit den Schultern. Er wirft Noble einen kühlen Blick zu. »Ich wusste gar nicht, dass Pakis wählen dürfen.«

»Das heißt also, ihr hattet kein Motiv?«

Arnold zieht an seiner Embassy. Rauch steigt an den Wänden auf, breitet sich an der Decke aus.

»Und?«

Arnold drückt seine Embassy auf dem Tisch aus. »Ich will einen Anwalt«, sagt er.

Noble nickt. »Den wirst du brauchen.«

Zurück auf dem Flur wartet Gardiner schon.

»Da ist so ein Clown am Empfang, der will mit Ihnen reden«, sagt er.

»Mit mir?«

»Warum nicht, Kumpel?« Gardiner lacht. »Das können Sie gleich selbst übernehmen.«

»Wer ist das?«

»Nur irgendein Clown. Vielleicht interessiert Sie das.«

Gardiner richtet sich auf. »Eine Tasse Tee, wenn Sie schon mal da sind? Der Kessel ist aufgesetzt.«

Noble nickt. »Drei Stück Zucker.«

»Guter Mann.«

Am Empfang wartet ein gewisser Shams Uddin, den Noble zu einem Gespräch in ein Büro bittet.

Shams Uddin erzählt Noble, dass er Informationen über Altab Ali habe.

»Wie war Ihre Beziehung zu Altab Ali?«, fragt Noble.

»Er war ein Freund. Wir haben am Samstagnachmittag oft Wrestling geschaut. Ich war der Letzte, der mit ihm gesprochen hat, außer, na ja, Sie wissen schon.«

»Er wollte wählen gehen, oder?«

»Das stimmt. Ich war gerade auch da gewesen«, sagt Shams Uddin. »Ich war aufgeregt wie ein Kind, weil ich zum ersten Mal wählen durfte.«[15]

»Das ist ein großer Moment«, sagt Noble.

Shams Uddin fährt fort. »Mr. Ali war auf dem Heimweg von der Arbeit. Er hat in derselben Textilfabrik gearbeitet wie ich und hat Einkaufstüten getragen. Er hat mir gesagt, er müsse nach Hause, wolle etwas kochen und dann wählen gehen. Es war ein großer Tag für uns.«[16]

»Warum?«

»Es gab rassistische Vorfälle in der Nachbarschaft, die wir am Anfang einfach ignoriert haben. Aber wir wussten, wenn wir uns nicht wehren, gibt es keinen Platz für uns. Also haben sich alle zusammengetan – Leute aus Bangladesch, aus der Karibik, Inder, Pakistani. Alle sind beteiligt.«[17]

»Indem sie an den Kommunalwahlen teilnehmen«, sagt Noble.

»Auf jeden Fall«, sagt Shams Uddin. Er schaut Noble an. Seine Augen leuchten. »Für Bengalen ist es schwierig, allein auszugehen, weil man oft beschimpft wird. Wenn man in einer Sozialbausiedlung wohnt, können die Nachbarn sehr feindselig sein. Sie schlagen einem die Fenster ein, werfen Müll in den Briefkasten und machen einem das Leben zur Hölle. Wir haben für Veränderung gestimmt. Und wir haben gewonnen, nicht wahr? In gewisser Weise?«[18]

Noble nickt. Ja, in gewisser Weise haben sie gewonnen. Zumindest hat die National Front einen Rückschlag erlitten.

Shams Uddin sagt: »Schwarz und Weiß, vereinigt euch und kämpft.«

Noble denkt an die Demonstration vom vergangenen Sonntag.

»Einer unserer Gemeindevorsteher hat uns erklärt«, fügt Shams Uddin hinzu, »wenn wir den Rassismus auf politischer Ebene bekämpfen, wird er automatisch von der Straße verschwinden.«[19]

Noble nickt.

»Also«, sagt Shams Uddin, »tragen wir den Sarg von Altab Ali bis zur Downing Street.«

Noble denkt an den Sonntag zurück:

Als ob das irgendjemandem etwas gebracht hätte.

Hackney Police Station, 8 Uhr morgens, 6. Mai 1978.

Am Tag nach dem Verhör der Mörder von Altab Ali hat Noble eine Besprechung in Hackney, diesmal in der Lower Clapton Road.

Gardiner ist da, sichtlich gut gelaunt, und ein paar ältere Typen, die müde und erschöpft aussehen. Raue Haut, verkaterte Gesichter.

Einen glaubt er zu kennen, Kieran Caldwell.

Ein Typ aus Hackney, der immer irgendwie gereizt wirkt.

Ein Ire, komisch mit dem Namen, der angeblich in der Schule deswegen immer gemobbt wurde. Sie sind ungefähr gleich alt, aber Caldwell kann Paddy Noble anscheinend nicht riechen. Was wohl daran liegt, dass Noble nicht in der Murder Mile von Belfast aufgewachsen ist. Nicht meine Schuld, hat Noble immer gedacht.

Fünf Männer nippen an süßem Tee. Fünf Männer rauchen Zigaretten der Marke Embassy.

Das Treffen wurde am späten Vorabend einberufen, es sind hohe Tiere dabei, unter anderem von der Einheit für rassistisch motivierte Übergriffe, der Paki Squad, wie sie im West End Central genannt wird.

Die Sitzung wird vom Dezernatschef geleitet, einem Waliser, DS Williams. Er sagt: »Die Leiche ist letzte Nacht aus dem Kanal gezogen worden, in der Nähe des Prince of Wales Pub, unter der Lea Bridge Road. Der Tote hat in der kleinen Siedlung an der Mildenhall Road gewohnt, gleich hinter dem Clapton Pond, und seine Frau hat gesagt, er sei joggen gewesen und nicht nach Hause gekommen. Sie hat die Familie losgeschickt, um ihn zu suchen …«

»Also etwa die Hälfte der Brick Lane«, murmelt jemand.

Strenge Blicke.

»Sie hat die Familie nach ihm suchen lassen«, sagt Williams, »weil sie der Polizei nicht traut.«

Einige nicken, vor allem Caldwell.

»Er war Gemeindevorsteher, was auch immer das heißt, also waren viele Leute an der Suche beteiligt. Ein paar Kinder haben die Leiche in eine blaue Plastikfolie gewickelt gefunden, halb untergetaucht. Sie hielten es für ein Möbelstück oder einen Einkaufswagen und haben Steine danach geworfen.«

»Das muss eine schöne Überraschung für sie gewesen sein. Geschieht ihnen aber ganz recht, warum sind die Rotzlöffel auch nicht in der Schule?«, wirft jemand ein.

»Der Tote heißt Shahid Akhtar«, fährt Williams fort. »Achtunddreißig Jahre alt, Vater von drei Kindern. Er wurde vor etwa achtundvierzig Stunden als vermisst gemeldet.«

Noble blickt zu Gardiner, der abwesend wirkt.

Caldwell sagt: »Er ist ein wichtiger Mann in der Moschee am Lea-Bridge-Kreisverkehr. Außerdem ein Geschäftsmann mit vielen Beteiligungen in und um, ja, nicht lachen, Brick Lane.«

»Danke«, sagt Williams. Er wendet sich an Noble. »Gestern hat DC Noble Carl Ludlow, Roy Arnold und einen dritten Verdächtigen, der als Minderjähriger anonym bleibt, zum Mord an Altab Ali in Whitechapel am 4. Mai befragt.«

Noble nickt. Er spürt die gehässigen Blicke der Älteren, denn für sie ist Chance Noble ein Typ, der nur Hollywood-Fälle bearbeitet und vorzeitig befördert wurde.

»Die drei sind jetzt des Mordes an Altab Ali angeklagt.«

Jemand sagt: »Fiese kleine Bastarde.«

Ein anderer sagt: »Fall gelöst.«

Ein Dritter: »Na dann.«

»Chief«, sagt Noble, »bei allem Respekt, das klingt nicht nach denselben Tätern.«

»Muss es auch nicht, Chance«, sagt Caldwell.

»Diese Typen sind alle vom gleichen Schlag«, sagt Williams. »Sie trinken im Ship Aground an der Lea Bridge Road, etwa zweihundert Meter von der Stelle entfernt, wo die Leiche herausgezogen wurde.«

»Richtig«, murmelt Noble.

»Der arme Teufel joggt am Kanal entlang, und hast du nicht gesehen, ein weiteres willkürliches Hassverbrechen.«

»Ich …«

»Vergiss es, Chance. Die Zeitlinie passt.«

»Sind wir sicher, dass sein Tod überhaupt als Mord behandelt werden muss?«

»Im Moment ja. Die Autopsie ist kompliziert, wegen der Feuchtigkeit dauert sie ewig.«

»Wir sollten schnell ein paar Schuldige präsentieren, um die Gemeindevorsteher zu beruhigen«, sagt Gardiner. »Und die andere Seite auch.«

Williams nickt. »Die Ansage von oben ist klar: verabscheuungswürdige Akte menschenverachtender rassistischer Gewalt. Ausgeführt von drei Schlägern, Ende der Geschichte.«

»Wenn das ein Gemeindevorsteher war«, sagt einer der älteren Männer, »dann werden sie einen Aufstand machen.«

Das sollten sie auch, denkt Noble.

»Schärfere Kontrollen«, sagt Williams. »Im ganzen Bezirk. Alles klar? Wir reden hier von laufenden Ermittlungen, kein Verdacht auf ein Verbrechen. Alles klar? Wir veröffentlichen eine Mitteilung in der *Hackney Gazette*, um die Gemüter zu beruhigen.«

Allgemeines Nicken.

»Lesen Sie das.« Williams verteilt Zettel.

Darauf stehen Erklärungen. Noble überfliegt drei davon:

Es gab nicht nur eine deutliche Zunahme von rassistischen Graffiti, insbesondere mit NF-Symbolen, in ganz Tower Hamlets, sondern auch eine verstärkte Präsenz von NF-»Schwergewichten« und von Gruppen Jugendlicher an zentralen faschistischen Treffpunkten, insbesondere in Bethnal Green.

Ken Leech, anglikanischer Pfarrer von Brick Lane

… die bengalische Jugend hat sich begeistert mit ihren weißen Freunden zusammengetan, um eine Bedrohung zu bekämpfen, die in ihrer endgültigen Form der Todesstoß für ein demokratisches Großbritannien sein wird.

Tassaduq Ahmed, Erzieher im East End

Wie viele rassistische Übergriffe muss es noch geben?
Warum deckt die Polizei die Täter?

Aus der Ankündigung, dass Altab Alis Sarg während eines Protestmarschs in die Downing Street gebracht wird[20]

»Das alles bedeutet natürlich«, sagt Williams, »dass unser Personal erheblich aufgestockt wird.«

Weiteres Kopfnicken.

»Mehr Aufmerksamkeit von oben. Eine echte Chance für die Ehrgeizigen unter Ihnen.«

Noble denkt: Da hat er nur zu recht.

Als sie den Raum verlassen, nickt Caldwell Noble zu.

»Gute Zeit gehabt bei dem Konzert?«

Noble lächelt. »Und bei dir so weit alles klar, Kieran?«

»Ein Haufen verdammter Asozialer sind diese Leute«, sagt Caldwell. »Alles nur Geschwätz. Genau deine Art von Szene.«

»Diese Reggaemusik geht richtig ab.«

Caldwell blickt finster. »Bau keinen Scheiß, Chance.«

»Bleib locker, Kieran«, erwidert Noble.

Suzi hört Keith in ihrem gemeinsamen Bett schnarchen, während sie Tee trinkt und ihren Wrap isst.

Sie schaut aus dem Fenster in einen grauen Maimorgen. Um diese Zeit ist es ruhig in dem besetzten Haus. Suzi ist Frühaufsteherin und genießt die morgendliche Stille. Ihre kleine Wohnung liegt im sechsten Stock mit Blick auf den Kanal. An einem guten Tag kann man bis nach Stratford und zum Springfield Park sehen. Ursprünglich war es eine stillgelegte Textilfabrik, heute hat es das Flair eines Sanatoriums. Nach einer notdürftigen Renovierung sind die Zimmer groß und weiß wie in einem Krankenhaus. Eine geschlossene Anstalt, sagt Keith. Wenn man einmal drin ist, lacht er, gibt es nur einen Weg nach draußen.

Weil es ein ehemaliges Fabrikgebäude ist, gibt es auf jeder Etage nur eine Gemeinschaftstoilette und eine Gemeinschaftsküche, einen Raum mit einem großen Bad und ein paar Duschen. Alles funktioniert, und es gibt genug Leute, die sich um die Instandhaltung kümmern, es ist wie eine Genossenschaft. Sie und Keith mussten sogar ein Bewerbungsgespräch führen, um eine Wohnung zu bekommen.

»Oh, die *Ruts* haben euch geschickt«, lachte der Vorstand der Genossenschaft, als sie auftauchten. »Das hättet ihr gleich sagen sollen.«

»Haben wir«, erklärte Suzi.

»Ja, ja, Keith, *dich* kennen wir.«

Suzi liebt diese männlichen Vorsitzenden, diese Obermacker. Sie haben keine Ahnung, die meisten von ihnen. Sprücheklopfer und Cordhosenträger, ungepflegt und reserviert, zumindest was den Haushalt betrifft. Und in Sachen Verhütung, wenn man nach ihrem zahlreichen Nachwuchs geht. Von Monogamie ganz zu schweigen.

Sie sagten zu Keith: »Sorg einfach dafür, dass unser Soundsystem auf der nächsten Party fantastisch ist, Mann, dann kommen wir schon klar.«

»Groovy«, sagte Keith.

Das war vor drei Jahren, als Suzi gerade achtzehn war und sich nichts anderes leisten konnte. Daran hat sich nicht viel geändert, und überhaupt gefällt es ihr hier, sie ist zufrieden.

Und Hausbesetzungen sind eine Kunst wie jede andere: Man braucht eine Vorhut, die herausfindet, wie man den Strom anschaltet, die Gebühren bezahlt und sich eine gewisse Legitimität verschafft. Zumindest dafür waren diese langhaarigen ehemaligen Politikstudenten vom Enfield Poly gut.

Und Keith ist nett zu ihnen. Letztes Jahr hat er auf der Geburtstagsparty einer großen Reggae-Clique oben in Dalston aufgelegt und das ganze besetzte Haus eingeladen. Bringt euren eigenen Alkohol mit, hat er ihnen geraten. Am besten viel davon.

Also waren alle ganz aufgeregt, trugen Tweed und Desert Boots, um die Schwarzen zu beeindrucken, hatten Taschen voller Red Stripe und Hasch mitgebracht, in Erwartung einer Art Dub-Party. Aber alle Rastas, erinnert sich Suzi, tranken nur Brandy, hörten Lonnie Donegan und Waylon Jennings und lachten über den weißen Mann, auf eine nette Art, versteht sich.

Keith war glücklich, und das bisschen Spott machte ihm nichts aus. Es war einfach nett von ihm, so wie er eben ist.

Er hat ihnen einen Gefallen getan, *wirklich*.

Suzi schaut ihn an und lächelt. Selbst in Unterhose und sabbernd sieht er noch gut aus.

Draußen liegt ein leichter Nebel über dem Wasser. Suzi nippt an ihrem Tee, raucht eine selbstgedrehte Zigarette und trägt eins von Keiths Hemden. Sie müsste sich richtig anziehen, wenn sie mehr als eine Tasse Tee trinken wollte, aber es ist einer dieser Morgen, an denen alles etwas länger dauert, als es sollte.

Am Abend zuvor haben die Ruts gespielt, und es herrschte eine ausgelassene Post-Carnival-Stimmung.

Suzis Beitrag für *Temporary Hoarding* ist fertig, sie schaut sich gerade die Fotos an. Sie weiß, welches die Aufmerksamkeit auf sich ziehen wird. Und es ist nicht das von dem mürrischen Kerl, der gerade weggeht, obwohl es mit seinem Panoramablick über das ganze Gelände auch in den Artikel kommt.

Keith stöhnt, aber er wacht nicht auf.

Suzi hört, wie draußen ein Lieferwagen vorfährt. Zwei Männer steigen aus. Suzi kann nicht lesen, was auf der Seite des Lieferwagens steht.

Die Männer tragen einen Stapel Umschläge und eine Art Plakatrolle. Wahrscheinlich wollen sie für irgendeine Veranstaltung werben, auch wenn sie nicht so aussehen.

Einer der Männer hat einen Werkzeugkoffer dabei, den er öffnet. Sie nähern sich der Haustür, und in diesem Moment verliert Suzi sie aus den Augen. Sie lauscht auf ein Klopfen oder die Klingel – es gibt eine, und sie funktioniert sogar.

Aber sie hört etwas ganz anderes.

Nägel werden ins Holz geschlagen, in die Türen, in die Bretter vor den Fenstern, die das Erdgeschoss schützen sollen.

»Was ist das für ein Lärm?«, fragt Keith.

»Keine Ahnung, Schatz«, antwortet Suzi. »Klingt, als kriegen wir die Kündigung.«

»Nicht jetzt, oder?«, sagt Keith. »Wie wäre es stattdessen mit einer Tasse Tee?«

Suzi lächelt ihren Freund an. »Ich mache eine frische Kanne.«

»Vergiss nicht, die Kanne vorher aufzuwärmen«, erinnert Keith sie.

Rathaus von Hackney.

Der Clapton Pond ist ein trostloser Ort –

Jon Davies schüttelt bedauernd den Kopf. Jon ist in einer Besprechung, aber er hört nicht zu. Im Teich ist mehr Pisse als Wasser, denkt er. Die Enten sehen aus, als wären sie auf Heroin.

Was für ein Ort zum Leben.

Am Morgen ist er mit dem Fahrrad von seinem Reihenhaus in der Mildenhall Road daran vorbeigefahren, sein Sohn saß still im Kindersitz. Er brachte ihn zur Spielgruppe der United Reformed Church in Lower Clapton. Was für ein Ort, um ein Kind aufzuziehen. Ein Kind und eine Katze, was für eine Familie. Der Vorsitzende des Wohnungsausschusses, ein namenloser Bezirksrat, plaudert vor sich hin. Irgendwas von Hausbesetzern. Irgendwas vom Recht auf Wohnen. Irgendwas über ethnische Integration. Etwas über Gemeinschaftsbildung.

»Was meinst du, Jon?«

Jon starrt ins Leere. »Was ich meine?«, sagt er.

»Über den Vorschlag, Jon. Wird er funktionieren, du weißt schon, für deine Abteilung?«

Jon nickt. Ihm gefällt der Euphemismus *deine Abteilung*.

Ist es legal, lautet die Frage.

Und ja, im Großen und Ganzen ist es das.

Hausbesetzer mit einem Minimum an notwendiger Gewalt zu vertreiben, ist völlig legal, wenn man es richtig macht.

»Meine Abteilung«, sagt Jon, »ist an Bord.«

Bezirksrat Godfrey Heaven, Vorsitzender des Wohnungsausschusses, lächelt. »Das freut mich«, sagt er.

Jon zieht die Augenbrauen hoch.

Diese Ausschussvorsitzenden sind gewählte Bezirksratsmitglieder, die von ihren Aufwandsentschädigungen leben.

Je mehr Ausschüsse sie leiten, desto mehr kassieren sie.

Er schaut Heaven an. Er ist in Ordnung, dieser Heaven, trotzdem, er hängt ein bisschen zu viel in den Sitzungssälen herum, moderiert, delegiert, führt den *Vorsitz*, um ihn wirklich respektieren zu können.

Heaven sent, vom Himmel geschickt, wird oft gewitzelt: Godfrey sei Dank.

Das Meeting zieht sich, Jon driftet ab.

Jons Frau Jackie hat ihre Katze, damals noch ein Kätzchen, aus dem Clapton Pond gefischt. Ein alter Perversling wollte einen ganzen Sack davon ertränken. Keine Chance. Genauso gut hätte er es in einer Pfütze versuchen können. Jackie marschierte rüber, schrie etwas Obszönes, und der Kerl machte sich aus dem Staub. Fünf Kätzchen: reiche Beute. Ein paar gingen an Cousins, eins an die Nachbarin, eins an die Besitzerin des Eckladens, und eins behielt sie. Eric. Sie nannten den Kater Eric. Eric von Clapton. Kommt immer gut an, wenn Jon diesen Witz macht. Ein vielversprechender Anfang.

Dann sagte der echte Eric all diese schrecklichen Dinge über Enoch Powell, und der Witz war nicht mehr lustig, und Jon legte Erics Platten nicht mehr oft auf.

Warum sind wir hiergeblieben?

Nun, die Antwort ist einfach: Geld. Siebzehn Riesen für ein Reihenhaus mit drei Zimmern und eine schwangere Frischvermählte im Schlepptau, da überlegt man nicht lange. Und der Job natürlich. Deshalb ist er hier. Anwalt für den Bezirksrat von Hackney. Was ist das für ein Ort? Hauptsächlich Hippies. Hippies und Schlägertypen. Die Bezirksräte tragen gebatikte Hemden und Springerstiefel. In den Fluren hallt es wie in einer Irrenanstalt. Die Wände starren dich an, fordern dich heraus. Sie sind hart, diese Mauern. Marxisten und Rassisten, verrückte Linke und organisierte Rechte. Das Rathaus von Hackney erweist sich als schwierige Angelegenheit.

Die Versammlung schleppt sich. Die Versammlung schleppt sich an den eigenen Knöcheln weiter, die Beine sind im Arsch.

Dann: Ein Name fällt.

Derrick Day.

Jon kommt aus der Gegend, nicht allzu weit weg, er ist ein Einheimischer, er könnte genauso gut die Fahne des East End schwenken, zumal sein Sohn in Hackney geboren wurde.

Und natürlich kennt er den Namen Derrick Day.

Fat Bastard nennen ihn seine Freunde.

Derrick Day, *Politiker*, seine Feinde.

Derrick Day: Hoxton-Aktivist und Parlamentskandidat

der National Front. Ein Rassist der alten Schule, der alte Fat Bastard.

Das Problem ist 73 Great Eastern Street, London EC2.

Kürzlich gekauft, gerade renoviert und jetzt: ein Bauantrag zur Nutzung als Verlags- und Lagerhaus für die National Front.

Direkt vor der Haustür der Bezirksverwaltung.

Der Flur. Der harte, hallende Flur. Die Wände krümmen sich. Absätze klappern auf dem schmutzigen, polierten Boden. Diese Flure sind wie öffentliche Bäder, denkt Jon. Immer feucht oder nass, zu jeder Jahreszeit. Eine Tür öffnet sich.

»Und?«

Jon lächelt. Es ist seine Kollegin Kate aus der Rechtsabteilung des Hackney Council.

»Alles in Ordnung«, sagt Jon.

»Inwiefern?«

Jon winkt in den leeren Gang. »Anträge«, sagt er. »Es gibt Anträge. Du weißt doch, wie das ist. Integrative Stadtteilentwicklung.«

Kate weiß, wie das läuft. »Stadtteilentwicklung, von mir aus«, sagt sie. »Aber deshalb muss man doch keine Hausbesetzer mit Gewalt vertreiben.«

Jon nickt.

Kate verschränkt die Arme. Sie presst die Lippen zusammen. »Und die Great Eastern Street?«

»Wie sie in der Besprechung gesagt haben«, erwidert Jon und wendet sich ab. »Es geht um einen Bauantrag. Das Gebäude gehört jemandem, Kate, das ist nicht dasselbe wie Hausbesetzung.«

Seine Absätze klappern, das Klappern hallt nach, es dröhnt förmlich in den Ohren.

»Wem gehört das denn?«, fragt Kate laut.

Ohne sich umzudrehen, antwortet Jon, das sei egal.

»Das ist keine richtige Antwort«, ruft Kate ihm hinterher.

Er hebt einen Arm, ohne sich umzudrehen.

Das Hauptquartier der Race Crime Initiative befindet sich in der Whitechapel Police Station, und Noble geht am Empfang vorbei, einen langen Gang hinunter, eine Steintreppe hinauf, einen weiteren langen, hallenden Gang hinunter, durch eine Sicherheitstür, einen weiteren langen, hallenden, kalten Gang hinunter, kommt an eine Tür, klopft, öffnet die Tür, steckt seinen Kopf durch die Tür und sagt:

»Chief, auf ein Wort?«

Er spricht mit Chief Inspector Maurice Young, dem Leiter der Race Crime Initiative. Young selbst hat Noble persönlich ausgewählt.

Ein anderer Spitzname für den alten Chance ›Paddy‹ Noble: *Golden Bollocks*.

»Setzen Sie sich, DC Noble«, sagt Young.

Noble setzt sich.

»Was kann ich für Sie tun?«

»Ich brauche einen Mann, Chief, einen jungen Rekruten, ein unbekanntes Gesicht.«

Young nickt. »Fahren Sie fort.«

»Ich möchte jemanden als V-Mann einschleusen.«

»Das ist ein ehrgeiziges Ziel, DC Noble.«

Noble nickt. »Chancen ergreifen, richtig?«

Young sagt ihm, er sei an der richtigen Stelle.

»Davon bin ich überzeugt, Boss.«

Young überlegt. »Rechts oder links?«

Noble hält Youngs Blick stand. »Links, Chief.«

Young nimmt einen Füllfederhalter aus einer Schale auf seinem Schreibtisch. Er greift zu einem eleganten Notizblock. Schwungvoll notiert er etwas. Dann reißt er vorsichtig das Blatt ab.

»Sprechen Sie mit diesem Mann. Vereinbaren Sie ein Treffen.«

Auf dem Zettel steht ein Name, eine Telefonnummer, ein Kürzel, SDS –

Special Demonstration Squad.

Young öffnet eine Schreibtischschublade und zieht einen Umschlag heraus.

»Er erwartet Ihren Anruf. Geben Sie ihm diesen Umschlag.«

Noble steckt den Umschlag ein und nickt.

»Noch etwas«, sagt Noble. »Shahid Akhtar?«

»Ermittlungen laufen«, sagt Young. »Das wissen Sie. Ich begleite Sie nicht zur Tür.«

Suzi und Keith stehen mit einigen Vorstandsmitgliedern der Kooperative vor dem besetzten Haus und begutachten die Arbeit der Männer aus dem Lieferwagen.

Ganze Arbeit, das muss man ihnen lassen.

Vor lauter Plakaten sieht man kaum noch Sperrholz.

Der Vorstand sagt Sachen wie: Aber wir sind doch auf der gleichen Seite, und, es gibt viele andere, die nicht wie wir die Politik des Bezirksrats unterstützen, das Recht auf Wohnen für alle und den Aufbau von integrativen Gemeinschaften, wir sind eine Gemeinschaft, und, auf was zum Teufel wollen die raus, und, wie wollen sie Einwanderer in einer verdammten alten Fabrik unterbringen?

Solche Sachen.

Tiny Tony, ein sehr großer, schlanker Mann und Chef der Co-op, geht wieder ins Haus. Keith, in Weste und Jeans, nippt am Tee und plaudert. Suzi schaut auf die Uhr. Sie muss gleich in der RAR-Zentrale sein, im Pub, es geht um ein wichtiges Projekt.

Ein Vorstandsmitglied sagt zu Keith: »Woran arbeitest du gerade, Mozart?«

Das ist ihr Spitzname für Keith: Mozart. So was nennt man wohl Humor.

»Studiokram«, sagt Keith. »Unten im Sonic Bunker produzieren wir die Single einer neuen Punkband.«

»Toll.«

»Ja, die sind ziemlich geil. Buzzcocks heißt die Band. Ihr Song handelt davon, dass man sich in jemanden verliebt, in den man sich nicht hätte verlieben sollen. Behaltet sie im Auge, sie werden groß rauskommen.«

»Wird gemacht, Keith, wird gemacht.«

»Klingt eingängig«, sagt ein anderer.

»Ja, absolut«, sagt Keith freundlich.

Suzi lächelt. Sie liebt ihren Freund. Der Sonic Bunker ist sein kleines Versteck, ein Raum mit einem Schlagzeug und einem 16-Spur-Gerät in der Nähe des Victoria Park. Der Besitzer wohnt über ihm und überlässt Keith den Laden. Suzi hält sich fern; diese jungen Punks sind nicht viel besser als die Kooperativen-Hippies, was ihre wenig aufgeklärten Ansichten über Frauen angeht.

Tiny Tony ist zurück.

»Also«, verkündet er. »Ich will nicht rassistisch klingen, aber … Die Sache ist die. Wie ich sehe, haben die Bengalis die folgenden Teile des Londoner East End fest in ihrer Hand.« Tiny Tony hält ein Blatt Papier hoch und liest vor. »Matlock Street, Varden Street, Walden Street, Old Montague Street, Jubilee Street, Adelina Grove, die Lindley Street, die Redmans Road, die White Horse Road, die Aston Street, Flamborough, Westport und teilweise auch Arbour Square. Also …«[21]

»Ich dachte, du wolltest nicht rassistisch klingen«, wirft Suzi ein.

»Und?«

»Und das war jetzt nicht rassistisch?«

»Das Schreiben ist vom Bezirksrat, oder? Die sind doch nicht hinter denen her, oder?«

Suzi schüttelt den Kopf. »Keine Ahnung.«

Jemand sagt: »Nächste Woche tragen sie den Sarg von Altab Ali von der Brick Lane zur Downing Street. Da sollten wir hingehen, aus Solidarität.«

Tiny Tony nickt. »Ja, wir sollten hingehen. Aber einige von uns müssen hierbleiben.«

Er tippt auf eines der vielen Plakate. »Wir haben einen Monat, um uns zu wehren, und das werden wir tun. Wir sind Teil dieser ethnischen Integration, wir müssen es nur beweisen.«

Jemand murmelt: »Stimmt, natürlich sind wir das, verdammt nochmal.«

»Wir werden uns mit einer Petition an den Bezirksrat wenden«, sagt Tiny Tony, »und unsere Argumente vortragen. Das wird uns eine Menge Zeit verschaffen, so oder so.«

Suzi schaut zu Keith, der nickt. Für ihn ist das nur ein weiterer Teil des Lebens, das er sich ausgesucht hat – oder vielmehr des Lebens, das ihn ausgesucht hat.

»Wer ist der Bezirksrat?«, fragt Suzi.

»Godfrey Heaven«, antwortet jemand. »Er ist der Vorsitzende des Wohnungsausschusses.«

»Seit wann ist eine alte Fabrik ein Wohnhaus?«

»Genau«, murmelt Tiny Tony.

»Godfrey Heaven soll zur Hölle fahren«, schreit jemand.

Jon und Jackie sind vor zwölf Monaten in ihr Drei-Zimmer-Reihenhaus gezogen, nachdem sie einige Jahre in einer Wohnung in der Queensdown Road mit Blick auf den Park gewohnt hatten. Die Nachbarschaft hat sich seitdem nicht verändert. Heute berichtet die Presse über einen armen Mann, der bei einem grundlosen rassistischen Angriff in Whitechapel erstochen wurde. Der Mann hieß Altab Ali und arbeitete in einer Textilfabrik. Er war offenbar auf dem Heimweg von der Arbeit, hatte Einkäufe dabei, wollte für seine Frau und seine Kinder kochen und war ganz aufgeregt, weil er zum ersten Mal an den Kommunalwahlen teilnehmen wollte. Was für eine Schande. Die drei bösen kleinen Scheißer, die das getan haben, sind reuelos bis zur Gleichgültigkeit. So wird es jedenfalls berichtet. Der Jüngste, sechzehn Jahre alt und deshalb nicht namentlich genannt, wird zitiert: *Ohne jeden Grund*, antwortete er auf die Frage, warum sie das getan hätten. *Wenn wir Pakis gesehen haben, sind wir auf sie losgegangen. Wir haben sie nach Geld gefragt und sie dann verprügelt. Ich habe mindestens fünfmal Pakis verprügelt.*[22] Jon weiß sehr gut, dass an dem Tag, an dem der arme Altab Ali mit einer zehn Zentimeter langen Klinge in den Hals gestochen wurde, die National Front dreiundvierzig Sitze im Bezirksrat gewonnen hat. *Was für ein Ort, Hackney.* Die beiläufige Sprache des Jungen, die Selbstverständlichkeit, mit der er sie benutzt – es ist widerlich. *Wir haben nach Geld gefragt.* Gefragt. Und der arme Altab Ali ist nach Hause geeilt, um an einer Wahl teilzunehmen, bei der die verdammte National Front so prominent vertreten war – *was für ein Land.*

In der Lokalzeitung steht eine weitere Meldung, die Jon mit Interesse liest. Einer ihrer Nachbarn von gegenüber, Shahid Akhtar, wurde seit Tagen vermisst und nun tot aufgefunden. Ein lokaler Geschäftsmann, Gemeindevorsteher. Die Polizei ermittelt, aber es handelt sich noch nicht um eine strafrechtlich relevante Untersuchung.

Jon braucht einen Moment, um das zu verdauen.

Er kannte Shahid Akhtar nicht besonders gut, aber sie haben sich immer freundlich zugenickt.

Er war immer gut angezogen und sehr höflich.

Mit einem großen Lächeln, meistens. Seine Frau und seine Kinder haben sich immer ein bisschen über ihn lustig gemacht.

Eine Schande. Eine wirkliche Schande.

Ayeleen: Ich schiebe die Tür zum Café meines Onkels auf, wo meine Mutter manchmal auf mich wartet und mein Vater arbeitet und seine Freunde trifft. Mein Vater ist der Geschäftsführer, aber er ist nie da, wenn ich nach der Schule vorbeikomme.

»Alles in Ordnung, Leenie?«, fragt Lea, die Kellnerin.

Ich lächle und nicke. »Ja, mir geht's gut«, sage ich, und es stimmt, denn die Schule ist aus.

Ich suche mir einen Tisch in der Ecke, öffne meine Schultasche und hole meine Hausaufgaben heraus.

Lea bringt mir ein Glas Milch. »Hausaufgaben in deinem Alter?«, fragt sie. »Ich weiß nicht.«

»Ich bin siebeneinhalb«, sage ich. »Ich bin in der ersten Klasse. Ich muss nur buchstabieren lernen.«

»Ich war in Rushmore«, sagt Lea mit großen Augen, »vor langer Zeit.«

Sie unterhält sich mit einem Mann, den ich hier schon mal gesehen habe.

Sie lachen über etwas, aber ich weiß nicht, worüber.

Der Mann steht auf. »Ich habe eine Buchstabierhilfe für dich«, sagt er. »Wie buchstabiert man *Tipp*?«

»Sehr witzig«, sagt Lea zu ihm.

»T-I-P-P«, sage ich.

»Ich habe einen Tipp für dich«, sagt der Mann und öffnet die Tür. »Iss niemals gelben Schnee. Ta-ra.«

Die Tür fällt ins Schloss, aber ich höre ihn noch lachen.

»Ignorier ihn einfach, Schatz«, sagt Lea.

»Ich würde keinen Schnee essen, egal welche Farbe er hat«, antworte ich ihr.

»Schlaues Mädchen«, zwinkert Lea. »Deine Mama kommt gleich. Willst du etwas essen, während du wartest?«

Ich schüttle den Kopf und lutsche an meinem Bleistift.

»Wie du willst«, sagt Lea.

Sie geht zurück zum Tresen und sagt mit singender Stimme zu mir: »Ruf mich, wenn du es dir anders überlegst!«

Lea ist nett.

Ich kritzle in mein Schulheft, lutsche an meinem Bleistift, trete gegen den Stuhl –

Draußen auf der Straße steht mein Onkel Ahmet. Er redet auf zwei jünger aussehende Türken und einen Inder ein und scheint sie anzuschreien. Die Türken nicken und blicken zu Boden. Mein Onkel Ahmet schüttelt den Kopf, fuchtelt mit den Armen und wird etwas rot im Gesicht. Nach einer Weile hält er inne und schickt die Männer weg. Sie gehen zu einem Auto, steigen ein und fahren weg.

Onkel Ahmet kommt ins Café, nickt Lea zu, beugt sich über meinen Tisch und streicht mir über den Kopf.

»Du bist fleißig wie immer«, lacht er und klatscht in die Hände.

»Ja, Onkel«, sage ich.

Er nickt. Er schaut sich im Café um, hinaus auf die Straße.

»Und wo ist dein Vater, wenn ich ihn brauche?«

»Mr. Ahmet«, sagt Lea, »der war heute Morgen als Erster hier.«

Onkel Ahmet murmelt: »Darauf wette ich.« Dann lächelt er Lea an und sagt: »Danke, mein Herz.«

»Meine Mum kommt gleich«, sage ich zu Onkel Ahmet.

Er lächelt sehr breit, als er sagt: »Aber ich muss mit deinem Vater sprechen, Liebling.«

Ich weiß nicht, was ich antworten soll, also sage ich nichts. Stattdessen frage ich: »Warum hast du diese Männer angeschrien, Onkel?«

Er lächelt. »Irgendeine … traurige Angelegenheit. Wegen eines Mannes, den ich kenne, eines Geschäftspartners, eines Freundes aus der Moschee. Das ist alles.«

»Oh.«

»Schon gut, wirklich. Diese Dinge, sie – passieren eben.«

Ich nicke. »Ja, Onkel.«

Dann setzt sich Onkel Ahmet mit Lea an einen Tisch und stellt ihr ein paar Fragen. Sie schauen in Hefte, und er schreibt ein paar Sachen auf, und Lea nickt viel und schüttelt manchmal den Kopf.

Ich sitze noch an meinen Hausaufgaben, als meine Mutter kommt.

»Hallo, Schwägerin«, sagt Onkel Ahmet zu ihr.

Meine Mutter lächelt, aber seine Anwesenheit überrascht sie sichtlich. »Hallo, Bruder«, sagt sie.

Er lächelt in meine Richtung. »Meine Nichte macht mich sehr stolz«, lacht er.

»Sie macht uns alle sehr stolz.«

»Das tut sie.«

»Ayeleen, es ist Zeit zu gehen.« Meine Mutter gibt mir ein Zeichen, mich zu beeilen.

»Sag deinem Mann, dass ich ihn sehen möchte«, sagt Onkel Ahmet.

»Er ist *dein* Bruder«, sage ich und strecke ihm die Zunge heraus.

»Wirklich sehr stolz«, sagt er mit einem Augenzwinkern.

Ich winke Lea zum Abschied, und wir gehen nach Hause. Mein Vater ist nicht da.

Noble bahnt sich mit den Ellbogen einen Weg in den Britannia Pub in der Mare Street, gleich neben dem Hackney Empire. Es ist elf Uhr morgens, an der Bar steht schon eine Schlange. Es riecht nach Desinfektionsmittel und Sägespänen, nach kaltem und frischem Rauch.

Noble wartet geduldig. Das Licht fällt pissgelb durch die schmutzigen Milchglasscheiben. Vor ihm auf dem Tresen steht ein Behälter mit eingelegten Eiern, die schon bessere Tage gesehen haben. Auf der anderen Seite Untertassen mit Kutteln und Zwiebeln für die Hartgesottenen.

Ein alter Mann schlurft mit seinem Bier davon und starrt Noble an.

Noble ist diese Abneigung gegen Old Bill, wie sie in London traditionell die Polizei nennen, gewohnt, auch wenn er an diesem Morgen nicht unbedingt so aussieht.

Er trägt eine Arbeitsjacke, ein frisches Hemd, akkurat gestutzte Koteletten und Chelsea Boots.

Vielleicht ist das das Problem –

Die Kundschaft hier sind größtenteils arme Teufel.

Noble zeigt auf einen Zapfhahn. »Zwei davon, Kumpel, und zwei Whiskey, Irish.«

Der Barmann zieht eine Augenbraue hoch. »Irisches Frühstück, was?«

Noble lächelt dünn. »Behalten Sie den Rest«, sagt er.

Er trägt das Tablett mit den Getränken in den abgedunkelten hinteren Bereich. An einem Tisch sitzt ein Mann vor einem Pint und einem irischen Whiskey. Es ist Bill Stewart, sein Name stand auf dem Zettel von Maurice Young.

»Ich wünsche einen schönen guten Morgen«, sagt Stewart mit schwerem Londoner Akzent. Er hebt sein Bier.

Noble nickt. Er reicht Stewart ein Pint vom Tablett, dazu einen Whiskey.

Stewart mustert die Getränke, dann schaut er Noble an. »Natürlich«, sagt er. »Ich vergaß, die Schotten sind die verdammten Geizkragen, nicht ihr.«

»Ist das Ihr Stammlokal?«, fragt Noble.

»Irgendwie schon, morgens jedenfalls.«

»Wirklich?«

»Ich arbeite nachts, Junge. Also nicht frech werden.«

Noble lächelt. »Würde mir nicht im Traum einfallen.«

»Braver Junge.«

Noble greift in seine Innentasche und holt den Umschlag heraus, den Young ihm gegeben hat. Er legt ihn auf den Tisch und schiebt ihn zu Stewart rüber.

Stewart zieht eine Rothmans aus dem Päckchen auf dem Tisch. Er nimmt ein Einwegfeuerzeug und hält es an seine Zigarette. Dann greift er in seine Innentasche und holt eine Lesebrille heraus. Die kleinen Halbmonde balanciert er auf dem Nasenrücken.

Er deutet darauf. »Wissen Sie, wie man mich hier nennt?«

Noble schüttelt den Kopf.

»Old Bill.« Stewart johlt, dann schüttelt er sich und schnauft vor Lachen. »Die haben keine Ahnung.«

»Das ist lustig«, sagt Noble.

»Ich weiß, dass es verdammt lustig ist, deshalb habe ich es gesagt.«

»Richtig.«

Stewart öffnet den Umschlag und blättert im Inhalt. Er nimmt ein Blatt mit einer Prägung heraus und liest –

Noble wartet. Er nimmt einen Schluck von seinem Bier, nippt an seinem Whiskey –

Stewart lächelt. »Sie brauchen also jemanden.«

Noble nickt.

»Jemanden, der jung ist und auf sich selbst aufpassen kann, ja?«

Noble nickt. Noble nimmt einen Schluck von seinem Bier und nippt an seinem Whiskey.

»Mir scheint«, sagt Stewart, »es wäre von Vorteil, wenn dieser Jemand schon einmal mit dem Gesetz in Konflikt gekommen wäre, oder?«

»Könnte sein, ja.«

Stewart nickt. »Wissen Sie, was ich mache?«

»Nicht genau, nein.«

»Ich bin beim SDS, der Special Demonstration Squad. Verdeckte Ermittlungen.«

Noble nickt. Noble nimmt einen Schluck von seinem Bier und nippt an seinem Whiskey.

»Ich arbeite mit jungen Officers zusammen. Ich wähle sie aus und bereite sie vor. Solche, die vielleicht mit der Special Patrol Group liebäugeln, aber eigentlich mehr draufhaben. Verstehen Sie?«

»Ich denke schon, ja.«

»Und Sie, mein Sohn, sind der aktuelle Shootingstar, wie es aussieht.«

»Sieht es so aus?«, fragt Noble.

»Ja. Maurice Young ruft mich nicht oft an, aber wenn er es tut, höre ich zu.«

»Das ist gut zu wissen.«

»Das ist es verdammt nochmal.«

Noble nickt. Noble nimmt einen Schluck von seinem Bier und einen von seinem Whiskey.

»Also gut.« Stewart hebt das Pint, das Noble ihm spendiert hat. Er kippt den Inhalt hinunter. Er ballt eine dicke Faust um das von Noble spendierte Whiskeyglas und schüttet sich den Whiskey in den Rachen. »Vielen Dank«, sagt er. Er steht auf. »Jetzt komm mit.«

Noble leert sein Bier und seinen Whiskey. Er nickt.

Suzi schlendert vom besetzten Haus zum Kanal.

Sie ist auf dem Weg zum Prince of Wales, wo sich das RAR-Zentralkomitee trifft, um sich im Glanz des Carnivals zu sonnen und Entscheidungen für die nächste Ausgabe von *Temporary Hoarding* zu treffen.

Etwa alle zwanzig Schritte sieht man ein Graffiti mit den Buchstaben *NF*. Es prangt an den Wänden, am Uferweg und auf jedem Kanalboot, das dumm genug ist, hier länger als fünf Minuten anzulegen. Das anarchistische *A* mit dem Strich durch die Mitte ist eine Art Herausforderung. Das Kürzel *NF* ist einfacher: ein Haken, zwei horizontale Striche, fertig.

Eine Drohung. Viele Drohungen, überall.

Der Kanal erstickt im Müll, unter dreckigem Schaum und Öl.

Erst neulich, nicht weit von hier, wurde eine Leiche aus dem Wasser gezogen. In blauem Plastik, Kinder hatten versucht, sie zu versenken.

Besser, man denkt nicht daran.

Der Pub ist ein fester Orientierungspunkt. Gleich nebenan liegt das Ship Aground, aber keiner von Suzis Leuten wird dort je etwas trinken. Das *NF*-Graffiti dort wirkt weniger wie Vandalismus, sondern eher wie ein Bekenntnis. Bis letzte Woche stand da:

KEINE HUNDE, KEINE SCHWARZEN,
KEINE IREN

Was für ein Land.

Auf der Treppe zur Saloon-Bar am Kanal pinkelt eine Ratte und springt dann ins Wasser.

Auf den Tischen an der Wand sitzt eine Gruppe Kids und johlt, ihre Fahrräder liegen verstreut auf dem Boden.

Oben, auf den Bänken vor dem »Wintergarten« des Pubs, drängt sich die RAR-Gang auf der schmalen Terrasse mit Blick auf Ratten und Kids.

»Suzi Sweetheart!«, ruft jemand.

Die Kinder schauen zu ihr auf. Sie rufen »Oi, oi« und »Hol deine Titten raus«.

Suzi zeigt ihnen lächelnd den Stinkefinger.

Red Saunders ist gut gelaunt. Syd Shelton zwinkert Suzi zu, als Red Saunders die Gruppe zu Applaus und Jubelstürmen animiert.

»Das ist erst der Anfang«, sagt er, »wir machen weiter. Es ist ein Anfang, aber wir brauchen auch konkrete Ergebnisse.«

Suzi trinkt ein Halfpint Bitter und hört mit halbem Ohr zu.

Sie betrachtet das Layout von *Temporary Hoarding*. Sie haben ihre Texte als eine Art Kommentar unter die Fotos gesetzt.

»Du hast einen richtigen Foto-Essay abgeliefert«, sagt Syd Shelton zu ihr. »Das ist New Journalism.«

»Freut mich«, sagt Suzi. »Ihr habt das Foto dringelassen?«

Sie zeigt auf das Foto, das sie von dem mürrischen Mann gemacht hat.

»Ja, natürlich«, sagt Syd. »Es gibt den Tag perfekt wieder und fasst die ganze Vielfalt zusammen. Schau dir den Kerl an, der von dir weggeht – das könnte jeder sein.«

Suzi nickt. Sie hofft, dass dieser Jedermann nicht *Temporary Hoarding* liest. Wahrscheinlich nicht.

»Einen Drink?«, sagt Syd Shelton. »Dasselbe noch mal?«

Suzi nickt. »Prost, Syd«, sagt sie zu seinem Rücken.

»September«, hört sie Red Saunders sagen. »Wir starten den zweiten Carnival im September, und zwar im Süden. Damit die Leute in Brixton etwas zu feiern haben. Brockwell Park.«

Allgemeines Gemurmel: »Gute Idee, machen wir es größer« und »Genau, verdammt richtig«.

Syd Shelton setzt sich mit Suzis Halfpint und seinem eigenen Pint hin. »Elvis Costello hat wohl schon zugesagt.« Er nickt Red Saunders zu. »Aswad auch. Misty ist bestimmt auch dabei.« Sie stoßen an. »Hat Keith schon was von den Ruts gehört?«

Suzi schüttelt den Kopf.

»Sag uns Bescheid, wenn du was hörst, ja?«

»Natürlich, Syd«, sagt Suzi.

David Widgery meldet sich. Suzi lauscht. Er ist klug, dieser David Widgery, ein Arzt, ein scharfer Verstand –

»Aber vor allem, Red, marschieren wir alle am Vierzehnten, ja? Die bengalische Gemeinde versammelt Tausende, vielleicht fast Zehntausend, um Altab Alis Sarg von Whitechapel nach Downing Street zu tragen. Das ist eine große Sache, und wir sollten alle dabei sein.«

Noch mehr Gemurmel: »Hört, hört« und »Verdammt richtig, wir sind dabei« und »Genau«.

David Widgery fährt fort. »Wir alle wissen, dass diese rassistischen Übergriffe eine Strategie der National Front sind, um die Gemeinden zu blinden Vergeltungsschlägen zu provozieren. Denn dann drückt unser politisches System gerne ein Auge zu, wenn die Rechten selbst zuschlagen.«

Für Suzi ergibt das Sinn.

»Es ist in letzter Zeit immer schlimmer geworden«, sagt David Widgery. »Schlimmer, seit die National Front auf der Bildfläche erschienen ist, schlimmer, seit Thatcher aufgetaucht ist und Callaghan und seine Regierung nichts unternehmen.«[23]

Allgemeine Zustimmung. David Widgery kommt auf den Punkt.

»Mit ihrer Rede über fremde Kulturen hat Thatcher im Alleingang den unverhohlenen Rassismus im Parlament wieder salonfähig gemacht.«[24]

Gut gesagt. Genau. Es ist eine verdammte Schande.

»Ich sehe die Folgen überall«, sagt David Widgery, während seine Zuhörer ihre Pints und Halfpints trinken und aufmerksam zuhören. »Ein älterer asiatischer Krankenhauspförtner wurde entlassen, weil er krank aussah. Eine Frau aus Bangladesch wurde im siebten Monat ihrer Schwangerschaft entlassen. Ein weißer Gewerkschafter kann nicht mehr schlafen, weil ihm die Fenster eingeworfen wurden, nachdem er seinen asiatischen Nachbarn verteidigt hatte. Und das sind nur ein paar Beispiele. Ich könnte die Liste endlos fortsetzen.«[25]

David Widgery lehnt sich zurück und nippt durstig an seinem Bier. Seine Zuhörer klatschen.

Red Saunders sagt: »Danke, David. Deine Arbeit an vorderster Front ist mehr, als einer von uns je leisten könnte.«

David Widgery widerspricht nicht.

Das Treffen geht zu Ende. Jetzt, am Nachmittag, nimmt der Alkoholkonsum zu.

Red Saunders setzt sich neben Suzi. Sie schaut den Kids zu, die über die riesige Röhre rutschen, die neben der Brücke über den Kanal führt. Übermütig klettern sie um die Stacheln herum, die als Absperrung dienen sollen.

»Suze«, sagt Red Saunders. »Bevor ich es vergesse, na ja, bevor ich zu betrunken bin und es vergesse, neulich hat jemand für dich im Büro angerufen.«

»Ach ja, wer?«

»Er hat keinen Namen hinterlassen und auch nicht nach deinem gefragt.«

»Was soll das heißen, Red?«

Red Saunders rutscht mit dem Hintern auf der Bank hin und her. »Komisch. Der Typ hat mich nur nach dem Namen der jungen Dame gefragt, die hinten auf der Bühne fotografiert hat. Ich nehme an, er meinte dich.«

»Hast du ihm meinen Namen gesagt?«

»Natürlich nicht, Liebling. Hältst du mich für blöd?«

»Natürlich nicht.«

»Also dann. Ich habe ihm erklärt, dass ich nicht wüsste, wer die Dame ist. Ich dachte nur, du solltest es wissen.«

»Hat er gesagt, was er wollte?«

»Es ging um einen Job, hat er gesagt. Ich habe ihm angeboten, mich umzuhören und ihn zurückzurufen.«

»Danke, Red.«

»Gern geschehen, Liebling.« Red Saunders, ein gut aussehender Bär von einem Mann, legt einen Arm um Suzi. »Noch mal dasselbe?«

Das Rathaus von Hackney, Büro der Bezirksverwaltung, angenehm verwaist.

Jon Davies sitzt seufzend an seinem Schreibtisch. Er zieht eine Akte aus einer Schublade. Auf dem Deckel steht: *73 Great*

Eastern Street. Er geht die Dokumente durch. Er prüft Klauseln. Er studiert Verträge. Es dreht sich um einen Bauantrag von NF Properties Ltd. und zwei hundertprozentigen Tochtergesellschaften. Die eine soll sich um Druck und Lagerung kümmern, die andere um kommerzielle Werbung. Aus den Unterlagen geht nicht hervor, für wen die Werbung bestimmt ist, was gedruckt und was gelagert werden soll. Die ganze Sache ist undurchsichtig, und da es sich um einen Bauantrag handelt, ist der Bezirksrat involviert.

Jon Davies seufzt wieder. NF Properties Ltd. behauptet, ihre Initialen hätten nichts zu bedeuten. *Es ist ein Zufall,* liest Jon.[26] Das sagt Tony Reed-Herbert, ein Anwalt aus Leicester, der NF Properties Ltd. vertritt. Jon hat inoffiziell gehört, dass Reed-Herbert ein »Organisator« der National Front ist.

Das Problem ist, dass das Gebäude, ein stillgelegtes Lagerhaus, für 47 000 Pfund gekauft wurde. Jon meint, ein Ansatz wäre, herauszufinden, woher das Geld kam.

Jon liest Stellungnahmen zu diesem Thema. Eine stammt von Stuart Weir, dem Kandidaten der Labour Party:

Sogar in der Labour Party habe ich erlebt, dass man sich nicht gerne mit der extremen Rechten anlegt. Das deutlichste Beispiel gab es vor einigen Jahren, als ich einer von drei Kandidaten in Hackney war. Der Organisator (ein Mann mit echter antifaschistischer Glaubwürdigkeit) wies uns an, nicht an einer Debatte mit dem Kandidaten der National Front, Derek Day [sic], einem gewalttätigen Schläger und bekannten Rassisten, in seinem Wahlkreis teilzunehmen und ihm damit Aufmerksamkeit zu verschaffen. Der Organisator kam sogar zum Treffen, um uns davon abzuhalten.

Wir blieben, schlugen Day in der Debatte und gewannen die
Menschen in diesem Bezirk für uns. Eines Abends im Pub fiel
die Handtasche meiner Kollegin mit einem lauten Knall auf den
Tisch. Sie hatte einen Hammer dabei.[27]

Ein anderer Text stammt aus *Anti-Nazi League – eine kritische*
Untersuchung. Ein Pamphlet des Widerstands.

Am Sonntag gab es einen relativ erfolgreichen Versuch, die NF
von ihrem Platz am oberen Ende der Brick Lane zu vertreiben.
Der örtliche NF-*Führer Derrick Day und seine Schläger aus*
Hoxton wurden verjagt, Day flüchtete und versuchte, sich unter
einem geparkten Lastwagen zu verstecken. Leider passte der
fette Bastard nicht darunter, und die Versuche unserer Genos-
sen, ihm mit Fußtritten zu helfen, wurden von Derrick nicht ge-
würdigt. Nicht einmal ein Dankeschön![28]

Ein kleiner Fernseher und ein Videorekorder wurden in Jons
Büro gebracht, und er legt eine VHS-Kassette ein, um sich einen dreißigsekündigen Clip anzusehen.

In der Hauptrolle Derrick Day.

Day springt aus dem Fenster im Erdgeschoss eines Sozial-
wohnungsblocks. Das Gebäude steht in Hoxton, ein Stück die
Straße hinauf.

Day rennt auf den Kameramann zu, hinter ihm ein auffäl-
lig aussehender Schläger in Hut und Anzug.

Day sieht verstört aus, Spucke fliegt, sein schütteres weißes
Haar, sonst über die Glatze gekämmt, flattert wild.

Sportlich klettert Day über die niedrige Mauer, die das
Grundstück umgibt. Dann ruft Day in die Kamera:

»Wollen Sie wissen, wie viele Leute hier schon überfallen und ausgeraubt wurden?«

Day richtet sich auf, schreit etwas, das Jon nicht versteht, und dann:

»Ich werde dir deinen verfluchten Kiefer brechen.«

Er brüllt, die Faust geballt:

»Ja, ich bin ein Rassist, und warum?«

Day schlägt sich mit geballter Faust auf die Brust.

»Wer hat mich zum Rassisten gemacht?«

Day zeigt mit dem Finger, schreit weiter. Er schreit das Gebäude an.

»Diese Regierung«, brüllt er, »die Konservativen.«

Seine Muskeln spannen sich an, sein Gesicht ist verzerrt vor Wut, vor Hass –

»Und jeder stinkende Stadtrat, der den Nigger verteidigt.«

Jon Davies drückt auf Pause. Er seufzt tief. Dann drückt er wieder auf Play.

Day, jetzt ruhiger, sagt: »Und ich stehe zu meinen Worten.«

Während er das sagt, kommen zwei junge schwarze Frauen aus demselben Gebäude.

Sie schlendern an Day vorbei, scheinbar unbeeindruckt von seiner Wut, seinem Hass.

»Weil ich diese Leute nicht mag.« Day zeigt auf die jungen Frauen. »Und das wird sich auch nie ändern.«

Day blickt zufrieden in die Kamera.[29]

Jon schüttelt den Kopf. Hat er es jetzt mit diesen Typen zu tun, fragt er sich.

Er schaltet den Fernseher aus, wirft die VHS-Kassette aus und steckt sie in die schäbige Papphülle zurück.

Halbherzig blättert Jon weiter in der Akte. Er fühlt sich ein wenig hoffnungslos angesichts all dessen. Er blättert weiter, liest noch ein bisschen. Er will einfach nur zum Ende kommen, das Gefühl haben, etwas Sinnvolles getan zu haben, weitergekommen zu sein.

Er schüttelt den Kopf. Keine Ahnung, wie man jemals etwas in Sack und Tüten bekommt. Es gibt Meetings über die Planung von Meetings. Es gibt Memos über das Versenden von Memos. Es gibt Telefonate über Probleme beim Telefonieren. Er seufzt. Er blättert zur letzten Seite –

Ein dünner, brauner Umschlag. Sein Name steht darauf. Der Umschlag ist zugeklebt. Er öffnet ihn. Darin: zwei Fotos, schwarz-weiß. Das erste Foto erkennt er sofort: Great Eastern Street, Nummer 73. Beim zweiten Foto braucht er eine Weile, um es zu erfassen. Es zeigt einen Mann, der zusammengeschlagen wurde. Der Mann liegt auf dem Bauch. Sein Gesicht ist blutverschmiert. Seine Augen sind zugeschwollen. Die Beine des Mannes sind gespreizt. Jon kennt den Mann nicht. Aber vielleicht ist das auch gar nicht wichtig.

Jon sitzt am Schreibtisch. Jon denkt darüber nach, wie sich die Dinge entwickelt haben. Nicht gut.

Kurz darauf klingelt das Telefon auf seinem Schreibtisch. Jon klemmt sich den Hörer zwischen Kinn und Schulter.

»Ja?«

»Ein Anruf für dich, Jon. Soll ich ihn durchstellen?«

»Bitte.«

Der Anruf wird durchgestellt. Eine Pause, ein Signalton. Dann eine Stimme:

»Jon Davies?«

»Ja.«

»Haben Sie die Fotos gesehen? In der Akte, in Ihrer Akte?«

»Ja.«

»Wenn ich Sie wäre, würde ich den Fotos Aufmerksamkeit schenken, Jon.«

Jon legt auf.

Diese Drohung, diese Einschüchterung, das ist eine neue Dimension.

Ihm wird klar, dass jemand in seinem Büro herumgeschnüffelt hat.

Old Bill Stewart parkt seinen Escort, oder besser *zwängt* ihn in eine enge Parklücke hinter dem chinesischen Imbiss am Lea Bridge Roundabout, Dan's Island –

Die Gänge knirschen, die Handbremse quietscht.

Noble sagt: »Klasse Karre.«

Stewart schaut finster und zündet eine Rothmans an. »Komm mit.«

Einer der Köche steht an der Hintertür und raucht. Er nickt Stewart zu.

Er sagt: »Ah, William, oben.«

Er zeigt nach oben und gackert, sein Mund ist nikotingelb und zahnlos.

»Cheers, Panda«, sagt Stewart. »Komm«, sagt er zu Noble. »Nach oben.«

»Alles klar«, sagt Noble.

Als sie über den fettverschmierten Teppich gehen, sagt Stewart: »Panda ist in Ordnung, wir benutzen ihn seit Jahren.«

»Warum heißt er Panda?«

Stewart bleibt mitten auf der Treppe stehen. »Hast du schon mal von Brilliant Chang, Chan Nan gehört?«

»Nicht, dass ich wüsste.«

»Jemand sollte dir ein paar Geschichtsstunden geben. Chang war vor langer Zeit ein großer Mann, der Teile von London beherrschte. Der alte Panda hier gehört in dritter Generation zur Familie, zumindest was das Geschäft angeht.«

»Wirklich?«

»Ja, er sieht vielleicht nicht so aus, aber er war mal ein böser Junge.«

»Hat sich also auf die andere Seite geschlagen, ja? Kennst du ihn deshalb?«

»So ähnlich.«

»Und warum heißt er Panda?«

Stewart lächelt. »Sein Modus Operandi als Krimineller, als Vollstrecker.«

»Okay?«

»O ja. Erst schießen, dann abhauen, später Fragen stellen.«

»Okay.«

»Jetzt denk mal scharf nach. Panda?«

»Ich verstehe nicht.«

»Ein Panda frisst Sprossen und Blätter, klar? Also: *He eats shoots and leaves.*«

Stewart schüttelt sich zum zweiten Mal an diesem Morgen vor Lachen.

»Sehr witzig.«

»Ich weiß, ich habe es mir ausgedacht. Komm mit.«

Sie steigen die Treppe hinauf.

Noble sagt: »Benny Hill.«

»Was ist mit Benny Hill?«

»Das hast du von Benny Hill geklaut.«

»Dann verhafte mich doch, verdammt«, sagt Stewart und schüttelt den Kopf.

Am Ende der Treppe ist eine Tür. Dahinter ein Raum, leer bis auf einen Klapptisch und drei Klappstühle. Auf dem Tisch steht ein Aschenbecher, der vor sich hin raucht. Ein junger Mann sitzt daneben. Er trägt eine Bomberjacke, Jeans, Stiefel, einen sehr kurzen Haarschnitt und ein paar billige Schmuckstücke.

»Alles klar, Bill«, sagt der junge Mann.

»Parker«, sagt Stewart. »Ich habe einen Job für dich.«

Noble zieht eine Augenbraue hoch und deutet auf den Kerl. »Dieser Typ?«

Stewart lächelt. »*Abso-fucking-lutely.*«

»Aber woher weißt du es?«

»Weiß ich was?«

»Was ich brauche.«

Stewart lacht. »Ich bin nicht nur ein hübsches Gesicht, mein Freund. Ich weiß, woher der Wind weht, und ich weiß, dass man bei dem derzeitigen politischen Klima niemanden für die National Front bekommt. Hab ich mir gedacht, Junge. Du versuchst, hier eine clevere Nummer abzuziehen.«

Noble denkt: Stewart weiß, dass ich Young nicht gesagt habe, wohin ich den Jungen stecken werde. Stewart weiß, dass ich den Jungen an die Front schicke.

Also hält er es offenbar für eine gute Idee.

»Gut«, sagt Noble. »Und hat er schon gesessen?«

Stewart zwinkert. »Angriff auf einen Kollegen, schwere Körperverletzung, Tätlichkeit – bekam vier Monate, saß wegen guter Führung nur vier Wochen ab.«

Parker zuckt mit den Schultern.

Noble mustert Parker, bevor er sich wieder Stewart zuwendet. »Warst du das, der Kollege?«

Stewart grinst. »Bist auch nicht nur ein hübsches Gesicht, was, Chance, alter Junge?«

Zu Hause angekommen und inzwischen ziemlich betrunken, kuschelt sich Suzi an Keith.

»Hattest du einen schönen Tag, Schatz?«

»Absolut, Schatz. Die neue Band ist gut, so viel steht fest.«

»Hast du dich schon mal in jemanden verliebt, in den du dich nicht hättest verlieben sollen? Sind die das mit dem Song?«

»Ja, so in der Art.«

»Und du?«, fragt Suzi. »Hast du dich schon mal in jemanden verliebt, in den du dich nicht hättest verlieben sollen?«

»Nicht in letzter Zeit.«

»Ich auch nicht«, sagt Suzi.

ZWEITER TEIL

You're The One That I Want

1

Sommer des Hasses

Juni–August 1978

Simon

Und der Knackpunkt von dem, was Tyndall oder Webster sagt,
ist: Wir müssen hier Stellung beziehen, wir müssen diesen Leu-
ten zeigen, wo ihr Platz ist, und dass es nicht richtig ist, dass sie
ungehindert mit einem Sarg durch unser Territorium marschie-
ren, direkt durch unser Gebiet, unseren Lebensraum, und direkt
zu diesen Witzbolden in der Downing Street, die nichts dagegen
unternommen haben, und ihnen ihren Willen lassen, ihnen
freien Lauf lassen, aber das wird bald ein Ende haben, das kann
ich euch sagen, es wird bald ein Ende haben. Und es gibt Ap-
plaus, und Phil sagt: Altab Ali, richtig?, und du nickst, weil du
alles darüber weißt, Tausende von Bengalen, die marschieren,
die haben genug, und ein Teil von dir denkt, na ja, das ist nur
fair, aber der größte Teil von dir denkt was ganz anderes. Und
dann redet Tyndall oder Webster wieder, er redet über den Tu-
mult hinweg, über den Jubel, über das Geschrei, über das Ge-
brüll, und er sagt: Wir haben das Recht auf unserer Seite, und
wir haben schon ein kleines Ergebnis, wisst ihr, warum? Weil
wir in dieser Sache zusammenstehen, und wir werden nicht be-
siegt werden, und wir haben das Recht auf unserer Seite, und
wisst ihr, woher ich das weiß? Schaut euch das an, okay, dieser
Marsch, diese Demonstration, die durch unser Gebiet ging,
durch unser Territorium, durch unseren Raum, dieser Marsch,
diese Demonstration hatte Tausende von Teilnehmern, Tau-

sende waren es, aber wer weiß das, außer diesen Tausenden? Denn wir sind Millionen! Jubel, Schreie, Gebrüll und Gejohle. Du schaust auf Phil, dessen Mund sich verzieht, an dessen Ecken sich Speichel bildet, in diesem fleischigen Knubbel, und er trinkt schnell, Phil, und du schaust dich im Pub um, wie er wogt und schwankt, und Tyndall oder Webster sagt: Dieser Marsch, diese Demonstration wurde nicht in der Daily Mail erwähnt. Dieser Marsch, diese Demonstration wurde nicht im Daily Telegraph erwähnt. Dieser Marsch, diese Demonstration wurde im Express nicht erwähnt. Es wird gejubelt und gebrüllt, geschrien und gepfiffen. Lagerbier spritzt in die Menge, aber das kümmert niemanden. Tyndall oder Webster ruft mit einer Geste zur Ruhe auf. Er sagt, dieser Marsch, diese Demonstration wurde auf Seite vier der Times mit fünfunddreißig Worten erwähnt.[30] Dieser Marsch, diese Demonstration wurde in der Financial Times mit einunddreißig Worten erwähnt. Dieser Marsch, diese Demonstration, sagt Tyndall oder Webster, ist nichts, dieser Marsch ist überhaupt nichts, und wir werden es beweisen, wir werden es am 11. Juni beweisen. Am 11. Juni werden wir demonstrieren, wir werden durch die Brick Lane marschieren und diesen Leuten zeigen, dass wir uns nicht einschüchtern lassen, dass wir uns in unserem eigenen verdammten Land nicht wie ein Haufen verdammter Idioten behandeln lassen. Applaus und Jubel, Rufe, Olivia Newton-John und John Travolta aus der Stereoanlage, alle lachen, und dann stupst dich Phil an und sagt: Komm, ich führe dich herum, und ihr bahnt euch mit den Ellbogen einen Weg durch den überfüllten Pub, zum Seiteneingang, wo ein paar Jungs stehen, etwa dein Alter, die rauchen und lachen. Draußen ist die Luft etwas frischer, aber das ist schnell vorbei, denn ein Lastwagen rast die

Bethnal Green Road runter und stößt eine Wolke von Abgasen aus. Phil sagt zu dem Kerl, der aussieht, als hätte er das Sagen: Alles klar, Derrick. Er ist nicht besonders groß, aber er hat diesen Blick, diese Autorität, und er sitzt auf einer Mauer mit einer Kippe im Mund, und ein paar andere flankieren ihn, als wären sie seine Lakaien, seine Untergebenen. In Ordnung, Phil, sagt er. Er nickt dir zu: Wer ist das? Phil sagt: Er gehört zu mir, wirst ihn mögen. Also gut. Derrick gibt Phil einen Zettel, den Phil einsteckt. Das ist das Treffen und die Uhrzeit, richtig? Ihr werdet beide da sein, sagt Derrick, und Phil sagt: Ja, klar, wir werden da sein. Das solltest du auch besser, mein Sohn, sagt Derrick und zwinkert. Dann joggt mal los, fügt er hinzu, und Phil nickt: Ja, bestens, und er führt dich von der Kneipe weg. Bleiben wir nicht hier?, fragst du. Nein, wir haben, was wir brauchen. Phil wedelt mit seinem Zettel. Der Typ, sagt Phil, ist Derrick Junior. Er ist in der Firma und kümmert sich um die jungen Leute. So wie wir?, fragst du. Ja, sagt Phil, und noch jüngere. Heute fangen sie schon in der Schule an. Man muss sich vor den kommunistischen Lehrern in Acht nehmen, schnieft Phil. Genau, sagst du. Was steht auf dem Zettel? Phil grinst: Samstag. Am Samstag holt Phil dich ab, und ihr fahrt ans Whitechapel-Ende der Brick Lane. Ihr seid ein ganzer Haufen, Skins und Jungs in Anzügen und Stiefeln. Schätzungsweise dreihundert. Das sind kaum die Millionen, von denen Tyndall oder Webster neulich gesprochen haben. Ein paar Plakate, ein paar Fahnen werden hochgehalten, Sprechchöre sind zu hören. Phil nickt ein paar Jungs zu, du erkennst den einen oder anderen wieder und nickst ihnen zu. Ihr marschiert alle die Brick Lane runter, blockiert den Verkehr, skandiert und schreit, schwenkt eure Plakate und Fahnen. Ihr fühlt euch stark, wichtig, mächtig. Das ist *es: eine Demonstration der Macht, der Stärke. Ein paar Bullen sind da, aber sie halten sich zurück und lachen und zwinkern einigen von euch zu, also gibt es wohl kein Problem, und ein paar Leute aus der Gemeinde stehen hinter ihnen, zeigen euch den Stinkefinger und schreien, aber ihr marschiert weiter, und dann ein verabredetes Zeichen, Phil nickt, und ihr beide taucht mit einem kleinen Teil der Gruppe in der Curtain Road unter.*

Die Frau sitzt an ihrem spartanischen Schreibtisch in der Nähe der Korridore der Macht. Sie ist ganz nah dran an diesen Korridoren – sie kann sie riechen, sie atmet den Geruch der Macht. Sie befindet sich, um einen Ausdruck zu verwenden, den sie von dem einen oder anderen ihrer Wähler gehört hat, in Spuckweite dieser Korridore.

Sie erinnert sich daran, was sie vor einem Jahr gelesen hat, ein Traktat von Nesta Wyn Ellis, einer Liberalen. Nesta Wyn Ellis behauptet darin, Großbritannien sei reif für den Faschismus. Sie hat das Traktat auf ihrem spartanischen Holzschreibtisch aufgeschlagen. Wieder liest sie:

... der Zusammenbruch traditioneller Werte, eine militante Arbeiterklasse/Gewerkschaftsfraktion, die sich dem kapitalistischen Status quo widersetzt, Monopolkapitalismus (sowohl staatlich als auch privat), Wirtschaftskrise, hohe Arbeitslosigkeit, Krieg und Ausnahmezustand aufgrund der Situation in Ulster, das Vorhandensein eines Sündenbocks in Form von Immigranten, die wachsende Macht der Zentralregierung. Eine solche Gesellschaft muss einer offensichtlich verunsicherten bürgerlichen Schicht von kleinen Ladenbesitzern, Geschäftsleuten und Selbstständigen, die ihren Status und ihre Sicherheit gefährdet sehen, besonders bedrohlich erscheinen. [31]

Ihr Blick fällt auf den Satz über die Einwanderer, die zum *Sündenbock* gemacht werden. Anfang dieses Jahres, im Januar, hat sie *World in Action* ein Interview gegeben, und sie erinnert sich an ihre Worte:

Wir sind ein britisches Land mit britischen Besonderheiten. Jedes Land kann einige kleine Minderheiten aufnehmen, und in vielerlei Hinsicht tragen sie zum Reichtum und zur Vielfalt dieses Landes bei. In dem Moment, in dem die Minderheit zu einer Mehrheit zu werden droht, bekommen die Menschen Angst. Die Menschen haben Angst, dass dieses Land von Menschen mit einer anderen Kultur überschwemmt wird.[32]

Wenn sie ehrlich ist, empfindet sie das nicht unbedingt so.

Im vergangenen Jahr sagte sie bei einem Treffen der Jungen Konservativen: *Ich denke, wir versuchen, Diskriminierung zu beseitigen, wo immer sie auftritt.*[33]

Opportunität, also.

Die Ressentiments ausnutzen, die Bewegung, die sie nährt, diskreditieren, Wählerstimmen gewinnen, ihre politischen Positionen dem Mainstream zuführen.

Es geht um Macht, Macht um jeden Preis.

Macht hat ihren Preis, sie kostet etwas, sie ist teuer erkauft.

Macht ist eine Art Kompromiss, denkt sie.

Diese Demonstration, dieser Marsch mit dem Sarg des armen Kerls, diese Tausende – was haben sie erreicht, wirklich, was haben sie erreicht? Was hat Callaghan *unternommen*?

Es gibt einen klügeren Weg.

Man muss die Parteien gegeneinander ausspielen.

Sie greift zum Telefon.

Labour funktioniert nicht, denkt sie.

Sie, Thatcher, nimmt den Hörer ab und ruft einen von ihr sehr geschätzten Chief Inspector an. Sie hat eine Idee.

Macht, ihre Version davon, beginnt mit einer Idee.

Jon Davies liegt im Bett mit dem Kleinen auf seiner Brust. Jackie hat ihn gefüttert und schläft jetzt, und Jon beschäftigt den Kleinen mit seinem Schnuller, seinem blauen Häschen und, mit besonderem Erfolg, mit Jons Lesezeichen.

Der Junge liebt seine Lesezeichen.

Es ist kurz nach sechs, und Jon denkt nach.

Er hat beschlossen, niemandem von dem eher unerfreulichen Brief zu erzählen.

Irgendwann macht er es, aber noch nicht.

Es könnte später noch nützlich sein, wenn herkömmliche Mittel nicht mehr greifen.

Solche Überlegungen sind nicht unbedingt typisch für Jon. Aber er muss zugeben, dass er Gefallen daran findet.

Der Junge gluckst und strampelt. Jon lächelt, streichelt ihm die Wange. »So ein großer kleiner Junge«, sagt er.

Der Junge lächelt und quietscht.

Jackie stöhnt leise. »Gib ihn mir«, sagt sie mit ausgestreckten Armen. »Geh und mach dich fertig.«

»Danke, Schatz.«

Er stapft die Treppe hinunter und wäscht sich die Haare im Waschbecken des Badezimmers.

Chatsworth Road, früher Morgen. Noble sitzt in einem Café, nippt an seinem Tee und isst ein Schinkensandwich. Die Stühle, bemerkt er, sind am Boden festgeschraubt. Niemand sonst ist da, zu früh.

Er nickt der Blonden hinter der Theke zu. »Haben Sie auch nachts geöffnet?«

»Hätten Sie das gerne?« Sie lächelt.

»Langsam, Darling«, sagt Noble. »Ich meine wegen der Sitzarrangements.« Noble rüttelt an dem Stuhl neben sich. Er wackelt kaum. »Das ist hier wohl kaum Tee im verdammten Ritz, oder?«

Die Blondine lacht. »Die Kids kommen gerne vor der Schule hierher und nach dem Abendessen wieder. Es geht zu wie im Jugendclub. Aber was willst du machen, hm?«

»Die Straße runter war mal ein Jugendclub.«

»Wo denn?«

»Ein Teil des Chats Palace, bevor es ein Hippie-Club wurde.«

Die Blonde, die sich jetzt neben Noble an den Tisch lehnt, lacht wieder. »Woher wissen Sie, dass es ein Hippie-Club geworden ist? Sieht nicht nach Ihrer Szene aus.«

»Ist es auch nicht.«

»Gut.«

Noble lächelt. Er sieht Parker die Straße hinunterkommen. »Ich sage Ihnen was. Ich komme demnächst mal wieder und erzähle es Ihnen.«

»Wirklich?«

»Warum nicht?« Parker steht jetzt vor der Tür.

»Tun Sie das«, sagt die Blonde.

»Das werde ich. Und jetzt seien Sie ein braves Mädchen und holen das Gleiche für meinen jungen Freund, ja?«

»Kommt sofort, Sir.«

»Wunderbar«, sagt Noble.

»Oi, oi«, sagt Parker.

Beide lachen.

Parker faltet seine langen Gliedmaßen in einen Stuhl. »Verdammte Scheiße«, sagt er, »eigentlich wollte ich einen von denen klauen.«

Die Blonde bringt Parker Tee. Er bedankt sich, und sie lächelt Noble zu. Noble zwinkert. Parker schaufelt Zucker in die Tasse.

Er nippt. »Schon besser«, sagt er.

»Du siehst heute etwas zivilisierter aus, mein Sohn«, sagt Noble.

»Ich musste das Outfit etwas entschärfen.«

»Verständlich.«

»Es ist immer noch typisch, keine Sorge, nur ein bisschen softer.«

»In Ordnung.«

Die Blonde kommt mit einem Schinkensandwich zurück. »Möchten Sie noch etwas?«, fragt sie Parker.

»Vielleicht Ihre Nummer.«

Die Blonde lacht. »Da kommen Sie eine Viertelstunde zu spät.«

»Und ungefähr fünfzehn Jahre«, sagt Noble.

»Was?« Die Blondine tut entsetzt. »Sie gehen also noch zur Schule?«

»Vergessen Sie's«, schnieft Parker.

Noble klatscht in die Hände. »In Ordnung, Darling, könnten Sie uns einen Moment allein lassen, eine geschäftliche Angelegenheit?«

»Wie Sie meinen«, sagt die Blondine und lächelt. »Geschäftlich, ja? Gott weiß, was für Geschäfte Sie beide miteinander machen.«

Noble schaut zu Parker, der das Gesicht verzieht: ja, ja.

»Wie läuft das Geschäft?«, fragt Noble.

»Schleppend.«

»Was heißt das genau?«

»Es ist noch nicht viel passiert, aber das wird sich bald ändern.«

»Ich bin mir nicht sicher, ob das meine Frage beantwortet, junger Mann.«

Wieder verzieht Parker das Gesicht. Er beißt in sein Sandwich. »Hast du Soße?«, fragt er Noble.

»Braun oder rot?«

»Beides.«

»Feinschmecker, was?«

»Was ich meine«, sagt Parker, »ist, dass an mehreren Wochenenden in diesem Monat, beginnend mit dem 11. Juni, Machtdemonstrationen der National Front in der Brick Lane stattfinden werden.«

»Wissen wir. Da musst du dich schon mehr reinhängen, mein Sohn.«

»Eine Gruppe jüngerer Mitglieder, die eher Skinheads sind, werden diese Machtdemonstrationen nutzen, um richtig über die Stränge zu schlagen und gewalttätig zu werden.«

»Wann schlagen die denn nicht über die Stränge?«

»Stimmt auch wieder.«

»Was ist das Ziel?«

»In erster Linie wollen sie eine Reaktion provozieren.«

»Gezielt?«

»Nein, nach dem Zufallsprinzip.«

Noble nickt. »Und im Umfeld des Marsches.«

»Der Marsch dient als Deckung. Unser Trupp wird mit der

Hauptgruppe marschieren. Die kleine Jagdgruppe wird woanders zuschlagen.«

»Aber in der Nähe.«

»Genau.«

Noble denkt nach.

Er weiß, warum er Parker angefordert hat.

Er weiß, welche Verantwortung er trägt.

Er weiß auch, dass es hier kritische Punkte gibt –

Man darf die Tarnung nicht gefährden.

Noble sagt: »Ich werde an dem Tag mit den Ordnungskräften sprechen. Ein paar Zivilbeamte sollen sich im Hintergrund bereithalten.«

»In Ordnung.«

Noble weiß, dass es in diesem Fall auf die genaue Formulierung ankommt.

Er sagt: »Laut Chief Superintendent Wallis ist Brick Lane die am stärksten von der Polizei überwachte Gegend Großbritanniens. Das ist ein Originalzitat.«[34]

Parker schlingt den Rest seines Sandwiches hinunter. Er wischt sich den Mund am Ärmel ab. Er trinkt einen Schluck Tee. »Da ist noch etwas«, sagt Parker.

»Das will ich hoffen.«

»Ich weiß es nicht genau und bin auch nicht in der Position, es herauszufinden, aber wahrscheinlich haben die einen Maulwurf in unseren Reihen.«

»Gut. Und weiter?«

»Ein junger Kerl, denke ich. Jemand, der einen guten Draht nach oben hat.«

»Mehr kannst du mir nicht sagen?«

»Noch nicht, aber ich arbeite daran.«

Noble signalisiert der Blonden, dass sie bezahlen wollen.

»Die Sache ist die, Parker, die einzige Person, die genau weiß, was du tust, bin ich.«

Die Rechnung kommt. Noble fischt ein paar Scheine aus seiner Brieftasche. »Gönnen Sie sich ein Bacon-Sandwich auf unsere Kosten, Darling«, sagt er.

Die Blonde lächelt. »Kommen Sie mal wieder vorbei?«

»Das nehme ich stark an.«

Parker schüttelt den Kopf. »Jesus«, lächelt er. »Lass es gut sein, Chef.«

Noble grinst. »Ich will damit sagen, es ist so gut wie unmöglich, dass die Chefetage oder sonst jemand über deine Aktivitäten Bescheid weiß. Und wenn sie was wüssten, dann würde das nicht nach unten durchdringen. Verstehst du, worauf ich hinauswill?«

»Denke schon.«

»Gut.« Noble greift in seine Jackentasche und zieht einen Umschlag heraus. »Spesen. Nicht alles auf einmal ausgeben.«

»Danke.«

Noble steht auf. »Wenn ich grünes Licht bekomme«, sagt er, »haben wir bald jemanden auf der anderen Seite, bei den Linken und den Hippies. Ich hoffe, du bist dann teamfähig.«

Parker ballt die Fäuste und kreuzt die Arme. »Ich kann ein echt netter Kerl sein, Chef. *I'm forever blowing bubbles.*«[35]

»Guter Mann.«

Suzi fotografiert in Keiths Sonic Bunker eine neue Punkband.

Sie legen gerade eine Volldampf-Version von Bob Marleys »Johnny Was« hin, die kein Ende nimmt.

Im Kontrollraum dreht Keith an den Reglern und nickt.

Die Band sieht gut aus, das muss Suzi ihnen lassen.

Die Jungs kommen aus Belfast, hat Keith erzählt, und sind gerade mit der Tom Robinson Band auf einer landesweiten Tournee.

Die Band und Keith haben die ganze Nacht durchgemacht und sehen etwas mitgenommen aus, und die Kamera verleiht ihnen zusätzlichen Glanz.

Suzi fotografiert, die jungen Punks werfen sich in Pose und schneiden provokante Grimassen.

Der Song ist zu Ende. Die Jungs grinsen. Suzi knipst weiter.

Keith steckt den Kopf durch die Tür. »Gut gemacht, Leute. Jetzt spielt mal was Eigenes.«

Die Jungs lachen.

Der Sonic Bunker ist klein. Er ist Teil einer alten Schmiede in der Nähe des Victoria Parks.

Suzi sagt: »Nach der Nummer gehen wir raus. Ich mache noch ein paar Schüsse von euch vor der Fassade der alten Schmiede.«

Der Sänger, natürlich ein arroganter kleiner Scheißer, sagt: »Du solltest einem Ulster-Mann niemals sagen, dass du auf ihn schießen willst, Lady.«

Er grinst.

Suzi hält inne, sie senkt die Kamera.

Sie lächelt. »Heb dir deine Witze fürs Interview auf. Das Wichtigste ist, dass wir rausgehen. Hier drinnen stinkt's wie die Hölle.«

Die anderen Jungs brüllen vor Lachen.

Keith meldet sich durch den Lautsprecher. »Hört auf zu flirten und macht endlich weiter.« Er zählt den Takt ein, und sie legen mit »White Noise« los.

Suzi hat ihre Hausaufgaben gemacht, und die Jungs kommen verdammt gut rüber, wenn sie solche Songs spielen.

Die Lyrics sind ziemlich einzigartig.

Suzi hört: *nigger, thug, mugger, junky, horny monkey.*

Sie hört: *paki, smelly, thieving, yids.*

Sie hört: *paddy, moron, spud-dick mick.*

Sie hört: *green wogs.*[36]

Suzi denkt: Diese Typen sind echt anders.

Suzi knipst, Suzi macht sich Notizen.

»Ganz schön dichter Zeitplan, was?«, bemerkt Gerard McMorrow.

Es ist 14:45 Uhr. Gerard steht an der Bar des Jack the Ripper in Spitalfields, und Jon Davies hat tatsächlich alles genau getimt.

Auf dem Weg hierher war er im Companies House, um sich über NF Properties zu informieren.

Jede einzelne Aktie des Unternehmens gehört Mitgliedern der National Front oder ist im Besitz von Führern der National Front als Treuhänder für die Mitglieder.

Das glaubt Jon herausgefunden zu haben, und jetzt ist er bereit für einen Drink. Denn was Jon herausgefunden hat, hilft ihm nicht sonderlich weiter.

Der Wirt wischt ein Glas mit einem schmutzigen Handtuch ab. Er schaut auf die Uhr und zieht eine Augenbraue hoch. »Was darf's sein?«

Jon schaut zu Gerard, der sein Glas hebt und nickt.

»Zwei Pints, bitte.«

»Und zwei Tüten Chips«, fügt Gerard hinzu.

»Sorte?«

»Beef and Onion.«

Gerard deutet mit dem Kinn über die Theke in den Gastraum. »Ich besorg uns einen Tisch da drin. Da sind wir unter uns.«

Der Wirt schnaubt.

»Schon gut«, schnieft Gerard. Er kippt den Rest seines Biers runter. »Wir sehen uns drinnen.«

Davies lächelt. »Danke.« Er schiebt ein paar Scheine über den Tresen. »Genehmigen Sie sich auch eins.«

»Verbindlichsten Dank. Ich werde Sie die nächste Zeit nicht stören.«

Davies nickt. Er braucht nur fünfzehn Minuten.

Er trägt die zwei Pints durch die beschlagene Glastür in die Gaststube, die Päckchen mit Beef and Onion zwischen den Zähnen. Gerard ist ein alter Kollege – es wäre übertrieben, ihn einen Freund zu nennen, aber sie kennen sich schon lange und hatten sich gegenseitig immer irgendwie auf dem Schirm, denn Gerard ist Vorsitzender des Hackney Trades Council. Jon will mit Gerard über die Great Eastern Street 73 sprechen, die nur einen Steinwurf von hier entfernt ist.

»Cheers«, sagt Gerard.

Jon nickt zur Tür. »Warst du schon drüben?«

»Ja, war ich. Ein Typ bewacht die Tür. Er heißt Simon, glaube ich. Ein großer Kerl.«

»Ja.«

»Der lässt dich nicht rein.«

»Nein.«

»Der Punkt ist«, sagt Gerard, »wenn die Sache vom Bezirk ausgeht, werden sie Einspruch erheben, weil sie bestimmte Gründe haben, auf dem Gelände zu bleiben. Aber wir sind genug, um diesen Einspruch zu überstimmen und die von dir zugestellten Bescheide aufrechtzuerhalten. Das wird ganz einfach sein.«

»Meinst du? Wir stellen ihnen also Vollstreckungsbescheide zu und sehen, was passiert.«

»Basierend auf dem Town and Country Planning Act von 1971. Eine planungsrechtliche Frage. Zweckwidrige Nutzung von Eigentum. So hat man sie aus ihrem letzten Haus in Twickenham vertrieben, aus planungsrechtlichen Gründen.«

Jon denkt: Das kann sich eine Weile hinziehen. Er fragt: »Und wenn sie Einspruch erheben?«

»Öffentliche Untersuchung.« Gerard lacht. »Wir werden sie mit Bürokratie in die Knie zwingen, Kumpel.«

»Öffentliche Untersuchung. Auf welcher Grundlage?«

Gerard rutscht auf seinem Platz hin und her, stellt sein Bier auf dem kleinen runden Tisch ab.

Das dunkle Holz der Bar schimmert im Licht, das sich durch die trüben Fenster kämpft.

Der Gastraum ist leer.

Draußen auf der Commercial Street hustet und stottert der Verkehr, schiebt sich vorbei.

Gerard beugt sich vor. »Ich werde im Sinne des Hackney Trades Council argumentieren, dass die Nutzung von 73 Great Eastern Street durch die National Front, ich zitiere, ›im Widerspruch steht zur Politik des Bezirks zur Förderung von Beschäftigungsmöglichkeiten‹.«

Jon nickt. Das könnte klappen, denkt er.

Gerard grinst. »Das schreibt sich von selbst, alter Junge. ›Im Widerspruch zur kommunalen Politik der Förderung von Beschäftigungsmöglichkeiten wird die Präsenz der Front zu politischen Unruhen führen, wahrscheinlich auch zu gewalttätigen Auseinandersetzungen, was wiederum Unternehmen, die sich andernfalls möglicherweise in Hackney niedergelassen hätten, abschrecken dürfte. Außerdem wird der rassistische Charakter der National Front schwarze Arbeiter davon abhalten, in diesem Bezirk Jobs zu suchen.‹« Er hält kurz inne. »Die Menschen haben Angst in Hackney South.«[37]

»Klingt, als hättest du dir echt Gedanken gemacht.«

»Es zahlt sich aus«, sagt Gerard und tippt sich an die Nase, »sein Köpfchen zu gebrauchen in dieser Welt, mein Freund.«

»Wie viel hast du heute Mittag getrunken, Gerard?«

»Los, schwing die Hufe«, sagt Gerard.

Jon verlässt den Pub und läuft ein paar Hundert Meter die Commercial Street hinauf, in Richtung Nordwesten, die Wände sind mit Graffiti besprüht, die Eisenbahnschienen summen. Er biegt ab und überquert die Shoreditch High Street, weicht Bussen und Taxis aus, wuseligen Händlern, Drogensüchtigen und Bettlern, die sich mit gesenkten Köpfen und nackten Oberkörpern in der Sonne etwas zuraunen und sich schnell wie Ratten bewegen. Jon bemerkt eine Gruppe lachender City-Boys in Hemdsärmeln, die von der Square Mile zu den 50-Pence-Strip-Pubs in der Hackney Road ziehen, und dann erreicht Jon die Great Eastern Street.

In der Great Eastern Street gibt es nicht viel zu sehen. Eine Autowaschanlage, ein Textilgeschäft, ein paar Pubs, die jetzt geschlossen sind.

Gegenüber der Nummer 73 ist eine Straßenbaustelle. Aus einem Ghettoblaster dröhnt lauter Reggae. Jon denkt: Den Song kenne ich nicht. Er nickt einem Rastafari zu, der sich auf seine Schaufel stützt.

Vor der Tür von Nummer 73 steht ein Mann. Vermutlich dieser Simon.

Jon hat die Sache nicht wirklich durchdacht, wie ihm jetzt klar wird – er hatte einfach das Gefühl, er müsse sich das Gebäude mal anschauen, das ist alles.

Aber als er Simon sieht, vermutet er, dass er wahrscheinlich nicht viel mehr zu sehen bekommen wird als Simon.

Jon lächelt Simon an. »Ich frage mich, ob Sie mich reinlassen können.«

»Ich bin kein Türsteher«, sagt Simon. »Also nein, ich glaube nicht, dass ich das kann.«

»Okay«, sagt Jon. »Darf ich?«

Simon tritt einen Schritt vor. »Nein, Sie dürfen hier nicht rein.«

»Ich dachte, Sie sind kein Türsteher.«

»Genau, ich bin Koch.«

Jon lächelt. »Wollen Sie mich verarschen?«

»Warum sollte ich?«

»Gute Frage.«

Simon hebt eine Plastiktüte hoch. »Ich habe hier übrig gebliebene Steaks für die Jungs.«

»Für die Jungs.«

»Bauarbeiter.« Simon hebt den Kopf. »Oben auf dem Dach.«

Jon nickt. »Aber Sie sind kein Türsteher.«

»Deshalb kann ich Sie auch nicht reinlassen.«

»Aber wenn Sie ein Türsteher wären, dann könnten Sie es.«

Simon tippt sich mit dem Finger an die Schläfe. »Man muss ganz schön aufgeweckt sein, um Ihnen zu folgen.«

Jon denkt: Scheiß drauf. »Ich bin von der Bezirksverwaltung. Sagen Sie den Bauarbeitern da oben, dass wir sie entlassen.«

»Können Sie sich irgendwie ausweisen?«

Jon zückt seine Brieftasche, holt seine Karte heraus und gibt sie Simon. »Sagen Sie den Bauarbeitern, dass ich sie sprechen möchte, okay?«

»Ich bringe nur diese Steaks vorbei.«

»Lassen Sie es gut sein, Simon, und tun Sie mir diesen einen Gefallen. Ich bitte Sie höflich darum.«

Jon bemerkt, wie sich Simons Augen bei der Erwähnung seines Namens verengen.

»Jon Davies, Rechtsanwalt. Ich werde das weiterleiten.« Simon beugt sich vor, schaut erst nach links, dann nach rechts. »Es ist nicht alles so, wie es scheint«, sagt er.

»Wem sagen Sie das, Kumpel«, sagt Jon. »Viel Glück.«

Jon überquert die Straße. Der Name des Reggae-Musikers ist ihm wieder eingefallen.

Der Rastafari hat Jon beim Überqueren der Straße beobachtet, natürlich hat er Jons Gespräch mit Simon mitverfolgt.

»Winston Rodney ist große Klasse.« Jon deutet auf die Stereoanlage. »Spitzengruppe.«

Der Rastafari lächelt. »Nicht viele Weiße kennen Burning Spear, geschweige denn seinen richtigen Namen.«

»Tja, leider.« Jon schaut wieder zu Nummer 73. »Wissen Sie was über dieses Gebäude?«

»Wollte er Sie nicht reinlassen?«

Jon schüttelt den Kopf. »Ich bin vom Bezirksrat. Einigen von uns gefällt nicht, wer da drinsitzt, und wir wollen sie raushaben.«

»Wir arbeiten hier seit drei Wochen. Jeden Morgen räumen wir den Müll und die Scheiße weg, die sich über Nacht in der Baugrube angesammelt haben.« Er spuckt. »Es ist eklig, nass. Es stinkt nach Pisse.«

Jon zeigt auf die Nummer 73 und zieht die Augenbrauen hoch.

»Jeden Abend kommen die Männer raus und beschimpfen uns als dreckige Niggerbastarde. An manchen Abenden werfen sie mit Steinen.«[38]

»Wie heißen Sie?«, fragt Jon.

»Edward Shaw.«

»Mr. Shaw«, sagt Jon und reicht ihm eine Karte. »Bitte rufen Sie mich an. Morgen.«

Edward Shaw liest Jon Davies' Karte. »Anwalt«, sagt er.

Jon nickt. »Irgendjemand muss den Job ja machen.«

Whitechapel Police Station.

Noble trifft sich erneut mit Maurice Young.

Weil Maurice mit Nachnamen so heißt wie eine der bekanntesten britischen Brauereien, wird er deren Biersorten entsprechend auch »Special« oder »Ordinary« genannt, je nachdem, was man gerade von ihm hält.

Und »gehen wir auf ein Bier« ist ein geflügeltes Wort für einen Besuch bei ihm; Noble genehmigt sich gerade eins.

Der alte Maurice hat einen »Special«-Moment.

»Was ich damit sagen will, DC Noble«, sagt er, »es müssen sich sowohl Einstellungen wie auch Verhaltensweisen ändern. Und um Einstellungen – oder sogar Überzeugungen – zu ändern, muss man möglicherweise zuerst das Verhalten ändern.«

»Ja, Chief.«

»Ich gebe Ihnen ein Beispiel für eine Verhaltensänderung, die sich mit der Zeit auch positiv auf die Überzeugungen auswirken könnte.«

»Bitte, Chief.«

»Nehmen wir die Sprache. Die Sprache der Straße, die *rassistische* Sprache muss verschwinden. Meiner Meinung nach sind sogenannte harmlose Bezeichnungen wie *Blacky* oder *Mohr* nicht besser als ihre schlimmeren Pendants *Bimbo, Brikett* oder das N-Wort, verstehen Sie?«[39]

»Verstehe, Chief.«

»Diese Sprache ist, um die offizielle Position von Yard zu zitieren, eine ›kultivierte Rhetorik der Beleidigung‹.[40] Sie zielt darauf ab, ein ›Wir und die‹-Szenario zu schaffen, und das prägt die Polizeiarbeit in den Köpfen derer, die diese Sprache verwenden. Also eine Art ›Teile und herrsche‹. Nun, das ist nicht in Ordnung.«

»Ist es nicht, nein.«

»Ein weiteres Beispiel ist das Revier unten in Brixton. Die Beamten des Raubdezernats der Sektion L tragen Krawatten, auf denen fünf Spielkarten abgebildet sind, alle Pik, verstehen Sie, und Pikass liegt obenauf.«

»Okay.«

»Sie sind doch kein Dummkopf, oder, DC Noble? Sie wissen, was das bedeutet.«

»Ich denke schon.«

»Die behaupten, das sei nicht rassistisch, das Motiv stelle einfach einen Straight Flush mit fünf Karten dar, in Pokerschulen als *fair deal to all* bekannt.[41] Ich hoffe, Sie verstehen, worauf ich hinauswill.«

»Ja, Sir. Sie spielen falsch.«

»Patrick, genau das tun sie.«

Noble schaut auf seine Uhr. Er denkt: Komm endlich zur Sache.

»Die Met Race Crime Initiative hat alle Hände voll zu tun«, sagt Young. »Nun, wir unternehmen wirklich was gegen diese Auswüchse.«

Noble schweigt.

»Sie erinnern sich, dass vor nicht allzu langer Zeit die Leiche eines gewissen Shahid Akhtar aus dem Kanal gezogen wurde.«

Noble denkt: Da wolltest du doch beim letzten Mal nicht drüber reden.

»Und Sie erinnern sich, dass es zunächst ein verdächtiger Todesfall war, auch wenn keine strafrechtlichen Ermittlungen aufgenommen wurden. Und dass die Mörder von Altab Ali verhört wurden.«

Noble nickt. »Die Zeitlinie, Chief, sie passt, so etwas in der Art.«

Young schaut nachdenklich. »Richtig. Aber es gibt neue Informationen, post mortem, meine ich.«

Noble rutscht in seinem Sitz nach vorne. Er wird hellhörig. Er ahnt, dass er deswegen hier ist.

»Der Coroner kommt zu dem Schluss, dass es sich um einen Unglücksfall handelt und strafrechtliche Ermittlungen nicht notwendig sind. Er hat sich im Kanal ertränkt, vollgepumpt mit Alkohol und Tabletten, weil er die Schande einer schwangeren weißen Geliebten nicht ertragen konnte.«

»Aber Chief, er war in Plastik eingewickelt …«

»Das passierte erst *nach* seinem Tod, glauben sie.«

»Ich weiß nicht, ob ich Ihnen folgen kann.«

»Irgendwelche Drecksäcke finden ihn im Kanal treibend und, na ja, lassen Sie Ihrer Fantasie freien Lauf.«

»Das möchte ich lieber nicht.«

»Kann ich Ihnen nicht verübeln.«

Noble schüttelt den Kopf. »Und die Geliebte?«

»Es gibt sie.«

»Ist sie schwanger?«

»Das behauptet sie. Sie hat gedroht, ihn auffliegen zu lassen, und er war Gemeindevorsteher, ein klassischer Skandal droht – er hält das nicht aus und macht sich aus dem Staub. Für mich klingt das nach Selbstmord. In jeder Hinsicht.«

»Und die Familie will den Deckel draufhalten.«

»Ein Unglücksfall. Das beruhigt die Gemüter. Wir haben der Familie nicht alle pikanten Details mitgeteilt. Das wäre pietätlos.«

»Warum erfahre ich das erst jetzt?«

»Die Autopsie hat gedauert.«

Ja, denkt Noble, das hat sie vermutlich.

Young beugt sich vor. »Sie haben unseren Freund getroffen, ja?«

Noble nickt. Noble wird nervös.

Parkers erfolgreiche Unterwanderung des Fußvolks der National Front war nicht das, was Young ursprünglich im Sinn hatte –

»Läuft es gut?«

»Bisher ja.«

Young nickt. »Gut.«

»Ich könnte noch jemanden gebrauchen, Chief, wenn Sie das arrangieren könnten?«

Young nickt, räuspert sich und steht auf.

»Ich spreche mit jedem Mitglied der Initiative persönlich, weil es eine heikle Angelegenheit ist«, sagt er. »Lassen Sie die Tür offen, wenn Sie gehen.«

Noble tut wie ihm geheißen.

Eine halbe Stunde später trifft er Parker in der Nähe der U-Bahn-Station Mile End.

Sie stehen auf der Straße, in der Nähe des Parks.

»Du hattest ein paar stressige Samstage, oder?«, sagt Noble.

Parker windet sich und wirkt nicht sehr glücklich. »Keine Ahnung, ob ich hier wirklich hilfreich bin, um ehrlich zu sein.«

Noble nickt, wird sanfter. »Geduld, Kumpel. In solchen Situationen weiß man nicht immer, wonach man sucht.«

»Ich weiß immerhin, was ich gesehen habe. Einen Fünfundfünfzigjährigen, der von einer Bande Skinheads zusammengeschlagen wurde.«

Noble nickt.

»Ich habe Nachforschungen angestellt. Er heißt Abdul Monan und wurde bewusstlos geschlagen. Er musste mit fünf Stichen im Gesicht genäht werden. Im Gesicht!«[42]

Noble nickt.

»Es war niemand in der Nähe der Hauptstraße, überhaupt niemand. Die verdammten Uniformierten haben ewig gebraucht, um etwas zu unternehmen. Sie haben nur gelacht, die meisten von ihnen.«

»Ja«, sagt Noble. »Kann ich mir vorstellen. Sie hatten mir versprochen, ein paar Leute zu schicken. Ich habe mein Bestes gegeben.«

»Wenn ich so etwas noch einmal miterlebe, wird es schwer sein, meine Tarnung nicht auffliegen zu lassen.«

Noble nickt. »Der alte Bill Stewart hat mir gesagt, dass du ein guter Mann bist. Enttäusch ihn nicht.«

»Es ist jedes Wochenende dasselbe. Ich bin dabei, und das war's.« Parker schüttelt den Kopf. »Wir stehen einfach nur herum, weißt du, was ich meine? Es ist alles so bedeutungslos. Als ob uns das alles nichts anginge. Und dann wird irgendein armer Kerl verprügelt, weil er im falschen Moment vorbeigekommen ist.«

Noble sagt: »Es ist eine Schande.«

»Diese Aktionen vor dem Revier von Bethnal Green, diese Proteste. Die fangen an, sich zu organisieren.«

»Ich weiß.«

Parker meint die bengalischen Jugendlichen, die sich mit der Anti-Nazi League zusammentun und Selbstverteidigungsgruppen gründen. Die Indian Workers' Association, die Standing Conference of Pakistani Organisations, die Federation of Bangladeshi Organisations, sie alle sind dabei.

Am 18. Juli wird im gesamten East End gestreikt werden, Schulstreiks und ein Demonstrationszug, der in der Bethnal Green Road endet.

»Die bengalischen Kids sind harte Burschen«, sagt Parker. »Sie bewachen den Ort. Brick Lane ist wie eine Festung.«

»Was bedeutet das für eure Leute?«

»Wir sind ein paar Hundert Schläger. Die anderen sind Tausende«, sagt Parker. »Und dann sind da noch die Hippies und die bekifften Linken, die mitmischen. Rein zahlenmäßig gesprochen.«

»Und?«

»Die Front steigt aus, zieht weiter.«

»Wohin?«

»Chapel Market.«

»Bist du sicher?«

»Sieht so aus.«

Noble nickt. »Der Maulwurf, den sie in unseren Reihen haben. Irgendwas Neues?«

»Sagen wir mal so, es sind nie Uniformierte da, wenn es losgeht. Aber da ist ein Typ namens Simon. Ein guter Freund von Day. Keine Ahnung, aber irgendetwas an ihm ist seltsam.«

»Simon?«

»Ja.«

Noble überlegt, ob er mit dem alten Special Young über die Sache reden soll, hat aber keine Ahnung, wie er das anstellen soll, wo Parker doch angeblich die Linke infiltriert.

Wovon Parker natürlich auch nichts weiß.

»Was ist mit Shahid Akhtar?«, fragt Noble.

»Wer?«

»Der wurde vor ein paar Monaten aus dem Kanal gezogen.«

Parker schüttelt den Kopf.

»Achte auf den Namen, ja?«

Parker nickt.

Noble reicht Parker einen Umschlag. Liebevoll knufft er ihn, legt ihm den Arm um die Schulter. »Durchhalten, mein Junge. Du machst das super.«

»Klar doch.«

»Haltung bewahren.«

Er sieht Parker die Straße hinuntertrotten und denkt:

Zum Glück stecke ich nicht in seiner Haut.

Suzi hat die Band an einer Seitenwand der Schmiede positioniert und stellt ihnen beim Fotografieren Fragen. Keith hat ein kleines Aufnahmegerät aufgebaut, damit sie mehrere Dinge gleichzeitig machen kann. Cleveres Kerlchen.

Der großspurige Leadsänger entpuppt sich als nachdenklicher junger Mann.

Er sagt: »Ja, Gordon zu treffen, war ein entscheidender Moment in meinem Leben.«

Gemeint ist Gordon Ogilvie, ein schottischer Journalist aus Belfast, der jetzt als Texter für die Band arbeitet.

»Wir hatten ›State of Emergency‹ geschrieben und dachten, wir hätten die Situation in Nordirland ausreichend thematisiert«, erzählt Jake Burns, der Sänger. »Aber dann sagte Gordon: Habt ihr was über die Troubles geschrieben? Ich erwiderte: Wir finden es unfair, das Unglück der Menschen auszubeuten. Er sagte: Ihr liegt falsch. Wenn ihr Songs schreibt, müssen sie von eurem Leben handeln. Könntest du einen Song mit dem Titel ›Suspect Device‹ schreiben? Und ich sagte: Klar, warum nicht. Daraufhin gab er mir diese kleine Kassettenhülle, in der der Text war, und das Design in der Box, weißt du, das Foto, war ein Zeitungsfoto einer IRA-Brandbombe, und Gordon meinte, wir könnten es so vermarkten. Das wäre explosiv. Komischer Kerl, was? Es war, als würde eine Glühbirne in meinem Kopf angehen.«

Suzi sagt: »Ist sicher aufregend für euch, hier zu sein, oder?«

»Ja, ist es. Ich hoffe, ihr freut euch, dass wir hier sind.«

Suzi lächelt. »Nicht viele Leute wissen, was in Belfast wirklich abgeht. Meinst du, es ist eure Aufgabe, die Menschen zu belehren?«

»In der Musik geht es um Erleuchtung, nicht um Belehrung.«

Suzi zieht eine Augenbraue hoch. »Es soll Verbindungen zwischen der Ulster Defence Force und der National Front geben. Was denkst du darüber?«

»Ich denke, es ist durchaus möglich, gegen all das zu sein, ohne für die IRA zu sein. Wir sind für Frieden, ganz einfach. Wir sind gegen Gewalt.«

Suzi nickt. »Erzählt, wie es ist, in Belfast aufzuwachsen.«

Jake Burns grinst. »Hör dir die Songs an, dann weißt du es. Teenager in Belfast zu sein, ist eine echte Herausforderung. Was kann man da schon machen? Klebstoff schnüffeln und verprügelt werden, das ist alles. Es ist eine arme Stadt, und man sagt dir: Halt die Klappe und sei froh, denn den Schwarzen am anderen Ende der Straße geht es noch viel beschissener. Aber ich habe gehört, dass es eine Herausforderung ist, ein Ire in London zu sein.«

»Hör dir die Songs an«, sagt Suzi.

Jake Burns grinst. »Ja, großartig, das werde ich.«

»Ich glaube, wir sind hier fertig, Jungs«, sagt Suzi.

Einer aus der Band sagt: »In welcher Zeitschrift erscheint das überhaupt?«

»Das wirst du sehen, wenn du auf Tour bist.«

Keith steckt den Kopf zur Tür raus. »Schick sie wieder rein, Schatz.«

Jake Burns schaut Suzi an. »Danke«, sagt er, »für die tolle Gelegenheit.«

»Ihr seid fantastisch«, sagt Suzi.

Jake Burns lächelt und geht zurück in den Sonic Bunker.[43]

Suzi baut die Scheinwerfer und das Aufnahmegerät ab. Sie hantiert gerade mit ihrer Kamera, da spürt sie ihn.

Erst nur ein Schatten. Dann eine Stimme:

»Warum fotografieren Sie einen Haufen irischer Gangster, he?«

Der Tonfall kommt ihr bekannt vor.

Suzi dreht sich um. »Sie sind das«, sagt sie.

Vor ihr steht der Mann, der im Victoria Park die Bühne freigeräumt hat. Der Mann, der nicht fotografiert werden wollte.

»Immerhin haben die sich fotografieren lassen«, sagt Suzi.

Der Mann lächelt. »Vielleicht habe ich es mir anders überlegt.«

Suzi verschränkt die Arme. »Wirklich?«

»War nicht schwer, Sie zu finden.«

»Nein?«

»Nein.«

»Gut gemacht, Sherlock.« Suzi nickt in Richtung der massiven Tür des Sonic Bunker. »Da drin sind vier irische Gangster und mein Freund, also was wollen Sie?«

»Ein Gespräch.«

»Und warum sollte ich mit Ihnen reden wollen?«

Der Mann drückt Suzi etwas in die Hand, das sie für einen Ausweis hält.

Sein Name und sein Dienstgrad: DC Noble.

Suzi gibt den Ausweis zurück. Sie macht einen Schritt in Richtung Tür, hebt die Hände und sagt: »Oh, ich weiß nicht.«

Noble lächelt. »Glauben Sie mir, es hat nichts mit Ihnen oder Ihrem Freund zu tun – oder mit den irischen Gangstern da drin.«

»Womit dann?«

»Ich denke, wir können uns gegenseitig helfen.«

»Ich weiß nicht, ob ich Ihre Hilfe brauche, DC Noble.«

»Hausbesetzer haben manchmal mehr Rechte, als sie ahnen.«

»Woher wissen Sie das?«

Noble sagt: »Ein Mann namens Red Saunders hat mir auf dem Carnival seine Karte gegeben. Ich bin davon ausgegangen, dass Sie ihn kennen. Ich hab diesen Red Saunders angerufen, und er hat mich angeschwindelt. Ich hab ihn erneut angerufen, ohne mich zu erkennen zu geben, und er hat mir von diesem Ort erzählt. Also hab ich zwei und zwei zusammengezählt.«

»Wie gesagt, meine Hochachtung, Sherlock.«

»Was haben Sie zu verlieren? Am Kreisverkehr ist ein Pub. Dort warte ich eine halbe Stunde auf Sie. Ziehen Sie sich um und kommen Sie vorbei.«

Suzi knipst zum zweiten Mal den Rücken des sich entfernenden Mannes.

Sie packt weiter ihr Zeug zusammen.

Sie winkt Keith durch das winzige Bullauge zu, das vom Technikraum auf die Straße schaut.

Dann steuert sie den Pub an.

Noble bestellt ein Bier im Pub am Kreisverkehr der Victoria Park Road. Zu viel von meiner Arbeit, denkt er, besteht darin, morgens in Pubs zu hocken.

Er liest die Rennberichte in der Zeitung und behält die Tür im Auge. Könnte schön hier sein. So ein großes Lokal, gleich neben dem Park. Familien und so. Gutes Essen. Stattdessen hocken hier ein halbes Dutzend mürrische alte Männer und ein paar übergewichtige Jungs, die das Lokal als Büro benutzen.

Das Inn am Park die Straße runter versucht es mit Familien.

Jahrelang gab es dort Ärger, aus verschiedenen Gründen.

Ein bisschen Fußballkneipe, ein bisschen Drogenkneipe, ein bisschen Punkkneipe.

Sie konnten sich nicht entscheiden, welche Art von Ärger sie auf regelmäßiger Basis haben wollten.

Wie es manchmal so läuft, sorgte eine Schießerei für das Ende.

Zerbrochenes Glas und ein bisschen Rotwein sind eine Sache.

Ein Stammgast, der an der Bar abgeknallt wird, ist eine etwas unerfreulichere Angelegenheit.

Er war ein Krimineller, dieser Stammgast, wie zu vermuten.

Er lebte in Essex und kam alle paar Tage vorbei, um seine Buchhaltung zu machen, seine Partner zu besuchen, und so weiter.

Die Altersteilzeit in Essex funktionierte aber nicht wirklich.

Also haben sie den ganzen Laden jetzt auf Familien mit Kindern umgestellt.

Angeblich haben sie einen ehemaligen Abstellraum mit diesen kleinen Plastikbällen gefüllt, in denen sich Kinder gerne herumwälzen, und draußen im Garten steht eine Schaukel.

Noble lächelt. Er hält dem Barkeeper sein leeres Glas hin, der ihm wortlos ein neues einschenkt.

Noble nimmt sein frisches Bier und seine Zeitung mit an einen Tisch.

Er fragt sich, ob diese Suzi wirklich kommen wird.

Seine Idee ist zugegebenermaßen etwas unausgegoren.

Er braucht jemanden, der zur Linken gehört, zum RAR-Mob.

Er muss selbst jemanden finden, denn er hat Special Young gesagt, dass Parker Teil einer linken Infiltration ist – und er wird keinen zweiten Parker kriegen.

Er muss es so *aussehen* lassen, als würde er eine verdeckte Operation in der RAR leiten.

Dazu braucht er etwas, das nach Insiderwissen aussieht, oder tatsächlich Insiderwissen ist.

Er muss nur diese Suzi auf seine Seite kriegen – die Sache mit dem besetzten Haus sollte reichen.

Was er ihr erzählt und was er seinen Vorgesetzten erzählt, wird sich deutlich unterscheiden …

So laufen verdeckte Aktionen nun mal ab.

Mit dem Unterschied, dass sie glauben muss, es wäre keine.

Die Tür öffnet sich, und Suzi Scialfa betritt das schummrige Halbdunkel eines morgendlichen Pubs.

Ein paar betrunkene Alte johlen. Von irgendwoher kommt Applaus.

Noble ignoriert die Gäste, steht auf und begleitet Suzi an die Bar.

Der Barmann sagt: »Entschuldigung. Um diese Zeit kommen normalerweise nicht viele Frauen hierher.«

Suzi lächelt. »Was Sie nicht sagen.«

»Was möchten Sie trinken?«, fragt Noble.

Suzi schaut zur Theke, mustert die Anwesenden. »Ich nehme einen großen Gin Tonic, denke ich.«

Noble schaut den Barkeeper mit hochgezogenen Augenbrauen an.

Der Barkeeper zwinkert ihm zu: Guten Fang gemacht.

»Ein Solei?«, scherzt Noble.

»Vielleicht später«, sagt Suzi. »Ich nehm schon mal Platz.«

»Hier.« Der Barkeeper reicht ihr ein Handtuch. »Vielleicht sollten Sie vorher den Tisch abwischen.«

Noble setzt sich und reicht Suzi ihren Drink. »Cheers.«

»Cheers.«

»Ich komme gleich zur Sache.«

»Bitte.«

Noble nimmt einen Schluck von seinem Bier. »Sie haben meinen Ausweis gesehen, aber Sie wissen nicht, was ich mache.«

»Nein, keine Ahnung.«

»Ich gehöre zur Met Race Crime Initiative, die gegen rassistisch motivierte Gewalt vorgeht. Normalerweise arbeite ich von Soho aus, aber in diesen Tagen bin ich wieder zurück im Osten.«

»Zurück im Osten?«

»Ich bin hier geboren. Im Hackney Mothers' in der Lower Clapton Road.«

»Schön für Sie.«

»Sie haben einen leichten Akzent – woher kommt der?«

»New York und Chiswick. Dort geboren, hier aufgewachsen.«

Noble nickt. »So ein Insider-Outsider-Ding.«

»So was in der Art.«

»Und ich nehme an, Sie sind Fotografin und Journalistin?«

»So ähnlich.«

»Alles klar.« Er nickt und fährt dann fort. »Die Race Crime Initiative bemüht sich unter anderem darum, die kriminellen Strukturen der National Front zu zerschlagen.«

»Es gibt also kriminelle Strukturen.«

»Nun, es gibt auf jeden Fall *gewalttätige* Elemente.«

»Und was hat das mit mir zu tun?«

Noble nippt an seinem Bier. Er reibt die Hände aneinander. »Ich weiß, dass Ihre Leute meinen Leuten nicht trauen.«

»Meine Leute?«

»Die Linken, Rock Against Racism, die progressiven Typen.«

»Wenn ich nicht schon vorher gewusst hätte, dass Sie ein Bulle sind, wüsste ich es spätestens jetzt.«

Noble lacht. »Immer mit der Ruhe. Kann schon sein, dass wir zu Recht nicht ganz oben auf der Weihnachtsgrußliste von ehrbaren Menschen stehen.«

»Stimmt. Aber was hat das mit mir zu tun?«

»Sie sollen mir einen Gefallen tun.«

Jetzt muss Suzi lachen.

»Hören Sie mir einen Moment zu«, sagt Noble. »Ich habe einen Jungen bei der Gegenseite eingeschleust. Um diese Operation zu unterstützen, könnte es hilfreich sein, auch etwas mehr über eure Aktivitäten zu wissen. Verstehen Sie?«

Suzi nickt.

»Ich suche also jemanden, der mir in angemessenem Rahmen ein bisschen mehr Einblick in das RAR-Geschäft gibt und wie es mit linkem Aktivismus zusammenhängt.«

Suzi schweigt.

»Ich bitte Sie nicht, irgendetwas Geheimes preiszugeben oder zur Informantin zu werden, absolut nicht. Ich möchte nur ein bisschen mehr wissen, um das zu bekämpfen, was im Grunde ein gemeinsamer Feind ist.«

»Warum ich?«

»Weil ich mich an Sie aus dem Victoria Park erinnere.«

»Wirklich?«

»Es ist nicht leicht, Sie zu vergessen.«

Suzis Augen werden schmal.

»Das ist die perfekte Tarnung«, zwinkert Noble. »Ich schwärme für Sie.«

Suzi schüttelt den Kopf.

»Ich meine, wenn jemand fragt, erzählen Sie ihm, dass ich ein Verehrer bin, das ist alles.«

Noble denkt: Das ist eine sehr dürftige Tarnung, aber wenn sie nicht so schlau ist, wie sie denkt, könnte es funktionieren.

»Verraten Sie mir, was Sie im Gegenzug für mich tun können«, sagt Suzi.

»Zwei Dinge.« Noble lehnt sich in seinem Stuhl zurück. »Erstens kann ich dafür sorgen, dass Sie nicht aus Ihrem besetzten Haus fliegen.«

»Gut. Und wie?«

»Machen Sie sich keine Gedanken über das Wie, vertrauen Sie mir einfach.«

»In Ordnung.«

»Und das Zweite ist, dass Sie exklusiven Zugang zu Storys kriegen, die sonst keiner hat.«

»Was für Storys?«

»Die Art von Storys, die Politiker ihren Job kosten.«

»Werden Sie konkreter.«

Noble schüttelt den Kopf. »Man darf diese Dinge nicht überstürzen, Sie müssen mir vertrauen.«

»Und das alles, weil wir uns einmal kurz begegnet sind?«

»Ihr Kollege Red Saunders hat mir auf dem Carnival seine Karte gegeben. Also, ich habe ein wenig über ihn recherchiert, und ich kann ihn nicht wirklich gebrauchen.«

»Warum nicht?«

Noble lächelt. »Er nimmt sich selbst zu wichtig, wenn Sie verstehen, was ich meine.«

»Ich denke schon.«

»Na dann.«

»Und ich bin die einzige andere Person, die Ihnen einfällt?«

»Im Grunde genommen, ja.« Noble trinkt sein Bier aus. »Also, was sagen Sie? Sind Sie dabei?«

»Ich sage Ihnen was«, sagt Suzi und beugt sich vor. »Wenn die Räumungsklage kommt, reden wir weiter.«

»Wunderbar«, sagt Noble. »Wenn es so weit ist, rufen Sie mich an.« Er drückt ihr eine Visitenkarte in die Hand.

»Vermutlich soll ich niemandem von unserem Gespräch erzählen.«

Noble winkt ab. »Was ich tue, ist kein Geheimnis.« Jetzt blufft er. »Sie helfen mir bei meinen Ermittlungen, könnte man sagen. Wie Sie das handhaben, liegt ganz bei Ihnen.«

Suzi nickt.

Sie wirkt nachdenklich, und Noble kann förmlich hören, wie in ihrem Kopf die Zahnrädchen rattern –

Was sie aus dieser Sache machen könnte, was für eine Heldin sie sein könnte –

»In Ordnung«, sagt Suzi.

Bingo, denkt Noble.

Suzi steht auf. »Danke für den Drink.«

»Ich bringe Sie zur Tür.«

Er hält ihr die Tür auf, und sie tritt ins Sonnenlicht hinaus. Die Betrunkenen im Pub lachen mitleidig.

Nur wenig später sitzt Noble wieder im Britannia mit einem weiteren irischen Gedeck und Old Bill Stewart vor sich.

Noble sagt: »Glauben Sie, Sie können da was drehen?«

Stewart lacht. »Bei der Bezirksverwaltung und der Polizei von Hackney? Darauf sind die aufgebaut, mein Sohn. Es ist ein reiner Selbstbedienungsladen.«

»Wird das reichen?«

Noble reicht Stewart einen Umschlag.

Stewart wiegt ihn in den Händen.

»Lassen Sie ihn bei mir. Ich weiß genau, welche Hände ich schmieren muss.«

»Sorgen Sie nur dafür, dass es bald passiert. Damit wir es abhaken können.«

Stewart schnaubt. »Eine alte Frau ist kein D-Zug, Chance. Hetzen Sie mich nicht.«

»Schon gut.«

»Hausbesetzer sind Hausbesetzer«, sagt Stewart. »Es ist scheißegal, wie hoch die Quote ist, solange es eine gibt.«

Noble steht auf. »Der Sozialismus ist ein großer Gleichmacher.«

»Machen Sie den Abflug, Chance.«

Noble grinst. »Mit Vergnügen.«

Jon Davies schließt sein Büro ab und geht die langen hallenden Korridore des Rathauses von Hackney entlang. Er nimmt die Treppe; das Klappern seiner Absätze hallt wider, als er das spiralförmige Treppenhaus hinuntersteigt. Es ist das Klappern und der Widerhall der Institutionen, der Gerichte, der Macht, der öffentlichen Bäder, der Schulleiterbüros, der leeren Lagerhäuser, der Textilfabriken, der unmöblierten Sozialwohnungen, der Tiefgaragen.

Er tippt den Code in die Eingangstür der Tiefgarage. Unten schließt er sein Fahrrad auf. Er schnallt seine Aktentasche auf den Kindersitz. Er befestigt das rechte Hosenbein seines Anzugs ordentlich mit einer Klammer und schaltet die beiden Lichter seines Fahrrads ein. Es ist schon spät, und langsam wird es dunkel.

Er fährt die Rampe hinauf, biegt links ab, vorbei am Britannia Pub, an der Graham Road, am alten Woolworths, dann wieder links, vorbei am Hauptbahnhof von Hackney, am ehemaligen Spielzeugladen, an den Tierhandlungen und den Ramschläden für Haushaltswaren zu seiner Rechten. Er schlägt einen Bogen in Richtung Hackney Downs, bevor er rechts abbiegt, vorbei an der Pembury Tavern und die Pembury Road hinauf, zu deren beiden Seiten Pembury Estate liegt, das bedrohlich, riesig und kriegerisch wirkt. Er fährt geradeaus weiter, vorbei am Seven Sisters' Pub, nicht weit von der Queensdown Road entfernt, in der seine und Jackies erste gemeinsame Wohnung lag, die Cricketfield Road hinunter, vorbei am Cricketers' Pub, dem westindischen Imbiss zur Linken, und hinaus auf die Lower Clapton Road. Dann links am Teich vorbei und die Mildenhall Road hinunter, den ganzen Weg, etwa drei Viertel der Straße, bis er schließlich die kleine, niedrige Siedlung und sein eigenes Haus mit der Nummer 99 erreicht. Als er vom Fahrrad steigt, seine Aktentasche abschnallt und die Klammer an seinem Hosenbein löst, bemerkt er den Streifenwagen, der hinter ihm zum Stehen kommt.

Aus der Beifahrertür steigt ein uniformierter Polizist.

»Guten Abend, Jon«, sagt er.

Der Beamte schließt die Tür nicht, sondern steht dahinter, wie hinter einem Schutzschild.

Jon denkt: Hat er noch ein Bein im Wagen?

»Guten Abend«, sagt Jon. »Kann ich Ihnen irgendwie helfen, Officer?«

Der Officer lächelt breit. »Ich wollte nur schauen, ob Sie gut nach Hause gekommen sind, Jon.«

»Gut nach Hause gekommen?«

»Da kann man sich nie sicher sein, Jon.«

Jon nickt verwirrt. »Ich schätze, das kann man nicht.«

»Wenn man für die Bezirksverwaltung arbeitet, ist es gut, wenn jemand ein Auge auf einen hat.«

»Okay«, sagt Jon. »Warum genau sagen Sie das?«

»Jedenfalls sind Sie jetzt da«, entgegnet der Officer. »Und ich wünsche Ihnen eine gute Nacht.«

»Ihnen auch«, sagt Jon.

Er schließt die Haustür auf und geht hinein. Er hängt seinen Mantel auf und stellt seine Aktentasche ab. Er riecht das Essen und hört Musik.

Er geht die Treppe runter in die Küche. Jackie rührt in einer Pfanne.

»Hallo, Liebes«, sagt sie, lehnt sich zurück und küsst Jon auf die Wange.

»Was ist das?«, fragt Jon.

»Das ist thailändisch.«

»Sehr lecker. Geht es dem Jungen gut?«

»Ja«, sagt Jackie, »er ist nur kurz auf einen Drink ausgegangen.«

»Sehr witzig.«

»Er vermisst dich.«

»Ich vermisse ihn auch. Ich gehe ihm gute Nacht sagen.«

»Weck ihn nicht auf, Jon.«

Jon steigt zwei Treppen hinauf und steckt seinen Kopf in das Zimmer des Jungen.

Dort brennt ein kleines blaues Nachtlicht, und Jon sieht, wie er sich an sein Kaninchen kuschelt, gleichmäßig atmend.

»Nacht, Kumpel«, flüstert Jon. »Wir sehen uns morgen in alter Frische«, lacht er leise.

Jon geht wieder nach unten, und Jackie reicht ihm ein großes Glas Weißwein.

»Alles in Ordnung, Schatz?«, fragt sie.

Jon nickt. »Alles bestens, Schatz, alles bestens.«

Jon Davies lächelt seine Frau an.

Er wird ihr nicht erzählen, dass er von der Polizei nach Hause verfolgt wurde. Um ehrlich zu sein, weiß er nicht, wem er es überhaupt erzählen soll.

Es stellt sich heraus, dass sie, Thatcher, eine Diät machen muss.

Wenn sie ihre Vorstellung von Macht umsetzen will, muss sie etwas anders aussehen, schlanker, *glamouröser*. Ein hübsches Kleid statt Rock und Jackett schwebt ihr vor. Mein Vater ist Krämer, denkt sie. Ich weiß, was bei meinem Volk als glamourös gilt.

Offenbar beeindrucken Macht und Glamour ihr Volk mehr als bescheidene Herkunft und harte Arbeit.

Wenn sie ehrlich ist, gilt das auch für sie.

Es geht nicht so sehr darum, wie viel Gewicht sie verlieren muss, sondern wie sie es verlieren muss.

Wenn sie *besser* aussieht, ist sie die bessere Option.

Als sie das neue Werbeteam von Saatchi & Saatchi trifft, fragt sie sich laut, ob ein Mann dasselbe tun müsste.

»O ja«, versichert man ihr, »Geoffrey Howe lässt sich nächste Woche die Haare schneiden und bekommt eine neue Brille.«

»Der könnte ruhig auch ein paar Pfund abnehmen«, sagt Michael Heseltine, als sie ihm davon erzählt.

»Lippenstift, Margaret«, ist Denis' einziger Kommentar. »Du weißt, dass ich den an dir liebe.«

Neulich abends vor dem Fernseher schwärmte er davon, dass sie der Zwilling von Margo aus *The Good Life* sein könnte.

»Fragen Sie die Hausfrau«, ist ein Satz, den sie mehr als einmal benutzt hat, um den erbärmlichen Zustand der Wirtschaft zu kommentieren. »Vielleicht braucht es eine Hausfrau, um zu erkennen, dass die britische Haushaltspolitik katastrophal ist.«[44]

Der andere Dennis, Potter, hat gesagt, sie erinnere ihn an Lassie: jedermanns Zelluloid-Lieblingshündchen.[45]

Sie hatte sich Folgendes gedacht: Wenn ihre Vorstellung von Macht darin besteht, jeden Mann und seine Frau davon zu überzeugen, dass sie *besser* ist, sollte sie dann nicht so aussehen, als würde sie eine Sitzung der Weltwirtschaftskommission leiten?

Saatchi & Saatchi sagen Nein: »Sie liegen in den Umfragen zurück, und wir müssen Ihre Marke so einfach und verständlich wie möglich verkaufen. Glamour erledigt das für Sie«, erklären sie.

Also, die Diät. Und da steht es, auf einem Tablett auf ihrem spartanischen Schreibtisch – ihr Mittagessen.

Ihr Mittagessen, das einer ihrer Assistenten für sie zubereitet hat. Diese Diät ist ihr so unwichtig, dass sie nicht einmal weiß, welcher Assistent für die Zubereitung zuständig ist.

Eines hat sie den Saatchi-Brüdern gesagt:

»Wenn ich besser aussehen soll und wenn es um Glamour geht, warum fehlen dann auf diesem neuen Plakat nicht nur mein Gesicht, meine ganze *Person*, sondern auch meine Werte, meine Prinzipien?«

Sie erinnert sich, wie die Brüder einander angelächelt haben, als sei das eine Art privater Scherz zwischen ihnen.

»Aber die Botschaft ist klar, Mrs. Thatcher«, erwiderten sie. »Die Arbeitslosigkeit hat unter Labour einen Punkt erreicht, der nicht mehr tragbar ist. Labour funktioniert nicht. *Labour isn't working.*«

»Ich verstehe das«, sagte sie, »dieses Wortspiel mit ›arbeiten‹, natürlich verstehe ich das.«

»Nein, Frau Thatcher, es geht um das, was damit *nahegelegt* wird.«

»Fahren Sie fort.«

»Dass die Arbeitslosigkeit eine der Prioritäten Ihrer Regierung sein wird, und dass Sie es besser machen werden.«

»Ohne gleichzeitig Versprechungen zu machen«, sagte sie.

Die Brüder, erinnert sie sich, schauten einander wieder an, jetzt offen und erleichtert.

Neulich im Radio hat sie gesagt:

»Wir wären aus dem Amt gejagt worden, wenn wir eine so hohe Arbeitslosigkeit gehabt hätten.«[46]

»Und da ist noch etwas«, sagten die Brüder. »Der Spitzname.«

Sie weiß, dass sie in der Forschungsabteilung »Hilda« genannt wird, das ist ihr zweiter Vorname, und das ist nicht schmeichelhaft gemeint.

Vor ein paar Jahren, als sie vor den Konservativen in Finchley sprach, nannte sie sich die Eiserne Lady. Sie dachte, das würde sich durchsetzen.

»Uns gefällt ›Maggie‹«, erklärten ihr die Brüder. »Wir lancieren das in der *Sun*.«[47]

Sie wendet sich ihrem Mittagessen zu.

Ihr Mittagessen ist jetzt auch ihr Abendessen und manchmal auch ihr Frühstück.

Zwei Wochen lang macht sie, Thatcher, eine Probediät: Achtundzwanzig gekochte Eier pro Woche, um sicherzugehen, dass sie wirklich abnehmen kann, dazu eine kleine Beilage.

Das Mittagessen heute: zwei gekochte Eier, Spinat und ein Glas Whiskey.

Beim Essen studiert sie eine Schlagzeile und lächelt:

Schlägertrupps der National Front verunstalten
die Leiche eines Asiaten, der tot in einem Kanal im
Osten Londons gefunden wurde

Die rechte Bewegung diskreditieren und deren Wähler rüberziehen, denkt sie.

Samstagmorgen. Jon Davies sitzt auf der Treppe vor seiner Haustür und genießt die Frühsommersonne.

Er hat ein Stück Schaumstoff untergelegt und liest die Zeitung. Vor ihm steht eine Flasche kaltes französisches Lagerbier aus dem Supermarkt, er trägt nur eine kurze Jeans, sonst nichts.

Es herrscht eine ruhige, fast vorstädtische Stimmung, obwohl Hackney so ziemlich das innerste London ist, das man sich vorstellen kann. Hecken werden geschnitten, Autos gewaschen. Auf der Chailey Street spielen Jugendliche Fußball. Kleinkinder toben in den Gärten der Siedlung. Familien mit Kinderwagen und Fahrrädern rollen vorbei in Richtung Millfields Park und Kanal.

Harry und Lil von nebenan gehen mit ihrem Hund Peppy spazieren.

»Tach, Jon«, sagt Harry und zieht einen imaginären Hut. »Wie läuft's so?«

»Na ja«, sagt Jon, »immer das Gleiche, anderer Tag.«

Harry lacht. »Geht's dem Jungen gut?«

»Bestens.«

»Schön, das zu hören.«

»Wie geht's Jackie?«, fragt Lil.

»Zu gut für mich«, scherzt Jon.

Harry schnaubt. »Dann einen schönen Tag, alter Junge.«

Jon winkt den beiden, als sie weitergehen.

Harry, ein Vorarbeiter, trinkt im Prince of Wales, und sie sehen ihn dort hin und wieder mit seinen Jungs.

Vier Pints in der Mittagspause sind offenbar nicht unüblich, hat Jon gehört.

Man stelle sich die körperliche Arbeit danach vor. Jon nimmt einen Schluck von seinem Lager.

Er liest die Fußballnachrichten.

Sie sind erträglicher als noch vor ein paar Wochen, als West Hams Abstieg in die zweite Liga feststand.

Es ist immer eine große Erleichterung, wenn der Sommer kommt und er unaufgeregt die Bezirksmeisterschaften mitverfolgen kann, bevor die Testspielserie wieder losgeht.

Jackie und der Junge sind drinnen. Sie gurrt etwas, und der Junge gluckst und quietscht dann vor Vergnügen.

Der Kleine liebt es im Moment über alles, wenn er die Treppe hochgetragen wird, dabei über Jackies Schulter schaut und beobachtet, wie Jon hinterherläuft.

Er lacht wie ein kleines Schlitzohr; es ist das Lustigste, was Jon je gesehen hat.

Jon blättert um, schaut auf. Auf der anderen Straßenseite verlässt Frau Akhtar das Grundstück.

Die arme Frau, denkt er.

Seit dem Vorfall haben sie nicht viel miteinander gesprochen, aber sie haben ihr Blumen geschickt, und Jackie hat sie kürzlich auf der Straße umarmt.

Es ist eine schreckliche Geschichte, und sie wissen nicht einmal genau, was passiert ist. Zumindest ist nichts offiziell bekannt. Jon hat im Rathaus nachgefragt, aber alle haben nur mit den Schultern gezuckt.

Mrs. Akhtar überquert die Straße, schlängelt sich zwischen den parkenden Autos hindurch, dann steht sie vor Jons Gartentor und sagt: »Hallo, Mr. Davies, haben Sie einen Moment Zeit?«

»Natürlich.« Jon wird plötzlich bewusst, wie wenig er anhat. »Geben Sie mir einfach eine Minute, Sie wissen schon.«

Ohne Mrs. Akhtars Reaktion abzuwarten, schlüpft er hinein, streift sich das T-Shirt über, das er vorhin getragen hat.

Dann geht er vorne zum Tor, öffnet es, und sie stellen sich gemeinsam in den kleinen Vorgarten.

»Wie geht's Ihnen, Mrs. Akhtar?«

Obwohl sie draußen sind, fühlt er sich auf engstem Raum mit ihr zusammengequetscht, er riecht die Mülltonnen hinter der Hecke.

»Es ist eine sehr schwierige Zeit, das verstehen Sie sicher, Mr. Davies.«

»Jon, bitte.«

»Danke, Jon. Können Sie mir helfen, Jon?«

»Natürlich, sofern es mir möglich ist.«

»Danke, Jon.«

Mrs. Akhtar schaut zu Boden.

Sie lehnt sich gegen das Tor, als würde sie jeden Moment zusammenbrechen.

Jon befürchtet, dass gleich das entriegelte Tor unter ihrem Gewicht aufschwingt und sie tatsächlich umkippt.

Sie sagt: »Man hat uns mitgeteilt, dass es ein Unglücksfall war, Jon. Sie haben nicht gesagt, dass es Selbstmord war, aber es könnte sein, nehme ich an.«

»Es tut mir so leid.«

»Wir glauben es nicht, Jon. Wir vertrauen denen nicht, Jon. Wir ...«

Mrs. Akhtar beginnt zu schluchzen. Sie fasst sich wieder. »Er war nicht dumm, Jon, mein Mann.«

Jon legt eine Hand auf ihre Schulter. Sie zieht ein Taschentuch aus dem Ärmel und tupft sich die Augen.

»Sie sind Anwalt, Jon. Und Sie arbeiten auch für die Bezirksverwaltung.«

»Richtig.«

»Ich frage mich, Jon, ob Sie uns vielleicht helfen können, ob Sie uns einen Rat geben können?«

Jon nickt. »Natürlich kann ich das«, sagt er. »Es wäre mir ein Vergnügen.«

»Danke, Jon.«

Mrs. Akhtar tritt zurück auf den Bürgersteig. Sie richtet ihre Kleidung, richtet ihr Kopftuch, korrigiert ihre Haltung. Sie beruhigt sich.

Jon lächelt. »Ich werde gleich am Montag sehen, was ich für Sie tun kann«, sagt er. »Ich komme dann im Lauf der nächsten Woche abends rüber zu Ihnen. Ist das in Ordnung?«

Mrs. Akhtar nickt und bedankt sich bei Jon.

Sie dreht sich um und will die Straße überqueren.

Doch in dem Moment versperrt ihr ein Streifenwagen den Weg.

Jon tritt durch sein Tor auf den Bürgersteig, auf die Straße.

Ein Polizist lehnt sich aus dem Beifahrerfenster und sagt: »Keine Sorge, Mrs. Akhtar, wir wollen nur sehen, ob bei Ihnen alles klar ist.«

Sie verbeugt sich und sagt: »Ja, ja, gut, Sir, danke.«

Jon, der jetzt am Wagenfenster steht, sagt: »Sie haben die Frau gehört.« Er schaut zu Mrs. Akhtar. »Gehen Sie nach Hause, Mrs. Akhtar, die machen nur ihre übliche Kontrollrunde im Bezirk, das ist alles«, lächelt er.

Der Polizist sagt: »Tatsächlich habe ich da was für Sie, Mr. Davies.«

Er reicht Jon eine Karte.

»Auf Wiedersehen, Jon«, sagt er. »Schönen Tag noch.«

Jon studiert die Karte.

Es ist seine eigene Visitenkarte, mit seiner Adresse, aber sein Name ist mit einem fetten Balken geschwärzt, und über seinen Namen sind mit einem dicken schwarzen Stift die Worte *Excalibur House* gekritzelt, daneben die grobe Skizze eines Schwertes.

Jon steckt die Karte ein.

Er dreht sich um, denkt, Fuck, spürt Hundescheiße zwischen den Zehen, kratzt sich fluchend den Fuß am Bordstein ab.

Jackie erscheint in der Tür, der Junge zappelt in ihren Armen.

»O Scheiße«, sagt sie.

»In der Tat. Kannst du mir einen Lappen oder so was bringen, Schatz?«

Suzi nimmt den Bus zur Liverpool Street und steigt in den Zug nach Audley End.

Eine Stunde später sitzt sie schweigend im Auto ihrer Mutter.

Ihre Mutter sagt: »Dein Vater wird sich freuen, dich zu sehen.«

»Und du nicht?«

»So habe ich das nicht gemeint, Suzi.«

»Ich weiß.«

Suzi würde gerne öfter nach Hause kommen, aber es ist kein wirkliches Zuhause, wenn man nie dort gelebt hat. Und wenn man eine Weile nicht hingefahren ist, und die Abstände zwischen den Besuchen immer länger werden, dann schleicht sich etwas anderes ein, man fürchtet sich vor falschen Erwartungen, Sorgen und Enttäuschungen. Und dann die stummen Autofahrten, die stummen Mahlzeiten. Und irgendwann lässt man sie ganz, diese Besuche *zu Hause*.

Aber so weit ist es noch nicht.

»Wie geht es Keith, Schatz?«, sind die ersten Worte, die Suzis Vater an sie richtet. »Arbeitet er noch in der Hitfabrik?«

»Es geht ihm gut.«

Suzis Vater nickt. »Er erinnert mich an Typen, die ich in den Fünfzigern im Village kannte, bevor du geboren wurdest.«

»Ja?«

»Ja, sein Stil, seine Szene, weißt du?« Suzis Vater lächelt wohlwollend. »Showbusiness«, sagt er. *»Jazz.«* Seine Miene besagt: hipper Typ.

Suzi vermisst ihren Vater, ihr amerikanisches Erbe. Sein Festhalten an etwas, von dem Suzi keine Ahnung hat, dass es jemals existierte.

»Er ist ein netter junger Mann«, fügt Suzis Mutter hinzu. »Höflich.«

Sie sitzen am Esstisch, essen Brathähnchen und trinken Rotwein. Ihr Haus, das muss Suzi zugeben, ist geschmackvoll eingerichtet, geräumig, ein guter Ort zum Entspannen, zum Leben. Sie sind hingezogen, als Suzi von zu Hause weg ist – vielleicht ist damit eine Last von ihnen abgefallen –, und sie sind jetzt im Ruhestand, sie sind glücklich. Suzis Vater war Journalist, ein Auslandskorrespondent, der sich mit seiner englischen Frau in England niedergelassen hat. Und nun ist er das, was sie in Saffron Walden einen exotischen Bohemien nennen. Seine weichen New Yorker Vokale, seine abgetragenen Wildlederjacken, seine französischen Zigaretten, sein langes Haar.

Er kaut nachdenklich.

Mit der Gabel in der Luft fragt er: »Wie ist eure …«, und er scheint beim Kauen nach den richtigen Worten zu suchen, »die … Wohnsituation?«

»Wir sind noch in der Genossenschaft. Wir fühlen uns wohl dort.«

»Im besetzten Haus, meinst du.«

Suzi lächelt. »Es ist eine Genossenschaft.«

»Rechtlich gesehen.«

»Wir wohnen dort, und alle wissen es, und alle sind glücklich.«

»Bezahlt ihr Miete?«

»Es läuft alles in geregelten Bahnen.«

»Im Moment noch.«

»Ja.«

Suzis Vater kaut schneller und nickt so, dass man erkennt, er denkt genau das Gegenteil.

»Sei vorsichtig«, sagt er. Er lächelt. »Sei einfach vorsichtig.«

Suzis Mutter sagt: »Du und Keith, ihr solltet euch auch etwas Eigenes suchen.« Sie lächelt. »Wenn dein Vater und ich, na ja, wenn ihr …« Sie legt ihr Besteck ab. »Es ist schön, etwas für sich selbst zu haben, auch als kleine Familie.«

»So weit sind wir noch nicht, Mum.«

»Nächstes Mal bringst du ihn mit«, ruft Suzis Vater. »Sag ihm von mir, dass er zu hart arbeitet!«

»Mach ich.« Suzi trinkt einen Schluck Wein. Das Essen schmeckt gut, sie spürt die Wärme. »Er arbeitet viel mit politischen Bands, für Protestveranstaltungen und so weiter. Das mache ich auch.«

Suzis Vater nickt wieder. »Hier in der Gegend«, er hat den Mund voller Essen, »reden sie viel über diese Thatcher-Lady.«

Suzi bemerkt, wie die Augen ihrer Mutter hin und her zucken.

»Und sie sagen«, fährt ihr Vater fort, »dass sie der Tritt in den Hintern ist, den dieses Land braucht. Und wisst ihr was? Ich bin geneigt, dem zuzustimmen.«

Suzi öffnet den Mund, sagt dann aber nichts.

»Wir wissen es nicht«, sagt ihre Mutter leise. »Es ist nur Gerede, bei Dinnerpartys.«

Suzi nickt. »Ich weiß.«

»Wir werden sehen«, sagt ihr Vater und nimmt einen weiteren Bissen. »Wir werden sehen.«

»Sag deinen Freunden, dass sie es eines Tages bereuen werden, Thatcher gewählt zu haben.«

Suzis Vater lacht. »Vielleicht überlasse ich das besser dir.«

Suzi lächelt, denkt, es reicht.

Später im Zug nach Hause, schläfrig vom Wein, ist sie froh, hingegangen zu sein.

Nächstes Mal wird sie nicht so lange damit warten.

Suzi steht mit den anderen von der Kooperative zusammen, und sie schauen zu, wie die Räumungsankündigungen entfernt werden.

Es wird geklatscht und gejohlt, und jemand ruft: »Ich hab's euch verdammt nochmal gesagt«, und ein anderer: »So ist das, wenn man für seine Rechte kämpft« und »Ja, verdammt, ja«. »For He's a Jolly Good Fellow« wird angestimmt, als Tiny

Tony herunterkommt und triumphierend durch die Eingangstür marschiert, als würde er gleich eine Trophäe in die Höhe recken und eine Rede halten.

Suzi spricht einen der Handwerker an. »Sie wissen nicht, warum das zurückgezogen wurde, oder?«

»Keine Ahnung, Liebes, tut mir leid.« Er runzelt die Stirn. »Aber an Ihrer Stelle wäre ich verdammt froh.«

»Das passiert öfter, nehme ich an.«

»Nicht, dass ich wüsste.« Er nickt in Richtung der Feier und von Tiny Tony, der sich aufplustert wie ein Pfau. »Entweder kann er verdammt geschickt verhandeln, oder er hat einflussreiche Freunde.«

»Genau.«

»Könnten Sie das bitte für mich unterschreiben?«, fragt der Handwerker und reicht ihr ein Klemmbrett mit einem von der Bezirksverwaltung abgestempelten Formular. »Dies ist die Bestätigung, dass die Räumungsklage zurückgezogen wurde.« Wieder nickt er in Tiny Tonys Richtung. »Ich habe keine Lust, ihn zu fragen. Er wird dann sicher eine Riesenshow abziehen.«

Suzi lächelt. Sie kritzelt ihren Namen drauf, nimmt eine Kopie und steckt sie ein.

»Danke, Darling«, sagt der Handwerker.

Suzi schüttelt den Kopf, um zu sagen: Keine Ursache.

Sie blickt die Straße hinauf zu der Werbetafel, die alle Autofahrer begrüßt, die aus Walthamstow, Leyton, Essex und von noch weiter herkommen.

Dort hängt ein Wahlplakat, das sie noch nie gesehen hat – auf dem großformatigen Foto prangt an einem Gebäude in Rot und Weiß das Schild: *Unemployment Office*.

Davor eine endlose Menschenschlange.

In dieser Schlange steht ein Querschnitt der Bevölkerung ganz Großbritanniens, denkt Suzi.

In kleinen Buchstaben steht darunter:

BRITAIN'S BETTER OFF WITH THE CONSERVATIVES

Darüber, in viel größeren Buchstaben:

LABOUR ISN'T WORKING

2

Der Englische Bürgerkrieg

September 1978

Simon

Eure kleine Gruppe von Jägern zerstreut sich, ihr schwärmt aus, und Little Derrick sagt, Jeder, egal wer, der hier nichts zu suchen hat, wird geklatscht. Jeder. Und Phil hat einen Blick drauf, den du noch nie bei ihm gesehen hast, er war nie ein Kämpfer, aber er ist ein Kumpel und ein guter Kerl, also wenn es darauf ankommt, steht er natürlich an deiner Seite, aber letztlich wird es wahrscheinlich zu gar keinem echten Kampf kommen, außer welche nehmen den Kampf wirklich auf. Du rennst also die Curtain Road runter, und da siehst du einen alten Mann, Inder oder Bengale oder Bangladescher, keine Ahnung, kümmert dich auch nicht, keinen von euch kümmert es, und einer deiner Leute rennt rüber zu dem Alten, er muss fast sechzig sein, er trägt seine Einkäufe nach Hause, zieht so einen kleinen Trolley für alte Leute hinter sich her, und einer von euren Jungs rennt rüber und tritt ihm den Wagen weg und schlägt ihm ins Gesicht. Und dann sind da noch zwei andere und schlagen zu, und einer rammt dem Alten seine Stirn mitten ins Gesicht, und der geht blutüberströmt zu Boden, und dort fängt er sich noch ein paar Tritte, und dann wird er bespuckt, einmal, zweimal, dreimal wird er bespuckt. Du schaust zu, und Phil schaut zu, und dann nickt Little Derrick, und ihr teilt euch in Zweier- und Dreiergruppen auf und trabt zurück zur Hauptgruppe, und ihr erklärt den Uniformierten, dass ihr gerade im Park gepinkelt habt, und sie lassen euch wieder rein, und dann seid ihr wieder in der Brick Lane, skandierend und mit emporgerecktem Arm grüßend. Und am nächsten Wochenende siehst du, wie ungefähr viertausend Leute von der Anti-Nazi League durch die Brick Lane marschieren, und das geht einigen gegen den Strich, und am darauffolgenden Wochenende seid ihr wieder da, und diesmal gibt es keinen Marsch, keine offizielle Demonstration, also keine Polizei, und Little Derrick trommelt etwa zweihundert Leute zusammen, und ihr stürmt die Brick Lane hinunter, zerschlagt jedes Fenster und schmeißt alles um, was nicht fest verschraubt ist, und die Pakis verziehen sich alle, die Türen sind verschlossen, die Straßen sind leer. Jemand wirft einen Ziegelstein durch ein Fenster und schreit: In Brick Lane geht's wieder mit rechten Dingen zu! Worauf alle lachen, aber ihr bleibt nicht lange, ihr versammelt euch wieder im Blade Bone und singt, bis Old Bill anrückt und ein oder zwei der älteren Mitglieder rausgehen und mit ihnen reden. Und die Officers lachen, und ihr denkt, dann ist ja alles in Ordnung, dann sind wir ja in Ordnung. Aber irgendwann organisieren sich die anderen, und es kommt zu echten Schlägereien. Und es fängt an, ziemlich interessant zu werden, weil es sind nicht nur Pakis, es sind auch Banden von Schwarzen und Weißen, und es sind nicht nur verweichlichte Hosenscheißer in Cord, sondern Jungs, die Bock auf Schlägereien haben, und jede Woche werden es mehr. Du hörst Gerüchte, dass sie von jemandem bezahlt werden. Ein paar Wochen später gibt es eine Blockade am Nordende der Straße und auch am Whitechapel-Ende, und du sagst zu Phil, Was soll das alles überhaupt, he? Und Phil sagt, Lass das die anderen Jungs nicht hören, und du denkst, Scheiß auf die anderen Jungs, du kassierst hier Prügel für lau, während die andere Seite dafür bezahlt wird, und es gibt mehr von denen, und am Ende ist es eine Frage der Überzahl. Die Stimmung im Pub ist auch nicht gerade lustig, und du fragst dich, wozu das Ganze noch mal gut sein soll, es gibt ohnehin keine Arbeit, und du siehst also keine Anzeichen dafür, dass dir jemand die Arbeit wegnimmt, und du bringst das in einer Sitzung zur Sprache, und Derrick Day Senior, der alte Fettsack, schreit dich an, nennt dich einen Feigling und einen Freund des Abschaums, und die Leute im Pub drehen sich um, um zu sehen, wie dir das gefällt, und du sagst einfach, Amateure, ihr alle, verdammte Amateure, so kommt ihr nicht weiter, ihr könntet nicht mal ein Besäufnis in einer Brauerei organisieren. Daraufhin gibt es ein bisschen Gemurmel, ein paar Ältere scheinen mit dem, was du gesagt hast, einverstanden, also machst du weiter. Excalibur House, sagst du, ihr nennt unser neues Gebäude Excalibur House, und keiner von euch hat eine verdammte Ahnung, was Excalibur ist, oder? Glaubt ihr, ihr seid der verdammte Alfred Lord Tennyson, also, ich bin raus, und du marschierst aus der Tür. Aber ein paar von denen kommen hinter dir her, und du denkst, Jetzt geht's los, jetzt gibt's Ärger, aber dann sagt Fat Bastard Derrick Day höchstpersönlich, Hast du eine bessere Idee?, und du sagst, Ja, als Erstes lassen wir die Brick Lane sein und organisieren uns, wir haben Geld und ein Hauptquartier, richtig? Und Day nickt, und du sagst, Gut, dann lass uns einen besseren Ort zum Kämpfen finden, und Day lächelt jetzt, und Phil lächelt, und jemand fragt, Wo? und du sagst, Im Norden, Chapel Market, der perfekte Ort, um sie aufzumischen, und Day sagt, Wie heißt du?, und du sagst, Simon, und er sagt, Willst du einen Job, Simon? Ja, denkst du, das will ich, und du hast das Gefühl, dass du was bewegen kannst.

Ihre Spione berichten ihr, dass alle sechs großen Gewerkschaftsbosse zum Abendessen auf Callaghans Farm kommen. Ihre Spione haben's drauf, denn sie verraten ihr auch, dass fünf dieser Bosse – Len Murray, Dave Basnett, Moss Evans, Geoffrey Drain und Alfred Allen – Callaghan davon überzeugen wollen, dass vorgezogene Unterhauswahlen im Herbst der richtige Schritt sind, um die Labour Party an der Macht zu halten. Einer der sechs – Hugh Scanlon – will Premierminister Callaghan empfehlen, damit bis zum Frühjahr 1979 zu warten.

Im Spätsommer ist Upper Clayhill Farm ein wunderschöner Ort, um den Abend zu verbringen, das weiß sie; und Mrs. Callaghan ist eine hervorragende Gastgeberin.

»*Die* kann kochen«, brummt Denis, als sie ihm erzählt, was läuft.

Sie braucht keine Spione, um zu wissen, dass Callaghan entschlossen an der Lohnobergrenze festhält und die Gewerkschaften darüber verärgert sind.

»Das nationale Interesse liegt ihm am Herzen«, steuert Denis hilfreich bei. »Aber das wird ihn natürlich zu Fall bringen.«

Das weiß sie, oder zumindest hofft sie es.

Man wird – oder bleibt – nicht Premier, wenn man etwas anderem als seinen eigenen persönlichen Machtinteressen folgt.

Sollten diese zufällig mit dem nationalen Interesse übereinstimmen, kann man natürlich behaupten, dass man seine Macht im Sinne des Gemeinwohls einsetzt. Das wiederum befördert dann die eigenen Interessen.

Was das nationale Interesse wirklich ist, weiß natürlich keiner so genau. Callaghan, findet sie, ist in der Hinsicht schrecklich anmaßend.

Sie tippt auf ihr erstes gekochtes Ei des Tages. Die Diät schlägt an, und sie hält sie auch schon eine Weile durch.

»Es ist der *Geruch*, Margaret, der schier unerträglich ist«, sagt Denis fröhlich zu ihr. »Mir persönlich wäre es lieber, du wärst mollig, aber dafür frei von Blähungen, um ehrlich zu sein.«

Ihm wäre es natürlich noch viel lieber, wenn sie das Land in den Griff kriegt und es für die nächsten zehn Jahre hinter sich herschleift, meint sie. Seine geschäftlichen Interessen – da wir gerade bei Interessen sind – werden durch die Verbindung mit ihr erheblich gestärkt, wenn nicht gar exponentiell gesteigert.

Also, zurück zum Dinner. Wenn Len Murray, Dave Basnett, Moss Evans, Geoffrey Drain und Alfred Allen Callaghan vorschlagen, dass Neuwahlen im Herbst der richtige Schritt sind, um sicherzustellen, dass die Labour Party an der Macht bleibt, und Hugh Scanlon rät abzuwarten, dann wird Scanlon wahrscheinlich einfach ignoriert.

Sie hat den Knackpunkt erkannt, denkt sie, und sie ist nicht die Einzige. Aber sie könnte die Einzige sein, die etwas unternehmen kann.

Die Gewerkschaften werden den Sozialvertrag der Labour Party nicht mehr akzeptieren. Nachdem die Lohnobergrenzen gefallen sind, werden sie weit mehr als die maximal fünf Prozent Lohnerhöhung fordern. Die Gewerkschaftsvertreter – ein Bund von Ehrenmännern, die sie gut kennt – werden streiken, wenn sie weniger als fünfzehn Prozent bekommen.

Hoskyns meint, dass die Zahl keine Rolle spielt: Nicht Callaghans Fixierung auf fünf Prozent ist das Problem, sondern die Tatsache, dass es überhaupt eine Erhöhung geben soll.

Der wahrscheinlichste Zeitpunkt für eine Wahl ist der Oktober, was ihr nicht viel Zeit lässt. Ohne die Gewerkschaften wird Labour die Wahl verlieren. Allein wegen der Anzahl der Stimmen, die sie mobilisieren können. Aber die Bevölkerung – das nationale Interesse – misstraut zunehmend der Macht der Gewerkschaften. Und für sie steht fest, dass der Einfluss der Gewerkschaften die wirtschaftlichen Probleme Großbritanniens wie Arbeitslosigkeit und Inflation noch verschärft.

Sie hasst die Gewerkschaften und die fetten, schmierigen, trinkfreudigen, Unruhe stiftenden Marxisten an deren Spitze.

Außerdem berichten ihre Spione, dass Len Murray, Dave Basnett, Moss Evans, Geoffrey Drain und Alfred Allen nicht garantieren wollen, dass ihre Mitglieder über den November hinaus an ihren Arbeitsplätzen bleiben und nicht streiken werden. Wahlen im Herbst kommen ihnen sehr gelegen, um ihre Position durchzusetzen: Lasst uns die fünf Prozent endlich vergessen und wieder frei verhandeln.

Das ganze Land, das weiß sie, muss zum Stillstand kommen, wenn sie, Thatcher, gewinnen will.

Niemand wählt eine Regierung, die nicht dafür sorgen kann, dass die Mülltonnen geleert und die Straßen gefegt werden.

Aber für all das ist keine Zeit.

Allerdings lässt sich zumindest der Anschein erwecken, dass das Land *kurz davor* ist, zum Stillstand zu kommen.

Der Spaltungsprozess zwischen Labour und Gewerkschaften könnte sich noch lange hinziehen.

Zögernd hält sie den Teelöffel in der Hand, legt ihn weg und greift zum Telefon.

Sie hat eine Idee, wie sie mit minimalem Aufwand maximale Unruhe stiften kann.

Len Murray, Dave Basnett, Moss Evans, Geoffrey Drain, Alfred Allen und Hugh Scanlon werden auf der Upper Clayhill Farm aufwachen. Sie werden verkatert vor ihren Teetassen, ihrem englischen Frühstück und ihren Zeitungen hocken und nicht ahnen, dass sie dabei helfen, eine konservative Partei an die Regierung zu bringen, die anschließend alles in ihrer – *Thatchers* – Macht Stehende tun wird, um ihren schädlichen Einfluss zu beenden.

Denis sagt: »Ich würde die Gewerkschaften verdammt nochmal verbieten.« Und dann: »Was auch immer du tust, sorge dafür, dass positiv darüber berichtet wird. Ich will nicht, dass du von diesen verdammten BBC-Schwuchteln niedergemacht wirst.«[48]

Am Telefon sagt sie: »Gordon, sag Larry Lamb, er soll Dagenham im Auge behalten.«

Gordon Reece, ihr Medienberater, sagt: »Er wird wissen wollen, wann es losgeht.«

Er, Larry Lamb, Chefredakteur der *Sun*.

Wieder einmal wird sie ihren Lieblings-Chefinspektor brauchen. Sie lächelt über den Euphemismus.

Es wird nicht ausreichen, sich auf einen der großen sechs

zu verlassen; sie weiß, dass Macht in bestimmten Situationen am effizientesten *nach oben* korrumpiert.

Und ihre Spione sagen ihr, dass es einen gewissen hochrangigen Gewerkschafter namens Dai Wyn gibt, der bei einigen der großen sechs ein offenes Ohr hat, ein Mann mit Ambitionen.

Das wird sie ihrem Lieblings-Chefinspektor sagen; das sollte ausreichen.

»Ende des Monats, Gordon«, sagt sie.

»Ausgezeichnet.«

Sie denkt: Wir kriegen die Mistkerle schon.

Noble trifft sich wieder mit Maurice Young –

»Wir wissen, dass so etwas Zeit braucht, und wir sind mit der Arbeit zufrieden, die Sie geleistet haben«, sagt Young. »Die Unruhen in der Brick Lane und auf dem Chapel Market haben, was die Verhaftungen angeht, ein gutes Ergebnis gebracht. Und nicht nur Anarchisten. Auch einige Hooligans von der National Front.«

Noble nickt.

»Wir gehen davon aus, dass es Ende des Monats wieder ein großes Konzert geben wird. Stimmt das?«

»Südlondon«, sagt Noble. »Angeblich im Brockwell Park.«

»Sie erinnern sich bestimmt, worüber ich neulich gesprochen habe, die Krawatte, das Pikass und so weiter.«

»Ja, ich erinnere mich, Chief.«

Young schluckt. »Die Polizei von Brixton braucht vielleicht ein paar Ratschläge, wie sie die Veranstaltung am besten unter Kontrolle halten kann.«

»Sie werden vom Hyde Park dorthin marschieren.«

»Nach Brockwell Park? Verdammte Scheiße.«

Noble lächelt.

»Hören Sie«, sagt Young. »Sie haben vor einiger Zeit um einen weiteren Mitarbeiter gebeten. Also.«

Young öffnet eine Schreibtischschublade. Er zieht einen Umschlag heraus. Er reicht ihn Noble. Der Umschlag ist unbeschriftet.

»Gleiche Vorgehensweise, DC Noble, verstanden?«

»Natürlich, Chief.«

»Hören Sie, Patrick, Sie kriegen ihn, aber dafür muss uns Ihr Mann einen Gefallen tun, okay?«

»Ja, Chief.«

»Unser Freund wird Ihnen alles erklären.«

»Verstehe.«

»Sie tun einfach, was er sagt, und Ihr Team hat so lange freie Hand wie nötig. In einem vertretbaren Rahmen.«

Noble nickt. »Das ist überaus großzügig, Chief.«

»Es ist überaus großzügig, ja.« Young lächelt, fährt sich mit den Händen durch sein dunkles, lichter werdendes Haar, das er nach hinten gekämmt und hinter die Ohren gestrichen hat.

»Danke, Sir.«

»Eine Sache müssen Sie noch für mich tun, Patrick.«

Noble nickt.

»Gehen Sie zu DS Williams und finden Sie heraus, was mit Shahid Akhtars Familie los ist, ja?«

»Sie meinen …«

»Ich will wissen, was ich darüber noch nicht weiß. Verstanden?«

Noble nickt. »Klar, Chief.«

»Manchmal«, sagt Young, »ist es schwierig zu wissen, welche Seite welche ist und auf welcher Seite wir stehen, verstehen Sie?«

»Ich denke schon, Sir.«

»Guter Mann. Sie finden selber den Weg nach draußen.«

Noble stattet dem Café in der Chatsworth Road einen kurzen Besuch ab.

»Heute Abend«, sagt er zu der Blonden hinter der Theke, »nehme ich Sie mit in den Westen.«

Die Blonde zuckt mit den Achseln. »Ich habe Sie hier schon lange nicht mehr gesehen.« Sie trocknet eine Tasse ab und wirkt ein wenig verschnupft. »Sie kennen nicht mal meinen Namen.«

»Sie kennen meinen Namen auch nicht.«

»Ich bin auch nicht diejenige, die um ein Date bittet.«

Noble grinst. »Ich bin Patrick, freut mich. Wie heißen Sie?«

»Lea.«

»Lee? Wie Marvin. Schön.«

»Ha, sehr witzig. Mit a.«

»Das ist ein schöner Name, Lea.«

»Also dann.«

»Also, heute Abend. Haben Sie Lust?«

»Warum nicht?«

»Wunderbar«, sagt Noble. »Ich hole Sie hier ab, so gegen sechs?«

Nach einem Steak-Dinner mit Champagner fragt Noble: »Kann ich dich irgendwo absetzen?«

»Werd nicht frech.«

»Es ist nicht weit«, sagt er, »zu meiner Bude.«

Noble führt Lea herum.

»Du bist gerade eingezogen?«, fragt sie.

»Achtzehn Monate oder so.«

»Okay.« Lea wird rot.

»Was?«

»Na ja, es ist ein bisschen … schlicht, oder?«

Noble stemmt die Hände in die Hüften. »Aber du denkst doch hoffentlich nicht, dass ich – etwas schlicht bin, oder?«

Lea schüttelt den Kopf, und Noble führt sie ins Schlafzimmer.

Später, während Lea schläft, sitzt Noble am Tresen in seiner winzigen Küche mit Blick auf die Whitfield Street. Im Park hinter der U-Bahn-Station Goodge Street hängen Betrunkene und Süchtige ab.

Er sagt sich: Es ist gut, wegen der Arbeit, aber es ist nichts Dauerhaftes.

Es war zumindest sinnvoll, als er noch jeden Tag nach West End Central musste.

Dass er jetzt oft in den Osten fahren muss, ist etwas nervig, aber wenigstens tut er dort etwas *Sinnvolles*, auch wenn sonst niemand davon weiß.

Er hockt am Tresen, während Lea schläft, nimmt einen Zettel und einen Stift und macht eine Liste:

Altab Ali

Shahid Akhtar

Abdul Monan

Rahul Doshi

Abdul Mandrekar

Abdul Noor

Kabir Patel

Manoj Patel

Acht Namen. Zwei Tote. Einer davon ermordet. Und ein Selbstmord, oder etwas in der Art. Einer bewusstlos geschlagen, eine Naht mit fünf Stichen im Gesicht. Einer im Krankenhaus: gebrochener Kiefer, gebrochenes Schlüsselbein. Einer erlitt eine heftig blutende Kopfwunde, verursacht durch eine abgebrochene Flasche. Einer wurde bewusstlos geschlagen, von einem asiatischen Minicab-Fahrer aufgegabelt und ins Krankenhaus gebracht. Einem wurde mit einem Rasiermesser der Hals aufgeschlitzt; er musste mit sieben Stichen genäht werden. Ein Weiterer wurde mit gebrochenem Kiefer und gebrochenem Brustbein ins Krankenhaus eingeliefert.

Ein Sommer des Hasses, denkt Noble.

Der arme Parker –

Noble betrachtet die Liste im Licht der Straßenlaternen, das von draußen hereinfällt, und überlegt:

Keiner hat einen Gedanken daran verschwendet, was diese Opfer verbindet, außer ihrer Hautfarbe, ihrer ethnischen Herkunft, ihrem Namen und ihrem Wohnort.

Niemand interessiert sich dafür, wer diese Leute sind, das ist der Punkt.

Aber natürlich ist es wichtig, fuck, nicht zuletzt wegen der Ermittlungen.

Er faltet den Zettel zusammen und steckt ihn in seine Jacketttasche.

Dann schlüpft er wieder zu Lea ins Bett, küsst ihren Nacken, schiebt seine Beine zwischen ihre, gibt ein leises Stöhnen von sich –

»Tu doch nicht so«, sagt Lea. »Wenn du gerade aufgewacht bist, dann bin ich eine Irin.«

Noble lacht. »Komm her«, sagt er und dreht sie so, dass sie ihn anschaut. »Schließlich bin ich Ire.«

Die Straßenlaternen verblassen, die Sonne geht auf –

Später im Bett grinst Noble. »Mach uns ein Bacon-Sandwich und eine Tasse Tee«, sagt er.

Lea lacht. »Wenn du mich zur Arbeit bringst, denke ich darüber nach.«

»Abgemacht«, sagt Noble.

Jon Davies sitzt gähnend in der Rathauskantine. Er ist müde, einfach nur müde. Das Leben ist anstrengend, besonders wenn man einen neun Monate alten Jungen hat. Ist er tatsächlich schon so alt, der Kleine? Ungefähr neun Monate, da ist sich Jon sicher. Früher hat Jon in Wochen gezählt, er mochte die Genauigkeit der Wochen. Monate sind launische Burschen, immer unterschiedlich lang und fangen an, wann es ihnen passt, sehr unbekümmert.

Jon mag die Verlässlichkeit der Wochen.

Er versucht gerade, herauszufinden, wie viele Wochen der Junge jetzt alt ist, als seine Kollegin Kate sich vor ihm hinpflanzt.

»Morgen, Jon«, sagt sie. »Siehst müde aus.«

Jon lächelt. »Ich bin dir aus dem Weg gegangen«, sagt er.

»Wenigstens bist du ehrlich.«

»Ich bin zu müde für etwas anderes.«

»Na los, erzähl, warum du so müde bist.«

Jon zieht eine Grimasse. »Zähne kriegen und schlechte Träume, glaube ich.«

»Dafür wirkst du ein bisschen zu alt.«

»Sehr witzig.«

Kate beugt sich vor und schnappt sich das halbe Sandwich mit Bacon und Ei, das vor Jon auf einem Teller liegt.

»Isst du das noch?«

»Nicht jetzt.«

Kate nimmt einen Bissen. »Köstlich.«

»Und warum bin ich dir aus dem Weg gegangen?«

»Gib mir den Ketchup.«

Jon reicht ihr den Ketchup und wartet.

Mit vollem Mund wischt sie sich die Finger ab und sagt: »Das war genau das Richtige jetzt.«

Jon lächelt.

»Das besetzte Haus in der alten Textilfabrik am Kanal. Was ist da gelaufen?«

»Das solltest du vielleicht Gott fragen.«

Kate verzieht das Gesicht. »Fick dich, Jon.«

Jon seufzt. »Keine Ahnung. Wir haben uns den Papierkram angesehen, und ich habe den Bescheid unterschrieben.«

»Verstehe ich nicht.«

»Das besetzte Haus hat eine Petition an Bezirksrat Heaven gerichtet, daraufhin wurde der ursprüngliche Beschluss revidiert.«

Kate runzelt die Stirn. »In meiner ganzen Zeit hier hab ich noch nie eine erfolgreiche Petition gesehen.«

»Ich kann sie dir zeigen, wenn du willst.«

»Das meine ich nicht.«

Jon nickt.

»Stattdessen haben sie ein besetztes Haus am Arbour Square geräumt.«

»Das hängt mit dem System der Wohnungsvergabe zusammen, das ist alles.«

»Das am Kanal ist von weißen, linken Typen besetzt, die sich Selbstgedrehte schnorren.«

»Und?«

»Am Arbour Square wohnte eine Gruppe armer, hart arbeitender bengalischer Familien, die jetzt obdachlos sind.«

»Wohnungsvergabe, die kriegen wieder was zugewiesen.«

Kate schnaubt. »Der Bezirksrat von Hackney ist nicht gerade für seine schnellen Vergabeverfahren bekannt, Jon.«

»Das stimmt.«

»Du weißt also nichts darüber?«

»Nein, keine Ahnung.« Jon seufzt und reibt sich die Augen. »Aber ich kann es mir denken.«

»Gut, dann raus damit.«

Jon gähnt. Er ist wirklich müde, und Tatsache ist, dass er *keine Ahnung* hat, wer das Komitee angewiesen hat, die Entscheidung zu revidieren – es ist nicht seine Aufgabe, das zu wissen.

Er ist müde – ehrlich gesagt ist er diesen ganzen Mist leid.

Jon sagt: »Da tut jemand jemandem einen Gefallen. Ich vermute, dass die ethnische Integration und der Aufbau von Gemeinschaften nicht so wichtig waren wie der Erhalt der alten Fabrik in ihrem besetzten Zustand.«

Kate nickt. »Bastarde«, sagt sie.

»Es ist nur eine Vermutung.«

Kate schiebt ihren Stuhl zurück und steht auf. »Ich werde mit Heaven, dem Herrn des Himmels, reden. Vielleicht kann er etwas Licht in die Finsternis bringen.«

»Das ist lustig.«

»Ich erzähle dir einen Witz«, sagt Kate. »Wie nennt man

eine bengalische Familie, die in einer Einzimmerabsteige in Stepney lebt, Jon?«

»Keine Ahnung«, sagt Jon. »Wie nennt man denn eine bengalische Familie, die in einer Einzimmerabsteige in Stepney lebt?«

Kate legte eine Kunstpause ein. »Obdachlos.«

Wenigstens können sie die Gegend als ihre betrachten, die armen Teufel, denkt Jon.

Im Gehen sagt Kate über die Schulter: »73 Great Eastern Street.«

Jon ruft ihr nach. »Was ist damit?«

Sie lacht. »Sie nennen es – Moment mal – Excalibur House.«

Dachte ich mir, denkt Jon.

Ayeleen: Meine Freundin Lauren sagt mir, dass ihr Vater ihr erzählt hätte, meinem Onkel Ahmet gehöre »so ziemlich alles an der verdammten Chatsworth Road«.

Ich sage zu Lauren: »Na und? Irgendjemandem muss es ja gehören.«

Sie lacht darüber.

Wir gehen in das Café meines Onkels. »Gibt es dort Kebab?«, fragt Lauren. »Ich habe dort noch nie Kebab gesehen.«

»Nein«, sage ich ihr, »das ist ein normales Café, kein türkisches.«

»Ist türkisch nicht normal, Leen?«

»Keine Ahnung«, sage ich. »Für mich schon.«

Wir lachen, wissen aber nicht genau, warum.

»Einmal«, sagt Lauren, »habe ich drei türkische Männer mit einem Baseballschläger gesehen, die diesen schwarzen Jungen an die Wand drückten, und weißt du, was sie getan haben?«

176

Ich schüttele den Kopf.

»Sie haben den schwarzen Jungen gezwungen, eine Uhr zu schlucken.«

»Eine Uhr?«

»Ja. Das war gleich neben dem Café.«

Wir lachen beide darüber.

Später erzähle ich meiner Mutter, was Lauren über meinen Onkel gesagt hat, und frage sie, ob es stimmt.

»Dein Onkel macht viele Geschäfte«, sagt sie. »Er ist wichtig in der Gemeinde, in der Moschee, er hat viele Freunde.«

»In der Chatsworth Road?«

»Und in Stoke Newington und in der Brick Lane – er hat viel getan, um uns in die etablierten Gemeinschaften zu integrieren. Lass deinen Vater nie hören, dass du so redest.«

»Warum nicht?«

»Weil es unhöflich ist. Es ist respektlos.«

Ich denke darüber nach. »Wann kann ich für ihn arbeiten?«

»Wenn du älter bist.«

»Meine Cousins arbeiten schon für ihn.«

»*Die* sind älter. Was hast du denn dauernd mit deinem Onkel?«

»Na ja, er ist anders.«

Meine Mutter schnaubt. »Er ist anders, da hast du völlig recht, Ayeleen.«

Nach diesem Gespräch vergeht einige Zeit, und eines Abends, sehr spät, kommt mein Onkel Ahmet zu uns nach Hause und spricht lange mit meinem Vater.

Am nächsten Tag sagt mir mein Vater, dass er für eine Weile in die Türkei zurückkehren muss, um Onkel Ahmet bei seinen Geschäften zu helfen und sich um Familienangelegenheiten zu kümmern. Er verlässt uns, und eine Weile lang fühlt sich das komisch an, aber irgendwann gewöhnen Mama und ich uns daran.

Jedes Mal, wenn ich gute Noten in der Schule bekomme, gibt mir Onkel Ahmet eine Pfundnote. Ich bewahre die Scheine in einer kleinen Schachtel in der Schublade mit den Socken auf. Manchmal nehme ich einen der Scheine und kaufe mir mit Lauren Süßigkeiten oder Eis, dann gehen wir in den Park, legen uns ins Gras, essen und reden. Lauren erzählt immer von ihrem großen Bruder, dass er jetzt auf die Hackney Downs geht, eine reine Jungenschule, und dass er und seine Freunde ständig irgendwas unternehmen.

»Wir gehen nach Kingsland«, sagt Lauren zu mir. »Da nehmen sie auch Mädchen auf. Es ist außerdem viel schöner dort. Du wirst sehen, es wird uns gefallen.«

»Wir sind doch erst in der Unterstufe«, sage ich.

Die Sonne brennt, das Gras ist gelb. Wir hören Rufe aus der Siedlung, Hundegebell. Jemand spielt Tennis. Im Park auf der anderen Straßenseite spielen Inder Kricket.

»Jedenfalls«, sage ich, »werde ich vielleicht nicht auf die weiterführende Schule gehen. Ich werde für meinen Onkel arbeiten.«

Lauren setzt sich auf. »Das darfst du nicht, Leenie.«

Lächelnd verkünde ich ihr, dass ihre Meinung nicht zählt.

Suzi nimmt an einer Sitzung des RAR-Zentralkomitees im Prince of Wales Pub teil, wo sie darüber diskutieren, wer den nächsten Carnival organisiert, der Ende des Monats in Südlondon stattfinden soll.

Red Saunders schreit, dass Paul McCartney zu brav sei. Er schreit, er wolle John Lennon und Bob Marley.

Jemand anderes schreit etwas über das RAR-Logo, dass es auf dem Plakat größer sein müsse als der Pfeil der Anti-Nazi League.

Jemand anderes schreit, dass Aswad die Headliner sein sollen und nicht Elvis Costello –

Suzi bleibt ruhig, trinkt ihr Bier und wartet ab –

In einem Moment der Stille sagt sie: »Jimmy Pursey hat eine Morddrohung bekommen. Wenn Sham 69 dort auftreten, bringen sie ihn um, befürchtet er.«

Das lässt alle verstummen, und Suzi ist am Zug. »Keith hat es von deren Tontechniker gehört, der es vom Manager hat, der es wiederum von Jimmy gehört hat. Er weiß nicht, wie er sich entscheiden soll.«

Syd Shelton sagt: »Nun, dann können wir sie nicht einladen. Das würde alles ruinieren, es gäbe einen Aufruhr.«

Zustimmendes Gemurmel ertönt.

Red Saunders sagt: »Jimmy ist ein guter Junge, er wird es verstehen. Ich werde mit ihm reden.«

Suzi sagt: »Du solltest Stiff Little Fingers fragen.«

Ein oder zwei Leute nicken, und der Rest sagt im Chor: »Wen?«

»Glaubt mir«, sagt Suzi, »die werden alle anderen von der Bühne fegen.«

Red Saunders und Syd Shelton wechseln Blicke.

Red Saunders sagt: »Du hast sie also bei Keith gehört?«

Suzi nickt.

Red Saunders fragt: »Keith findet sie gut, oder?«

»Ja, Red«, sagt Suzi. »Keith findet sie gut.«

179

Syd Shelton klatscht in die Hände. »Sie sollten als Erste spielen. ›Alternative Ulster‹ und so, das ist ein Statement.«

Red Saunders sagt: »Wir werden das mit Jimmy klären.«

Suzi denkt: diese Männer.

Sie will endlich echte Leidenschaft.

Protest, so dämmert ihr langsam, bringt gar nichts.

Suzi denkt nach – über vieles.[49]

Noble trägt vier Styroporbecher mit Tee und eine Papiertüte mit vier Schinkensandwiches die Treppe hinauf in den Raum über Pandas China-Imbiss.

Dort warten bereits Bill Stewart, Parker und der neue Junge, Alan.

»Hier.« Noble stellt den Tee und die Sandwiches ab. Er kramt in seinen Taschen und wirft Tütchen mit weißem Zucker auf den Tisch. »Greift zu.«

Parker und Alan stürzen sich sofort auf den Tee und die Schinkensandwiches.

Bill Stewart schaut Noble an und kichert. »Alter vor Schönheit, oder, Jungs?«

Die Jungs verdrehen die Augen.

»Lasst euch nicht stören«, sagt Bill.

Noble sagt: »Kommen wir gleich zur Sache. Bill hier hat ein bisschen Extraarbeit für uns, ganz inoffiziell, für die ihr beide gut bezahlt werdet.«

Parker nickt. Alan nickt.

»Ich bin dabei«, sagt Parker.

»Das ist kein verdammtes Angebot, Junge«, sagt Bill Stewart. »Das ist ein Befehl, verstanden?«

»In Ordnung«, murmelt Parker. »Bleib auf dem Teppich.«

Noble wirft Parker einen Blick zu. »Das reicht jetzt. Bill?«

»In der Woche vom 4. September findet die TUC-Konferenz in Brighton statt. Weiß einer von euch Klugscheißern, was der TUC ist?«

Parker schüttelt den Kopf.

Alan sagt: »Trades Union Congress. So etwas wie der Dachverband von allen.«

»Sehr gut, Alan«, sagt Bill Stewart. »Man merkt schon, für welche Seite Chance dich arbeiten lässt.«

Noble tippt sich an die Schläfe. »Hausaufgaben.«

Alan nickt, wischt sich über den Mund.

Parker zeigt auf Alan. »Wir werden also gewerkschaftlich vertreten, er und ich?«

»Ich bin die ganze verdammte Gewerkschaft, die du brauchst.«

Parker grinst.

Bill Stewart sagt: »Gestern haben alle großen Bosse im Landhaus des Premierministers in Suffolk diniert. Sie wollten ihn überreden, nächsten Monat Unterhauswahlen auszurufen.«

Noble nickt, aber Parker und Alan sind sichtlich verwirrt, was das mit ihnen zu tun hat.

»Morgen Abend«, erklärt Bill Stewart, »werden diese Bosse auf ihrem Weg nach Brighton im Montague Hotel in Bloomsbury übernachten. Während des Dinners werden sie geheim darüber beraten, ob sie die Wahlentscheidung des Premierministers *wirklich* unterstützen sollen oder nicht.«

»Wenn es geheim ist«, sagt Parker, »woher wissen wir dann davon?«

»Wer, glaubst du, sorgt dort für Sicherheit?«, sagt Noble.

Parker nickt. »Guter Punkt.«

»Wir werden dort sein, um mit einem der Mitarbeiter dieser Bosse zu sprechen. Und da kommst du ins Spiel.«

»Als Mann fürs Grobe«, grinst Parker.

»Wir müssen so überzeugend wie möglich sein«, sagt Bill Stewart. »Also habt ihr beide einen kleinen Auftritt.«

Noble lehnt sich in seinem Stuhl zurück. »Ihr werdet in einem Hotelzimmer warten, um eine Nachricht zu übermitteln.«

»Warten auf wen?«, sagt Parker.

»Dai Wyn.«

»Wer zum Teufel ist Dai Wyn?«

»Ein Gewerkschafter. Wir werden ihn dazu überreden, etwas für uns zu tun.«

Nicken.

Parker lächelt.

Er sagt: »Also was, wir brechen in sein Zimmer ein?«

Noble schüttelt den Kopf. »Nein, das ist über unseren Kontakt zur Security geregelt. Jemand wird ihn zu uns bringen.«

»Wer?«

Bill Stewart lächelt Noble an. »Nur zu, es war deine Idee.«

»Eine Frau«, sagt Noble. »Mr. Wyn wird fälschlicherweise glauben, dass er auf eine sehr attraktive junge Frau Eindruck gemacht hätte.«

Parker lacht und schaut Alan an, der ebenfalls lacht.

»Oh, das klingt sehr überzeugend«, sagt Parker. »Wie lautet die Botschaft?«

Bill Stewart grinst. »Zerbrich dir nicht den hübschen kleinen Kopf darüber, mein Sohn.«

Alan sagt: »Diese Chapel-Market-Sache, Chef. Kann ich kurz mit Ihnen darüber reden?«

Noble nickt. »Später, unten.«

»Ich müsste auch kurz mit dir reden«, sagt Parker.

»In Ordnung.«

Bill Stewart steht auf. Er sagt zu Alan: »Warum gehen wir derweil nicht eine Frühlingsrolle essen?«

»Ja, natürlich.«

Noble und Parker sind allein und schauen sich an.

Parker sagt: »Die haben das Datum für den nächsten Carnival rausgefunden. Der 24. September.«

»So was lässt sich wohl schwer geheim halten.«

»Er findet doch im Süden Londons statt, richtig?«

»Sieht so aus.«

»Sie wollen da in der Brick Lane aufkreuzen und sie sich zurückholen.«

»Clever.«

»Siegesparade vom neuen Hauptquartier in der Great Eastern Street.«

Noble nickt.

»Was macht er eigentlich genau, dieser Alan?«

»Es gibt auch auf deren Seite Unruhestifter, mein Sohn. Anarchisten, weißt du.«

»Klar. Ich habe ein paar von denen am Wochenende auf dem Chapel Market gesehen.« Parker zögert kurz. »Ich habe Alan gesehen. Das könnte zum Problem werden, oder?«

»Ich weiß«, sagt Noble, »aber es muss sein. Wir sind ein Team, wir haben ein Budget. Ihr seid beide gute Jungs, die besten, das sagt Bill jedenfalls.«

»Stimmt.«

Noble beugt sich vor. »Es ist bald vorüber.«

»Aber ich komme nicht weiter.«

»Ich will nur wissen, wer darüber entscheidet, wen sie sich vorknöpfen, wen sie fertigmachen, das ist alles. Glaubst du, du kannst das herausfinden?«

»Es ist völlig willkürlich, es ist einfach ein Ausbruch von Gewalt.«

Noble schüttelt den Kopf. »Nein, es ist niemals zufällig. Nichts ist jemals zufällig.«

Parker nickt.

»Wenn wir das herausfinden«, sagt Noble, »dann wissen wir, wer von denen ein offenes Ohr bei jemandem von uns hat, verstanden?«

»Ja, ich denke schon.«

»Ausgezeichnet. Ich hole mir unten eine Frühlingsrolle«, sagt Noble. »Halt die Ohren steif.«

Whitechapel.

Jon Davies sitzt im Wohnzimmer von Abdul Noor und macht sich Notizen. Abdul Noor ist Vorstandsmitglied des Bangladesh Youth Movement for Equal Rights. Er erzählt Jon von der Nacht, als er auf dem Heimweg von der Arbeit am Excalibur House vorbeikam. Vier weiße Skinheads verließen gerade das Haus und sahen Abdul Noor auf sich zukommen. Sie fingen an zu rufen und zu lachen, und als Abdul Noor diese vier weißen Skinheads sah und hörte, wie sie riefen und lachten, wechselte Abdul Noor die Straßenseite und beschleunigte seinen Schritt. Aber er war nicht schnell genug. Zwei der weißen Skinheads rannten an Abdul Noor vorbei und drehten sich um, um ihm den Weg zu versperren. Dann begannen die vier weißen Skinheads, Abdul Noor zu beschimpfen und zu beleidigen. Er versuchte zu flüchten. Abdul Noor, der weder klein noch schüchtern ist, versuchte, sich mit dem Ellenbogen an den beiden kleineren Skinheads vorbeizudrängen. Aber es gelang ihm nicht. Die weißen Skinheads, so erinnert sich Abdul Noor heute, hatten etwas dagegen, dass er sich an ihnen vorbeidrängen und davonlaufen wollte. Sie schlugen ihn und traten auf Abdul Noor ein, bis er das Bewusstsein verlor. Abdul Noor weiß nicht genau, was dann geschah, aber er vermutet, dass Suresh Taneja, ein Minicab-Fahrer, der in einem Taxibüro in der Nähe der U-Bahn-Station Old Street arbeitet, vorbeikam und Abdul Noor auf dem Bürgersteig liegen sah. Suresh Taneja hob Abdul Noor auf den Rücksitz seines Minicabs. Er half Abdul Noor, Wasser aus einer Flasche zu trinken. Er fuhr Abdul Noor zum Royal London Hospital in Whitechapel, wo Abdul Noor behandelt wurde.

»Was hat die Polizei gesagt?«, fragt Jon Davies Abdul Noor.

Abdul Noor lächelt.

Sein Gesicht wird faltig, wenn er lächelt, die Narbe an der Seite seines Kopfes blitzt im Licht auf. Wenn er lächelt, erkennt man deutlich die violetten Schwellungen um seine Augen.

»Haben sie etwas dazu gesagt«, fragt Jon, »als Sie ihnen erzählt haben, aus welchem Haus die vier weißen Skinheads gekommen sind?«

Abdul Noor schüttelt den Kopf.

»Die haben gelacht«, sagt Abdul Noor. »Sie haben nichts gesagt, aber sie haben gelacht.«

»Warum, denken Sie, haben die so reagiert?«

»Weil sie genau gewusst haben, aus welchem Gebäude diese Männer gekommen sind und warum.«

»Wie kommen Sie darauf?«, fragt Jon.

»Weil sie es mir gesagt haben«, antwortet Abdul Noor. »Als sie gingen, nachdem sie ihren Bericht aufgenommen hatten, haben sie es mir gesagt.«[50]

Dalston.

Jon Davies sitzt im Wohnzimmer von Edward Shaw und macht sich Notizen. Edward Shaw erzählt Jon Davies, was er ihm schon einmal erzählt hat, nämlich wie es war, draußen vor dem Excalibur House zu arbeiten. Edward Shaw sagt: »Wir haben dort sechs Wochen lang gearbeitet. Jeden Morgen haben wir Müll und Scheiße weggeräumt, Müll und Scheiße, die in die Baugrube gekippt worden war, die wir in der Nacht gegraben hatten.« Edward Shaw schüttelt den Kopf. »Jeden Morgen dieser Müll und diese Scheiße, es war ekelhaft, es war feucht und stank nach Pisse.« Jon Davies nickt. »Jeden Abend verließen weiße Männer das Gebäude und beschimpften uns als dreckige Nigger-Bastarde. Manchmal warfen sie mit Steinen nach uns, manchmal mit Ziegeln.«

Jon Davies sagt: »Das Gebäude, das diese weißen Männer verlassen haben. Können Sie mir genau sagen, welches Gebäude das war?«

Edward Shaw sagt: »Es war die Nummer 73 in der Great Eastern Street. Excalibur House.«[51]

Jon Davies ruft Gerard McMorrow an und sagt: »Ich nehme Aussagen auf.«

»Je mehr, desto besser«, sagt Gerard.

Excalibur House.

Jon Davies steht vor dem Haus 73 Great Eastern Street, und vor der Tür hat sich derselbe Mann aufgebaut wie beim letzten Mal, als er vor 73 Great Eastern Street stand.

Jon hält seine verunstaltete Visitenkarte hoch. Er fragt: »Waren Sie das, Simon?«

Simon nickt. »Ja, das war ich.«

»Und Sie haben sie einem Polizisten gegeben, damit er sie zurückbringt, oder?«

»Fundsache. Ich habe sie abgegeben.«

»Sehr rücksichtsvoll.«

»Schon, oder?«

Jon sagt: »Lassen Sie mich diesmal rein?«

Simon schüttelt den Kopf. »Keine gute Idee.«

»Aber diesmal könnten Sie mich reinlassen?«

Simon nickt. »Das könnte ich jetzt, ja, es liegt in meiner Macht.«

»Sie können gut mit Worten umgehen«, sagt Jon.

»Ich bin ein richtiger Herzensbrecher.«

Jon nickt. »Vor nicht allzu langer Zeit«, erzählt er, »kamen vier weiße Skinheads aus diesem Gebäude und schlugen einen Asiaten nieder, der zufällig vorbeilief. Er wurde von einem Minicab-Fahrer mitgenommen und gerade noch rechtzeitig ins Krankenhaus gebracht. Wenn dieser Minicab-Fahrer nicht vorbeigekommen wäre – nun, Sie sollten den Zustand des armen Mannes sehen. Er sieht nicht gut aus.«

»Davon weiß ich nichts. Ich arbeite im Schichtdienst.«

Jon zeigt auf die Plastiktüte zu Simons Füßen. »Fleisch für die Jungs, ja?«

Simon nickt.

»Dieser Polizist, der mir freundlicherweise mein Eigentum zurückgebracht hat. Ist der auch ein Kumpel von Ihnen?«

Simon beugt sich vor, schaut nach rechts, dann nach links und sagt: »Kommen Sie in ein paar Monaten wieder, dann reden wir weiter.«

»Kommen Sie in ein paar Monaten wieder. Was heißt das?«

»Es bedeutet genau das. Ich habe Ihnen doch diese Karte geschickt, oder?«

»Und?«

»Vertrauen Sie mir.«

Jon denkt: Was bleibt mir anderes übrig?

Er sagt: »Falls Sie hier Späße mit mir treiben wollen, das ist nicht lustig.«

»Das wird sich noch rausstellen.«

»Simon, wie alt sind Sie?«

»Vierundzwanzig.«

»Ich hoffe, Sie schlafen nachts gut.«

»Ich fürchte, das tue ich, ja.«[52]

Rushmore Infants' School, Rushmore Road.

Jon ist zu einem Abend der offenen Tür in einer örtlichen Grundschule eingeladen. Der Grund dafür ist, dass der Junge die Spielgruppe um die Ecke besucht. Jon ist neugierig und möchte mit der Schulleiterin, Mrs. Walkinshaw, sprechen, die er schon einmal getroffen hat und die Jackie flüchtig vom Flohmarkt der Spielgruppe kennt.

Mrs. Walkinshaw ist, nach allem, was man hört, eine Naturgewalt.

»Sie gründen überall im Bezirk neue Gruppen«, erzählt sie ihm. »Sie nennen es die Young National Front. Sie haben das

Mindestalter für die Mitgliedschaft von sechzehn auf vierzehn Jahre gesenkt.«

Jon macht einen Scherz, den er sofort bereut. »Bald werden sie welche in Windeln aufnehmen.«

Mrs. Walkinshaw funkelt ihn an. »Sie wollten diesen Witz nicht machen, Jon, das weiß ich. Viele Lehrer – sogar *meine* Lehrer, die die Fünfjährigen, Sechs- und Siebenjährigen unterrichten – werden beschuldigt, ›Rote Lehrer‹ zu sein. Und es gibt Eltern, die sich von dieser Verbreitung von Lügen und Hass beeinflussen lassen.«

Jon nickt. Er fragt: »Würden Sie eine offizielle Erklärung dazu abgeben?«

»Auf jeden Fall.«

»Vielen Dank.«

»Wissen Sie«, sagt Mrs. Walkinshaw, »ich bin die erste schwarze Schulleiterin in diesem Bezirk. Die erste. Solange ich hier bin, wird diese Schule auf meine Art geführt. Meine Kinder werden mit Toleranz und Einfühlungsvermögen aufwachsen; Vorurteile erlernt man.«

Jon nickt und schreibt ihr den Namen seines Jungen auf.

»Wie alt ist er, Jon?«

»Fast ein Jahr.«

Mrs. Walkinshaw lächelt. »Ich wette, Sie und Jackie hatten schon lange keinen gemeinsamen freien Abend mehr.«

»Das können Sie laut sagen.«

»Die beiden großen Teenager da drüben«, Mrs. Walkinshaw deutet auf das Tor, »arbeiten hier als Türsteher.« Sie lacht. »Meine Jungs. Sie babysitten auch manchmal, für ein bisschen Taschengeld.« Sie deutet in deren Richtung. »Na los, nicht so schüchtern, Sie haben es sich verdient.«

Jon tut wie ihm geheißen.

Während er lächelnd davonschlendert, ruft er ihr über die Schulter zu: »Welchen würden Sie empfehlen?«

Mrs. Walkinshaw lacht. »Das sind die beiden besten jungen Männer, die ich kenne. Suchen Sie sich einen aus.«[53]

Bloomsbury.

Suzi steht im Aufzug des Montague Hotels neben dem Gewerkschafter Dai Wyn.

»Hallo, Darling«, sagt er. »Bist du auch hier abgestiegen?«

Suzi lächelt. »Ja, bin ich.«

»Wir sind später unten an der Bar«, sagt Dai Wyn zu ihr. »Du solltest dich uns anschließen.«

Suzi nickt. »Vielleicht mache ich das.«

Erdgeschoss, der Aufzug klingelt.

Dai Wyn sagt scherzhaft: »Das war ich. Du lässt was bei mir klingeln, Schätzchen.«

Er lässt Suzi aussteigen, und sie schreitet durch die Lobby des Hotels, dreht sich nur einmal um.

Später, in der kleinen Bar, sieht Suzi Dai Wyn mit einer Gruppe von Männern in Anzügen hereinkommen. Die Männer haben rote Gesichter, lachen, grölen. Sie bestellen Wein und Bier.

Dai Wyn bemerkt sie, sie erwidert seinen Blick, dann steht sie von ihrem Platz auf und geht auf die Raucherterrasse.

Sie lässt sich mit ihrer Zigarette in einer Ecke nieder, und kurz darauf kommt Dai Wyn mit zwei Gläsern Wein und einer Zigarre zwischen den Zähnen heraus.

»Bitte sehr, Schätzchen.« Dai Wyn reicht Suzi ein Glas. »Ein Gläschen in Ehren kann niemand verwehren.«

Später stellen sie fest, dass ihre Zimmer zufällig nebeneinander liegen.

Galant bietet Dai Wyn an: »Ich bring dich sicher und wohlbehalten in dein Zimmer zurück.« Er grinst. »Das ist schließlich London, eine große, gefährliche Stadt.«

Suzi lacht darüber.

Dai Wyn denkt ganz offensichtlich: Gut, die Sache läuft.

Als Suzi die Tür aufschließt, sie aufstößt und sagt: »Auf einen Absacker«, ist Dai Wyn schneller drin als ein Kaninchen in der Falle.

Das Aufblitzen einer Kamera ist eine echte Überraschung.

»Oh, du verdammter Trottel, Wyn«, sagt er. »Du verdammter Hornochse.«

Suzi reicht Dai Wyn einen Umschlag. Er ist verschlossen und mit einem Wachssiegel versehen.

»Öffnen und lesen«, sagt sie zu ihm.

Dai Wyn beäugt die beiden großen jungen Männer, die ihn flankieren. »Ich habe wohl keine Wahl, oder?«

»Nein, Darling«, sagt Suzi. »Ich glaube nicht, dass du eine hast.«

Dai Wyn liest den Brief. Dai Wyn wendet das einzelne Blatt in seiner Hand, betrachtet es, als erwarte er, noch mehr zu sehen –

Dann sagt er zu Suzi: »Das mit dem Wachssiegel war ein hübsches Detail.«

Noble fährt Suzi nach Hause.

»Das ist für Sie.« Mit einer Hand am Lenkrad greift er in seine Innentasche und reicht ihr einen Umschlag.

Sie wiegt ihn in den Händen und zieht die Augenbrauen hoch.

»Ja«, sagt er, »Erpressung zahlt sich aus.«

»Und die andere Sache, die Sie versprochen haben?«

»Eigentlich zwei Dinge«, sagt Noble. »Zum einen ist da etwas, das Sie Ihren Leuten bei RAR mitteilen können: Die Front plant, eine Show in der Brick Lane abzuziehen, während das kleine Konzert im Brockwell Park stattfindet.«

»Scheiße«, sagt Suzi.

Noble lacht. »Das ist wohl kaum eine Strategie auf Sun-Tzu-Niveau.«

»Schön gesagt.«

»Jedenfalls steigt da was. Der Himmel weiß, wie viele Uniformierte da sein werden, aber es sind sicher nicht allzu viele. Das können Sie auch weitergeben.«

Suzi nickt.

»Und als Bonus«, sagt Noble, »werde ich Ihnen, sobald ich es weiß, verraten, was in diesem sehr offiziell aussehenden Brief stand, den der alte Teufel Dai Wyn gelesen hat, bevor meine Jungs ihn im Kamin verbrannt haben.«

»Okay.« Suzi schmollt jetzt. Sie ist enttäuscht, denkt Noble.

»Hören Sie auf damit«, sagt er. »Das wird eine Riesensache, und wenn ich dahinterkomme, ist es mir egal, ob jemand anderes sie groß rausbringt.«

Suzi zieht eine Grimasse. »Das ist sehr großzügig von Ihnen.«

»Seien Sie nett«, sagt Noble, den Blick stur auf die Straße geheftet. »Denken Sie darüber nach. Die Wahlen stehen vor der Tür. Ich nehme an, das kommt von ganz oben.«

»Und es ist Ihnen egal, was es ist? Sie tun einfach, was man Ihnen sagt?«

»In diesem Fall, *abso-fucking-lutely*. Es ist ein Quid pro quo.«

»Wie clever von Ihnen.«

Noble starrt Suzi an, bis sie zurückblickt.

Grinsend sagt er: »Ich bin eben nicht nur ein hübsches Gesicht.«

Sie sieht fern – *alle* schauen fern –, als Callaghan seine Rede an die Nation hält. Der Unterschied ist, dass sie, Thatcher, nicht eingeschaltet hat, um die erwartete Ankündigung von Unterhauswahlen im Herbst zu hören, sondern um zu erfahren, warum es im Herbst *keine* Unterhauswahlen geben wird. Kurzum, welche Ausrede hast du diesmal, Sunny Jim?

Ihre Meinung über die Gewerkschaften hat sich natürlich nicht geändert. Wenn überhaupt, dann sind die Gewerkschaften wichtiger denn je.

Callaghan wirkt so *gemütlich*, denkt sie. Diese weichen Bäckchen unter seiner Eulenbrille und die seltsam spitzen Augenbrauen. Callaghan ist ein Mann, der besser zu einem Schwarz-Weiß-Fernseher passt, denkt sie, mehr Seriosität; Farbe nimmt ihm die Seriosität und lässt ihn alt aussehen.

Was Thatcher für Callaghan empfindet, ist, so wird ihr jetzt klar, *Verachtung*. Dieses fröhliche Gemüt, dieses onkelhafte Auftreten eines freundlichen Nachbarn, eines sanften, zurückhaltenden Schuldirektors, der seine drastischen sozioökonomischen Forderungen als Gutenachtgeschichte tarnt, mit der er das Land in den Schlaf wiegt und sagt: Keine Sorge, ich weiß, heute war kein guter Tag in der Schule, aber das Wichtigste, woran ihr denken müsst, wenn ihr heute Abend schlafen geht und morgen aufwacht, ist, dass die Dinge jetzt besser sind als je zuvor und dass sie mit unserer Geduld und Beharrlichkeit noch besser werden –

Verachtung ist das, was sie empfindet.

Thatcher hört zu. Als Frau kriegt man nur eine Chance; und die Chancen, zu gewinnen oder zu verlieren, sind gleich hoch. Sie *lauscht*.

»Denken wir doch einmal«, sagt Callaghan, »an die großen innenpolitischen Probleme, vor denen das Land jetzt steht, und fragen wir uns, ob eine Unterhauswahl jetzt die Situation in diesem Winter verbessern würde.«

Sie denkt: Da ist es. Aus der Nummer kommst du nicht mehr raus, Lucky Jim.

»Würde eine Unterhauswahl jetzt verhindern, dass die Inflation wieder steigt? Würde die Arbeitslosigkeit in diesem Winter sinken? Würde eine Wahl das Problem der in den nächsten Monaten anstehenden Lohnerhöhungen lösen? Würde sie plötzlich zu einem dramatischen Anstieg der Produktivität führen?«

Sie denkt, Jimbo, du brauchst einen neuen Redenschreiber.

Denn die Antwort auf diese Fragen ist natürlich: NEIN.

Die andere Antwort auf diese Fragen lautet: *Labour isn't working.* Dagenham wird der Anfang sein, die Spitze des Eisbergs.

»Lasst es uns gemeinsam durchstehen«, sagt Callaghan.[54]

Ich glaube nicht, dass wir eine andere Wahl haben, Jim, denkt sie.

Sie wird bald in die West Midlands reisen, um ihren Wahlkampf zu beginnen, und sie weiß, was sie verkünden wird.

Sie wird verkünden, dass sie zutiefst enttäuscht ist, weil er seine Mehrheit verloren hat, und damit letztlich auch die Regierungsbefugnis.

Sie übt ihre Rede ein:

Er sollte sich jetzt dem Urteil des Volkes stellen.

Dieses Land gehört den Mutigen und nicht den Ängstlichen.[55]

Noble sitzt in Leas Café in der Chatsworth Road, wo er seinen Tee trinkt und ansonsten eher im Weg ist. Er liest die Zeitung.

Die Schlagzeile des *Mirror* schreit förmlich:

JIM UNFIXES IT[56]

Jim macht die Leinen los.

Er fragt sich, ob Mrs. Thatcher den Champagner schon kaltgestellt hat.

Er erinnert sich, wie einer ihrer Abgeordneten sagte, was für eine tolle Frau sie sei –

Irgendwas in der Art wie:

Sie ist so schön. So betörend, wie Eva Perón gewesen sein muss.[57]

Was für ein Arschloch muss dieser Abgeordnete sein.

Sein Name ist Alan Clark, erinnert sich Noble, und er *ist* ein Arschloch.

Das ist das Problem mit Frau Thatcher, sie ist eine Tory, was bedeutet, dass sie letztendlich eine Arschgeige ist, betörend oder nicht.

Und Eva Peróns faschistischer Ex-Mann und seine neue Frau stellten die exhumierte Leiche der betörenden Eva in ihrem Esszimmer aus.

Jedem das Seine.

Über Geschmack lässt sich nicht streiten.

Er blättert um, traut seinen Augen nicht und lächelt.

Da ist ihr Freund Dai Wyn, direkt hinter seinem Kollegen

Moss Evans. Evans sagt: *Es gibt keine Unklarheiten und keine Vorbehalte. Die TGWU unterstützt keine Lohnzurückhaltung.*

Interessant, denkt Noble, dass er das so schnell in der Presse sagt. In dem Artikel legt Moss Evans seine Position dar. Es gibt definitiv keine Unklarheiten.

Er sagt, Callaghan *soll sich zurückhalten und es den Gewerkschaften überlassen, die bestmöglichen Abschlüsse zu erzielen.* Er sagt auch, und hier ist sich Noble über den Grad der Ironie unsicher, dass Callaghan sich keine Sorgen zu machen brauche, die Gewerkschaften würden *verantwortungsbewusst handeln.*[58]

Sieh an, sieh an, denkt Noble. Wie unterhaltsam, sich ab und zu mit Politik zu beschäftigen.

Noble faltet seine Boulevardzeitung zusammen. »Lea, Liebling«, sagt er. »Was hältst du von dieser Thatcher?«

»*Mrs.* Thatcher«, sagt Lea. »Sie ist eine Frau.«

»So viel steht fest«, murmelt Noble. »Ich bin dann mal weg.«

»Alles klar«, sagt Lea.

Sie wendet sich wieder ihren Kunden zu.

»Gut«, sagt Noble. »Alles klar.«

3

Mörder

September 1978

Simon

Du erklärst Day, dass du schon alle möglichen Jobs gemacht hast, und er sagt, Ein großer Kerl wie du kann die Tür machen, und du fragst, Welche Tür?, und er sagt, Excalibur House, mein Junge, du bist der neue Sicherheitschef, und du denkst, Ja, genau das will ich, genau das brauche ich. An deinem ersten Tag schaust du dich gründlich um, es ist niemand da, und du verstehst nicht, wozu sie ein Hauptquartier brauchen, es gibt so wenig zu tun. Es gibt einen Sicherheitskasten neben der Eingangstür, eine kleine Bank für das Sicherheitspersonal und ein Telefon mit einer Liste von Telefonnummern daneben, darunter die von Centerprise, dem radikalen Buchladen und der Druckerei der SWP, *der Socialist Workers Party, in Hackney, der, wie man hört, früher oder später ein Besuch abgestattet werden soll. Außerdem die Nummer von 10 Downing Street und verschiedener Radiosender. In der Ecke unter dem Fenster liegen ein Haufen Waffen, darunter Holzknüppel und Eisenstangen. Auf dem Stiel einer hölzernen Spitzhacke ist etwas mit Kugelschreiber gekritzelt.* Judenschläger *steht da. Du durchsuchst das Büro des Front-Sekretärs Martin Webster. Es ist ziemlich aufschlussreich: Du findest einen Brief von einem Maulwurf der National Front in der linken Sektion der National Union of Mine Workers. Na, na, denkst du, alle stecken überall mit drin. Eines Tages kommt der Front-Anwalt Soundso Reed-Herbert* herein und verkauft dir eine Excalibur-House-Krawatte, und du bist ein bisschen angepisst, denn eigentlich solltest du deine Uniform umsonst bekommen, findest du. Der Typ vom Bezirksrat taucht wieder auf, und diesmal machst du ihm gegenüber ein bisschen mehr Andeutungen. Es ist ziemlich einfach, selbst jetzt, im Allerheiligsten, alle zu täuschen, du hältst einfach die Klappe und polierst deine Stiefel. Deiner Auffassung nach sind das alles nur rassistische Beschimpfungen, das ist keine Politik, und wenn du ehrlich bist, macht es dich immer noch ein bisschen an, das Androhen von Gewalt, ein Stormtrooper zu sein, also gibt es einen gewissen inneren Konflikt, aber nicht wirklich. Du weißt, dass du das Richtige tust, und wenn du zu Fat Bastard nach Hause gehst, um eine Tasse Tee zu trinken und ihm ein Stück Fleisch zu bringen, brichst du dir deswegen keinen Zacken aus der Krone, du kuschst nicht vor ihm, so wie Hunderte es tun. Am Ende des Monats findet das zweite linke Konzert irgendwo im Süden Londons statt, Bandit Country, und jemand, na ja, du, hat die glorreiche Idee, eine Aktion in der Brick Lane zu machen, um sie nach der Geschichte am Chapel Market wieder zurückzuerobern, und am selben Tag die Eröffnung des neuen Hauptquartiers zu feiern, denn die ANL-Deppen werden euch nicht aufhalten, sie interessieren sich mehr für den Carnival, die Wichser, denn sie werden nie verstehen, was wirklich Veränderungen bringt und was nicht. Und als der Tag gekommen ist, gibt es eine stadtweite Mobilisierung der Front, sodass Hunderte von Leuten am Whitechapel-Ende der Brick Lane herumlaufen, alle mit Fahnen und Plakaten, und am Ende stoßt ihr auf einige der Antifaschisten, die schlagkräftigeren Typen, Hafenarbeiter und aufrechte West-Ham- und Millwall-Fans, immer ein Vergnügen mit denen, aber dann

seht ihr, dass der Weg zur Great Eastern Street frei ist, und ihr
seht die Polizei, sehr viel Polizei, die sich in Mannschaftswagen
hinter der Shoreditch Station versammelt hat, und du denkst,
Warte mal ab, und du schaust Phil an, und er sagt, Ich glaube
nicht, dass die wegen uns hier sind.[59]

Noble befasst sich mit dem Modus Operandi der Met Race Crime Initiative. In der Praxis soll sie sich von der Polizeiarbeit der Special Patrol Group unterscheiden. Das bedeutet, dass die bei der Special Patrol Group üblichen Methoden – flächendeckende Überwachung, verdachtsunabhängige Kontrollen, Schikanieren von Minderheiten – von der Race Crime Initiative weder gebilligt noch angewandt werden. Die Special Patrol Group ist eine Art staatliche Armee, die zivile Unruhen verhindern und Gesetzesverstöße auf den Straßen unterbinden soll. In Wirklichkeit praktiziert sie jedoch eine staatlich sanktionierte Form rücksichtloser Gewaltausübung. Oder noch einfacher gesagt: Sie ist de facto der lange Arm der Regierungspolitik.

Als 1973 zwei junge pakistanische Männer bei einer Demonstration vor dem India House mit Plastikspielzeugpistolen herumfuchtelten, wurden beide von der Special Patrol Group erschossen.

In Lewisham führte die Special Patrol Group 1975 als Reaktion auf die wahrgenommene Bedrohung durch Raubüberfälle 65 628 verdachtsunabhängige Personenkontrollen durch und verhaftete 4 125 Personen.

In Notting Hill führte die Special Patrol Group gewaltsame Razzien im Mangrove Restaurant und im Metro Club durch, die von der lokalen Bevölkerung als Beispiele für gezielte Schikanen angesehen wurden.

Im Jahr 1974 kam bei einer antifaschistischen Demonstration auf dem Red Lion Square, die von der Special Patrol Group überwacht wurde, ein junger Mann namens Kevin Gately unter äußerst fragwürdigen Umständen ums Leben.

Und das sind nur die Beispiele, an die sich Noble spontan erinnert.[60]

Noble hat gehört, dass die Special Patrol Group einen echten Esprit de Corps hat, wie man so schön sagt. Kein Wunder, denn hier hat der Durchschnittspolizist die Chance, es zu etwas zu bringen. Man muss einfach nur ein eiskalter Psychopath sein, um sich dafür zu qualifizieren.

Also decken sie sich alle gegenseitig und versichern einander, dass sie die härtesten Hunde der Welt sind.

Noble hat auch gehört, dass die Special Patrol Group den Standardknüppel nicht für robust genug hält.

Stattdessen verwenden sie die Stiele von Spitzhacken, in die der Schriftzug *Crime Squad* eingebrannt ist.

Außerdem Messer, Eisenstangen, Holzstöcke –

Vorschlaghämmer und Brecheisen, um Durchsuchungsbefehle in die Tat umzusetzen.[61]

All das unterscheidet sich ein wenig von der Met Race Crime Initiative, die allerdings, wie Noble zu erkennen beginnt, keine eindeutigen Ziele verfolgt.

In gewisser Weise ist sie vergleichbar mit der Sondereinheit der sogenannten *Sweeney*, die schwere oder organisierte Kriminalität bekämpft.

Sie operiert übergreifend in ganz London ohne Berücksichtigung der Grenzen einzelner Polizeibezirke.

Und sie bringt Spezialisten zusammen, die nicht nur ein paar Leute hochnehmen wollen, sondern *einen grundlegen-*

den sozialen Wandel herbeiführen sollen, so zumindest die Theorie.

In dieser Hinsicht unterscheidet sie sich stark von der Sweeney Todd/Flying Squad.

Noble denkt: Wir schreiben das Jahr 1978 und benutzen tatsächlich immer noch den guten alten Cockney-Reim-Slang?

Nein, das Problem der Met Race Crime Initiative ist nicht die Grundidee.

Und es ist definitiv nicht Detective Chief Inspector Maurice Young.

Ein Problem könnte der Mangel an effektiver Koordination durch Detective Sergeant Williams sein.

Die Jungs auf der mittleren Ebene, so wie Noble, Gardiner und Caldwell, gehen alle ihre eigenen Wege.

Vermutlich schert sich keiner wirklich um den anderen.

Hackney Police Station.

Noble stattet Williams einen Besuch ab. Williams ist nicht erfreut, ihn zu sehen.

Noble sagt: »Shahid Akhtar.«

Williams nickt.

Noble hebt fragend die Augenbrauen.

Williams sagt: »Was wollen Sie wissen, Chance?«

»Was die Familie vorhat.«

»Sie haben uns eine Weile in Ruhe gelassen.«

»Warum wohl?«

Williams seufzt. Ein großer, schwerer Mann, dieser Williams. Noble bemerkt die vergilbten Flecken unter seinen Achseln.

Das Hemd ist gestreift und sieht kratzig aus, vielleicht eine billige Imitation von einem Marktstand.

Williams sagt: »Sie haben den Bericht gelesen.«

»Ja, habe ich.«

»Na dann.« Williams seufzt erneut.

Noble hat kein Problem damit, ihm eine Weile lang schweigend gegenüberzusitzen. Schweigen ist schließlich Gold. Ein stummes Kräftemessen.

»Wenn es etwas Bestimmtes gibt, DC Noble, spucken Sie's aus.«

»Name und Adresse der Geliebten«, sagt Noble.

»Meinetwegen.«

Williams steht auf und öffnet seinen Aktenschrank.

Noble studiert das Büro. Es ist grau und unscheinbar, es riecht nach altem Rauch und billigem Aftershave.

Williams nimmt eine Akte heraus und öffnet sie.

Schwerfällig setzt er sich. Er nimmt Stift und Block.

Er kritzelt unordentlich auf dem Notizblock herum und reißt mit Schwung das oberste Blatt heraus.

Er hält es Noble hin –

Elegant nimmt Noble es zwischen Daumen und Zeigefinger und grinst.

»Danke, Chief«, sagt er. Er wirft einen Blick auf die Adresse und verzieht das Gesicht.

Noble hat in zweiter Reihe vor Hackney Baths geparkt, und ein Parkwächter nähert sich.

Noble zeigt seinen Ausweis. »Lassen wir das lieber auf sich beruhen«, sagt er.

Der Parkwächter widerspricht nicht.

Noble wendet, fährt am Clapton Square vorbei und biegt nach rechts in Richtung Hackney Downs ab.

Rechts sieht er die Ausläufer der Pembury-Siedlung, niedrige Wohnblocks und Balkone, auf denen Wäsche flattert.

Vertrocknetes Gras, Zigarettenkippen und Hundescheiße, Graffiti auf den Bürgersteigen. Ein Betrunkener hockt auf der Mauer und sonnt sich.

Links von Noble eine mit Brettern verbarrikadierte Häuserzeile.

Von der Bushaltestelle schauen ihm zwei Rentner mit ihren Einkäufen zu.

Ein rostiger Ford Cortina kommt ihm röhrend entgegen, Reggae dröhnt, schwere Bässe lassen die Türen wackeln, der Auspuff qualmt. Einen Moment lang liegt Marihuanadunst in der Luft. Zwei Rastafari beäugen Noble gelassen, während die Autos nebeneinander vorbeirumpeln.

»Habt ihr mal Feuer?«, scherzt Noble durchs offene Fenster.

Als er weiterrollt, hört er niemanden lachen.

Er fährt unter der Brücke von Hackney Downs hindurch und die Dalston Lane hinauf.

Hier ist er aufgewachsen und hat gesehen, wie sich das Viertel verändert hat.

Aber er lässt keine Gelegenheit aus, sich die Navarino Mansions anzusehen. Er weiß nicht genau, warum, aber er findet die Gebäude irgendwie *schön*.

Als Kind wollte Noble unbedingt aus East London weg. Er hat sich dort nie zu Hause gefühlt. Seine Eltern kamen nach dem Krieg aus Belfast, um hier zu arbeiten. Sein Vater war Bauarbeiter, seine Mutter Krankenschwester und putzte nebenbei. Sie lebten in der Hackney Road, oben bei Bethnal Green, in einem irischen Mietskasernen-Slum, zumindest in seiner Erinnerung.

Er hatte nie einen Akzent und hielt so viel Abstand wie möglich zu seinen Eltern.

Mit vierzehn fragte ihn sein Vater, ob er bei ihm in der Arbeit einsteigen wolle.

Er sagte: Nein.

»Du glaubst also, dich erwartet ein anderes Leben«, knurrte sein Vater.

Noble erwiderte: Ja.

Sein alter Herr – sein *Pa* – schniefte. »Versuch dein Glück, Junge.«

Danach sprachen sie nicht mehr viel miteinander.

Noble war oft in Soho, zumindest zu dieser Zeit.

Er mochte die raue Szene, die Coffee-Bar-Clubs, den Rhythm and Blues, das Herumstehen und die Gespräche –

Es war denkbar weit von Hackney entfernt. Und er konnte die Strecke in weniger als einer Stunde zurücklegen.

Er erinnert sich an Soho in den frühen Sechzigern wie in einer schnellen Abfolge von Filmbildern, vor allem an die frühen Morgenstunden, wenn er einen Club verließ und sich auf den Heimweg machte –

Ein Reinigungsfahrzeug, das die leeren Marktstände abspritzt. Zeitungen wirbeln im Wind. Tauben flattern auf, zerstreuen sich. Eine Abfolge von Restaurants: Asia Famous Curries, Choys, Chez Auguste, Isola Bella, Trattoria Toscana. Eine Gaslaterne, ein Backsteinhaus, darüber ein moderner Wolkenkratzer. Rote Telefonzellen, leere Gassen. Lisle Street in Chinatown, Café Doris. Lieferwagen und Filmplakate. Das

Swiss Hotel und sein Toby Ale. Die Heaven and Hell Coffee Lounge und die 2is Coffee Bar. Das Kino Cameo Moulin, das *Naked as Nature Intended* zeigt, und die Nosh Bar nebenan. Das Lyric Theatre und das Windmill Revudeville. Die Moulin Rouge Strip Tease Revue, das Non-Stop Strip Tease, der Metro Revue Club. Mülleimer aus Metall, aus denen noch mehr Zeitungen quellen. Leere Milchflaschen in Zweier- und Dreiergruppen. Uniformierte Müllmänner, die rauchen –

Ungefähr zur gleichen Zeit – 1963, glaubt er – hörte und las er über Harold »Tanky« Challenor, einen SAS-Kriegshelden und grimmigen, umstrittenen Detective Sergeant, der in den 1960er-Jahren in Soho im Central West End gearbeitet hatte. Einmal verfolgte er Reggie Kray zu Fuß die Shaftesbury Avenue hinunter und den halben Weg zurück ins East End. Die Zwillinge hatten jedem einen Tausender geboten, der ihnen dabei half, den Detective um die Ecke zu bringen.

Noble gefiel der Ruf dieses Challenor.

Noble konnte die Art und Weise, wie die Zwillinge ihr Revier beherrschten, nicht ausstehen, diese Heuchelei – der Ehrenkodex unter Kriminellen war in Nobles Augen Schwachsinn.

So wurde Challenor zu einer Art Vorbild.

Die Verbrechensbekämpfung in Soho, so Challenor, sei »wie der Versuch, gegen eine Flut von Abwässern anzuschwimmen«.

Noble verstand das, und eine Geschichte gefiel ihm besonders:

Eines Abends wurde Challenor gerufen, um einen Zwischenfall in einem Nightclub in der Dean Street zu untersuchen: überall Glasscherben, umgeworfene Tische und Stühle.

Ein junger Nachtschwärmer hatte eine üble Wunde am Auge. Der Besitzer des Ladens, ein bekannter Gangster, saß an der Bar.

»Was ist passiert?«, fragte ihn Challenor und nickte dabei in Richtung des Gastes.

»Ist die Treppe runtergefallen.«

Challenor brachte den verletzten Gast ins Krankenhaus.

Einer der Schläger des Ladens wurde in die Polizeistation West End Central gebracht, in Besitz eines Schnappmessers. Nachdem Challenor ihn in seiner Zelle aufgesucht hatte, behauptete der Schläger, das Messer sei ihm untergeschoben worden, und Challenor habe ihm eine »Tracht Prügel« verpasst.

In der folgenden Nacht kehrte Challenor in den Nightclub zurück.

»Du hast Haferbrei auf deinem Anzug«, sagte Challenor zum Besitzer, was so viel bedeutete wie: Du bist reif für den Knast.

»Onkel Harry«, sagte der Besitzer. »Warum lasst ihr uns das nicht unter uns selbst ausmachen, he?«

Es ging um Schutzgelderpressung und Revierstreitigkeiten.

»Sag das dem Jungen mit dem einen Auge«, erwiderte Challenor. »Du kommst mit mir, meine alte Schönheit.«

Es ist nicht klar, was Challenor zu diesem bekannten Gangster oder seinem Schläger gesagt hat, oder was er mit ihnen genau gemacht hat – es wurde keine Anklage erhoben –, aber danach gab es keine Auseinandersetzungen um Schutzgeld mehr.[62]

Noble ging weiter zur Schule und trat danach in die Metropolitan Police ein.

Gerade rechtzeitig, denkt er jetzt, um zu sehen, wie alles wieder aus dem Ruder zu laufen droht, in einem endlosen, blutigen Bürgerkrieg.

Er rast die Dalston Lane hinunter, an der Ridley Road vorbei und über die Kreuzung in die Queensbridge Road, vorbei an der Drogenkneipe an der Ecke, an den mürrisch dreinblickenden Schwarzen, die an den Tischen im Freien hocken und umherspähen, er wird langsamer, entdeckt eine Lücke und parkt. Auf dem Schild neben der Straße, welches das Holly Street Estate ankündigt, hat jemand mit billiger Farbe auf den Grundriss der Türme und Zwischengänge geschmiert –

SHIT

Willkommen zu Hause, denkt Noble.

Hackney Police Station.
Jon Davies sitzt Detective Sergeant Williams gegenüber. Zwei Waliser, denkt Jon, aber nur einer mit Akzent.

Sie haben über die Met Race Crime Initiative gesprochen und darüber, wie sie Jon bei dem ganzen Excalibur-House-Planungsstreit helfen könnte. Und ob die von der Initiative gesammelten Informationen für Jon und sein Team nützlich sein könnten, vor allem in Bezug auf die Übergriffe, die sich außerhalb von Excalibur House ereignet haben und von denen Jon weiß.

Die Antwort lautet: nicht wirklich.

»Wir können in dieser Funktion keine Informationen weitergeben«, sagt Williams.

Williams scheint nicht geneigt, das Thema weiter zu vertiefen, also verzichtet Jon darauf.

Jon sagt: »Die Witwe von Shahid Akhtar ist eine Nachbarin, eine Freundin.«

Williams nickt.

»Sie hat das Gefühl«, sagt Jon, »dass sie nicht wirklich damit abschließen kann. Dass Sie, dass die Polizei nicht so offen war, wie sie hätte sein können.«

Williams sagt: »Das war keine strafrechtliche Ermittlung, Mr. Davies. Der Coroner befand, dass es ein Unglücksfall war.«

Jon sagt: »Mrs. Akhtar hat das Gefühl, dass ihr nicht die ganze Wahrheit erzählt wurde, um es mal so auszudrücken.«

Williams beugt sich vor und lächelt. »Nun, das trifft auch durchaus zu, Mr. Davies.«

»Okay.«

»Tatsache ist, dass Mr. Akhtar eine Geliebte hatte, eine Frau, die jetzt mit seinem Bastard schwanger ist.«

Jon nickt.

»Sie hat sich gemeldet und uns bei unseren Ermittlungen geholfen. Sie hat uns erzählt, dass er versucht hat, sie zu erpressen, um das Kind loszuwerden. Und sie hat ihm damit gedroht, dass sie es Ihrer Freundin, Mrs. Akhtar, erzählen würde.«

»Ich verstehe«, sagt Jon.

Williams spielt den gutmütigen Onkel und sagt: »Aber ich habe nichts dagegen, wenn Sie es ihr sagen, mein Lieber. Wir dachten nur nicht, dass sie es unbedingt wissen muss.«

Jon Davies nickt. Am Ende der Besprechung sagt er: »Ich finde selbst hinaus.«

Mitte September. Finsbury Park, RAR-Büros.

»Callaghan hat abgesagt.«

Das kommt von Paul Holborow, dem Gründer der Anti-Nazi League. »Er hat den Schwanz eingezogen, Ende der Geschichte.«

Suzi meint, dass sie vielleicht ein bisschen zu spät nachgefragt haben.

Red Saunders fragt: »Wen hast du dann als Redner für die Kundgebung engagiert?«

Paul Holborow sagt: »Tony Benn.«

»Das ist gut«, meint Syd Shelton.

»Gut?«, sagt Paul Holborow. »Ein Kabinettsminister spricht auf einer Demonstration, die eindeutig außerhalb des Rahmens der traditionellen britischen Politik liegt. Das ist beispiellos.«

»Ich sag ja, es ist gut«, murmelt Syd Shelton. »Es ist sogar verdammt gut.«

Suzi beobachtet, wie die beiden Gruppierungen sich gegenseitig abtasten.

Diesmal gibt es eine Arbeitsteilung: RAR organisiert das Festival, die ANL die Kundgebung und den Marsch.

Allerdings liefert RAR auch die Musik für den Marsch.

Und sie legen sich dabei richtig ins Zeug –

Auf den Trucks werden Crisis, Charge, Eclipse, Inganda, RAS, The Derelicts, The Enchanters, The Members, The Ruts und The Straights sein.

Bei der Erwähnung von The Ruts richtet sich die Aufmerksamkeit der Anwesenden kurz auf Suzi.

»Eines noch«, sagt sie. »Wie steht es mit der Brick Lane? Da wird niemand sein.«

»Worauf willst du hinaus, Suzi?«, fragt jemand.

»Den ganzen Sommer über gab es dort Kämpfe. Die ANL, das Bengali Youth Movement Against Racism und die IWA haben das Gebiet gesichert, und darum hat die Front sich nicht blicken lassen. Richtig?«

Einige nicken.

»Also«, sagt Suzi, »was passiert, wenn alle im Brockwell Park sind und keiner von uns in der Brick Lane?«

Einen Moment lang herrscht Stille, dann werden Stimmen laut, die Dinge sagen wie: »Da werden hunderttausend Leute sein, Suzi.«

»Das wird riesig.«

»Schau, da werden hunderttausend Leute versammelt sein. *Mindestens.* Gigantisch, Suzi, gigantisch.«

»Aber was ist mit der Brick Lane?«, beharrt Suzi.

»Wie du gesagt hast, es ist sicher.«

»Okay.«

»Wir können immer noch ein paar Busse organisieren und ein paar Leute zurückschicken, oder?«

Alle nicken.

Suzi denkt: Hoffentlich habt ihr recht und wisst, was ihr tut.[63]

Als sie zu Hause neben Keith auf der Matratze liegt, fragt Suzi: »Glaubst du, die Sache ist es wert, Schatz?«

Keith fragt verwirrt: »Wie kommst du jetzt darauf, Liebes?«

»Ich rede von diesem zweiten Carnival.« Sie lacht, küsst ihn. »Ich finde, unsere Beziehung ist jeden Penny wert.«

Keith lächelt. »Es ist ein Auftrag, Suze, es ist mein Job.« Er verschränkt die Hände hinter dem Kopf, streckt sich. »Ich liebe ihn. Ich denke nicht viel darüber nach, um ehrlich zu sein.«

»Schon in Ordnung.«

»Ja, das ist es.« Er stützt sich auf einen Ellenbogen. »Ich habe das Glück, dass ich mit meiner Arbeit etwas bewirken kann.«

Suzi nickt. »Ich habe auch Glück«, sagt sie. »Weil ich dich habe.«

Thatcher informiert sich über Moss Evans. Einer ihrer Spione hat ein kleines Dossier zusammengestellt.

Laut Denis Healey zeigt Moss Evans *keine Führungsquali-täten und wenig Loyalität gegenüber der Labour Party.*[64]

Edward Pearce, einer der von ihr am wenigsten geschätzten politischen Journalisten, meint, ihm fehle *der Mut, der Verstand und die Energie, um sich auch nur für eine Verbesse-rung der Stimmung einzusetzen.*[65]

Bernard Donoughue, so liest sie jetzt, hat über Callaghans Politik der Lohnzurückhaltung geschrieben, die Fünf-Prozent-Deckelung für *jede* Lohnerhöhung.

Er räumt ein, dies sei politisch problematisch, aber *der ein-zige Weg, eine hohe Inflation zu vermeiden – und die Abnahme der Kaufkraft und hohe Arbeitslosigkeit, die unweigerlich auf eine solche Inflation folgen würden.*[66]

Sie glaubt, dass der britischen Bevölkerung damit viel Ver-ständnis abverlangt wird. Eine erzwungene Obergrenze von fünf Prozent für Lohnerhöhungen wird die Menschen sicher nicht in Jubelstürme versetzen.

Tom McNally, so liest sie, hat Mr. Callaghan zu dieser Fünf-Prozent-Obergrenze befragt. Callaghan hat daraufhin angeblich auf den Tisch geschlagen und Tom McNally angeschrien: *Wollen Sie damit sagen, Tom, dass fünf Prozent nicht das Beste für das Land wären?*[67]

Sie denkt nach: Es wird sicher nicht das Beste für dich sein, James.

Noble erinnert sich noch, wie Ende der Sechzigerjahre das Holly Street Estate gebaut wurde. Es sollte eine *gute Sache* werden, mit einer echten Gemeinschaftsatmosphäre –

Und einem kilometerlangen Korridor in der Mitte, der die Hochhausblöcke miteinander verband – der längste städtische Korridor seiner Art in ganz Europa.

Optimismus und Zukunftsperspektive –

Gemeinsinn und Bürgerstolz. Eine moderne Utopie im East End –

Davon ist hier nicht mehr viel zu spüren, findet Noble.

Der kilometerlange Korridor ist ein Paradies für Straßenräuber.

Dunkle Passagen, Sackgassen, verwinkelte Treppenhäuser – kein Wunder, dass die Polizei sich hier nicht blicken lässt. Die haben die Gegend längst aufgegeben. Der Putz fällt in großen Brocken von den Wänden, der Verfall ist mit Händen zu greifen.

Noble denkt: Nur die Graffiti halten das Ganze noch zusammen.

Die Siedlung riecht nach Arbeitslosigkeit. Sie riecht nach *Sozialhilfe.*

Es riecht nach Wettbüros und Rentenschecks, nach Gardinen und Pornomagazinen, nach Billigbier und Tiefkühlkost, nach Drogenmissbrauch und Rassismus, nach *Klebstoff* –

Noble klopft an die Tür der ehemaligen Geliebten von Shahid Akhtar.

Er denkt: Ich hätte nie gedacht, dass es mit Hackney so weit kommen würde. Gott sei Dank hab ich rechtzeitig die Kurve gekratzt.

Eine Frau im Morgenmantel, qualmende Zigarette im Mund, öffnet die Tür, und Noble schüttelt den Kopf: Kann es noch schäbiger kommen?

»Dawn Driscoll?« Noble zeigt ihr unauffällig seinen Ausweis.

»Was kann ich für Sie tun?«

»Sind Sie sicher, dass Sie in Ihrem Zustand rauchen sollten?«

Dawn Driscoll seufzt. »Kommen Sie lieber rein.«

Drinnen ist es schmuddelig, der Teppich passt zur Tapete. Dawn Driscoll führt Noble ins Wohnzimmer und setzt sich. Auf dem Couchtisch stehen zwei halb leere Take-away-Behälter, indisches Essen, dem Geruch nach zu urteilen. Auf dem Boden liegen Reste von Papadam-Fladen.

»Entschuldigen Sie den Mief«, sagt Dawn Driscoll. »Das ist eine Angewohnheit, die ich von ihm übernommen habe.«

»Wo ich herkomme, ist ein Curry-Mittagessen ein Leckerbissen.«

»Wo?«

»Die Straße hoch.«

»Sie Glücklicher.«

Noble schaut sich um: keine Fotos. Noble schaut zum Fernseher: brandneu. In der Ecke steht eine halbwegs anständige Stereoanlage und ein großes Sofa, auf dem sich noch der Plastiküberzug befindet.

Dawn Driscoll drückt ihre Zigarette in einem leeren Take-away-Behälter aus und lässt sich zurück in den Sessel fallen.

Sie gestikuliert in Richtung des neuen Sofas. »Setzen Sie sich. Legen Sie ruhig die Füße hoch, wenn Sie wollen. Es wird nicht schmutzig.« Sie lacht.

»Sie sind also nicht schwanger?«, sagt Noble.

Dawn Driscoll lächelt. »Warum erzählen Sie mir nicht, was Sie zu wissen glauben, und dann sehen wir weiter?«

Noble berichtet ihr in Kürze das Wichtigste.

Dawn Driscoll lacht. »Das klingt in etwa richtig.«

»Außer?«

»Außer, dass ich keinen Nachwuchs erwarte, wie Sie wahrscheinlich sehen können.«

»Stimmt.«

Dawn Driscoll fischt eine weitere Zigarette aus einer Schachtel Silk Cut und zündet sie an. Sie bietet Noble die Schachtel an, aber er schüttelt den Kopf.

»Sie sind nicht der Erste, der hier vorbeikommt.«

»Das überrascht mich nicht. Was wollte der andere?«

»Er wollte wissen, was ich jetzt zu tun gedenke.«

»Was haben Sie ihm gesagt?«

Dawn Driscoll lacht. »Ich habe ihm gesagt, dass es nichts zu tun gibt.«

»Warum sagen Sie mir nicht, was Sie tun werden?«

»Ich werde gar nichts tun.« Sie beugt sich vor. »Die ganze Sache war ein abgekartetes Spiel. Glauben Sie, dass Mr. Akhtar und ich uns in denselben Kreisen bewegt haben? Er hat sich in mich verliebt, das ist alles. Ich hätte sein Geld nehmen sollen, als er es mir das erste Mal anbot, aber ich dachte, ich kann noch mehr rausholen, also drohte ich, es seiner Frau zu sagen. Und dann …«

Dawn Driscoll schnieft.

»Wer hat Sie mit ihm bekannt gemacht?«

»Mich mit ihm bekannt gemacht?« Sie lacht. »Es gibt einen Pub in der Hackney Road, Ye Old Axe. Kennen Sie den?«

Noble nickt.

»Gut«, sagt Dawn Driscoll. »Dann wissen Sie, wie wir uns kennengelernt haben.«

Noble denkt an Fünfzig-Pence-Münzen in einem Pint-Glas und an eine Discokugel. Shahid Akhtar, der mit einem doppelten Whiskey an der Bar steht und glotzt. Dawn Driscoll, die ihre Reize vorführt, die Gäste johlen –

»Aber jemand hat Sie gebeten, ihm zu drohen.«

Dawn Driscoll nickt.

»Wer war es, Dawn?«

»Einer von Ihren Leuten.«

Noble beugt sich vor. »Wer?«

Dawn Driscoll schüttelt den Kopf und beißt sich auf die Lippe.

»Wer, Dawn?«

Dawn Driscoll zieht an ihrer Zigarette und spielt mit ihren Fingernägeln.

»Sie kennen ihn nicht?«

»Ich kenne ihn nicht.«

»Warum haben Sie es dann getan?«

Dawn Driscoll verzieht das Gesicht. »Seien Sie nicht naiv. Was glauben Sie, warum?«

Noble nickt: Es ist leicht genug, einer billigen Nachmittags-stripperin mit einem Verbot zu drohen.

»Ich mochte ihn«, schnieft Dawn Driscoll. »Wirklich. Ich wollte es nicht tun. Es ginge nur um Information, hieß es am Anfang. So nach dem Motto: ›Wir wollen über ihn Bescheid wissen.‹ Eine verdammte Schande.«

Noble steht auf. »Aber es stimmt nicht, oder?«, sagt er und meint die Schwangerschaft. Er deutet mit dem Kinn in den Raum. »Teure Einrichtung, die Sie hier haben, Dawn.«

Dawn Driscoll nickt. »Er war großzügig, Mr. Akhtar, das muss ich ihm lassen.«

Noble nickt. »Ich finde alleine raus«, sagt er zu ihr.

Pandas China-Imbiss, 21. September.

Parker sagt zu Noble: »Es wird einen Marsch vom Whitechapel-Ende der Brick Lane zur Bethnal Green Road und dann direkt zum Excalibur House geben. Sie nennen es Victory Parade.«

»Gibt es auch einen offenen Sightseeing-Bus?«, scherzt Noble.

Parker wirft Noble einen Blick zu. »Sag mir bitte, dass Leute von uns da sein werden, Chef.«

Noble nickt. »Ich werde selbst vor Ort sein.«

Gleicher Ort, nächster Tag.

Alan sagt zu Noble: »Die vertrauen darauf, dass nichts passiert, und haben nichts organisiert. Es wird eine kleine Gruppe von Aktivisten und Dockarbeitern geben, und das war's.«

Noble nickt. »Und ich. Ich werde auch dort sein.«

»Auf welcher Seite werden Sie stehen, Chef?«, scherzt Alan.

»Das ist eine gute Frage. Eine sehr gute Frage.«

Etwas später. Noble erzählt Chief Inspector Maurice Young, einer seiner Insider wisse aus zuverlässiger Quelle, dass sich am Sonntag, 24. September, die gewaltbereiteren Mitglieder der Antifa-Gruppen versammeln werden, um die Brick Lane in einer Art Machtdemonstration zu »verteidigen«.

Young sagt: »Dann sollten wir darauf vorbereitet sein, DC Noble.«

Noble hält dies für die einzige Möglichkeit, die Polizeipräsenz zu gewährleisten. Für ihn ist der Schutz von Parker und seiner Arbeit vorrangig.

Noch etwas später, im Bett, sagt Lea mit a: »Ich glaube, dir geht was durch den Kopf.«

»Nur du, Schatz«, lügt Noble.

»Am Anfang war ich mir nicht sicher, ob du als mein Freund in Frage kommst«, lächelt Lea. »Vielleicht habe ich mich getäuscht.«

Noble grinst und zieht sie an sich. »Kann passieren, eh?«

Am selben Tag.

Sie weiß, dass jede Lohnerhöhung bei Ford als Maßstab für die Privatwirtschaft gilt. Sie weiß, dass die Geschäfte von Ford hervorragend laufen und dass das Unternehmen die finanziellen Mittel hat, um einen beeindruckenden Prozentsatz anzubieten. Sie weiß natürlich auch, dass Ford ein wichtiger Auftragnehmer der Regierung ist.

Sie, Thatcher, denkt sich: Macht doch ein Lohnangebot im Rahmen der Callaghan'schen fünf Prozent und schaut, was ihr damit erreicht.

Sie liest, dass das Management von Ford dieses Angebot in

Übereinstimmung mit der Position des Unternehmens als wichtiger Auftragnehmer der Regierung gemacht hat.

Sie liest, dass ab diesem Freitag, dem 22. September, fünfzehntausend Ford-Beschäftigte, die meisten von der TGWU, als Reaktion auf dieses Angebot in den Streik treten werden.

Die TGWU, stellt sie fest, wird von Moss Evans geführt.

Mit einem dünnen Lächeln schneidet sie die Spitze eines gekochten Eis ab.

Sie sagt zu Denis: »Wenn wir ihnen die Chance geben, ein eigenes Haus zu kaufen, werden sie für uns stimmen, zu Tausenden. Sie wollen diese Chance, ihr eigenes Haus zu kaufen.«[68]

»Die Leute kriegen den Hals nicht voll genug«, sagt Denis. »Wenn man ernsthaft glaubt, dass ein paar Pfund mehr Miete diesen elenden Schnorrern etwas ausmachen, muss man verrückt sein.«[69]

»Das habe ich nicht gemeint, Denis.«

»Trotzdem«, sagt Denis.

Samstag, 23. September, später Nachmittag.

Jon Davies sitzt auf dem Beifahrersitz seines Autos und hört im Radio die Fußballergebnisse an. Der Junge schläft auf der Rückbank. Jackie ist im Haus und fuhrwerkt am Herd.

Jon freut sich über den 2:0-Auswärtssieg von West Ham gegen Sheffield United. Beide Tore hat Pop Robson geschossen, beide waren Elfmeter. 24 361 Zuschauer haben das Spiel gesehen. Ein gutes Ergebnis, findet Jon.

Er schaltet das Radio aus und schließt kurz die Augen. Ein Klopfen am Fenster lässt ihn aufschrecken.

Es ist Mrs. Akhtar.

Lächelnd öffnet Jon das Fenster und sagt: »Sie haben mich erschreckt, Mrs. Akhtar.«

»Habe ich das, Jon? Es tut mir leid.«

Jon schüttelt den Kopf. »Macht nichts.« Er richtet sich in seinem Sitz auf. »Was kann ich für Sie tun?«

Sie lehnt sich ins Fenster. »Meine Söhne und ich wollen morgen zum Carnival in den Brockwell Park. Wir haben uns gefragt, ob Sie mitkommen?«

»Ich kann Sie fahren. Wir können zusammen gehen.«

»Aber bitte, Jon«, sagt sie, »ich möchte Ihnen nicht in die Quere kommen.«

Jon lacht darüber. »Nein, es ist mir ein Vergnügen.«

Der Junge rührt sich. Mrs. Akhtar nickt in seine Richtung. »Vielen Dank, Jon.«

Drinnen erzählt er Jackie davon.

»Das ist gut, Jon«, sagt sie. »Das ist wirklich gut.«

Zur gleichen Zeit, Finsbury Park, RAR-Büros.

Es gibt ein organisatorisches Last-Minute-Meeting, und Suzi ist dabei, weil sie auch diesmal für *Temporary Hoarding* über die Veranstaltung berichtet.

Roger Huddle sagt: »Ein paar von uns bleiben in der SWP-Druckerei, nur für den Fall. Wie ihr wisst, hat die Front damit gedroht, sie niederzubrennen. Wir haben Ferngläser und Baseballschläger, wir postieren uns oben auf dem Dach. Höchstwahrscheinlich alles ein überflüssiges Versteckspiel, aber sicher ist sicher.«[70]

Jemand anderes sagt: »Am Hyde Park wird sich eine Gruppe von der Demo abspalten, das wird reichen.«

Allgemeines zustimmendes Gemurmel.

So in der Art von: Ah, okay, läuft schon, gut gemacht, danke.

Suzi ruft Noble an und informiert ihn.

Er erklärt ihr: »Alles ist arrangiert. Machen Sie sich auf den Weg und genießen Sie Ihr Konzert.«

Sonntag, 24. September, Hyde Park.

Es ist ein strahlender Sonntagmorgen, aus allen Eingängen strömen die Menschen in den Hyde Park. Es herrscht eine fröhliche Stimmung, echte Begeisterung, und als Suzi fotografiert und sich umschaut und all die lächelnden schwarzen, braunen, weißen Gesichter sieht, da vergisst sie für einen Moment ihre Sorgen und entspannt sich und lächelt auch, und erinnert sich daran, dass sie wirklich Teil von etwas Großem ist, größer als sie selbst, größer als jeder Einzelne, Teil einer Gemeinschaft, die bedeutsamer ist als die Summe ihrer Teile, und die Demo selbst, die Plakate, die Trillerpfeifen, die Buttons, all das fühlt sich für Suzi so an, als könnte es heute wirklich etwas *bedeuten* –

Paul Holborow betritt die Bühne, um den Demonstrationszug zu starten und Tony Benn vorzustellen. Er beruhigt die Menge, sie solle sich keine Sorgen um das East End machen, die Anti-Nazi League habe Unterstützer in die Brick Lane geschickt, um für Sicherheit zu sorgen, und es ist aktuell sicher dort! Es gibt keine Bedrohung seitens der Front, und wenn es sie je gegeben hat, dann ist sie zerschlagen worden![71]

Es gibt Applaus und viel Kopfnicken, einige recken die Fäuste.

Suzi ist erleichtert.

Das hier ist eine echte Victory Parade.

Keith ist auf dem Truck mit den Ruts, und Suzi folgt in der Menge.

Als sie in Brockwell Park ankommen, ist es wie eine Oase – Suzi steigt die Stufen zur Bühne hinauf, gerade als die Stiff Little Fingers loslegen, in denselben Klamotten wie beim Fototermin. Sie hat gehört, dass sie in Syd Sheltons Wohnung in Stamford Hill wohnen. Stamford Hell, wie Syd Sheltons Wohnung genannt wird. Sie sehen gar nicht so übel aus. »Johnny Was«, denkt Suzi, ist ein kleines Meisterwerk.

Als sie triumphierend von der Bühne springen, entdeckt Jake Burns Suzi und zwinkert ihr zu.

»Sehen wir uns später?«, fragt Suzi.

Jake Burns schüttelt den Kopf. »Wir fahren direkt zum Bahnhof, ich glaube Paddington. Heute Abend noch ein Gig in Cardiff. Du weißt ja, wie das ist.« Er grinst.

»Und morgen die ganze Welt«, sagt Suzi.

Zur gleichen Zeit, am gleichen Tag, Brick Lane.

In Zivil und nicht offiziell an der polizeilichen Überwachung des halboffiziellen Marschs der National Front zum neuen Hauptquartier beteiligt, schleicht Noble möglichst unauffällig durch die Seitenstraßen der Brick Lane.

Er will wissen, wo und wann Alan und seine Bande genau aufkreuzen werden.

Er wundert sich über die Mannschaftswagen der Polizei, die in Shoreditch herumfahren, mit einer ansehnlichen Anzahl von Polizisten auf dem Rücksitz. Diese Art der Kontrolle von Menschenansammlungen gehört keineswegs zum Aufgabenbereich der Race Crime Initiative. Offenbar hat Special Young die von Noble erhaltenen Informationen weitergegeben, und Noble fragt sich, wie viele von diesen Aktivitäten eine direkte Reaktion darauf sind.

Jon Davies, Mrs. Akhtar und ihre Söhne genießen den Auftritt von Aswad. Es ist sehr laut, denkt Jon. Eben wie es sich für ein Reggae-Soundsystem gehört, zumindest seiner begrenzten Erfahrung mit Live-Veranstaltungen nach. Jon liebt Reggae, und er besitzt die erste LP von Aswad –

»Es ist sehr laut, Jon«, sagt Mrs. Akhtar. »Aber wunderschön.«

Es *ist* wunderschön. Aswad sind gigantisch, so stilvoll und elegant, dass Jon total in der Musik versinkt.

Die Eröffnungstakte von »Natural Progression« wogen wie Wellen, die schwermütige Mundharmonika glitzert an der weichen Kante des Basses, das kratzige Gitarrensolo schneidet durch den Wah-Wah-Rhythmus der zweiten Gitarre, Brinsley Forde tritt auf wie ein Dub-Krieger-Poet, jedenfalls etwas ziemlich Heroisches.

Der Song wird leiser, nur noch von Bass und Schlagzeug getragen, und Brinsley spricht dazu –

»Was sagt er, Jon?«, fragt Mrs. Akhtar.

»Er sagt, dass es *irie* ist. *Irie,* dass heute so viele Leute hier sind, denke ich.«

»*Irie*, Jon?«

»Das heißt wohl so viel wie Zufriedenheit, Glück, also dass das eine wirklich gute Sache ist heute.«

»Stimmt«, sagt Mrs. Akhtar.

Später im Set bringt Brinsley Forde sein Baby auf die Bühne und hebt es feierlich in den Himmel, zur Sonne.

Misty spielen ein monumentales Set, und am Bühnenrand wendet sich David Widgery an Suzi und sagt: »Das ist so schön! Misty sind so freudvoll, sie trällern und weben die Rhythmen so beschwörend ineinander, als wäre Brockwell Park durch ihre freie, ländliche, spirituelle Magie in die jamaikanischen Berge versetzt!«[72]

Suzi mag David Widgery, respektiert ihn, und sie lächelt und sagt: »Ich notiere mir das, David, wenn das okay ist?«

»Freudvoll!«, wiederholt David Widgery.

Mistys Auftritt ist vorbei, es gibt ein bisschen Durcheinander auf den Backstage-Treppen, dann kommt Jimmy Pursey auf die Bühne gelaufen, schnappt sich das Mikro, und Suzi schreibt auf, was er sagt:

»Die ganze Woche über habt ihr wahrscheinlich eine Menge Dinge über mich und Sham 69 gelesen. Man hat uns Vorschriften machen wollen. Gestern Abend wollte ich nicht kommen. Aber heute Morgen traf ich diesen Jungen, der sagte: ›Du kommst nicht, weil alle deine Fans von der National Front sind.‹ Man behauptet, ich hätte keinen Mumm. Aber hier bin ich. Niemand schreibt mir vor, was ich tun oder lassen soll. Ich bin hier, weil ich Rock Against Racism unterstütze.«[73]

Es gibt Beifall, und Suzi hört die Stimmen am Rand der Bühne, die sagen: Jimmys Haltung ist echt bewundernswert, er bekennt Farbe, er hat echt Mumm, das ist ein echter Beweis für seine Überzeugung. Und dann dreht sich Jimmy um, und Suzi hält ihre Kamera hoch und –

Der Himmel ist blau. Keine einzige Wolke. Keine einzige Wolke am strahlend blauen Himmel.

Ein Meer von Gesichtern, das sich endlos in die Ferne erstreckt.

Die Bäume am anderen Ende des Parks neigen sich in der Brise, schwanken und wiegen sich wie tanzende Liebende.

Ayeleen: Eines Tages erklärt mir meine Mutter, dass wir nicht mehr in Clapton wohnen werden, sondern in einem kleinen Haus in Dalston, nur wir beide. Und dass wir Onkel Ahmet sehr dankbar sein müssen, und ja, er hat ihr versprochen, dass ich eines Tages für ihn arbeiten darf, wenn ich in der Schule bleibe und weiterhin so gut bin, dann wird er mir auf jeden Fall einen Job geben, er kann es kaum erwarten, mir alles beizubringen, was er über das Geschäft weiß.

Und ich frage mich, ob ich in den Ferien meinen Vater in diesem neuen Haus oder in der Türkei treffen werde, oder ob alle dieses Versprechen einfach vergessen haben.

Jon Davies steht in einiger Entfernung von der Bühne, kriegt aber mit, dass gerade Ernie Roberts von der Ingenieurgewerkschaft, ein alter Bekannter von ihm, eine leidenschaftliche Rede hält.

»Was sagt er, Jon?«, fragt Mrs. Akhtar.

Jon versteht nicht jedes Wort, aber er erfasst den Kern und die Schlussfolgerung. Er sagt zu Mrs. Akhtar: »Die Front war in der Brick Lane, aber die Antifaschisten waren auch da, zu Tausenden. So etwas in der Art, glaube ich.«

Jon kneift die Augen zusammen und presst einen Finger auf sein linkes Ohr.

»Er sagt, der erbärmliche Versuch der NF, den Carnival zu stören und die Brick Lane zu besetzen, wurde vollständig vereitelt.«[74]

»Oh, das ist eine sehr gute Nachricht«, sagt Mrs. Akhtar.

Nach dem Auftritt von Elvis Costello kommt es hinter der Bühne zu einer Auseinandersetzung zwischen seiner Roadcrew und einigen Mitarbeitern der Bezirksverwaltung, die die Bühne aufgebaut haben –

Suzi hört ein übles rassistisches Schimpfwort, ist sich aber nicht sicher, wer es zu wem gesagt hat. Der Streit wird geschlichtet, Big Red Saunders und ein paar andere gehen dazwischen.

Etwa fünf Minuten zuvor hat Suzi Nick Lowe mit Tränen in den Augen gesehen, als Elvis Costello and the Attractions seinen Song »What's So Funny About Peace, Love, and Understanding?« gespielt haben.

Suzi denkt an Keith und lächelt.

Brick Lane.

Noble ist in der Gegend der Bethnal Green Road unterwegs, wo sich Uniformierte in beachtlicher Anzahl versammelt haben, und denkt:

Special Patrol Group.

Um sechs Uhr abends ist der Marsch der Front zu Ende, und in der Curtain Road, gleich neben dem neuen Front-Hauptquartier in der Great Eastern Street 73, findet eine sogenannte »Kundgebung« statt, aber als Noble einen kurzen Blick darauf wirft, sind es nur ein paar Dutzend Skinheads, die Dosenbier trinken und sich asozial verhalten. Er entdeckt Parker in der Menge und denkt wieder einmal: Scheiße, gut, dass ich nicht in deiner Haut stecke.

Auf der anderen Seite der Bethnal Green Road, unter den Brückenbögen, die zur Commercial Street führen, haben die Uniformierten etwa vierzig Antifaschisten umzingelt. Die

Stimmung ist angespannt. Noble hat vorhin einige Aggressionen zwischen verschiedenen Gruppen der Linken beobachtet, sektiererische Gemeinheiten, aber die Übriggebliebenen wirken ziemlich geeint, und in vielen wettergegerbten, erfahrenen Gesichtern ist eine grimmige Entschlossenheit zu sehen.

Es gibt auch ein paar jüngere Gesichter, Kids mit Narben, Kids mit Ansteckern.

Ältere Typen, die *bleibt zusammen, bleibt zusammen* rufen, mit Flaschen in einer Hand und Ziegelsteinen halb versteckt in der anderen, aber sie wirken eher in die Enge getrieben.

Sie wirken überrascht von den Vorgängen, überrumpelt und unvorbereitet.

Irgendwas stimmt da nicht. Die Gruppe wirkt jetzt wie ein Haufen Hooligans, sie haben den ängstlichen Ausdruck von eingesperrten Tieren –

Bleibt zusammen, hört Noble, *sie schlagen gleich zu, sie schlagen gleich zu.*

Das ist neu für sie: kämpfende Polizisten. Noble sieht es, Noble sieht deren Gesichter –

Sie lauern, sie schieben, sie drängeln, sie positionieren sich, sie fordern die Menge heraus, diese dicht gedrängte Menge, die eingesperrte Bestie der Menge, sie lauern darauf, dass die Menge zu einer gewalttätigen Menge wird, und es braucht nicht viel, es braucht nie viel, denkt Noble, um die Menge dazu zu provozieren, die Grenze zu überschreiten, sich auf etwas Unwiderrufliches einzulassen, etwas Gewalttätiges, das nicht wieder rückgängig gemacht werden kann – und dann bemerkt Noble es.

In der zweiten oder dritten Reihe der Polizisten fliegt eine Flasche nach oben, nach links, weg von der Menge, als wäre sie von der Menge geworfen worden, und die Flasche zerschellt, das Glas zerstäubt wie Wasser auf heißem Feuer, und dann noch eine Flasche, ebenfalls von der Seite der Polizisten, die ebenfalls wie aus der Menge geworfen landet, und dann ein noch lauteres Krachen, als würde eine Autoscheibe zersplittern, und das ist der Impuls, den sie brauchen –

Bleibt zusammen, bleibt zusammen.

Die Polizei rückt vor – die Antifaschisten halten die Stellung –

Weitere Flaschen fliegen, jetzt aus der Menge, halbe Ziegelsteine.

Ein hässliches Stimmengewirr aus Flüchen und Drohungen erhebt sich –

Noble entdeckt Alan in ihrer Mitte –

Noble bemerkt, dass Alan einige in der Menge zur Vernunft bringt oder es zumindest versucht –

Eine Gruppe von Antifaschisten löst sich und rennt auf die schwächste Stelle der blauen Abriegelung unter den Bögen zu, bricht durch und rennt davon –

Weitere Personen versuchen – einzeln oder zu zweit –, die Absperrung zu durchbrechen.

Die Polizei rückt mit Schlagstöcken vor, es kommt zum Handgemenge –

Noble steht am Rand, schaut zu –

In der Dämmerung, in der kühlen Dämmerung, stürmt die Polizei auf diese Splittergruppe los –

Fäuste fliegen, Stiefel treten zu –

Einige Antifaschisten entkommen und rennen weg –

Es wird laut, Kommandos werden gebrüllt, Staub wird aufgewirbelt, das Klatschen von Knüppeln auf Fleisch, das Knacken von Gliedern, von Nasen und Wangen, von zerbrochenem Glas.

Noble sieht Blut, Noble sieht Knüppel und Stöcke, Flaschen und Ziegelsteine –

Noble sieht Alan, der die Hände hebt, Alan, der den Kopf einzieht, Alan, der ruft, Alan, der aufschreit –

Noble sieht Blut, Noble sieht Körper –

Noble sieht, wie Alan sich umdreht und rennt, Alan stolpert, Alan strauchelt –

Noble sieht Blut, Noble sieht Körper –

Noble sieht, wie ein Beamter der Special Patrol Group seinen Schlagstock hebt –

Noble sieht, wie ein zweiter Beamter der Special Patrol Group die Hand hebt, in der Hand eine schwere, bleigefüllte Socke –

Noble sieht, wie ein dritter Beamter der Special Patrol Group seine Faust hebt, seine Knöchel glänzen golden, golden und schwer.

Noble sieht einen Körper, auf dem Bauch liegend, blutüberströmt –

Noble sieht Alan.

Noble dreht sich um –

Noble keucht, er drängt sich durch die Reihen, er geht auf die Knie, ein Körper, auf dem Bauch liegend, blutüberströmt, allein, regungslos, und Noble beugt sich hinunter und hält Alan in seinen Händen, er schlägt Alan leicht ins Gesicht, er säubert Alans Gesicht, sein eigenes Gesicht ist nass von Tränen, und Noble ruft nach einem Krankenwagen, Noble fuchtelt mit seinem Dienstausweis herum, schreit, und er wird umringt, und er wird aufgerichtet, und Alan wird hochgehoben, und Noble steht aufrecht, er zittert, benommen und schmutzig –

Noble denkt –

Was habe ich getan?

Auf halbem Weg die Mildenhall Road hinunter bemerkt Jon Davies das Blaulicht, das Gedränge von Menschen, das Knistern von Funkgeräten –

Er wendet sich an Mrs. Akhtar und sagt: »Es ist nichts, worüber man sich Sorgen machen müsste, da bin ich sicher.«

Sie halten an und steigen aus. Sie gehen schnell die Straße hinunter, und dann wird Jon Davies klar, was los ist, und er rennt zu dem Streifenwagen und dem Krankenwagen, und er wird gepackt und festgehalten, und ein Polizist sagt zu ihm: »Alles in Ordnung, alles in Ordnung.« Und Jon – verwirrt, panisch – fragt: »Alles in Ordnung?«

Und da sind Jackie und der Junge, und es geht ihnen gut, und sie klammern sich an Jon, und er fragt: »Was, was ist?« Und Jackie zeigt mit der Hand, und Jon sieht es, ihr Vorderfenster ist eingeschlagen, eine schwelende, nasse Sauerei, ein dunkler Fleck, und ein Polizist sagt: »Ein Ziegelstein und ein Feuerwerkskörper, das hätte wirklich gefährlich werden können. Diese Kids hier, was?«

Und Jon dreht sich um, Jon sagt: »Kids?«

Der Polizist sagt: »Ja, Kids.« Er zeigt auf die andere Straßenseite, er zeigt auf die Siedlung. »Kids«, sagt er, »Kids, die herumalbern«, und dann sieht Jon – verwirrt, panisch – diesen Polizisten an, und dieser Polizist schaut ihn an und lächelt, lächelt und zwinkert ihm zu, während er wiederholt: »Kids, Mr. Davies, Kids, die herumalbern, das ist alles. Jetzt ist alles in Ordnung, alle sind wohlauf.«

Und Jon schüttelt den Kopf, und Jon umarmt seine Familie, und Jon – zitternd, erleichtert – atmet aus, und Jon denkt:

Es reicht.

Montag, 25. September, Dagenham.

STREIK.

Sie denkt: Das ist der erste Schlag. Es wird ein langer, kalter Winter werden –

Ein Winter des Missvergnügens.

Eine Siegesparade, denkt sie.

DRITTER TEIL

Inglan Is a Bitch

1983

1
Wild East

Januar 1983

Aus *Inside the Inner City: Life Under the Cutting Edge* von Paul Harrison, 1983: »Hackney ist ein Sammelbecken für Benachteiligte aller Art, ein Ort, an dem die mit den geringsten Chancen zurückbleiben, und von dem die fliehen, die noch eine Wahl haben. Es ist ein Ort der Entbehrung, der Armut, der Mühsal, des Kampfes und der Isolation, eine Endstation für die Opfer der Gesellschaft, wo der Druck des Mangels die Menschen gegeneinander aufbringt und sie zermürbt.«[75]

Parker

Der beste Weg, um deine Stellung in einer beliebigen Art von Mob zu festigen, ist, dich zu beweisen, wenn es brenzlig wird. Du bist also mittendrin, als die Uniformierten der Stoke Newington Police mit ihren Stöcken, Gürteln und Schilden auf deine neuen Freunde losgehen. Du fragst dich, wie vielen von ihnen du im Laufe der Jahre über den Weg gelaufen bist, wie kurz du davor warst, einer von ihnen zu werden, und du bist es immer noch, bis zu einem gewissen Grad, aber gleichzeitig bist du keiner von ihnen, und das ist etwas, das du durch all das begriffen hast, durch all die Arbeit, die du im Laufe der Jahre gemacht hast. Von diesen Uniformen geht eine Menge Hass aus. Du erinnerst dich daran, was sie früher getan haben, was du selbst in der Brick Lane und am Chapel Market erlebt hast, wann immer sie auftauchten: Sie schnappten sich Mülltonnendeckel aus den Vorgärten und benutzten sie, Milchflaschen und irgendwelche alten Eisenstangen, was gerade zur Hand war. Für viele neue Rekruten war es ein Augenöffner, was sie da auf den Straßen erlebten, die ja angeblich mit Gold gepflastert waren, wie man ihnen bei jeder Gelegenheit erzählte, diesen Jungs aus dem Norden, diesen Hinterwäldlern aus der Provinz, die keine Ahnung hatten, wie es auf den schmutzigen Straßen zuging. Du weißt ganz genau, dass George Howlett, der Leiter der G-Division der Hackney Metropolitan Police, nicht wirklich vorhat, das Spektrum der Rekruten zu erweitern, dass George Howlett nicht wirklich glaubt, dass es der Gemeinschaft helfen würde, Jungs aus den Armenvierteln zu rekrutieren, Jungs, die sich auskennen, schwarze und asiatische Jungs. Du weißt, dass er denkt, dass es das Niveau senken würde, also hast du es stattdessen mit denen zu tun, die denken, dass sie hier sind, um es den arroganten Schwuchteln aus dem Süden zu zeigen, ohne zu wissen, dass die armen Schweine, denen sie mit ihren selbst gebastelten Knüppeln den Schädel einschlagen, noch weniger haben als ihre Freunde zu Hause im Norden, die arbeitslos sind und sich auf der Hunderennbahn rumtreiben, mit ihren kleinen Reihenhäuschen, ihren fetten Frauen und drei wütenden Kindern, sie haben noch weniger, denn sie haben das ganze System im Nacken, werden jeden Tag angespuckt, arbeiten rund um die Uhr in Scheißjobs und werden aufgefordert, ihrem Schicksal noch für dieses Privileg zu danken, kein Wunder, dass sie nach anderen Wegen suchen, hier und da ein paar Pfund zu verdienen, und jetzt siehst du die Uniformierten, die Männer auf den Rücken werfen, ihnen die Arme verdrehen und auf Beine einschlagen, und du bist mittendrin, aber du merkst, dass sie sich nicht für dich interessieren, einen weißen Mann, der wie ein modischer Weltverbesserer gekleidet ist, sie interessieren sich überhaupt nicht für deinesgleichen.

Ein Schrei –

Noble schwitzt –

Er schreckt aus dem Schlaf auf –

Das Telefon schrillt.

»Hallo?«

»DC Noble.«

Das ist keine Frage. »Wie spät ist es?«

»Fünf Uhr fünfundzwanzig, mein Sohn.«

Noble setzt sich auf und reibt sich die Augen. »Chief Inspector?«

»Genau der.«

»Aber ich dachte …«

»Ich bin mir nicht sicher, ob Denken Ihre Stärke ist.«

»Okay.«

Lea mit a rührt sich, stöhnt und dreht sich um.

Noble steigt aus dem Bett.

»Kommen Sie rüber nach Stoke Newington, schnell.«

»Ich dachte …«

Er schaut aus dem Schlafzimmerfenster, die Sonne schimmert rosa –

»Was habe ich Ihnen über das Denken gesagt, DC Noble?«

»Was ist los, Chief?«

Er kratzt sich die Stoppeln, reibt sich die Augen –

»Fahren Sie nach Stoke Newington und melden Sie sich bei DS Williams.«

»Williams? Ich weiß nicht, Chef.«

Er geht in seine Küche –

»Sagen Sie ihm, dass ich Sie geschickt habe und dass Sie Zugang zu den laufenden Ermittlungen haben.«

»Verstehe.«

Er hat das Telefon zwischen Ohr und Schulter geklemmt.

»Finden Sie heraus, was los ist, und rufen Sie mich an, heute noch. Sie kennen die Nummer.«

Der Kessel ist mit Wasser gefüllt, der Kessel ist aufgesetzt –

»Was ist mit West End Central?«

»Darum kümmere ich mich. Im Moment gehören Sie mir und nur mir, alter Junge.«

»In Ordnung.«

»Sie wissen, dass sich Ihr Spitzname geändert hat, nicht wahr, mein Sohn?«

»Das wusste ich nicht, nein.«

Der Kessel kocht, Wasser wird in einen schmutzigen Becher gegossen.

Ein Lachen dröhnt in Nobles Ohr. »Man nennt Sie jetzt *Last* Chance, mein Sohn. Last Chance Saloon.«

»Besser als Paddy«, sagt Noble.

Teebeutel mit schmutzigem Löffel ausgedrückt –

»Schön, dass Ihr Sinn für Humor noch intakt ist.«

»Ich bin in letzter Zeit ein echter Brüller, Chief.«

Milch einfüllen und umrühren –

»Also los, Chance. Und wenn Sie da sind, nehmen Sie die Hintertür.«

»Richtig.«

Tee geschlürft, Lippen verbrannt –

»Warum?«

»Weil im Foyer ein toter Schwarzer liegt, darum.«

Unter die Dusche –

Brühend heißes Wasser, eiskaltes Wasser.

Noble schrubbt sich, Kopf gesenkt, Augen geschlossen.

Schlafzimmer: Kleider auf dem Boden verstreut, rasch übergezogen –

Küchentisch: Jacke, Schlüssel, Portemonnaie –

»Ich muss los«, sagt er zu Lea.

Sie reibt sich das Gesicht, räuspert sich. »Jetzt?«

»Jetzt.«

Sie richtet sich auf, versucht zu lächeln.

»Bleib so lange hier, wie du willst. Zieh einfach die Tür hinter dir zu.«

Sie nickt.

»Ich muss wirklich gehen, tut mir leid.«

Noble versucht zu lächeln.

Lea lächelt und sagt: »Das war eine einmalige Sache. Um der alten Zeiten willen.«

Noble lächelt. »Okay«, sagt er. »Nimm dir, was du brauchst.«

Noble öffnet die Haustür und hört: »Ich werde nicht hier sein, wenn du zurückkommst.«

Auto –

Schlüssel ins Zündschloss, Motor an, Eddy Grant im Radio –

»I Don't Wanna Dance.«

Wem sagst du das, denkt Noble.

Das Auto dampft, Windschutzscheibe besprühen und Eis abkratzen –

Morgenstille, Noble fährt ostwärts auf der Euston Road, dann nordwärts durch Barnsbury, wieder ostwärts an Highbury Fields vorbei, dann nordwärts durch Newington Green.

Die Seitenstraßen rund um die Kingsland Road wachen auf oder gehen schlafen – Badlands im Osten, besetzte Häuser und Wohnhöhlen –

Die Polizei von Stoke Newington ist dafür bekannt, dass sie Einkünfte jenseits der Legalität hat, dass Leute erpresst und Bestechungsgelder kassiert werden, aber Noble ist sich nicht sicher, was genau vor sich geht, und so weit im Norden hat er keine Verbündeten.

Er dachte, er hätte überhaupt keine Verbündeten mehr.

Special Young will ihn für etwas.

13. Januar 1983 –

Eisige Kälte und höllische Finsternis und Noble im tiefsten Tal –

Er denkt: Irgendwo muss man ja anfangen.

Der Parkplatz ist überfüllt, obwohl es erst halb sieben ist. Noble lässt den Wagen auf der Straße stehen und verschafft sich mit seinem Ausweis Zutritt –

Der größte Teil des Erdgeschosses ist mit Tape abgeriegelt –

Ein Tatort.

Überall Uniformierte. Noble fragt einen von ihnen: »Wo ist der Besprechungsraum?«

Der Uniformierte nickt die Treppe hinauf. »Zweiter Stock.«

»Was ist passiert?«

Der Uniformierte schnieft. »Irgendein halbverrückter Schwarzer hat sich mit einer Schrotflinte fast den Kopf weggeballert.«

»Im Foyer?«

»Da liegt er jedenfalls jetzt, Chef«, sagt der Uniformierte. Er schnaubt. »Oder was von ihm übrig ist.«

»Der Arzt?«

»War da und ist wieder weg.«

»Verstehe«, sagt Noble. »Schon irgendwelche Erkenntnisse?«

»Sieht nach Selbstmord aus, mehr kann ich nicht sagen.«

Noble nickt. »Irgendwelche Angehörigen?«

»Keine Ahnung.«

»Wer war am Empfang, wissen Sie das?«

Der Uniformierte wechselt von einem Fuß auf den anderen. »Da müssen Sie DS Williams fragen. Zweiter Stock.«

»Danke.«

Noble steigt mit gesenktem Kopf die Treppe hinauf – Überall hektisches Gewusel, das Nachbeben.

Im zweiten Stock ein Besprechungsraum.

Im Besprechungsraum sehen sich Williams und zwei andere Männer Zeugenaussagen an, studieren Dokumente, eine Zeitleiste auf einer Tafel –

Williams bemerkt Noble an der Tür und sagt: »Ach du Scheiße.«

Noble lächelt.

»Was wollen Sie, Noble?«

»Darf ich reinkommen?«

»Nein.«

Noble betritt das Besprechungszimmer. »Detective Chief Inspector Young hat mich geschickt, um herauszufinden, was los ist.«

Williams schaut zu den anderen Männern. »Ich bin gleich zurück«, sagt er.

246

Auf dem Flur sagt Noble: »Ich brauche Zugang zu den Ermittlungsunterlagen.«

Mit beiden Händen packt Williams Noble am Hals und drückt ihn gegen die Wand.

»Sie werden genau das tun, was ich Ihnen sage, DC Noble«, spuckt Williams. »Sie haben Nerven, auch nur in meine Nähe zu kommen, Freundchen.«

Noble streckt den Hals, hält die Hände unten. Seine Augen wandern in Richtung Besprechungsraum. »Das sieht nicht gut aus, wenn jemand rauskommt.«

Williams lockert seinen Griff –

Williams tritt zurück, sein Atem ist schwer und feucht –

Noble sagt: »Sie waren schon mal besser in Form.«

»Hören Sie, Noble«, sagt Williams. »Was auch immer wir zusammen fabriziert haben, es ist lange her und vergessen. Verstanden?«

»Komischer Ort für einen Selbstmord, ein Polizeirevier.«

Williams nickt.

»Dass er hier einfach so mit einer Schrotflinte hereinspaziert, unglaublich.«

Williams sagt: »Das ist ein verdammter Alptraum.«

»Wie war der Name des Jungen? Wenigstens den können Sie mir verraten.«

Williams lächelt. »Die Pressemitteilung ist vor Stunden rausgegangen. Ein Uhr dreißig nachts. Sie können es in den Zeitungen lesen.«

»Eine Pressemitteilung, um diese Zeit? Sie müssen aber ganz schön verzweifelt sein.«

Williams dreht sich um. »Nicht so verzweifelt, wie Sie sein müssen, wenn Sie hier auftauchen.«

Noble richtet sich auf.

An der Tür zum Besprechungsraum dreht sich Williams noch einmal um. »Sie brauchen eine unterschriebene Vollmacht, um auch nur in die *Nähe* von irgendetwas zu kommen.«

Noble denkt: Wie du meinst.

Raus durch den Vordereingang, Tatortabsperrband und Uniformierte –

Ein, zwei Gaffer lungern herum, in Trainingsanzügen und Mützen und Kamelhaarmänteln, schlurfen, blasen in die Hände, versuchen sich warmzuhalten.

Noble nickt einem von ihnen zu und bietet ihm eine Zigarette an, die angenommen wird.

Noble sagt: »Wissen Sie, wer das da drinnen war?«

Der Gaffer zieht an seiner Zigarette. »Es war ein junger Bruder.«

»Kennen Sie seinen Namen?«

Noble überlässt dem Gaffer die Zigarettenschachtel.

Der Gaffer steckt sie ein.

»Colin Roach«, sagt er und verschwindet in Staub und Nebel, im feuchten, grauen Morgen.

Noble nickt.

Noble umrundet das Revier.

Er schließt seinen Wagen auf, startet und fährt nach Süden, auf der Suche nach einer Tasse Tee und einer Telefonzelle.

Noble folgt der Stoke Newington Road, der Kingsland High Street, der Kingsland Road bis Haggerston und biegt dann links in die Hackney Road ein –

Er umfährt die Queensbridge Road und vermeidet das Holly Estate –

Er findet ein Café, in dem er frühstücken und telefonieren kann.

Hackney Road: der Ort seiner Kindheit, nur einen Steinwurf entfernt –

Er wählt West End Central und verlangt das Archiv. »Hier ist Noble. Ich brauche Informationen über einen gewissen Colin Roach. Hat irgendwer ihn derzeit auf seiner Liste?«

»Rufen Sie in einer halben Stunde noch mal an.«

Noble legt auf.

Ein Schinkensandwich und eine Tasse Tee werden vor ihm auf den Tisch gestellt.

Sein Mund ist trocken, sein Kopf dröhnt.

Gestern Abend: eine Art Wiedersehen. Vier Jahre ist das her. Noble weiß nicht, was er davon halten soll. Sie hatten Spaß, beim Sex hatte sie die Augen geschlossen, und sie hat gestöhnt –

Ihre Beine um ihn geschlungen –

Schweißperlen auf nackter Haut –

Nobles Keuchen –

Die pure Lust, alles loszulassen –

Zu berühren und berührt zu werden –

Harte Muskeln und weiche Haut –

Ihre Hände in seinem Haar –

Für Noble fühlte sich das gut an, und jetzt fragt er sich, ob es ein Scherz war, dass sie bei seiner Rückkehr nicht mehr da sein würde.

Noble wählt die Nummer von Special Young und wartet.

»Schießen Sie los«, sagt Young.

»Sie waren nicht sehr erfreut, mich zu sehen.«

Young schnaubt. »Darauf wette ich.«

»Selbstmord, sagen sie. Ein Geistesgestörter. Der Polizei-
arzt war da und ist wieder weg. Uniformierte bewachen Lobby
und Empfang. Williams und zwei DCs im ersten Stock.«

»Das müssen DC Rice und DC Cole sein.«

»Okay.«

»Behalten Sie die im Auge.«

»In Ordnung.«

»Ab sofort.« Young hält kurz inne. »Hören Sie, DC Noble,
ab Montag haben Sie Zugang zu allen Unterlagen. Kommen
Sie erst zu mir, und ich erkläre es Ihnen. Bis dahin behalten
Sie Stoke Newington für mich im Auge, verstanden?«

»Ja, Chief.«

Noble setzt sich. Er verschlingt sein Sandwich, nippt an
seinem Tee –

Sein Kopf beruhigt sich, sein Kopf wird klar –

Erinnerungen an Lea mit a –

Ihr Geruch, ihr Geschmack, ihre Muschi –

Ihr Mund, ihr Lächeln.

Ja, er hat sie vermisst. Es ist vier Jahre her, und sie hat nicht
einmal gefragt.

Sie *wusste* es –

Noble war im Exil, dann untergetaucht.

Sein Gesicht ist faltig, sein Haar ergraut.

Sein Herz wird schwer, wenn er an Alan denkt, an dieses
Keuchen und Schluchzen.

Also denkt er nicht an Alan.

Die Met Race Crime Initiative wurde umgehend aufgelöst,
Noble für zwei Jahre beurlaubt, dann ein schrittweiser Weg
zurück –

Und Noble weiß, warum er jetzt wieder reingelassen wird:

Der Gefallen, den er Young mit Old Bill Stewart getan hat, heiße Sache, hoch oben, auf den Korridoren und in den Rängen der Macht.

Dai Wyn. Winter des Missvergnügens. Thatcher. Die politische *Landschaft*.

Er wischt sich den Mund ab, trinkt seinen Tee aus, geht nach hinten ans Telefon –

»Nein.«

»Nichts?«

»Niemand sucht aktuell nach einem Mr. Colin Roach.«

Noble nickt.

Er wählt seine Privatnummer.

Eine kurze Stille, ein schläfriges, leises Hallo –

»Hallo«, antwortet Noble.

Am selben Tag, ein paar Stunden später, ein Studio im Stanhope House, in der Nähe des Marble Arch.

Für Suzi fing 1983 gar nicht so schlecht an.

In der Woche zuvor hat sie bei der ICA Rock Week eine neue Band namens Everything but the Girl gesehen, von der alle schwärmten. Irgendwann hat sich Paul Weller zu ihnen gesellt und mit ihnen in gepunktetem Hemd und weißen Socken »The Girl from Ipanema« gesungen.

»Klasse, oder?«, zwinkert ihr Keith hinterher zu.

Paul Weller sieht ziemlich gut aus, findet Suzi, stylish. *The times they are a-changing*, und all das.

Suzi mag den Look von Tracey Thorn, der Sängerin, besonders ihre großen schwarzen Ohrringe und die schmale goldene Armbanduhr. Und ihre Haare: ein bisschen wild, aber offensichtlich frisch gewaschen.

Vielleicht, denkt Suzi jetzt, während sie Tracey am anderen Ende des Studios beobachtet und heimlich versucht, diese sexy Unnahbarkeit mit der Kamera einzufangen, werde ich einfach älter.

Keith sitzt hinter dem Mischpult und sieht rundum glücklich aus.

Er ist glücklich, wirklich glücklich, erfüllt, stellt Suzi fest, seit er mit Paul Weller zusammenarbeitet.

»Es ist die Professionalität, Liebes«, sagt Keith oft. »Der Mann hat diesen Drive, diese Ernsthaftigkeit. Und gleichzeitig hat er dieses feine Gespür für Popmusik.«

Es hat Keith ziemlich mitgenommen, als Malcolm Owen von The Ruts 1980 im Badezimmer seiner Mutter an einer Überdosis Heroin starb.

Deshalb war Suzi sehr angetan, als er wieder arbeiten konnte.

Beide hatten das Gefühl, dass es an der Zeit war, sich von der Punkszene zu lösen. Etwas Abstand zu gewinnen. So was geht nur bis zu einem gewissen Punkt gut; der Underground heißt nicht umsonst so.

»Vielleicht sind wir Thatcheristen«, sagt sie eines Abends zu Keith. »Soziale Aufsteiger und so.«

Keith lacht. »Ich glaube nicht, dass man gleich ein Tory ist, wenn man die Miete für eine Wohnung in Stoke Newington bezahlt und seine Steuern pünktlich überweist, Liebes.«

Suzi hat gehört, dass die Stadt ihr altes besetztes Haus heimlich an einen privaten Investor verkauft hat und die Fabrik in ein schickes Apartmenthaus am Kanal umgewandelt werden soll. Für sie klingt das alles sehr nach New York und nicht nach einem zukunftsfähigen Projekt. Ein Kanal voller Ratten und Pisse, verrottender Lastkähne und Müll sowie der einen oder anderen Leiche, das ist kein schöner Anblick.

»Für manche schon«, sagt Suzi. »Für manche sind wir Klassenverräter, du und ich.«

»Tja«, sagt Keith, »die Mittelschicht ist das verdammte Problem. Es ist leicht, antimaterialistisch zu sein, wenn man alles hat, was man braucht.« Keith zieht eine Grimasse und schüttelt den Kopf. »Aber im Herzen gehören wir doch zur Arbeiterklasse, richtig? Für uns dreht sich alles um harte Arbeit und darum, Ungerechtigkeit aufzuzeigen und dabei eine gute Figur zu machen.«

Suzi gibt ihm einen Kuss.

»Wir weichen einfach ein bisschen vom Kurs ab«, sagt Keith. »Uns geht es um Europa, um Integration. Es gibt zu viele miesepetrige Linke. Wir wollen stolz darauf sein, wer wir sind, und das feiern.«

Genau das tun sie auch, und am 13. Januar hört Suzi in Paul Wellers neuem Studio zum ersten Mal, woran seine neue Band, sein neues *Kollektiv* arbeitet.

Keith ist jetzt Ehrenmitglied, was bedeutet, dass er zu Wellers erweitertem inneren Zirkel gehört. Als Suzi den Song »A Solid Bond In Your Heart« hört, den sie an diesem Tag aufgenommen haben, hofft sie, dass ihre Fotos sie vielleicht auch zum Ehrenmitglied machen.

Der Song wird von Piano und Saxofon getragen und klingt ein bisschen so, als würde Arethas Begleitband Dexys-Songs spielen.

Aber mit Texten, die Suzi seit, na ja, seit The Jam nicht gehört hat.

In einer Ecke des Studios sitzt Tracey Thorn allein auf einem Sofa, also beugt sich Suzi vor und knipst, während Tracey Thorn so tut, als würde sie nichts davon bemerken.

Suzi nickt mit hochgezogenen Augenbrauen in Richtung der Lautsprecher. »Was denkst du?«

Tracey Thorn lächelt, korrigiert ihre Pose. »Pauls Songs waren schon immer ziemlich vertrackt«, sagt Tracey Thorn schelmisch und zieht eine Schnute. »Einen Song wie ›The Eton Rifles‹ zu schreiben, mit so einem Text, und ihn dann auch noch catchy zu machen? Cleverer Junge, unser Paul.«

Das Gesicht hinter der Kamera verborgen, fragt Suzi: »Und was ist mit diesem Song?«

»Wenn Punk nicht schon tot war«, sagt Tracey Thorn, »dann ist er es jetzt definitiv.«

»Sie läuten sein Ende ein«, sagt Suzi.

Tracey Thorn lacht. Kurz schweigen die beiden.

Dann sagt Suzi: »Ich fand dich letzte Woche im ICA ganz fantastisch.«

Tracey Thorn lächelt bescheiden. »Deine Besprechung war auch ganz fantastisch.«[76]

»Danke.«

Der Song endet. Die Mikrofone in den Kabinen sind immer noch eingeschaltet, und Suzi und Tracey Thorn hören zu, wie Paul Weller mit Mick Talbot und Keith spricht.

»Entweder dieser Song oder ›Speak Like a Child‹ als erste Single. Und ich habe ein tolles Zitat fürs Albumcover. Von Tony Benn«, sagt Paul Weller. »Er erklärt, die Geschichte lehrt uns, dass es nicht ausreicht, Songs über Freiheit zu schreiben, wenn es nicht genug Menschen gibt, die dafür kämpfen, dass sie Wirklichkeit wird.«[77]

Tracey Thorn blickt Suzi an. »Klingt wie etwas, das er selbst geschrieben haben könnte.«

Dann dreht Keith den Ton ab.

Rathaus von Hackney.

Von Zeit zu Zeit denkt Jon Davies noch an Simon, den Türsteher.

Gerard McMorrow, Jons Kollege vom Hackney Trades Council, hatte exakt vorhergesagt, wie die Geschichte mit der National Front und dem Excalibur House laufen würde: die Zustellung der Vollstreckungsbescheide durch den Hackney Borough Council an NF Properties, an der Jon als Anwalt des Bezirksrats maßgeblich beteiligt war; dann ein Einspruch gegen die Vollstreckungsbescheide; und anschließend eine öffentliche Untersuchung, um diesen Einspruch anzufechten.

Es handelte sich um planungsrechtliche Maßnahmen nach dem Town and Country Planning Act: Die Vollstreckungsbescheide wurden auf der Grundlage erlassen, dass NF Properties behauptete, die Räumlichkeiten würden ausschließlich für Druck- und Geschäftszwecke genutzt, während es in Wirklichkeit Beweise dafür gab, dass die Räumlichkeiten als nationales Hauptquartier der National Front genutzt werden sollten.

Entscheidend war, dass bei der Untersuchung ausschließlich formale Fragen eine Rolle spielten und keine ideologischen.

Offiziell wurde die National Front nicht wegen ihrer Politik aus Hackney vertrieben, sondern aufgrund städtebaurechtlicher Maßnahmen, Ende der Diskussion.

Das Ergebnis: Excalibur House wird nicht mehr von NF Properties genutzt.[78]

Jon erinnert sich, dass Gerard McMorrow seinen Satz über die Angst der Menschen in South Hackney wiederholte.

»Und sie haben auch Angst, von Schwarzen ausgeraubt zu werden, wenn wir schon über Politik reden«, rief Derrick Day dazwischen, wie Jon sich erinnert.

Ein echter Charmeur, dieser Derrick Day, der in seinem schmutzigen, zerknitterten Regenmantel wie ein Perverser wirkte. Jon denkt nicht gern an ihn, und das ist auch nicht nötig.

Jon erinnert sich an Simons Auftritt bei der gerichtlichen Anhörung:

»Ich bin Anarchist und gehöre formal keiner politischen Partei an, außer der Nationalen Front.«

Das brachte den Saal ein wenig durcheinander. Derrick Day wurde wütend, erinnert sich Jon. Das hatte er nicht vorhergesehen.

Ihr Anwalt Reed-Herbert behauptete, dass die zweite und dritte Etage im Excalibur House von einer Tochtergesellschaft von NF Properties als Lager für Krawatten und Hemden genutzt würden. Die Antwort des guten alten Simon darauf war goldrichtig.

»Das ist absoluter Blödsinn. Die haben dort nie etwas gelagert. Hätte es dort Krawatten gegeben, hätte ich sie geklaut … Ich trage übrigens eine Excalibur-House-Krawatte, die ihr mir persönlich verkauft habt, wenn ihr euch erinnert.«

Das brachte Jon zum Lachen.

In der Januarausgabe 1980 der Zeitschrift *New Society* erschien ein Artikel von Ian Walker über die Untersuchung, gefolgt von einem Interview mit Simon.

Er trat im August 1978 der NF *bei, um die Anti-Nazi League mit Informationen über die Aktivitäten der Front zu versorgen. Von Dezember 1978 bis Juni 1979 nahm er an allen Treffen, Demonstrationen und örtlichen Flugblattaktionen teil. Er wurde Mitglied des Landesvorstandes und sprach auf der Jahresversammlung der Front.*

Ich frage ihn, ob er es genossen hat, ein falscher Faschist zu sein, ein falscher harter Kerl. »*Es macht viel mehr Spaß, als stundenlang für die* ANL *als Mahnwache im Regen zu stehen*«*, sagt er.* »*Klar, die Mahnwachen haben eine wichtige Funktion ... Aber ich wollte einfach so effektiv wie möglich sein. Was gab es für Optionen? Eine weitere Person auf der Mahnwachenliste?*«

Karen, seine Freundin, fügt hinzu, dass Simon den Nervenkitzel braucht. Dazu grinst er verlegen und sagt: »*Nachdem ich die Front verließ, habe ich stattdessen mit dem Fallschirmspringen angefangen.*«

»*Als ich aus dem Gerichtssaal kam*«*, sagt Simon,* »*stand dort ein* NF-*Fotograf, der Fotos machte und schnauzte:* ›*Ich hoffe, du kannst nachts ruhig schlafen.*‹«

Schläfst du nachts ruhig? »*Ich fürchte schon. Ja.*«

»*Ihm fehlt es an Fantasie, das ist sein Problem*«*, sagt Karen.* »*Die Sorgen mache ich mir an seiner Stelle.*«

In gewisser Weise *war* er eine Zeit lang einer von denen, meint Jon, und er hat getan, was getan werden musste.

Aber er ist sich nicht sicher, ob es wirklich in Ordnung war.

Immerhin hatte es diese Drohungen gegeben, diese Zweideutigkeiten, diese mysteriösen Vorfälle –

Die offizielle Stellungnahme der Polizei von Hackney lautete, dass es sich um einen üblen Scherz der National Front gehandelt hätte und nicht um eine echte Einschüchterung.

Ein Ziegelstein und ein Feuerwerkskörper, aber seine *Familie* war betroffen gewesen, verdammt. Das Ganze war nicht wirklich mysteriös. Es war eindeutig: ein zerbrochenes Fenster, ein schwelender Teppich –

Freche Kinder aus der Siedlung seien es gewesen, behauptete die Polizei, ein Ehepaar hätte sich sogar als Zeugen gemeldet, aber –

Jon glaubte kein Wort, natürlich nicht.

Und Simon? Jon ist sich bei ihm nicht sicher.

Die Polizei von Hackney teilte Jon mit, dass sie eine Untersuchung durchführe, aber noch nicht in der Lage sei, die beteiligten Polizisten zu identifizieren, die Jon damals nach Hause gefolgt waren, und Simon, der Türsteher, war auch nicht bereit dazu.

Er hat wenig Vertrauen in diesen Prozess. Vielleicht waren es ein paar Chaoten vor Ort, die es auf ihn abgesehen hatten, trotzdem blieben die Beziehungen zwischen der National Front und der Polizei von Hackney undurchsichtig.

Schwamm drüber und nach vorne blicken, vielleicht ist das die richtige Lösung.

Jon Davies jedenfalls hat jetzt eine neue Aufgabe. Er arbeitet im Police Committee des Bezirks und kümmert sich um die Anträge der Hackney Black People's Association und deren Forderung nach einer unabhängigen Untersuchung des Verhaltens der Polizei von Hackney. Jon ist Mitglied des Ausschusses, der einen Bericht mit dem Arbeitstitel *Policing Hackney* erstellt.

Die Hackney Black People's Association ist besorgt über Korruption und das Ausmaß der Gewalt gegen Schwarze.

Jon liest eine Aussage von Detective Constable Declan Costello: *Die Gemeinde hasste uns, und wir hassten sie. Es ging nicht darum, ob sie schwarz waren oder nicht. Es war viel einfacher. Wenn wir in Uniform oder in Zivil rausgingen, schlug uns Hass entgegen.*

Jon liest eine Aussage von Hugh Prince, einem jungen Mann, der sich als Opfer der Polizei von Hackney bezeichnet:

Die an diesen Übergriffen beteiligten Officers können das tun, weil sie niemandem Rechenschaft schuldig sind. Sie vertuschen ihre Verbrechen, indem sie sich die Schwachen aussuchen – Arbeitslose, Ungebildete, die das Gesetz nicht kennen. Schwarze haben keine Rechte, und wenn du arm bist, ist es noch schlimmer: Vor dem Gesetz hast du keinen Platz in der Gesellschaft. Du bist ein Hund, und wenn sie dich treten, musst du kuschen.[79]

Jon denkt: wie wahr.

In der folgenden Nacht, Freitag, 14. September.

Noble steht vor der Stoke Newington Police Station und beobachtet, wie Uniformierte versuchen, Freunde und Familie von Colin Roach einzuschüchtern, die Auskunft über die Vorgänge der Nacht verlangen, und das völlig zu Recht.

Die Uniformierten sind nicht sehr einsichtig.

Es ist kein geplanter Protest – daher keine Absperrungen, kein organisierter Marsch –

Nur etwa fünfzig Menschen, die meisten davon junge

Männer, Schwarze und Weiße, haben sich vor dem Haupteingang versammelt.

Links um die Ecke sieht Noble einen blaugrünen Mannschaftsbus der Polizei, dahinter einen hellblauen Transporter der Metropolitan Police Control.

Massives Aufgebot.

Die Menge verhält sich friedlich: Die Leute stehen einfach da, trotzig die Arme verschränkt.

Sie skandieren etwas, kaum mehr als ein Gemurmel, kein richtiger Song –

Wer hat Colin Roach getötet?

Wer hat Colin Roach getötet?

Wer hat Colin Roach getötet?

Die Uniformierten schwärmen aus, und hinter ihnen taucht eine weitere Reihe auf.

Links von dieser Reihe ist die Menge am dichtesten, sie blockieren den Verkehr, und das liefert natürlich einen Grund zum Eingreifen, denkt Noble.

Die Neonreklamen der Dönerbuden und Spirituosenläden blinken –

Vierundzwanzig-Stunden-Minimärkte, die Schichtwechsel haben und ihre Obst- und Gemüseauslagen neu arrangieren –

Minicabs und Busse, Schichtarbeiter und Nachtschwärmer –

Pubs, die noch geöffnet haben, was den Uniformierten vermutlich entgegenkommt.

Das Letzte, was sie brauchen, ist ein Haufen betrunkener Weißer, die hier herumlungern und sich einmischen.

Noble sieht, wie zwei Uniformierte die Stoke Newington Road hinunter zu den nächstgelegenen Pubs geschickt werden, um dort eine für den Freitagabend unerwartete Verlängerung der Sperrstunde zu verkünden.

Einige der kräftigen und jungen Schwarzen ganz vorne in der Menge recken die Fäuste, schreien und werden immer wütender.

Keine Reaktion.

Noble schiebt sich in Richtung der hinteren Reihe der Uniformierten –

Am Haupteingang des Reviers herrscht Aufregung, er bemerkt die beiden DCs in Zivil, die Noble mit Williams gesehen hat –

DC Rice und DC Cole.

Sie geben Anweisungen, deuten auf etwas, schreien dem Anführer der Uniformierten ins Ohr –

Eine Phalanx stößt in den Halbkreis der Menge vor, umzingelt sie teilweise. Befehle werden aus der zweiten Reihe gerufen, woraufhin ein halbes Dutzend Uniformierte auf die Menge zustürmen, mit erhobenen Knüppeln, und drei Schwarze zu Boden werfen –

Die Menge weicht zurück, nur fünf oder sechs weitere junge Männer – Schwarze und Weiße – wehren sich, um ihren Freunden zu helfen. Sie schubsen und treten.

Eine weitere uniformierte Einheit rückt vor, weitere junge Männer werden zu Boden geworfen, ihre Hände auf den Rücken gebogen, Stiefel in den Nacken –

Schreie ertönen: »Ihr seid verhaftet«, »Unten bleiben« und »Keine Bewegung, verdammt« –

Noble hat seinen Ausweis gezückt und den Kragen hochgeschlagen. Er verdeckt sein Gesicht vor der Menge und schiebt sich seitlich an der Reihe der Uniformierten vorbei.

Noble sieht, wie sich Rice und Cole zurückziehen.

Er bahnt sich mit den Ellbogen einen Weg durch die zweite Reihe, den Ausweis erhoben, den Kopf gesenkt.

Er baut sich direkt vor dem Uniformierten auf, der die Befehle gibt, mit hartem Blick, den Ausweis in der Luft.

Er nickt die Treppe hinunter zu den Männern, die auf dem Boden liegen, die Hände hinter dem Kopf, die Hände auf dem Rücken, die Hände in Handschellen, Knie im Rücken und im Nacken –

Er sagt: »Wie lautet die Anklage, Officer?«

Die Mütze des Uniformierten sitzt tief, seine Augen sind schmal, seine Statur stämmig, er hat einen dicken Schnurrbart und eine unförmige Nase –

Noble starrt auf ihn herab.

»Officer?«

»Wer zum Teufel sind Sie?«

Noble schaut auf die Streifen des Polizisten, schaut auf seine Dienstnummer, liest sie ab und sagt: »Detective Constable Noble im Auftrag von Detective Chief Inspector Maurice Young.« Noble deutet mit dem Finger die Treppe hinunter. »Wie lautet die verdammte Anklage?«

»Bedrohliches Verhalten, Mitführen von Angriffswaffen, Hausfriedensbruch, Nötigung, was auch immer.« Der ältere Uniformierte lächelt, zwinkert ihm zu.

Noble schüttelt den Kopf: »Verstehe.«

Die Menge weicht zurück, schreit, die vorderste Reihe hat die Arme ausgestreckt, die Handflächen nach unten, und macht beruhigende Gesten, versucht zu deeskalieren –

Die Uniformierten haben jetzt Lautsprecher im Einsatz: »Lösen Sie sofort die Versammlung auf. Zerstreuen Sie sich.«

Die Festgenommenen – Noble zählt acht – werden ins Revier gezerrt und geschleift –

Noble schiebt sich an den Verhafteten vorbei, auf der Suche nach Rice und Cole.

Die Uniformierten drängen die Verhafteten die Treppe hinunter zu den Arrestzellen, im Würgegriff und im Schwitzkasten.

Noble sieht, wie Rice und Cole durch den Nebeneingang verschwinden –

Er folgt ihnen und schlüpft ebenfalls durch den Nebeneingang.

Rice und Cole betreten die Seitenstraße, wo der blaugrüne Polizeibus geparkt ist.

Im Bus sitzen zwei Uniformierte und flankieren einen jungen Schwarzen, der verängstigt und panisch wirkt.

Noble verbirgt sich im Schatten eines Baumes, unter einer kaputten Straßenlaterne.

Rice und Cole steigen in den blaugrünen Polizeibus.

Die beiden Uniformierten machen Platz.

Der junge Schwarze wird ins Gesicht geschlagen, auf den Hinterkopf, er erhält Kniestöße in den Bauch, Kniestöße in die Eier –

Finger fuchteln vor seinem Gesicht herum. Drohungen werden ausgesprochen, denkt Noble.

Der junge Schwarze wird am Kragen zur Vorderseite des Polizeibusses gezerrt, wird hinausgestoßen, bekommt Tritte in den Hintern, in den Rücken, in den Nacken –

Und er taumelt und rennt. Dieser junge Schwarze rennt

um sein Leben, und Noble schaut in beide Richtungen, sieht, wie die Lichter im Inneren des Polizeibusses ausgehen, der Motor anspringt. Noble dreht sich um, Kopf nach unten, Kragen hoch, und rennt dem Schwarzen hinterher –

Noble rennt die Victorian Road runter. Es ist dunkel, die Bäume sind kahl. Er folgt dem Jungen nach links, fünfzig Meter die Victorian Grove entlang, Mondlicht und Reihenhäuser, dann wieder links in die Beatty Road, zurück zur Stoke Newington Road. Katzen jaulen und schlängeln sich zwischen den parkenden Autos hindurch. Der Junge ist schnell, aber Noble gibt nicht auf.

Der Junge flitzt quer über die Stoke Newington Road, mitten durch den Straßenverkehr, schlängelt sich zwischen hupenden Autos hindurch, weicht einem Bus aus, ein Motorrad bremst kreischend ab.

Noble hat die Hände erhoben und klatscht auf die Motorhauben der stehenden Autos, wartet einen Moment, bis der Junge an der Kirche an der Ecke vorbeikommt, an dem kleinen grau-gelb beleuchteten Kirchturm. Dann überquert Noble die Straße und folgt dem Jungen die Amhurst Road hinunter. Wenn er ihn nicht vor den Siedlungen diesseits von Hackney Downs oder nördlich davon erwischt, ist er weg.

Die Amhurst Road ist ruhig und schnurgerade, und der Junge läuft etwas langsamer und schaut über die Schulter. Noble hält sich im Schatten der Bäume –

Auf der Straße stehen Müllcontainer und alte Haushaltsgeräte, kaputte Möbel und zerrissene Müllsäcke mit Kleidung, es gibt Häuser, deren Fenster mit Brettern vernagelt sind, und Autos ohne Räder –

Der Junge wird noch etwas langsamer. Noble ist weit genug zurück und denkt, das ist jetzt: *Glücksspiel*.

Er setzt darauf, dass der Junge unterwegs in den nördlichen Teil von Hackney Downs ist.

Also biegt Noble von der Amhurst Road ab, beobachtet einen Moment, wie sich der Junge keuchend nach vorne beugt, dann biegt er links in die Foulden Road ab, rast die Straße hinunter, biegt rechts ab, in der Annahme, dass der Junge die nächste Straße links nimmt, und wenn er richtig gewettet hat, wird er ihn dort einholen, wo die Rectory Road auf die Downs Road trifft –

Noble keucht, seine Beine sind schwer, sein Magen zusammengeschnürt, seine Brust ist eng, ein schmerzhaftes Stechen zwischen den Rippen –

Und da ist der Junge, tatsächlich, und er geht jetzt, beugt sich wieder vor, atmet tief, stoßweise Atemzüge. Das hier ist eine ruhige Ecke, Flecken von verbranntem Gras auf den Verkehrsinseln, niemand in der Nähe. Und Noble wird langsamer, auch Noble geht, und der Junge hat ihn noch nicht bemerkt. Er biegt jetzt rechts in die Downs Road ab, und Noble, in einem Sprint, einem letzten Aufbäumen, erwischt ihn, packt ihn am Kragen, wirbelt ihn herum und sagt –

»Ruhig, Junge, ich bin hier, um zu helfen.«

Aus den Augen des Jungen spricht nackte Panik, und Noble sagt: »Ich will nur wissen, was diese Polizisten im Bus zu dir gesagt haben.« Die Augen des Jungen weiten sich, sein Atem stockt, er schüttelt den Kopf –

»Ich weiß nicht«, sagt der Junge. »Nein, keine Ahnung, nichts.«

Noble zeigt seinen Ausweis, schaut dem Jungen in die Augen und sagt –

»Vertrau mir, mein Junge.«

Der Junge braucht das, Noble spürt es, er braucht etwas, woran er sich festhalten kann, was ihm Erleichterung verschafft, eine *Atempause.*

»Komm«, sagt Noble, schwer atmend, jetzt lächelnd. »Vertrau mir, ja? Schließlich hast du jetzt keine große Wahl mehr, nicht wahr, Carl Lewis?«

Und Noble sieht ein Aufblitzen in den Augen des Jungen.

»Was haben die Officers zu dir gesagt?«

Der Junge atmet flach. »Sie haben mir gesagt, ich soll den Mund halten.«

»Worüber?«

Der Junge schüttelt den Kopf und blickt zu Boden. »Nichts, es ist nichts.«

Noble bleibt hartnäckig. »Worüber?«

Der Junge zittert, schluckt, fängt an zu weinen –

»Worüber, mein Sohn? Sag es mir.«

Der Junge bringt die Worte kaum heraus. »Colin Roach war mein Freund«, sagt er. »Das ist alles. Mehr nicht, bitte.«

Noble nickt und denkt: Lass dir Zeit, geh es richtig an.

Er holt sein Notizbuch und einen Stift aus der Innentasche und gibt sie dem Jungen.

Noble sagt: »Schreib deinen Namen und eine Adresse auf, wo ich dich morgen früh finde, und deine Telefonnummer, ja?«

Der Junge zögert, wendet sich um, als wolle er weglaufen.

Noble sagt: »Wenn du nicht tust, was ich dir sage, sorge ich dafür, dass diese Polizisten sofort erfahren, dass du nicht den Mund gehalten hast, verstanden?«

Der Junge schluchzt, beißt sich auf die Lippe.

Er schreibt in das Notizbuch. Er zeigt Noble, was er geschrieben hat. Noble nickt.

Noble streckt seine Hand aus. Der Junge schüttelt sie, schlaff.

»Wir sehen uns morgen, mein Sohn«, sagt Noble. »Komm gut nach Hause.«

Der Junge dreht sich um und rennt los.

Noble schaut auf sein Notizbuch: Siedlungen gleich nördlich des Parks.

Toll, denkt er, das ist ein verdammtes Labyrinth da oben.

Sein Schweiß kühlt ab, und Noble überlegt, wo er sich genau befindet.

Klar, er weiß, wo er *ist*, aber nicht in Bezug auf die Wahrscheinlichkeit, etwas zu trinken zu bekommen.

Um ehrlich zu sein, er ist völlig ausgetrocknet.

Sein Auto steht noch in der Nähe des Reviers, direkt an der Kingsland High Street. Er spaziert zurück in diese Richtung, die Farleigh Road entlang, und denkt –

Da ist dieser türkische Club unter dem Wettbüro, neben der neuen Moschee, gegenüber der alten BP-Tankstelle, das wäre genau das Richtige.

Er hält den Kopf gesenkt, den Kragen hochgeschlagen, die Augen zusammengekniffen – für irgendetwas muss dieser Freitagabend gut sein, denkt er.

Was sich in den letzten Jahren verändert hat, und was vielleicht mit dem Thatcherismus zu tun hat, denkt Suzi, sind die *Drogen* –

Sie sitzen zu viert auf der Rückbank eines Taxis und quatschen.

Gras und Speed sind out, jetzt geht es nur noch um das, was Keith gerne »Nose Candy« nennt.

Paul Weller, Mick Talbot und Tracey Thorn sind schon nach Hause, nachdem sie sich alle im Studio einen Drink genehmigt haben, um die zweitägige Aufnahmesession zu beschließen. Die Ehrenmitglieder waren auch dabei. (Suzi ist jetzt ein Ehrenmitglied.) Paul Weller ist am Morgen bei Radio One, um über sein neues Projekt und die erste Single zu sprechen, also ist ihm nicht nach einer »großen Sause« zumute. Es waren ein paar gute Tage. Neben der Fertigstellung von »A Solid Bond In Your Heart« hat Paul Weller einen Gesangspart für »Party Chambers« aufgenommen, mit dem er zufrieden ist. Suzi mag den Song sehr, eine schöne Mischung aus Sehnsucht und Traurigkeit, Herzschmerz und Positivität, mit einer abgedrehten Synthie-Melodie, von der nicht so recht klar ist, nach was sie klingt –

Na ja, sie klingt nach einer Band, die ihren eigenen abgedrehten Synthesizer-Sound entdeckt hat und ihn jetzt unbedingt einsetzen will.

Als Suzi Paul Weller mit dieser Theorie kommt, schaut er ein wenig verschnupft.

Später sagt er: »Ja, vielleicht, aber was soll's? Dann klingt es eben abgedreht.«

Und er meint, weil sie eigentlich fotografiert und nebenher eine Theorie vorträgt, würde er es ihr als konstruktive Kritik durchgehen lassen.

Mit den Fingern setzt er die Worte *konstruktive Kritik* in Anführungszeichen.

Suzi lächelt.

Selbst Anführungszeichen in der Luft machend, erwidert sie: »Gern geschehen.«

Sie rasen die Euston Road entlang nach Stoke Newington, auf einen Absacker.

Keith, ein weiterer Tontechniker namens Monster und dessen Freundin, die sich The Child nennt, obwohl sie achtundzwanzig ist.

Suzi mag die beiden, aber –

Bei den *Namen* ist sie sich nicht ganz sicher, was das soll.

Keith liebt die beiden.

Suzi kann förmlich sehen, wie er sich in sie verliebt.

Monster ist eine Art Multi-Instrumentalist, ein Klang-Gnostiker, der sich bestens mit C.G. Jungs *Das Rote Buch* und den Grundlagen des Buddhismus auskennt.

»Es ist *einfacher* als Joggen«, sagt er. »Buddhismus. Man sitzt einfach da und *denkt*. Du sitzt da und bist.«

»Klingt ziemlich geradeaus«, bietet Keith an.

The Child sagt nichts. Sie ist unglaublich scharf, findet Suzi, The Child.

Sie sagt normalerweise nichts, *nie*.

»Ihr macht da jetzt ein Riesending draus«, schlägt The Child vor, »aber ihr beiden seid einfach voll bekokst, darum geht's.«

Suzi sitzt auf der Bank mit Blick zum Rückfenster und schaut hinaus. Sie spürt den Fuß von The Child an ihrem Oberschenkel, geht aber davon aus, dass es sich um eine Geste weiblicher Solidarität handelt.

Für eine Orgie sind sie sicher zu straight.

»Wo bringst du uns hin, Keith?«, schnieft Monster.

The Child verdreht die Augen und lächelt Suzi an.

»Oh, in diesen tollen Club«, sagt Keith. »Wir kennen die Besitzer.«

»Echt?«

»O ja.«

»Das ist gut, Keith«, entscheidet Monster. »Das ist wirklich gut.«

Suzi lächelt und lehnt ihre Stirn gegen das Fenster, spürt die Kälte, das Kribbeln auf ihrer Haut, auf ihrer erhitzten Haut –

Wenn sie dort ankommen, braucht sie erst mal eine Auffrischung von Keiths Nose Candy.

Monster und Keith unterhalten sich über ein neues Gerät, mit dem alles doppelt so laut klingt.

»Warum um alles in der Welt«, fragt The Child, »dreht ihr nicht einfach doppelt so laut auf?«

Eine berechtigte Frage, denkt Suzi, aber Keith und Monster lachen.

Suzi driftet ab.

Es ist kalt. Es ist wirklich verdammt kalt.

So kalt war es nicht mehr seit, na ja, seit 1979, seit jenem Winter, als Suzi ihren Ausflug in die Politik gemacht hat.

Das ging nicht gut aus, ihr Ausflug in die Politik. Nach der Honigfalle hatte sie in den Zeitungen nach dem Charmeur Dai Wyn gesucht.

Aber es war Moss Evans, der am Tag der TUC-Abstimmung im Urlaub war, statt über die Fünf-Prozent-Obergrenze abzustimmen, was höchstwahrscheinlich der Callaghan-Regierung den Arsch gerettet und die Streiks verhindert hätte. Dazu hätte es nur eines Konsenses bedurft.

Aber Moss Evans war in Malta, und die Abstimmung endete 14:14 unentschieden, und die entscheidende Stimme konnte nicht verwendet werden – wegen Parteilichkeit oder so etwas, glaubt Suzi.

Was zum Teufel hatte Moss Evans am Tag der Abstimmung in Malta zu suchen?

Er hatte den verdammten Antrag selbst gestellt.

Die ganze Geschichte war verwirrend, denkt Suzi, was genau passiert ist, wie es fast so schnell endete, wie es begonnen hatte.

Es gehört zu diesen Dingen, die sich immer wieder in ihr Bewusstsein drängen, die sie beunruhigen. Sie schüttelt leicht den Kopf, und schon ist es weg.

»Mach ein Foto von mir«, sagt The Child und stupst Suzis Bein mit dem Fuß an.

»Jetzt?«

The Child nickt.

Suzi öffnet ihre Tasche und holt die Kamera heraus. »Lehn dich einfach ans Fenster, ja?«

The Child lehnt sich bereitwillig und aufreizend langsam an das Fenster und lächelt.

Suzi wählt den Ausschnitt. Das Taxi ist auf der Holloway Road, nahe der Highbury Corner.

Suzi lächelt. Der Verkehr gerät ins Stocken, die Ampel schaltet um –

Suzi knipst. »Perfekt«, sagt sie.

The Child kuschelt sich in ihren Sitz, schaut hinaus –

»Oh, perfekt«, sagt sie.

Keith und Monster schniefen Lines von einem Zugticket, völlig selbstvergessen.

Suzi macht sich ein Bild von der Aufnahme:

Nightscape, London. The Child, trotzig, punkig, in New-Romantic-Klamotten, lümmelt sich auf dem Rücksitz eines grell erleuchteten Taxis, das am Garage Club vorbeifährt, draußen im Nieselregen eine gesichtslose Warteschlange, ein rosa Neonblitz wie der Synthesizer-Sound von »Party Chambers« –

Und dann steigen sie in der Kingsland High Street aus dem Taxi und rennen die Treppe hinunter in den Keller des Clubs, und Keith ruft dem Besitzer zu: »Alles klar, Turkish?«, und Turkish strahlt Keith an und sagt: »Keith, mein Freund, wie ist das Wetter?«, und beide lachen, und schon sitzen sie an einem Tisch mit türkischem Lagerbier und ein paar Anis-schnäpsen.

Suzi und The Child besichtigen die Toiletten, um sich das Näschen zu pudern –

Und als sie zurückkommen, verbreitet sich Monster gerade über das Problem.

The Child zwinkert Suzi zu, die sich amüsiert und lächelt.

»Es ist zu viel passiert«, sagt Monster, »das ist das Problem. Seit Thatcher gewonnen hat, ist einfach zu viel passiert. Wir können das nicht verarbeiten. Denkt darüber nach.«

Keith denkt darüber nach.

»Dieser Winter, die Streiks, die Geiselnahme in der iranischen Botschaft, die Unruhen, die verdammten Falklandinseln. Ich meine«, sagt das Monster, »das ist eine ganze Menge. Kein Wunder, dass die Torys so beliebt sind. Bei den Torys ist was los.« Monster zieht an seiner Zigarette und lehnt sich zurück. »Ich meine, Keith, was kommt als Nächstes?«

»Keine Ahnung, Monster«, gibt Keith zu. »Ich weiß es nicht.«

Suzi nippt an ihrem Lagerbier und schnuppert an ihrem Anisschnaps. Sie schaut zu den anderen Tischen, an denen sich kleine Gruppen lachend unterhalten. Es geht zivilisiert zu, man hat Spaß. Sie beobachtet Keith, seine Wärme, seine Leidenschaft, die Art, wie er Monster mit Hingabe lauscht –

Er ist wirklich liebenswert, sein Enthusiasmus. Er ist irgendwie unschuldig –

»Wir kommen gerade aus New York«, sagt Monster. »Es ist wild, Keith, dieses ganze neue Noise-Ding. Industrial. Riesige Soundsysteme, Ghetto-Partys. Ja?«

»Genau, ja«, stimmt Keith zu.

»Aber die Drogen, Keith, das wird das Ende sein, ja? Es ist schmutzig, was die da drüben machen. Nicht nur das hier.« Monster tippt sich an die Nase. »Die nehmen jetzt auch das andere Zeug. Du rührst den Scheiß nicht an, verstanden?«

Keith, fest entschlossen, den Scheiß nicht anzurühren, was auch immer *der Scheiß* sein mag, nickt.

Suzi schaut The Child mit hochgezogenen Augenbrauen an.

»Nennt sich Crack«, erklärt ihr The Child. »Billig.« Sie zieht jetzt auch die Augenbrauen hoch. »Und macht total süchtig. Am besten die Finger davon lassen, da hat er recht.«

Suzi lächelt. Sie pult das Etikett von der Flasche. Einen Moment lang herrscht angenehmes Schweigen, während sie trinken, sich umschauen und lächeln.

Aus den Lautsprechern dudelt mediterrane Popmusik.

»Moment«, sagt Keith. »Ich habe eine Idee.«

Er springt auf und winkt Turkish zu, flüstert ihm etwas ins Ohr, und dann sieht Suzi, wie Keith etwas aus seiner Tasche

zieht und sich zur Anlage hinunterbeugt, die türkische Popmusik verstummt, und dann –

Die ganze Bar bekommt eine sehr private, sehr gewagte,
sehr laute, sehr frühe Kostprobe von The Style Council.

Keith steht hinter dem Tresen und spielt alle Instrumente
in der Luft mit, und alle Tische im Lokal schauen ihm zu und
lachen, nicht nur die Szenegänger, sondern auch die alten
Türken. Und Suzi bemerkt ein paar verwunderte Blicke bei
den Szenegängern, die sich fragen: Von wem *ist* das? Und
Keith singt mit, und dann auch Monster und The Child. Suzi
steht auf, um zu tanzen, sie geht zu Keith und legt ihm die
Arme um den Hals, und sie singen sich den Refrain zu,
»A Solid Bond In Your Heart«. Suzi spürt wieder diese Liebe
zu Keith, tief in sich, und sie küssen sich. Der Raum um sie
herum dreht sich, und Turkish, glücklich, spendiert eine
Runde für alle, und dann fällt der Strom aus, für einen Moment wird es stockdunkel, und als das Licht wieder angeht –

Freitagabend, Labour Club, Dalston Lane.

Familienabend –

Eine Steelband spielt, ein Lagerfeuer brennt.

Es wird gegrillt –

Die Luft ist frisch, Rauch zieht durch die feuchte Kühle,
und Jon Davies sieht seine eigene Atemfahne –

Sein Sohn kickt gerade zum dritten Mal einen Fußball über
den Zaun in den Nachbargarten. Das Lagerfeuer knistert, die
Kinder kreischen, und die Steeldrums dröhnen.

Ein geduldiges älteres Ehepaar, das am Zaun lehnt, um
Calypso und Feuer zu genießen, hebt den Ball auf und wirft
ihn zurück.

Jon entdeckt Gerard McMorrow, der mit bloßen Händen Jerk Chicken vertilgt und Red Stripe trinkt, während seine Familie ihm zulacht.

Sie haben sich länger nicht gesehen. Zuletzt bei der Geschichte mit dem Excalibur House.

Die Steelband legt eine Pause ein.

»Do You Really Want to Hurt Me« von Culture Club dröhnt aus der Anlage. Jon schaut den Familien beim Tanzen zu –

Alle Kinder tragen Pullover und Mützen von GLC und I Love Inner London Education Authority.

Zum Glück ist es heute Abend dunkel, und er kann sich unbeobachtet ein paar Dosen genehmigen.

Jackie unterhält sich mit Müttern aus Rushmore und lacht viel.

Der Junge flitzt kreuz und quer über den Platz –

Freitagabend, Familienabend.

»Come On Eileen«, dann Phil Collins.

Jon entdeckt Mrs. Akhtar und einen ihrer Söhne.

Jon winkt –

Er hat ihr nach dem Tod ihres Mannes nicht helfen können, das Geschehene besser zu verstehen und einen Schlussstrich zu ziehen, aber Jon tut, was in seiner Macht steht.

Letztes Jahr hat er mitgeholfen, im Bezirksrat von Hackney ein Police Committee ins Leben zu rufen, und innerhalb *dieses* Ausschusses gibt es eine Abteilung, die Dokumente veröffentlicht, welche die Polizeigewalt kritisch beleuchten.

Die Abteilung ist bei den Hardlinern innerhalb der Polizeikräfte nicht sonderlich beliebt.

Gerard McMorrow kommt herüber und reicht Jon Davies eine Dose Lagerbier.

»Cheers, Jon.«

»Cheers, Gerard.«

Sie starren ins Feuer. Die Steelband legt wieder los. Kinder malen mit Wunderkerzen funkensprühende Linien in die Dunkelheit –

»Hast du gehört, was in Stoke Newington passiert ist?«

Jon schüttelt den Kopf.

»Sagen wir mal so, euer Police Committee könnte ein paar arbeitsreiche Monate vor sich haben.«

Der Junge kommt angelaufen, einen halb vertilgten Hotdog in der Hand. Jon wischt ihm den Ketchup aus dem Gesicht.

»Geh wieder spielen«, sagt er und schiebt seinen Sohn in Richtung der anderen Kinder.

»Da oben gab es heute eine Demonstration«, sagt Gerard. »Acht Festnahmen.«

»Demonstration?«

Gerard nickt. »Ein junger Schwarzer namens Colin Roach starb im Eingangsbereich des Reviers von Stoke Newington an einer Schussverletzung.«

»Himmel.«

»Angeblich Selbstmord.«

Jon denkt: Das *werden* ein paar arbeitsreiche Monate.

»Am Montag ist wieder eine Demo«, sagt Gerard. »Hackney Black People's Association. Du solltest kommen.«

»Werde ich.«

Gerard fischt weitere Dosen mit Lager aus seiner Manteltasche.

»Noch einen Absacker?«

Jon nickt. »Warum nicht?«

Aus der Musikanlage dröhnt »Reggae fi Peach« von Linton Kwesi Johnson.

Jon und Gerard schauen sich an.

»Zufall?«, sagt Gerard.

Jon denkt: unwahrscheinlich.

Blair Peach, ein friedlicher antifaschistischer Demonstrant, wurde am 23. April 1979 in Southall, West London, von einem unbekannten Officer der Special Patrol Group getötet.

In einer Art Sprechgesang wiederholt Linton Kwesi Johnson beständig das Wort *Murderers* –

Der Türsteher wirft Noble einen merkwürdigen Blick zu, trotzdem steigt er die Treppe hinunter, und als er die Kellerbar betritt, erkennt er den Grund.

DC Rice und DC Cole haben den türkischen Inhaber in der Mangel. Neben ihnen steht ein leicht bedröhnt wirkender Hippie und starrt verängstigt zu Boden.

Noble hält sich im Hintergrund.

Im Raum herrscht Stille, die Trinker an den Tischen schweigen, starren auf ihre Hände, starren an die Wände.

Hinter dem Tresen nickt der Inhaber, er hebt die Hände –

Er öffnet die Kasse, kramt darin –

Er zieht einen Umschlag heraus, reicht ihn DC Rice, der ihn diskret in seine Tasche schiebt, böse lächelt und dem Inhaber mit einem kleinen Klaps auf die Wange dankt.

Noble sieht, wie DC Cole sein Gesicht dicht vor das des bedröhnten Hippies hält –

Jetzt schreitet Noble ein, geht hinüber zu DC Cole, legt ihm die Hand auf die Schulter und sagt leise: »Ganz ruhig, Detective Constable Cole. Um was dreht sich's hier?«

Rice und Cole brauchen einen Moment, bis sie ihn wiedererkennen.

Cole schüttelt den Kopf. Dann bürstet er imaginären Staub von den Schultern des Hippies. Er tritt einen Schritt zurück, breitet die Hände aus und lächelt, als wolle er sagen: Ich mache nur Spaß.

Er und Rice wechseln Blicke. Rice nickt in Richtung der Treppe. Sie schniefen, drehen sich zum Inhaber um, lächeln und verziehen sich.

Einen Augenblick lang herrscht eine spürbare, angespannte Unsicherheit im Raum, ob es wirklich vorbei ist, ob der Gefahrenmoment vorüber ist, und als klar wird, dass es vorbei *ist*, dass der Gefahrenmoment wirklich vorüber ist und niemandem etwas zugestoßen ist, atmet der Raum auf.

Der Inhaber lächelt Noble an.

Der Hippie klopft Noble auf die Schulter und sagt: »Ich besorge Ihnen einen Drink.«

»Wird aber auch Zeit«, grinst Noble.

Der Hippie nickt dem Besitzer zu, der Noble eine Flasche Lagerbier hinstellt und ihm ein Glas einschenkt. Noble nimmt einen großen Schluck von dem kalten Lagerbier und löscht seinen Durst. Himmel, was für ein Abend –

Und der Hippie sagt: »Kommen Sie und lernen Sie meine Freunde kennen«, und er führt Noble zu einem kleinen Tisch in der Ecke. Noble lächelt, als er die drei Leute sieht, die an diesem kleinen Tisch in dieser dunklen Ecke sitzen. Es braucht einen Moment, einen kurzen Blickwechsel, aber dann erkennt er sie wieder, sie ist es tatsächlich, und sie schaut ihn an, und Noble sagt: »Schön, Sie alle kennenzulernen«, und setzt sich –

Noble hat etwas zu kämpfen, er kämpft sich die Hauptstraße entlang –

Er schwankt und stolpert, er wirft sich nach vorne, er taumelt rückwärts –

Er trudelt und torkelt, er keucht und schnauft –

Er hustet und stöhnt –

Er denkt: Ich bin stockbesoffen.

Sein Auto: ein paar Hundert Meter weiter die Straße hinauf.

Wie Hannibals Zug über die scheiß Alpen, denkt er und prustet vor Lachen.

Sein Kopf dröhnt, in seinem Magen schwappt Lagerbier, brodelt Anisschnaps –

Er schnieft und rotzt, hustet und spuckt.

Er holt tief Luft. Du bist in Ordnung, Kumpel, murmelt er jetzt, du bist große Klasse.

Er ermuntert sich selbst, auf die gute alte irische Art.

Ein Stück vor ihm eine Telefonzelle.

Er kramt in seinen Taschen nach Kleingeld. Er findet ein paar Scheine, er lässt die Scheine fallen –

Er umklammert die Münzen, die tief in seiner Jeans stecken, und denkt –

Warum nicht?

Er reißt die Tür zur Telefonzelle auf und dankt dem Himmel dafür, dass dies vermutlich die einzige funktionierende Telefonzelle in Hackney ist.

Nur die Scheibe müsste mal repariert werden. Das Glas liegt zerbrochen auf dem Boden und knirscht unter seinen Schuhen. Außerdem stinkt es nach Pisse – was nicht anders zu erwarten war –, aber immerhin ertönt ein Freizeichen.

Er erinnert sich an die Nummer und tippt sie mit den Fingerknöcheln ein.

Es klingelt und klingelt. Noble summt vor sich hin und schüttelt den Kopf, um etwas klarer zu werden –

Ein leises, verschlafenes: »Hallo?«

Noble sagt nichts, atmet tief.

Noch einmal, dringlicher: »Hallo?«

»Oh, hallo, ich bin's.«

»Ach, tatsächlich?«

»Ja, klar.«

»Also, wer ist da?«

Noble denkt: so ein Quatsch. »Ich bin's, Patrick.«

Ein kurzes, leises Lachen. »Ich weiß, wer dran ist, Blödmann.« Eine Pause. »Alles in Ordnung bei dir?«

»Ich bin betrunken.«

Wieder ein Lachen, diesmal lauter. »Tja, dann kommst du besser nicht vorbei.«

Noble lächelt. »Ich weiß. Ich wollte nur Hallo sagen.«

»Hallo.«

»Ja, hallo.« Schweigen. Noble schnieft, zertritt Glas unter seinen Füßen. »Hast du Sonntag schon was vor?«

»Willst du mit mir ausgehen?«, fragt Lea.

»Ja, will ich.«

»Ruf mich morgen an, wenn du wieder nüchtern bist.«

Aber die Aufforderung klingt nicht unfreundlich.

Noble lächelt. »Ist das ein Ja?«

»Ja, wenn du mich morgen anrufst.«

»Wunderbar.«

»Ab ins Bett mit dir, Patrick, okay?«

»Ja, in Ordnung, mach ich. Gute Nacht, Lea.«

»*Goodnight moon, goodnight cow jumping over the moon.*«[80]

»Was?«

»Vergiss es. Ich leg jetzt auf.«

»Okay.«

»Okay?«

Noble nickt. »Alles bestens«, sagt er und legt auf –

Er überlegt: Vielleicht sollte ich lieber im Auto schlafen.

Ayeleen: Laurens Füße liegen auf einem der Tische, ich schubse sie runter und wische ihn ab.

»Ist es das da?«

Sie deutet auf das alte Kino, ein Stück die Stoke Newington Road hinauf. Es ist Nachmittag, es sind keine Gäste da, und wir schwänzen die Freizeitangebote nach dem regulären Unterricht.

»Ja, das ist es.«

»Und dein Onkel hat es echt gekauft?«

Ich schüttle den Kopf. »Nein. Er hat *geholfen*, es zu kaufen.«

»Wem hat er geholfen?«

»Dem Türkisch-Islamischen Verein.«

Lauren kaut Kaugummi und knipst an ihren Fingernägeln. »Von dem habe ich noch nie gehört.«

»Habe ich auch nicht vermutet.«

»Und jetzt ist es eine Kirche, oder was?«

»Eine Moschee. Zumindest wird es bald eine.«

Lauren formt das Wort in ihrem Mund, spricht es langsam aus. »Moschee.«

»Es ist unsere Kirche«, erkläre ich ihr. »Also, für einige von uns.«

»Was bedeutet das Wort auf dem Banner vorne drauf?«

»Aziziye ist ein Ort in der Türkei, Laur, ich glaube nicht, dass es etwas bedeutet.«

»Dein Onkel ist doch ein wichtiger Mann, oder?«

»Ich weiß nicht.«

»Aber ziemlich vornehm. Er hat sicher Kohle.«

Ich lächle.

»Wann lässt er dich endlich in diesem Club arbeiten, Leen? Es würde mehr Spaß machen, dort abzuhängen.«

»Da müssen wir wohl noch ein paar Jahre warten«, sage ich. »Zuerst wird er mich im New Country Off-Licence and Foodstore unterbringen.«

Lauren lacht. Wir machen uns immer einen Spaß daraus, die vollständige Bezeichnung von etwas auszusprechen. Der Laden liegt unten an der Kingsland Road, und er droht mir, mich dort arbeiten zu lassen, wenn ich mich nicht benehme.

»Tja«, sagt sie, »wenn du dich im Gorki House Café und Restaurant-Bar beweist, kriegst du vielleicht eine Chance.«

»Und wann besorgst du dir mal einen Job?«

»Von deinem Onkel?«

»Warum nicht?«

»Darauf hab ich keine Lust«, sagt sie. »Gastronomie.«

»Wie wär's mit Einzelhandel, Babe?«

Wieder lachen wir. »Er hat auch Geschäfte?«

»Ja, Fabriken, du weißt schon, Textilien. Aber er will verkaufen.« Ich mache ein ernstes Gesicht. »Anscheinend laufen die Geschäfte nicht mehr so gut.«

»Kein Problem, das interessiert mich auch nicht.«

»Er war einer der Ersten. Mit seinen Textilfabriken, meine ich. In den Siebzigern gab es nicht viele Türken hier, jedenfalls nicht vom Festland, und er hat sich vor allen anderen etwa aufgebaut.«

»Warum ist er gekommen?«

»Alle sind damals gekommen – meine Mutter und mein Vater, meine ich – wegen der Regierung und des Militärs.«

Lauren nickt. »Hast du mir schon mal erzählt, die Geschichte.«

»Warum fragst du dann?«

»Ich will nur höflich sein, Leen.«

Ich schnaube.

»Was ist mit deinem Vater?«, fragt Lauren. »Wann kommt er zurück?«

Ich denke an meinen Vater, an seine Briefe, und frage mich, wo er ist und wann ich ihn das nächste Mal zu sehen bekomme.

Ich sage: »Familienangelegenheiten, er wird in der Heimat gebraucht, das ist alles.«

Lauren nickt, wirkt aber nicht wirklich überzeugt. Sie fragt nicht oft, wahrscheinlich kennt sie mich gut genug, um es nicht zu tun.

Mit einem Klingeln fliegt die Eingangstür auf, und mein Cousin Mesut kommt herein. Er nickt Lauren zu.

»Alles klar, Lauren?«, sagt er.

Lauren sieht nicht von ihren Nägeln auf. »Alles klar, Mesut.«

Mesut starrt Lauren etwas zu lange an.

Ich räuspere mich.

»Tut mir leid«, sagt Mesut.

»Das sollte es auch. Wir sind erst vierzehn, du Perversling.«

»Ich bin erst neunzehn.«

»Sie wird dich sicher nicht heiraten, oder, Laur?«

»Nein, bestimmt nicht.«

Mesut grinst. »Schade.«

»Was willst du, Mesut?«

Er zieht einen Umschlag aus seiner Innentasche. »Später kommen diese beiden Jungs vorbei. Du hast sie schon mal mit mir gesehen.«

Ich kneife die Augen zusammen. »Ich will mit denen nichts zu tun haben, das weißt du genau. Mein Onkel hat es dir mehr als einmal erklärt.«

»Aber ich habe Wichtiges zu erledigen.« Er schaut zu Lauren und lässt sich dann auf ein Knie nieder. »Tu mir den Gefallen, Leen, bitte.«

Lauren lacht. »Bei mir landest du sicher nicht, wenn du mir auf die Tour kommst!«

»Was soll ich denn tun?«

»Gib ihnen einfach den hier, das ist alles.«

Er reicht mir den Umschlag.

»Das ist alles?«

»Ja.« Wieder lächelt er Lauren an und ignoriert mich. »Und wenn sie dir was für mich geben, leg es einfach hinter den Tresen.«

»Was werden sie mir geben, Mesut?«

»Beruhig dich, du sollst dich ihnen sicher nicht für Geld anbieten, Leen«, scherzt er.

»Das ist nicht witzig«, sagt Lauren.

»Ist es wirklich nicht«, füge ich hinzu.

Mesut nickt. »Sorry, schlechter Witz.«

»Was werden sie mir geben, Mesut?«

»Eine Tüte, das ist alles. Eine kleine Tüte. Du musst sie nur für mich aufbewahren, mehr nicht.«

»Verstehe.«

»Okay?«

»Nicht wirklich.« Ich verschränke die Arme. »Aber habe ich eine Wahl?«

Mesut beugt sich vor und küsst mich auf die Stirn. »Ich liebe dich, Leen!«

Er öffnet die Eingangstür, dreht sich noch einmal um und schaut zu Lauren. »Dich liebe ich auch, Lauren!«, sagt er mit einem Augenzwinkern.

Ich stecke den Umschlag in die Kasse.

»Du solltest besser gehen, Lauren.«

Sie schnaubt. »Sei nicht albern, ich lasse dich nicht allein.«

»Ist echt nicht nötig«, sage ich, freue mich aber darüber.

Später kommen die Typen, holen den Umschlag und lassen eine kleine Tüte da, wie Mesut gesagt hat. Und dann kommt er zurück, nimmt die Tüte, und alles ist gut.

2

European Female

Januar 1983

Parker

Du weißt von anderen Spycops, verdeckten Ermittlern der SDS, der Special Demonstration Squad, deiner Einheit, aber du kennst sie nicht, bist ihnen nie begegnet. Du hast von einem Typen gehört, der bei Greenpeace und dem South London Animal Movement eingeschleust worden ist, der eine Aktivistin geheiratet, sie geschwängert und einen auf Familienvater gemacht hat – was er eigentlich vorher schon war, denn er hatte noch eine zweite Familie, heimlich, in der realen Welt. Du weißt von Maulwürfen in der Socialist Workers Party, in der Anti-Nazi League, in der Revolutionary Communist Group, in der Revolutionary Communist Party, in der Revolutionary Communist Party of Britain, in der Friends of Freedom Press Ltd, im Direct Action Movement, in der Campaign for Nuclear Disarmament, und wenn wir noch weiter zurückgehen, dann gab es sicher auch welche in der Vietnam Solidarity Campaign, in der Irish Civil Rights Solidarity Campaign, in der Northern Ireland Civil Rights Association, in der Sinn Féin. In jeder Bewegung gibt es wahrscheinlich irgendwo einen, der nicht viel tut, der nur beobachtet und zuhört, Informationen weitergibt. Das habt ihr im Laufe der Jahre gelernt, dass eure Aufgabe darin besteht, zu beobachten und zuzuhören, die Informationen weiterzugeben und euch nicht zu sehr darum zu kümmern, was damit geschieht, nachdem ihr sie weitergegeben habt. Dein Undercover-

einsatz bei der Front war eine Art Feuertaufe gewesen, und Noble hatte diese Nummer clever eingefädelt, und es hat sich für dich voll gelohnt, du wurdest von Stewarts Schützling zu einem vollwertigen SDS-Mitglied befördert. Du warst jetzt lange genug weg von London, damit sie dich hier wieder einsetzen können, aber dieser neue Job ist undurchsichtig – und mit Stewart an Bord wäre er verdammt riskant –, und du bist nicht sicher, auf wessen Seite du stehst, was bei dieser Art von Tätigkeit nicht immer schlecht ist. Aber du hast einen Schritt nach dem anderen gemacht, das Wichtigste war erst mal, dass du einen Überblick gewonnen hast über das Terrain, auf dem du dich bewegst, und du hast schnell herausgefunden, dass es drei miteinander verflochtene Gruppierungen gibt, in die du dich einschmuggeln musst: Das Roach Family Support Committee, die Stoke Newington and Hackney Defence Campaign und die Hackney Campaign Against the Police Bill. Noble hat das Ganze wieder geschickt eingefädelt, und am Ende bist du vielleicht nur sein Informant, und er lenkt dich, also unterscheidet es sich nicht groß von deinem ersten Einsatz, du sammelst einfach Informationen und gibst sie weiter, so wie du es gelernt hast. Nur bist du jetzt ein bisschen älter, ein bisschen respektabler, und du warst von Anfang an dabei, also gehörst du schnell zum inneren Zirkel, oder zumindest zu dem, was bei diesem linken Haufen als innerer Zirkel zählt. Und du kapierst schnell, dass es am cleversten ist, sich an die schwarzen Jungs zu halten und deren Vertrauen zu gewinnen. Und wie es sich herausstellt, ist es alles andere als ein verdammtes Zuckerschlecken, schwarz zu sein und in Hackney zu leben, oder in Stoke Newington, und angesichts dessen, was man über die Londoner Polizeirekruten weiß, und was man über die SPG weiß, die seit 1980 unkontrol-

liert in diesem Bezirk ihre Knüppel tanzen lässt und Schädel einschlägt, wundert einen das nicht. Du hast mit angesehen, wie Schwarze verhaftet wurden – du hast miterlebt, wie sie ohne Grund angehalten und durchsucht wurden, während du in Ruhe gelassen wurdest –, du hast die Blicke gesehen, die sie ernten, und die Blicke, die sie erwidern – und die Blicke, die sie gerne erwidern würden, die Blicke, die sie nicht erwidern dürfen. Und soweit du das beurteilen kannst, sind diese Jungs anständige Jungs, sie dealen nicht mit Drogen und überfallen keine Tankstellen. Es sind lediglich gute Kumpels des armen toten Jungen, und sie wollen ein paar Antworten, ohne welche zu kriegen. Aber die Uniformierten, die in ihren Transportern durch die Straßen rollen und sich jede Gruppe junger Schwarzer vorknöpfen, betrachten das als Provokation, als Herausforderung, als würden die jungen Schwarzen einen Krieg mit Old Bill anzetteln wollen, und Old Bill müsste jeden Ansatz dazu im Keim ersticken.

Mrs. Thatcher ist im Begriff, ihren Innenminister Willie Whitelaw anzurufen. Sie stellt ihn sich vor, wie er zu Hause hockt, seine massige Gestalt, den großen, »grobknochigen« Körper unelegant in einen Sessel gefaltet. Auf dem Couchtisch stehen eine Tasse Tee und ein Teller mit Keksen. Daneben eine zusammengefaltete Zeitung mit den Rennergebnissen. Am Wochenende rechnet er sicher nicht mit einem Anruf von ihr, Mrs. Thatcher.

»Der eiserne Willie Whitelaw?«, murmelt Denis, als sie ihm sagt, mit wem sie telefoniert. »Man könnte meinen, er hätte in der iranischen Botschaft selbst den verdammten Abzug gedrückt, so wie er sich damit brüstet.«

»Wie war das, Denis?«

»Du hast mich genau verstanden«, brummt Denis.

Sie hat ihn verstanden und lächelt.

Der eiserne Willie Whitelaw ist brauchbar, denkt sie. Er hat auch charakterlich Format, nicht nur körperlich. Er will in meiner Regierung erfolgreich sein, denkt sie, und er hat begriffen, dass es meine Regierung ist und von meiner Philosophie geleitet wird.

»Er ist loyal wie ein Bullterrier«, sagt sie jetzt zu Denis.

»Ich wette, er scheißt auch wie einer«, antwortet Denis.

Sie tut so, als hätte sie das überhört.

Sie blättert in einem Memo von einem ihrer Informanten. Das Protokoll einer Montagsclub-Sitzung. Sie sind nicht zimperlich, diese Hinterbänkler. Sie liest über deren neue Einwanderungspolitik:

Stopp der Einwanderung aus dem Neuen Commonwealth und aus Pakistan, ein ausreichend finanziertes Programm für die freiwillige Rückführung, Aufhebung des Race Relations Act und der Commission for Racial Equality; besonderer Nachdruck auf die Rückführung.

Ihr Informant, John Bercow, ist der Sekretär der Kommission – noch.

Sie wird dafür sorgen, dass diese politische Linie an die Öffentlichkeit gelangt, was John Bercows Idee war, und zwar in einer Zeitschrift wie *Private Eye*, was ihre Idee war, und dann wird sie gleich als Erstes John Bercow veranlassen, aus dem Monday Club auszutreten, wegen seiner rassistischen Mitglieder.

Er kann ihr eines Tages noch nützlich sein, dieser John Bercow, denkt sie. Und es ist eine weitere Möglichkeit, sich die Unterstützung der Extremisten zu sichern. Sie macht sich eine Notiz.[81]

Dann wählt sie Willie Whitelaws Nummer und wartet.

»Hallo?«

Willie Whitelaws Frau Celia ist dran, zweifellos mit geröteten Wangen, Gartenhandschuhen und Kopftuch.

Mrs. Thatcher nennt ihren Namen.

»Ich hole ihn gleich«, sagt Mrs. Whitelaw und eilt los, um Big Willie zu suchen.

Die Premierministerin schmunzelt bei der Vorstellung.

»Guten Morgen, Premierministerin«, sagt Willie. »Euer ergebenster und so weiter.«

Sie lächelt. »Gut. Ich werde mich kurzfassen.«

Willie tut, was man von ihm erwartet, und schweigt.

»Es ist Wahljahr, Willie, und ich will keine Überraschungen, verstanden? *Alles* unterdrücken. Wir haben das Richtige getan, als wir das unbestreitbar drakonische *Sus*-Gesetz aufgehoben haben.«

»Einverstanden, Ma'am.«

»Aber Ihre harte Anwendung des bestehenden Gesetzes und Ihr drastisches Vorgehen gegen Gesetzesbrecher sind bei vielen unserer Anhänger verständlicherweise immer noch sehr beliebt.«

»Verständlicherweise«, sagt Willie.

»Sie sehen, die harte Linie ist die richtige. Die Gehälter der Polizei steigen weiter, und das ist gut so. Unsere ethnischen Gemeinschaften brauchen weiterhin polizeiliche Überwachung. Wir brauchen klare Verhältnisse.«

»Ja, Ma'am.«

»Konsequent bleiben, Willie, eine Politik der harten Hand.«

»Ich verstehe, Premierministerin.«

»Brixton«, sagt sie, »die Midlands, Liverpool. Muss ich fortfahren?«

»Nein, Ma'am. Es braucht ein neues Polizeigesetz, schätze ich. Wir haben die Entwürfe in der Schublade.«

Mrs. Thatcher schweigt, wartet ab, ob Willie die Stille aushält.

Offenbar hat er kein Problem damit.

Schließlich ist er der Mann, der, als ihn der Chief Constable von Merseyside Ken Oxford mitten in der Nacht anrief und fragte, ob er CS-Gas gegen Randalierer in Toxteth einsetzen dürfe, grünes Licht gab, sich umdrehte und sofort weiterschnarchte.

Willie Whitelaw sagt: »Die Befugnis, Menschen bis zu sechsundneunzig Stunden ohne Anklage festzuhalten, Straßensperren in einem bestimmten Gebiet zu errichten, die Befugnis, gewaltsame Leibesvisitationen durchzuführen, wenn nötig Gewalt anzuwenden, um Fingerabdrücke zu nehmen, Zugang zu vertraulichen Informationen von Ärzten, Anwälten und so weiter. Es gibt noch Bedarf für Feinabstimmungen, aber das sind die Kernpunkte.«

»Gut«, sagt Mrs. Thatcher und legt auf.

Manchmal, denkt Mrs. Thatcher, braucht man einfach einen großen schottischen Presbyterianer im Team, der sich für einen die Hände schmutzig macht.

Denis kommt vorbei und wischt sich *seine* Hände an der Hose ab. »Wie geht es unserem fetten Wachtmeister?«

»Fleißig wie eine Biene«, sagt sie.

Denis schüttelt den Kopf. »Tja«, sagt er düster, »er wird seine dicke Pfote ins Honigglas stecken, so viel ist sicher.«

Nur wenn ich ihm erlaube, sie auch abzulecken, denkt sie.[82]

Suzi kuschelt sich auf dem Sofa unter die Tagesdecke, mit einer Tasse Tee auf der Lehne, und ist glücklich, mit Keith zu Hause zu sein. Monster und The Child sind schließlich abgezogen, nachdem Suzi die Vorhänge geschlossen hatte, um das Morgenlicht auszusperren. Monster fand, das hätte irgendwas Anstößiges, also wickelten sich die beiden in ihre Mäntel und Schals, schnappten sich je noch eine Dose Red Stripe für die Reise und machten sich auf die Suche nach einem Bus nach Hause.

Keith, barfuß, in Unterhemd und Lederweste, hantiert mit einem klobigen Kassettendeck. Er hört sich Aufnahmen an, die er mit Paul Weller gemacht hat, der zwischen den Takes plaudert.

Suzi, im Halbschlaf, wird von Paul Wellers Stimme eingelullt, deren vertrautem Klang, der Intimität von Keiths Aufnahme, ihrer Unverfälschtheit:

> *... die Tories versuchen, die Solidarität der Arbeiterklasse zu brechen: Da sind diese Angriffe auf die Gewerkschaften, das Verschwinden kleiner Unternehmen, so viele Aspekte des englischen Lebens sind für die Menschen nicht mehr erschwinglich, stimmt's? Da ist diese Illusion ...*

Das Band stoppt.

Keith, mit einer Kippe im Mundwinkel, murmelt etwas durch den aufsteigenden Rauch, er grunzt, es klackt, jault und –

Suzi nickt, sie kann das Rauschen und Knacken hören, das Echo des Studios –

> *... dieser trügerische Schein, dass wir plötzlich alle zur Mittelschicht gehören, weil wir uns ein eigenes Haus kaufen, eine Hypothek aufnehmen können, toll, und dann für den Rest unseres verdammten Lebens verschuldet sind. Wenn man auch nur ein bisschen Mitgefühl hat und andere Menschen leiden sieht, dann verstehe ich nicht, wie man nicht mit ihnen fühlen kann, man muss doch sehen, wie falsch das alles ist, wie grundverkehrt die ganze Entwicklung ist ...*[83]

Keith stoppt das Band und sagt: »Hm, er hat völlig recht.«

Suzi denkt an etwas, das David Widgery bei ihrem letzten Treffen zu ihr gesagt hat.

*Wir haben die rassistischen Übergriffe nicht gestoppt, erst
recht nicht den Rassismus.*[84]

Aber sie haben vielen weißen Kids gezeigt, dass Rassismus
nicht wirklich cool ist, oder? Und das ist schon mal *etwas.*

Suzi meint, Paul Weller und The Style Council könnten da
noch ein bisschen mehr bewirken.

Schon allein durch ihre Songs.

Dann denkt sie an gestern Abend:

Ein Anflug von Unruhe, ein Kribbeln im Bauch, ihr Blut
gefriert –

Dieser Typ, dieser *Patrick* hat mit einem Lächeln gesagt:
»Keine Sorge, du wirst mich nicht wiedersehen.«

Sie glaubt ihm. Er hat *glücklich* gewirkt. Und später ziemlich betrunken –

Keith fummelt an etwas herum, entwirrt ein Kabel, und
aus den Lautsprechern dringt eine Version von »Party Chambers«.

»Mach das leiser, Schatz, ja?«, sagt Suzi. »Ich gehe ins
Bett.«

»Groovy«, grinst Keith.

Samstagmorgen.

Jon Davies hat den Eiskratzer rausgeholt, der Motor brummt,
das Kassettendeck läuft, und er schabt die Windschutzscheibe
frei.

Der Junge, eingemummelt in Dufflecoat und West-Ham-
Schal, schaut zu.

Jon hört eine Kassette, die er selbst aufgenommen hat, eine
Zusammenstellung von ein paar Titeln neuer Alben, die ihm
gefallen. Echo and the Bunnymen und Joe Jackson sind drauf,

und jetzt läuft eine neuere Single von The Stranglers, die er aus dem Radio mitgeschnitten hat.

»European Female« vom Album *Feline*.

Die Lyrics kommen unverblümt zur Sache.

Jon mag die neue Richtung, die The Stranglers mit diesem Album eingeschlagen haben; sehr schick, sehr *im Trend*, als hätten sie sich Spandau Ballet und die anderen Blitz Kids angehört und entschieden, dass sie es noch ein bisschen besser können.

Der Junge zittert und hustet und schnieft, und Jon sollte ihn wirklich wieder reinbringen, denn er weiß, wie Jackie über das kalte Wetter denkt.

»Dad«, sagt er, »wie findest du Van der Elf?«

»Elf?« Jon lacht.

Der Junge runzelt die Stirn, schmollt. Er beharrt: »So heißt er.«

»Van der Elst, mein Sohn. Er heißt Elst. Er ist Belgier.«

»Wo ist Belgier?«

»Belgien.« Jon kratzt und schabt weiter. Seine Hände schwitzen in den dicken Handschuhen, er zieht einen aus und wischt sich über die Stirn. »Belgien liegt in Europa. Auf der anderen Seite des Kanals.«

Der Junge nickt. »Und wie findest du jetzt Van der Elst, Dad?«

»Ich finde ihn gut«, erklärt Jon. »Er bringt ein bisschen Glamour in die Mannschaft. Ein bisschen Stil.«

»Genau, Stil.«

»Stil ist wichtig«, sagt Jon. »Das ist wie eine Philosophie.«

Der Junge nickt, spricht langsam das Wort *Philosophie* aus.

»Hör dir das an«, sagt Jon und zeigt auf die Stereoanlage. »Das ist ein Lied über Europa. Kannst du das hören? Den Stil?«

Der Junge formt mit dem Mund das Wort *Europa*. Jon lächelt.

»Van der Elf sollte morgen besser ein Tor schießen, richtig?«

»Dad«, sagt der Junge, »du hast gesagt, er heißt Elst.«

Jon grinst. »Du hast recht, komm her.« Er rückt dem Jungen Mantel und Schal zurecht, um ihn warm zu halten, aber eigentlich ist das nur ein Vorwand, um ihn zu knuddeln.

Aus der Anlage dringt »The Cutter« von Echo and the Bunnymen.

Jon Davies sagt zu seinem Sohn: »Setz dich auf den Fahrersitz und dreh den Song lauter, ja? Er wird dir gefallen.«

Der Junge folgt seinen Anweisungen. Seine Beine, die in Gummistiefeln stecken, hängen aus der Tür, und Jon erkennt, dass er ein wenig mit dem Drehknopf zu kämpfen hat. Jon spürt ein tiefes Gefühl der Rührung, das von Zeit zu Zeit in ihm aufsteigt.

Der Song dröhnt aus der Wagentür.

»Hörst du das?«, sagt Jon und meint die einprägsame, fast orientalisch anmutende Synthie-Melodie. »Was denkst du, was das ist?«

Der Junge denkt einen Moment nach. »Ist das aus Belgien?«

Jon lacht. »Kannst du den Scheibenwischer einschalten, Junge?«

Während der Junge auf dem Fahrersitz hockt und zusieht, wie die Frontscheibe freigewischt wird, bemerkt Jon

Mrs. Akhtar, die die Straße überquert und zu ihnen herüberkommt.

Jon winkt. »Schönen Tag, Mrs. Akhtar!«

Sie lacht. »Heute Fußball, Jon?«

»Morgen.« Er deutet ins Auto. »Er drängt mich, dass ich mit ihm nach Nottingham Forest fahre. Und das an einem Sonntag.«

Der Junge winkt.

»Er drängt Sie«, lächelt Mrs. Akhtar. »Da hat er völlig recht.«

Sie hat sich warm eingepackt und geht offenbar aus.

»War's schön im Labour Club gestern Abend?«, fragt Jon.

»Ja, sehr! Die Band vor allem. Aber das Essen, ich weiß nicht.«

»Ungenießbar.«

»Brauchen Sie irgendetwas?« Mrs. Akhtar deutet auf ihr Auto. »Aus den Läden?«

Jon schüttelt den Kopf. »Wir haben alles, danke, Mrs. Akhtar.«

Sie lächelt.

»Ich habe Ihnen doch von dem Police Committee erzählt, bei dem ich mitmache. Vielleicht können wir darüber ein paar Antworten bekommen, wenn Sie das noch möchten, meine ich.«

Mrs. Akhtar nickt knapp. »Ja, das hätten wir gern, Jon.«

»Ich meine, es besteht eine gewisse Möglichkeit, verstehen Sie?«

»Ja, ich verstehe.«

Jon lächelt. »Ich melde mich, okay?«

Mrs. Akhtar lächelt, sie wendet sich ihrem Auto zu. »Ich finde, Sie sollten ihn reinbringen, Jon.«

Jon nickt in Richtung erster Stock, wo Jackie am Fenster steht und winkt. »Da sind Sie nicht die Einzige, Mrs. Akhtar.«

Es gibt Tage, da erinnert sich Jon Davies an Shahid Akhtar und fragt sich, was wohl aus dessen Geliebter geworden ist. Er hat sie selbstverständlich nie erwähnt. Das Committee könnte vielleicht … Aber er müsste in jedem Fall äußerst diskret vorgehen.

Jackie erscheint im Morgenmantel in der Haustür. »Der Kessel ist aufgesetzt, Jon.«

Der Zeitungsausträger kommt auf seinem Fahrrad vorbei und übergibt Jon seinen *Guardian* und seine *Hackney Gazette*.

»Perfektes Timing«, sagt Jon. »Komm schon, Billy Bonds«, sagt er zu dem Jungen. »Wie wär's mit Würstchen, Speck und Eiern zum Frühstück?«

Der Junge klettert aus dem Auto.

»Mit Pfannen-Pommes?«

Jon fragt sich manchmal, ob die Liebe zu seinem Sohn sogar noch gewachsen ist, seit sie vergeblich versuchen, einen Bruder oder eine Schwester für ihn zu zeugen.

Er grinst, zwinkert Jackie zu.

Leise sagt er: »Wenn deine Mutter uns lässt.«

Noble erwacht fröstelnd –

Seine Zähne klappern, seine Augen brennen, sein Schädel dröhnt –

Jesus, denkt er. *Jesus fucking Christ* –

Er liegt im Auto, dampft und friert –

Er lässt den Motor an, dreht die Heizung auf, reibt die Hände, leckt sich die spröden Lippen, hält den Kopf in den kalten Händen –

Jesus fucking Christ –

Er lacht laut über sich selbst.

Der Frost auf der Windschutzscheibe taut –

Er ruckelt den Schalthebel in Position und fährt los in Richtung Osten.

Zwanzig Minuten später, in einem Café in der Nähe von Hackney Downs, verschlingt Noble Eier und Pommes frites und schlürft Kaffee. Sein Teller ist voller Eigelb und brauner Soße. Er wischt ihn mit Brot ab. Mit einer steifen Serviette säubert er sich den Mund. Er ordert mehr Kaffee.

Auf dem Klo betrachtet er sein Gesicht. Die Augen sind rot, die Wangen rau, die Haare fettig, sein Gesicht glänzt speckig –

Er lässt das kalte Wasser laufen, wäscht sich das verschmierte Gesicht, spritzt sich Wasser in den Nacken. Die Flüssigkeit aus dem Seifenspender riecht nach Kloreiniger –

Er schnieft und hustet, betrachtet sein Spiegelbild, mustert sich genauer.

Er sagt zu seinem Spiegelbild: »Du bist in Ordnung, du hast das schon mal durchgemacht, du warst schon mal an dem Punkt, du hast das schon mal durchgestanden, du bist in Ordnung, du bist *großartig* –«

Er verlässt das Scheißhaus, nimmt mit einem »Cheers Darlin'« und einem Augenzwinkern seinen frischen Kaffee von der Bedienung entgegen und fragt sie, ob es ein Telefon gibt, das er benutzen kann.

Gibt es. Er kippt Zucker in seinen Kaffee und nimmt ihn mit.

Er wählt die Nummer, die ihm der Junge gegeben hat. Die Mutter des Jungen hebt ab. Noble imitiert einen jugendlichen Tonfall und behauptet, er wäre ein Kumpel.

Die Mutter schlurft davon, ruft den Namen des Jungen.

»Ja?«

»Hör zu, Lloyd Manley«, sagt Noble. »Wegen letzter Nacht …«

Im Café sitzen zwei Kerle am Tisch neben der Tür und schauen alarmiert, als der junge Lloyd Manley hereinspaziert.

»Der gehört zu mir«, beruhigt Noble sie.

»Was, ist er dein verdammter Babysitter?«, fragt der Kräftigere der beiden.

Ein Witzbold also. Aber dafür ist jetzt keine Zeit.

Noble steht auf und winkt Lloyd zu sich rüber. »Ich bin sein Manager«, sagt Noble mit einem Augenzwinkern. »Federgewicht. Sie sollten ihn mal erleben.«

Der Kerl wirkt beschwichtigt, hebt die Hand und sagt: »Sorry, mein Fehler, wollte niemand zu nahetreten.«

Noble sagt zur Kellnerin: »Bringen Sie dem Jungen einen Milchshake, oder so was.«

Sie stößt einen übertriebenen Seufzer aus.

Dann zieht sie eine Flasche mit Milch aus dem Kühlschrank, schüttelt sie ein paarmal heftig, öffnet sie und gießt einen großen Schluck in ein Half-Pint-Glas, das aussieht, als hätte man es aus einem Pub mitgehen lassen. Sie knallt das traurig aussehende Glas auf den Tisch.

»Milchshake«, sagt sie.

Die beiden Kerle wiehern vor Lachen.

»Ja, der war gut«, sagt Noble. Er sieht Lloyd an. »Dann lass

es dir schmecken.« Noble nippt an seinem Kaffee und beobachtet, wie Lloyd seine Milch schlürft.

Noble deutet mit dem Finger auf ihn. »Steht dir.«

»Hm?« Lloyd ist verwirrt.

»Wisch dir die Oberlippe ab, Junge.«

Noble reicht Lloyd eine Serviette, und Lloyd wischt sich
den Mund.

Noble holt sein Notizbuch heraus und kramt in seiner
Tasche nach einem Stift.

»Und jetzt«, sagt er, »erzählst du mir alles, was du über
Colin Roach und seinen traurigen Tod weißt, ja?«

Lloyd Manley nickt.

»Wie lange hast du Colin Roach gekannt?«

»Seit der Grundschule.«

»Wann hast du ihn das letzte Mal gesehen?«

»An dem Abend.«

»Um wie viel Uhr?«

»Kurz nach zehn.«

»Wo?«

Lloyd schiebt trotzig die Unterlippe vor, aber Noble denkt,
dass er vielleicht nur aufgewühlt ist.

»Auf der Straße.«

»Okay. Wo?«

Lloyd deutet in Richtung der Hackney Downs.

»Hör zu, Junge«, sagt Noble. »Lass dieses Getue, okay? Ich
bin auf deiner Seite, also reiß dich zusammen.«

»Was soll das heißen?«

Noble lächelt. Er nickt, wird sanfter. »Ich glaube nicht einen
Moment, dass dein Kumpel sich in der Nacht im Eingangsbereich der Polizeiwache von Stoke Newington umgebracht hat.«

»Nein?«

»Nein. Und der einzige Weg, das Gegenteil zu beweisen, ist herauszufinden, wer es war. Klar?«

Lloyd Manley nickt, sein Blick schweift unruhig umher. »Er hat mit einem Freund von uns im Auto gesessen, einem Typ namens Keith Scully. Sie sind herumgefahren. Colin hat etwas davon erzählt, dass er in Schwierigkeiten stecke und dass Leute hinter ihm her seien.«

»Waren das genau seine Worte, dass sie hinter ihm her sind?«

»Ja, so ungefähr.«

»Okay. Was noch?«

»Keith wollte ihn nach Hause bringen. Aber Colin hat gesagt, das sei zu gefährlich, sie würden ihm dort auflauern. Er hat Keith gebeten, weiterzufahren, schnell zu fahren und ihn irgendwo hinzubringen, wo ihn niemand kennt.«

»Hat er gesagt, warum?«

»Nein.«

Noble fixiert Lloyd Manley.

»Hat er nicht, ich schwöre. Er hat gesagt, er dürfe es uns nicht sagen.«

»Er dürfe es euch nicht sagen?«

Lloyd Manley schüttelt den Kopf.

»Warum nicht?«

»Er hat gemeint, wir würden alle getötet, und wenn er uns sagte, würden sie uns erwischen.«

»Sie würden euch erwischen?«

Lloyd Manley senkt den Blick, lehnt sich in seinem Stuhl zurück, sodass die Stuhlbeine leicht vom Boden abheben, und nickt.

»Aber du hast keine Ahnung, wer diese Leute sein könnten.«

Lloyd Manley schüttelt den Kopf.

Noble räuspert sich. »Wer war noch dabei?«

»Im Auto?«

Noble nickt.

»Ein anderer Freund, Jim Joseph. Sie haben seinen Bruder Joe gesucht.«

»Wo?«

»Keine Ahnung, aber Denise Carlow weiß es vielleicht.«

»Wer ist das?«

»Eine andere Freundin.«

Noble nickt. »Sonst noch etwas?«

»Das war alles. Danach bin ich nach Hause.«

»Deine Mutter war da, oder?«

»Ja.«

»Sonst noch jemand?«

Lloyd Manley schüttelt den Kopf.

Noble nickt. »Sag mal, Lloyd. Hat Colin sich öfter so verhalten?«

»Nein.«

»Hatte er Panik, hatte er vor irgendetwas Angst?«

»Er ist besorgt gewesen, wissen Sie. Er hat keinen verrückten Eindruck gemacht, wenn Sie das meinen.«

Noble hält eins für so wahrscheinlich wie das andere.

»Hatten diese Freunde von euch jemals mit der Polizei zu tun?«, fragt Noble.

Lloyd Manley schüttelt den Kopf.

»Ich kann das überprüfen, Lloyd.« Noble deutet auf das Telefon im hinteren Bereich des Cafés. »Kostet mich einen Anruf.«

»Nicht nötig, nein.« Lloyd zögert. »Eher drangsalieren die *uns.*«

»Weiter.«

»Wissen Sie, wir werden ohne Grund verdächtigt, festgehalten, herumgeschubst. Das passiert ständig.«

»Kann ich mir vorstellen.«

»Ich bin schwarz und jung und männlich. Deshalb werde ich dauernd fertiggemacht.«

»Wem erzählst du das«, sagt Noble.

»Dann wissen Sie ja Bescheid.«

Noble nickt. »Bist du sicher, dass Colin Roach nicht von der Polizei gesucht wurde oder in irgendetwas verwickelt war?«

Lloyd Manley nickt, jetzt selbstbewusster. »Ich bin mir sicher.«

Noble lehnt sich zurück, atmet durch und schüttelt leicht den Kopf.

»Entschuldigen Sie«, sagt Lloyd Manley, »aber Sie sehen nicht gut aus, Detective.«

»Lange Nacht, mein Sohn.«

Lloyd Manley lächelt.

Noble zückt seine Brieftasche. »Möchtest du noch was?«

»Nein, danke.«

Noble winkt der Bedienung mit dem Geld und schiebt es dann unter den Aschenbecher. »Gönnen Sie sich ein Bacon-Sandwich auf meine Kosten, Darling«, sagt er.

Lloyd grinst und steht auf.

»Warte«, sagt Noble.

Er packt Lloyd Manleys Handgelenk; sein Blick signalisiert ihm, dass er sich verdammt nochmal nicht bewegen soll.

»Was ich wissen will, Lloyd, ist, warum zum Teufel du letzte Nacht in diesen Polizeibus gezerrt wurdest und was diese beiden Detective Constables von dir wollten.«

Lloyd Manley schweigt, er zittert –

»Warum du, Lloyd?«

Lloyd Manley schüttelt den Kopf. »Ich weiß es nicht.«

»Doch, du weißt es, Lloyd.«

Lloyd Manleys Augen zucken. »Nicht hier, ja.«

Noble nickt. »Gehen wir zu meinem Auto.« Er lässt Lloyd Manleys Hand los. »Ganz ruhig, Junge.«

Die Kerle an der Tür ballen die Fäuste. »Viel Glück, Champ«, sagen sie.

Noble zwinkert ihnen zu.

Im Auto, unterwegs nach Stoke Newington.

»Wohin fahren wir?«, fragt Lloyd Manley.

Seine Augen zucken umher, seine schwarze Mütze ist tief ins Gesicht gezogen, seine Hände zittern.

»Du hast bis zum Revier Zeit, auszupacken.«

Lloyd Manley wirkt erschrocken. »Okay, okay, halten Sie an.«

Noble schaltet einen Gang zurück, biegt links von der Amhurst Road ab, findet einen Parkplatz in der Farleigh Road.

Es ist ein ruhiger Samstagmorgen, die Straßen sind vereist.

Milchflaschen und leere Mülleimer –

Zeitungsjungen werfen Boulevardzeitungen in die Vorgärten –

Ein Rentnerehepaar kämpft mit den Elementen, ihre Einkaufstrolleys schlittern übers Eis.

Jungs mit Fußballschuhen, die an Schnürsenkeln um den Hals hängen, rutschen den Hang hinunter, schubsen sich gegenseitig und lachen.

Noble stellt den Motor ab.

»Ich warte, Lloyd.«

Lloyd Manley atmet aus. »Vielleicht hat es gar nichts zu bedeuten.«

»Du wärst überrascht, Lloyd«, sagt Noble, »wie oft ich diesen Satz zu hören bekomme.«

Lloyd Manley nickt. »Ich habe die Männer in dem Polizeibus schon mal gesehen.«

»Wann?«

»Vor etwa zwei Wochen. Ich hab die Wohnsiedlung verlassen, und da hat ein Auto geparkt, das ich nicht kannte.«

»Okay. Farbe? Marke?«

Lloyd Manley zuckt mit den Achseln. »Ich habe keine Ahnung. Blau vielleicht.«

Noble zieht die Augenbrauen hoch, macht sich eine Notiz. »Weiter.«

»Die Fenster waren beschlagen. Es sah so aus, als ob sie da drin, Sie wissen schon, also bin ich hin und habe es mir näher angesehen, nur so zum Spaß, ich schwöre.«

»Alles klar, Lloyd, das ist kein Verbrechen. Mach weiter.«

»Die beiden Männer saßen auf den Vordersitzen. Auf dem Rücksitz saß eine Frau.«

»Dieselben Männer.«

»Ja.«

»Kannst du die Frau beschreiben?«

»Sie war weiß, sah nicht schlecht aus, aber schon ein bisschen alt.«

»Du bist ja ein richtiger Charmeur, Lloyd. Was hatte sie an?«

»Nichts Besonderes«, murmelt Lloyd.

»Und die Männer haben dich bemerkt?«

»Ja, einer hat die Tür aufgerissen und gesagt, ich soll mich verpissen.«

»Und das hast du getan?«

»Ja, hab ich. Ich bin eine Minute stehen geblieben und habe geschaut, dann bin ich weggerannt.«

»Und seitdem hast du sie nicht mehr gesehen?«

Lloyd schüttelt den Kopf.

»Ist Colin so was schon mal passiert?«

»Keine Ahnung.«

»Entweder du sagst mir die Wahrheit, oder du triffst diese Männer heute noch wieder, verstanden?«

»Es ist die Wahrheit, ich schwöre. Ich weiß es wirklich nicht.«

»Er hat nie von so was erzählt?«

»Mir nicht.«

Noble nickt. »Und was haben diese Männer im Polizeibus zu dir gesagt, Lloyd?«

»Sie haben gesagt, sie hätten mich gesehen, und ich wüsste, was das zu bedeuten hat.«

»Und was, glaubst du, bedeutet das, Lloyd?«

»Dass ich ihnen aus dem Weg gehen soll.«

»Genau das bedeutet es, Lloyd. Es bedeutet, dass sie dir jederzeit was anhängen können.«

Lloyd Manley nickt.

Noble klopft Lloyd Manley auf die Schulter. »Gut gemacht«, sagt er. »Du hast das Richtige getan.«

Noble zückt sein Notizbuch und seinen Stift. »Lloyd, ich will die Namen und Adressen all deiner Freunde, die du erwähnt hast. Und ich will die Adresse von Colin Roach, also die seiner Eltern.«

Lloyd Manley nickt.

Suzi liegt im Bett, die Beine um die Decke geschlungen, und ist hellwach.

Hinter ihr liegen ein, zwei unruhige Stunden. Keith ist gegen acht Uhr zum Kuscheln gekommen, ist aber sofort eingepennt, bevor sie sich richtig in den Schlaf wiegen konnten, und sie ist noch nicht bereit, sich zu entspannen –

Sie ist hungrig, unruhig.

Sie flüstert Keith ins Ohr: »Ich gehe ein bisschen spazieren, Schatz. Ich hole uns was zum Frühstück.«

»Schön«, brummt Keith.

Suzi schlüpft aus dem Bett, zieht eine Jogginghose über den Schlafanzug, greift nach dicken Wollsocken und einem Pullover, hüllt sich in Mantel und Schal. Sie schnappt sich Kamera, Schlüssel und Handtasche, geht leise die Treppe hinunter – sie will den Nachbarn aus dem Weg gehen, nur für den Fall, dass sie sie wachgehalten haben – und schlüpft durch die Haustür hinaus.

Frühnebel wabert, die Sonne ist schon aufgegangen, aber zu schwach, um ihn zu vertreiben. Suzi pustet in ihre Hände, ihr feuchter Atem steht in der eisigen Luft. Sie saugt die nasse Kälte tief in ihre Lungen, es fühlt sich prickelnd und reinigend an.

Sie spaziert die Kingsland High Street hinauf und biegt rechts ab, ohne ein bestimmtes Ziel, aber mit dem vagen Gefühl, dass es auf dem Markt in der Ridley Road etwas zu entdecken gibt.

Bei diesen Gängen weiß sie nie, was sie fotografieren wird; wenn sie nach etwas sucht, scheint sie es nie zu finden.

Ihre Kamera hat ihr in den letzten Jahren viele Türen geöffnet. Ohne sie wäre sie nie zum Schreiben gekommen, wenn sie ehrlich ist. Es gibt kaum Musikjournalistinnen, und nur wenige von ihnen genießen eine gewisse Anerkennung. Und Anerkennung bedeutet immer noch, dass sie von den Männern, den Künstlern wie auch den Redakteuren, nur zähneknirschend geduldet werden. Wie oft hat sie sich um ein Interview mit einer Band oder einem Sänger beworben, worauf man sie lediglich als willige Beute betrachtet hat.

Die Kamera bietet einen guten Schutzschild. Sie ist auch der Grund, warum sie so viel Aufträge kriegt: Sie liefert Fotos plus Interview im Paket, ein vorteilhafter Deal für alle.

So hat sie es von *Temporary Hoarding* über den *NME* und den *Melody Maker* bis hin zur freien Mitarbeit bei Sonntagsbeilagen und edlen Hochglanzmagazinen gebracht.

Es ist ihr Alleinstellungsmerkmal, wie sie es nennt.

Julie Burchill hat einmal zu ihr gesagt, sie wäre ein Hansdampf in allen Gassen, würde aber nichts richtig beherrschen.

Suzi hat ihr zugestimmt. »Ich will nichts und niemanden beherrschen, Julie.«

Sie mag Julie Burchill, aber bei ihrem Typen ist sie sich da nicht so sicher.

In der Kingsland High Street herrscht Hochbetrieb.

Alte Zeitungen und Pappe, Fast-Food-Verpackungen und alte Plastikkisten verstopfen die Rinnsteine, werden zwischen ordnungswidrig geparkten Autos herumgeweht.

Vor dem Rio-Kino haben sich Händler auf dem Bürgersteig niedergelassen, verkaufen billige Wäsche und Sportklamotten. Links davon steht eine Gruppe schwarzer und weißer Kids, die lachen und herumalbern.

Suzi blickt hinauf zur bröckelnden, schmutzigen, schwarzweiß gestreiften Art-déco-Fassade des Kinos. *Rio* steht in greller Schrift über einem Pfeil, was vermutlich »modern« wirken soll. Hinter dem Kino hat man auf die Seite eines Reihenhauses eine Reklame für John-Campbell-Motoren gemalt, ein Finger deutet auf *MOT*, eine Reihe roter Ziegelbauten flankiert die Straße –

Sie fotografiert drauflos.

Keith mag das Rio. Sie sitzen immer in der ersten Reihe. Dort ist es gemütlich: Die Sitze sind kaputt, man kann sie weit nach hinten kippen, und der Samt ist abgewetzt und rau. Im Kinosaal herrscht immer eine besondere Atmosphäre.

Als Darth Vader in *Das Imperium schlägt zurück* die Katze aus dem Sack ließ, ertönte im Kinosaal ein Chor von »Nein!«-Rufen. Einer schrie: »Ich hab's gewusst!« Und ein anderer von der anderen Seite des Kinos: »Nein, verdammt, hast du nicht.«

Am Ende sprang ein Witzbold in einem Stormtrooper-Kostüm hinter dem Vorhang hervor.

Suzi schlendert am Bahnhof Dalston Kingsland vorbei, wo drei schwarze Jungs auf dem Geländer hocken, in Joggingklamotten und Jeans, helle Kappen mit breiten Schirmen.

Suzi hält die Kamera hoch. »Okay?«, fragt sie.

»Ja, Lady, heute ist Ihr Glückstag«, und sie posieren mit verschränkten Armen, rauchen ostentativ und grinsen breit unter ihren dünnen Schnurrbärten.

Hinter ihnen, in der Bahnhofshalle, schlurfen zwielichtige

Gestalten herum, schieben sich zwischen Einkäufern und Tagesausflüglern hindurch, die nach Kew Gardens oder zum Fluss bei Richmond wollen. In der anderen Richtung liegt nichts von Interesse –

Die Züge der Nordlondoner Linie sollte man unter der Woche meiden, denkt Suzi, denn dort gibt es Raucherabteile, die speziell für Süchtige und Taschendiebe gebaut scheinen, und die Türgriffe klemmen immer.

Sie kennt Frauen, die sich weigern, die Linie zu benutzen, selbst tagsüber.

Ja, *besonders* tagsüber: Außerhalb der Stoßzeiten tummeln sich hier *ausschließlich* Vergewaltiger, Perverse und Junkies.

Auf der anderen Straßenseite, auf dem Markt, herrscht reger Betrieb.

Suzi denkt: Ich bin viel zu oft auf diesem Markt, ich brauche weder Batterien noch einen Rentner-Einkaufstrolley, und Keith will in absehbarer Zeit nicht mit Blumen geweckt werden. Also geht sie weiter, vorbei am Woolworth, der Centerprise-Buchhandlung, den Büros der *Hackney Gazette* und hinunter zur Kreuzung. Sie schaut nach, ob die Arbeiten an dem Friedenswandbild in der Nähe des Four Aces in der Dalston Lane schon begonnen haben – haben sie nicht –, also spaziert sie weiter, vorbei an den internationalen Telefonläden mit ihren WIR TIPPEN FÜR SIE-Angeboten, den Elektronik- und Eisenwarenläden, den Teppichverkäufern und den Haushaltswarengeschäften, den Läden für Anglerbedarf und Mode in Übergrößen, Snookerclubs und Pubs mit handgeschriebenen Schildern in den Fenstern, auf denen NO TRAVELLERS steht, Tresorreparaturen und Schlüsseldiensten, Zeitungskiosken und Cafés, Ramschläden und Kebab-Lokalen, Änderungsschneidereien und dem Postamt, Travis Perkins und dem Gemeindezentrum. Und dann auf der anderen Seite des Kanals, in Haggerston, links an der Eisenbahnbrücke, entdeckt sie ein Graffiti: *ACT NOW SUPPORT BRITISH NATIONAL PARTY BNP FOREVER*, und gegenüber, vor der Moschee, findet eine Demonstration statt, also bleibt Suzi stehen –

Suzi fotografiert.

Grauhaarige Männer mit flachen Mützen und altmodischen Lederjacken und grimmig dreinblickende Frauen in karierten Wollröcken und Kopftüchern bilden die Mehrheit. Selbstgebastelte Schilder auf Englisch und Türkisch: *KEINE ABSCHIEBUNGEN MEHR, WER ARBEIT HAT, IST NICHT ILLEGAL*. Ein paar Szenetypen in Jeans und Rollkragenpullover, gelbe Anstecker am Revers –

Suzi kennt diese Farbe. Anti-Nazi League.

Sie lächelt.

Das bringt sie auf eine Idee –

Sie erinnert sich an einen Job vor ein paar Jahren, als sie für die *Gazette* Fotos von der Eröffnung des Britannia Leisure Centre gemacht hat, das jetzt in Sichtweite hinter den Pitfield-Street-Siedlungen liegt. Den Auftrag hatte sie von der Labour-Stadträtin Joannie Andrews erhalten, die das Projekt überwachte. Das Center war eine direkte Reaktion auf die Beschwerden von Derrick Day, der behauptet hatte, Shoreditch würde keine Unterstützung erhalten und werde von der Bezirksverwaltung vernachlässigt. Joannie Andrews war besonders von Suzis RAR-Referenzen beeindruckt gewesen.

Es war ein komischer Tag damals, erinnert sie sich, als sie das Foto durch die Bäume schoss, im Hintergrund Shoreditch Park und die Hoxton-Siedlung.

315

Prinz Philip gab sich die Ehre und durchtrennte zur Einweihung feierlich ein Band mit der Schere. Eine olympische Medaillengewinnerin erteilte ihm eine Judostunde, aber am besten erinnert sich Suzi an das, was der Herzog von Edinburgh zu Grace Ellis sagte, einer jungen Freizeitassistentin, die dort arbeitete und vielleicht immer noch arbeitet. Er, Prinz Philip, HRH Duke of Edinburgh, fragte Grace Ellis, ob sie die Einrichtungen jemals benutzt habe, um ihre »Brust zu entwickeln«.

»Er war nett«, sagte Grace später, »aber ich war sehr überrascht.«[85]

Suzi wird plötzlich müde.

Sie ist zu weit gelaufen, hat jetzt *richtig* Hunger und Durst.

Sie geht den gleichen Weg zurück, kauft sich an einer Jet-Tankstelle einen schwarzen Kaffee, eine Flasche Wasser und einen Müsliriegel.

Speck, Eier und Orangensaft wird sie irgendwo in der Nähe ihrer Wohnung besorgen, vielleicht auch die Zeitung, die *Hackney Gazette*, warum nicht, um der alten Zeiten willen –

Sie steigt in den Bus, setzt sich in den unteren Teil und legt den Kopf an die kalte Scheibe. Der Schaffner nimmt ihre Münzen entgegen, kurbelt an dem kleinen Fahrscheindrucker, reicht ihr das Ticket.

Sie nippt an ihren Getränken, kaut auf ihrem Snack. Ich wollte respektiert werden, denkt sie. Ich hielt es für eine Abkürzung auf dem Weg zum Erfolg.

Jetzt lächelt sie über ihre Naivität.

Der Bus rollt gemächlich dahin, überall grüne Ampeln, und fährt gerade an Dalston Junction vorbei, als er ohne erkennbaren Grund plötzlich stehen bleibt und der Fahrer den Motor abstellt.

Der Schaffner eilt durch den Gang, um sie zu beruhigen. »Bitte bleiben Sie sitzen, wir fahren gleich weiter.«

Die Fahrgäste recken die Hälse. Suzi sitzt direkt hinter dem Fahrer –

Sie wechselt auf die linke Seite des Busses und entdeckt das Hindernis.

Ein Polizeitransporter mit Blaulicht parkt mitten auf der Straße gegenüber der Dalston Kingsland Station.

Suzi hebt ihre Kamera –

Vier uniformierte Polizisten drücken drei junge Männer an die Wand. Mit Knüppeln und Stöcken, Ellbogen und Fäusten spreizen die Polizisten die Beine der drei, durchsuchen ihre Taschen und fesseln ihre Handgelenke mit Kabelbindern auf dem Rücken.

Einer der jungen Männer trägt eine helle Kappe mit breitem Schirm –

Er dreht sich um und sagt etwas zu einem der uniformierten Polizisten. Suzi sieht, wie der uniformierte Polizist daraufhin dem jungen Mann seinen Schlagstock in die Nieren rammt, ihm in die Kniekehlen schlägt.

Suzi fotografiert durch das Fenster des Busses. Es sind dieselben drei jungen Männer wie vorhin –

Suzi entdeckt weitere Einsatzfahrzeuge ein Stück die Straße hinauf.

Der Transporter, der dem Bus den Weg versperrt hat, wendet, und der Bus fährt los.

Suzi schaut zurück, fotografiert weiter, die jungen Männer liegen jetzt flach auf dem Bauch –

Sie lässt die Kamera sinken, zieht an der Schnur und klingelt, damit der Bus an der nächsten Haltestelle stoppt.

Als der Bus langsamer wird, springt sie heraus und rennt zurück zum Bahnhof.

Sie verstaut die Kamera in ihrer Tasche.

Sie holt ihr Notizbuch heraus.

Als sie ankommt, werden den jungen Männern gerade die Handfesseln abgenommen.

Sie schleichen davon, finster blickend, wütend, trotzig –

Suzi fragt einen der uniformierten Polizisten, was los war.

»Verdachtsunabhängige Personenkontrolle und Durchsuchung«, erklärt er ihr. »Die führen alle irgendwas im Schilde, da kann man nicht vorsichtig genug sein, Schätzchen.«

Suzi nickt. Sie folgt den drei jungen Männern. Sie biegen nach links ab, und Suzi bleibt ihnen auf den Fersen. Sie ruft: »Hey, nicht so schnell!«

Sie drehen sich um. Sie wedelt mit ihrem Notizbuch, ihrer Kamera –

»Kann ich mit euch reden?«, fragt sie.

Die drei jungen Männer wechseln Blicke, schauen sich misstrauisch um –

»Hast du das gerade mitbekommen?«, fragt Rote Kappe.

Suzi nickt.

»Und du hast nichts unternommen.«

Suzi zögert –

Die jungen Männer ballen die Kiefermuskeln, drehen sich um und schlendern davon.

Suzi denkt: Er hat recht.

Sie ist müde, sie ist traurig –

Fünfzehn Minuten später, der Speck brutzelt, der Kessel pfeift, schaut Suzi in die Zeitung, die *Hackney Gazette*, und liest etwas über Colin Roach.

Keith kommt im offenen Bademantel in die Küche, grinst und kratzt sich.

Er küsst Suzi und sagt: »Du bist ein Engel.«

Beim Frühstück liest Jon Davies etwas über den Tod von Colin Roach.

»Unfassbar«, murmelt er.

»Was, Liebling?«

Jon deutet auf den Artikel in der *Gazette.* »Das hier«, sagt er. Jon schaut zur Treppe, hört den Fernseher laufen, also ist der Junge beschäftigt, nachdem er sein Würstchen und seine Pommes verdrückt hat. »Lies mal«, sagt er. »Es heißt, ein junger Schwarzer habe sich im Foyer der Polizeiwache von Stoke Newington umgebracht.«

»Unfassbar«, stimmt Jackie zu.

Jon schiebt die aufgeschlagene Zeitung über den Tisch.

»Sag ich ja«, erwidert er.

Noble sitzt im Wohnzimmer von Mr. und Mrs. Roach.

Auf dem Tisch steht eine Kanne Tee, aber niemand rührt sie an.

Mr. Roach ist ein gesetzt wirkender Mann, der verständlicherweise kurz vor einem schrecklichen Wutausbruch steht. Noble vermutet, dass er unter anderen Bedingungen ein freundlicher, umgänglicher Mensch ist.

Die Roaches waren keineswegs erfreut, als Detective Constable Patrick Noble vor ihrer Tür stand.

Noble hat ihnen erklärt: »Ich bin nicht hier, um gegen Sie, Mr. und Mrs. Roach, oder Ihren Sohn zu ermitteln. Ich bin hier, um über die Polizei zu sprechen.« Er hat ihnen seinen Ausweis gezeigt. »Ich gehöre zu einer Organisation namens Met Race Crime Initiative«, hat er gelogen.

Das hat ihm die Tür geöffnet.

Noble zückt sein Notizbuch und seinen Stift. »Ich möchte Ihnen ein paar Fragen stellen, um herauszufinden, was genau in der Nacht des 12. Januar auf der Polizeiwache von Stoke Newington passiert ist.«

Mr. Roach nickt. »Ich werde Ihnen erzählen, was passiert ist, Detective, wenn das für Sie in Ordnung ist.«

Noble nickt. »Bitte.«

»Ich war kurz nach Mitternacht auf der Polizeiwache in Stoke Newington, um nach meinem Sohn zu sehen.« Noble öffnet den Mund, aber James Roach hebt einen Finger. »Ich bin dorthin gefahren, weil Colins Freund Keith Scully uns hier zu Hause angerufen und gesagt hat, dass er Colin auf dessen Wunsch hin auf der Polizeiwache von Stoke Newington abgesetzt hat. Ich habe mir Sorgen gemacht, also bin ich hingefahren.«

Noble nickt.

»Als ich dort angekommen bin, war die Vordertür der Polizeistation mit Absperrband gesichert, kein Zutritt. Man hat mich in einen Raum im hinteren Teil des Gebäudes gebracht. In diesem Raum hat man mich bis Viertel vor drei verhört. Erst dann hat man mir mitgeteilt, dass mein Sohn tot ist.«

Noble denkt: Die Pressemitteilung wurde aber vorher schon herausgegeben.

»Was hat man Sie gefragt?«

»Sie haben mich gefragt, in was mein Sohn verwickelt war, in welche kriminellen Aktivitäten. Man hat mich gefragt, warum ich dort nach ihm suche, wenn er kein Krimineller ist. Man hat mich nach Colins psychischer Gesundheit gefragt: Ob ich gewusst hätte, dass er an klinischen Depressionen und Wahnvorstellungen litt.«

»War das der Fall?«

»Nein, war es nicht.«

»Was ist dann passiert?«

»Man hat mich bis vier Uhr fünfundvierzig auf der Polizeistation festgehalten und mir nicht gestattet, die Leiche meines Sohnes zu sehen. Dann haben mich Polizisten nach Hause gebracht und dort das Zimmer meines Sohnes durchsucht. Meine Frau Pamela stand unter Schock, sie hatte gerade vom Tod ihres Sohnes erfahren, und die Polizei hat sein Zimmer auf den Kopf gestellt. Sie ist aufgesprungen, war aufgewühlt, verwirrt, aber eine Polizistin hat sie zurück in ihren Stuhl gezwungen und sie dabei gewürgt.«

Noble schaut zu Boden. Es müssen ein Haufen Polizisten gewesen sein, denkt er.

Er fragt: »Wurde irgendetwas aus dem Zimmer Ihres Sohnes mitgenommen?«

James Roach schüttelt den Kopf. »Am nächsten Tag bin ich mit einem Anwalt aus Tower Hamlets noch einmal zur Polizeistation, um Antworten zu bekommen.«

»Aber vergeblich.«

»Richtig, und am Abend wurden einige Leute verhaftet, die die gleichen Fragen gestellt hatten.«

Noble nickt. »Ich weiß, es ist nicht leicht, aber sind Sie absolut sicher, dass Colin sich nicht selbst umgebracht hat?«

»Mein Sohn hat sich nicht umgebracht«, sagt James Roach. »Er hatte zu viel, wofür es sich zu leben lohnte.«[86]

Keith Scullys Vater schnieft, als er die Haustür öffnet. »Ich hoffe, Sie wollen ihm nicht schaden«, sagt er zu Noble.

Im Wohnzimmer hockt Keith Scully unbeweglich da. Er wirkt, als hätte er geweint.

Noble nimmt sein Notizbuch und seinen Stift und sagt: »Warum erzählst du mir nicht, was passiert ist?«

Keith Scully nickt. »Ich habe Colin zusammen mit unserem Freund Jim Joseph gegen zehn Uhr fünfzehn aufgelesen. Er ist sehr aufgeregt gewesen. Er hat gesagt, ich solle schnell fahren und ihn irgendwo hinbringen, wo ihn niemand kennt.«

Noble nickt. »Erzähl weiter.«

»Ich wollte ihn lieber nach Hause bringen. Aber er hat sich gesträubt: ›Nein, bring mich nicht dorthin, sie lauern mir dort auf.‹«

»Hat er gesagt, wer?«

»Nein.«

»Okay. Was ist dann passiert?«

»Ich habe Colin gefragt, ob er in Schwierigkeiten ist, und er hat Ja gesagt, und dass wir alle sterben würden.«

»Das waren seine Worte?«

Keith Scully nickt.

»Erzähl weiter.«

»Er hat gesagt, wenn er mir verrät, was los ist, werden sie mich schnappen. Ich habe ihn gefragt, wer, und er hat gesagt, das dürfe er mir nicht sagen.«

»Ich verstehe.«

»Unterwegs hat Colin mir erzählt, dass Joe Joseph, ein Freund von uns und Jims Zwillingsbruder, tot sei. Also habe ich Jim abgesetzt, und er hat sich auf die Suche nach Joe gemacht. Er ist zu unserer Freundin Denise Carlow gegangen, und sie hat mir später erzählt, Jim habe zu ihr gesagt, Colin würde durchdrehen vor Angst, jemand könnte ihn umbringen.«

»Was ist dann passiert?«

»Colin hat mich gebeten, ihn zur Polizeiwache in Bethnal Green zu fahren, aber ich habe das für keine gute Idee gehalten und mich bereit erklärt, ihn zur Wohnung seines Bruders zu bringen. Ich habe ihn in der Nähe der Polizeiwache von Stoke Newington abgesetzt, wo er wohnt. Colin ist ausgestiegen und hat mir gesagt, ich solle mir keine Sorgen machen, er sei dort sicher, aber anstatt in eine Seitenstraße abzubiegen, ist er direkt durch den Haupteingang in die Polizeiwache marschiert.«

»Er ist hineingegangen?«

Keith Scully nickt. »Ich bin langsam vorbeigefahren, um nachzusehen, und jemand war allein da drin, aber im Gegenlicht war ich nicht sicher, ob es Colin war.«

»Und dann?«

»Dann bin ich nach Hause gefahren. Ich habe Colins Vater angerufen. Und dann …« Keith Scullys Stimme versagt.

»Du hast nichts falsch gemacht, mein Sohn«, sagt Noble.

Keith Scully schluchzt leise.

»Was für einen Eindruck hat Colin auf *dich* gemacht, Keith?«, fragt Noble. »Ihr wart Freunde. War es nur vorgetäuscht, oder hatte er wirklich Angst?«

»Er war aufgewühlt, schätze ich – ich würde sagen, er war aufgewühlt.«

»Nicht durchgedreht? Nicht hysterisch?«

Keith Scully schnieft, atmet durch. »Aufgewühlt«, wiederholt er.

»War er oft verstimmt?«, fragt Noble. »Würdest du sagen, er war häufig verärgert, deprimiert?«

Keith Scully schüttelt den Kopf. »Nein. Colin war nicht so.«

»Hatte Colin irgendeinen Grund zu glauben, dass jemand hinter ihm her war?«

Keith Scully schüttelt den Kopf. »Nicht, dass ich wüsste.«

»Es gibt nichts, was du mir sagen kannst, nichts, was eure Clique vielleicht …«

Keith Scully schüttelt entschieden den Kopf. »Nein.«

Noble nickt. »Ich glaube dir, Keith. Eine letzte Frage: Hatte Colin etwas bei sich, als du ihn abgeholt hast?«

Keith Scully nickt. »Ja, eine Tasche, eine Reisetasche.«

»Wie groß war sie?«

Keith Scully spreizt seine Hände etwa einen halben Meter in der Horizontalen und dann noch etwas weiter in der Vertikalen. »Wie eine Sporttasche, aber klein.«

Noble nickt. »Hat er gesagt, was drin ist?«

Keith Scully schüttelt den Kopf.

»Könnte eine Schrotflinte darin gewesen sein?«

Keith Scully schüttelt den Kopf. »Dazu war sie definitiv zu klein.«

Noble nickt, lächelt. »Wie lange kennst du Colin schon, Keith?«

»Seit der Schule.«

»Hältst du es für möglich, dass er Selbstmord begangen hat, Keith? Hat er je darüber gesprochen?«

Keith Scully schüttelt den Kopf. »Niemals, auf keinen Fall.«

Keith Scullys Vater betritt das Wohnzimmer, den Daumen nach oben gereckt. »Ich denke, das reicht fürs Erste, Detective Constable Noble.«

Noble nickt.[87]

Mrs. Thatcher denkt, dass es verdammt nochmal an der Zeit ist, den GLC abzuschaffen, den Greater London Council, der für die Verwaltung des öffentlichen Nahverkehrs und den sozialen Wohnungsbau zuständig ist.

In ihren Augen ist er nichts als eine Fassade, eine Quango, eine Verschwendung von Ressourcen, aber das wissen zu wenige.

Der Vorsitzende Livingstone hätte längst abtreten müssen, findet sie. Sein millionenschwerer Umbau des öffentlichen Nahverkehrs mit dem Slogan *Fares Fair* war ein Desaster.

Die sozialen GLC-Freizeiteinrichtungen wurden bereits an private Investoren verkauft. Das hat ihn ziemlich dumm dastehen lassen.

Aber er ist wie Lazarus, mit schlechterer Haut und weniger Haaren, denkt sie.

Manchmal wundert sie sich über die Vorstellung, linke Männer könnten sexy sein. Livingstone, Benn, Kinnock – die sind nicht gerade Spandau Ballet, oder?

Sie lacht über ihren eigenen kleinen Scherz.

Sie hat sich auf Livingstone eingeschossen. Ihre alten Freunde von der *Sun* haben Geschichten gebracht, wonach er sich an Schulmädchen vergriffen hätte und bei einer Orgie aufgetaucht wäre, bei der er – sie erinnert sich noch an den genauen Wortlaut – »von sechs Männern nacheinander gefickt wurde«.

»Das stimmt natürlich nicht«, hat Denis gesagt, als er den Artikel gelesen hat. »Es waren sieben.«

Livingstone hätte besser nicht versuchen sollen, ihr ans Bein zu pinkeln.

Nach den Unruhen, nach Toxteth, Brixton, Southall und Moss Side, hat Livingstone sie, Mrs. Thatcher, und ihre »Verbündeten in der Presse, die täglich Schmutz verbreiten und Rassismus salonfähig machen«, dafür verantwortlich gemacht.

Und nicht nur Mrs. Thatcher und die Presse, sondern auch den Metropolitan Police Commissioner, dessen Ansichten er als »rassistisch« bezeichnete, was »den Boden für eine Verschlechterung der Beziehungen zwischen der Polizei und den Schwarzen bereitet«.

Und nicht nur die Polizei trüge daran Schuld, sondern auch die Arbeitslosigkeit und die katastrophalen Wohnverhältnisse.

Der GLC, so sein Vorschlag, solle ein wachsames Auge auf die kommunale Polizei haben, sie kontrollieren.

»Vor allem, um den Schlüssel zur Kasse zu haben«, war Denis' Kommentar dazu.

»Danke, Denis«, hat sie erwidert. »Wo wäre ich ohne dich?«

»In einem verdammten Lebensmittelladen, hinter der Kasse«, hat Denis gemurmelt.

Sie hat ihn ignoriert. Jeder weiß von ihrem Vater, dem Lebensmittelhändler. Das juckt sie nicht.

Sie nimmt sich ein Memo vom Ende des letzten Jahres vor.

Einer ihrer Assistenten macht sich über Red Ken lustig. Bei der jährlichen Wahl zum »Mann des Jahres« der BBC ist er Zweiter geworden, hinter dem Papst. *Zweiter.*

Der Witz sei, schreibt ihr kluger Berater, dass Red Kens Popularität mit jeder missglückten Nummer steige: Er sei mehr Showman als Politiker. Er sei nicht in der Lage, die Hauptstadt zu regieren, und schätze die County Hall mehr wegen ihres Prestiges und der Macht, die sie ihm verleiht, denn als Basis für eine Verbesserung der Dienstleistungen, für die der GLC zuständig ist: Er ziehe es vor, darüber zu lamentieren, wofür sie außerdem noch alles zuständig sein *sollten.*

Ein klassisches Ablenkungsmanöver.

Ihr Berater weist auf ein Thema hin, mit dem Red Ken keine Lorbeeren ernten kann –

Das langweiligste Wort der englischen Sprache, wie es scherzhaft heißt:

Nordirland.

Sie, Mrs. Thatcher, hat bereits dafür gesorgt, dass ein Brief an die Öffentlichkeit gelangt, den Livingstone im Dezember im Namen des GLC an die Sinn Féin geschrieben hat und in dem er sie zu *brüderlichen* Gesprächen nach London einlädt, um den *britischen Rückzug und ein vereintes Irland* zu ermöglichen.

Zweiter hinter dem Papst, versteht sich.

Sie fragt sich, ob die BBC-Umfrage eine hohe Wahlbeteiligung aus Ulster hatte.

Die Presse ist gnadenlos über ihn hergefallen, Red Ken musste in Deckung gehen.

Seine Äußerungen über das britische Vorgehen in Irland und der Vergleich mit Hitler und den Juden waren ziemlich lächerlich, denkt sie, Sechstklässlerkram, aber für die Zeitungen war es ein gefundenes Fressen, ebenso wie für die feinen Herren im Oberhaus –

Foot, Hattersley, Shore – alle waren auf ihr hohes Ross gestiegen, um ihn zu verdammen.

Aber Red Ken bleibt.

Und es sind seine Bemerkungen über die Unruhen, die sie nervös machen, vor allem das Argument, dass sie den Rassismus respektabel macht.

Es stört sie, weil sie weiß, dass es stimmt – bis zu einem gewissen Grad.

Es stimmt insofern, als sie die seriöseren *Wähler* der National Front und der BNP auf ihre Seite gezogen hat. Das war eine *Strategie*, eine politische Taktik.

Ein weiterer Aspekt ist die von ihm diagnostizierte Verschlechterung der Beziehungen zwischen der Polizei und den Schwarzen.

In dem Fall könnte die Strategie ihrer Meinung nach darin bestehen, diese Verschlechterung umzukehren.

Und außerdem muss sie dafür sorgen, dass Red Ken sich weiterhin über die Sinn Féin verbreitet.

Wenige Monate vor den Wahlen ist es an der Zeit, ein paar Samen zu säen –

Und gleichzeitig dafür zu sorgen, dass der eiserne Willie ihm den Laden dichtmacht.

Sie, Mrs. Thatcher, wird sich dann natürlich um die Kasse kümmern.

In der Liebe und im Krieg ist alles erlaubt, scherzt sie.[88]

3

Weiße europäische Tanzmusik

Januar 1983

Parker

Klar gibt es ein paar gewiefte Kids in der Organisation, und auch wenn sie selbst keine bösen Jungs sind, haben sie Cousins oder Brüder oder Onkel oder verdammte Neffen, die es sind, oder die jemanden kennen, der es ist, und sie alle wissen, wer wer ist und was läuft. Und das große kommende Ding, von dem sie Wind bekommen haben, ist die Veränderung im Drogenhandel, Heroin sei zu billig und zu leicht zu beschaffen, Angebot und Nachfrage regelten das Geschäft nicht mehr, die Kunden seien allesamt diebische Junkies, aber aus New York käme was, das billig sei, nicht lange vorhalte und so viel Spaß macht wie Koks, aber ohne den Glamour und den Preis und die Notwendigkeit eines Nightclubs, ohne die Szene. Pass auf, verraten sie mir, das Polizeirevier von Stoke Newington wird als Erstes auf den Zug aufspringen, und ich habe das Gefühl, dass ich das weitergeben sollte, auch wenn es nicht in meinen Bereich fällt, also tue ich das, und Noble sagt mir, das sei neu für ihn, und vielen Dank. Und die Jungs erzählen mir, wie die Bullen in Zivil sich an ihre Frauen ranmachen, ihre Schwestern und Tanten und Mütter, ihre weiblichen Kumpels und Schulfreundinnen und Freundinnen, und ihnen leichtes Geld und ein bisschen Schutz anbieten, wenn sie ab und zu anschaffen gehen, nur für sie, und keine Kunden, die sie nicht vorher überprüft haben, keine Gewalt oder krummen Dinger, einfach ein kleiner extra

Wochenlohn und ein bisschen Taschengeld, wenn die Kunden dich mögen. Und als du Noble davon erzählst, sagt er, er wisse das, es sei ein schmutziges Geschäft und schon länger üblich, aber er habe nicht gewusst, dass sie auch junge schwarze Frauen belästigen. Du hörst außerdem, dass die älteren Mitglieder der schwarzen Gemeinde den Jungen selbst die Schuld daran geben, und du hörst, dass es ein Teil der Strategie von oben ist, teile und herrsche, und dann hörst du: Warum wird über uns nur in den weißen Medien berichtet? Warum werden unsere Probleme nur durch die Brille weißer Politiker in diesen weißen Medien dargestellt? Und du denkst, das sind natürlich wichtige Fragen, die aber im Moment nicht in deine Zuständigkeit fallen, also machst du einfach weiter.

Suzi erzählt Keith nichts von dem, was sich am Samstagmorgen auf der Kingsland High Street abgespielt hat, sie verdrängt es.

Sie ist beschäftigt: ein Auftrag für *Face*, ein großer Artikel über Thatcher und Musik.

Sie geht zurück zu den Wurzeln, zu Steve Strange und dem Billy's in Soho, zu den Blitz Kids und dem St. Martin's College, den Kemp-Brüdern, Speed-Pillen und Yamaha-Synthesizern.

Sie hat einige gute Zitate aus der Zeit.

Einiges davon hat sie schließlich selbst miterlebt.

Unter anderem diesen inzwischen berühmten Aufruf im Januar 1980 an alle Trendsetter und Nachtschwärmer:

»Mein Name ist Steve Strange, und dienstags veranstalte ich einen Club namens Blitz, und am Donnerstag starte ich eine Konzertreihe mit einer wirklich tollen neuen Band ... Sie kombiniert Synthesizer-Tanzmusik der Zukunft mit Sinatra-artigem Gesang, sie heißen Spandau Ballet, und sie werden das nächste große Ding ...«

Suzi war an dem Abend dabei.

Es war ein Riesenspaß, mit Mannequin-Chic und hübschen Jungs mit Haartollen.

Elektro Diskow nannten sie ihre Musik.

Die Einlasspolitik – Suzis Erinnerung zufolge wichtiger als die Musik – orientierte sich an Bowies *Heroes*, eine Art »*Just for one day*«-Philosophie. Zutritt hatten nur »Leute, die sich selbst eine einzigartige Identität geschaffen haben«.

Schon wieder Bowie. Suzi verdreht die Augen.

Sie denkt an Chris Sullivan, Modestudent und Stammgast im Blitz.

Punk, so hat er ihr verkündet, sei tot.

»Die jungen Leute sind nicht mehr bereit, sich Klamotten andrehen zu lassen, die ihnen nicht gefallen, oder in Clubs zu gehen, wo Platten gespielt werden, die sie nicht hören wollen, und die von dreimal so alten Knackern geführt werden, die auch noch jede Menge Eintritt verlangen. Als das Blitz aufgemacht hat, war es billig, aber es war vor allem ungewöhnlich, dass ein Neunzehnjähriger den Einlass gemacht hat.«[89]

Manche haben die New Romantics mit Thatcher in einen Topf geworfen, der glatte Sound, Disco-Anklänge, Jazz und Soul-Lite, ein Stil, der teuer ausschaut, aber keine Substanz hat und billig klingt.

Suzi sieht das anders.

Sie mag Spandau Ballet.

Ihre Songs haben was, sie sind echte Popstars.

Außerdem sind es Jungs aus der Arbeiterklasse, deren Familien gewerkschaftlich organisiert sind, und die in den Reihenhäusern von Angel, Islington, aufgewachsen sind.

Und ihre Frisuren sind fantastisch.

Die Kritik an ihnen hat etwas Verkürztes, ein bisschen Rock/Punk-Establishment-Herablassung, denkt sie, und das könnte ihr Ansatz sein –

Spandau Ballet sind nicht die Einzigen, die Thatcher nicht gewählt haben; Arbeitslosigkeit betrifft die ganze Gesellschaft.

Suzi hat Fotos gemacht, als Ken Livingstone das *3 MILLI-ONEN*-Transparent vom Dach der County Hall gehängt hat, um damit die rapide steigende Zahl der Arbeitslosen anzuprangern. Er sagte, er hätte gerne eine elektronische Anzeigetafel gehabt, die stündlich aktualisiert wird, aber das konnten sie sich nicht leisten.

Und ein Drittel dieser 3 Millionen ist jetzt jünger als fünfundzwanzig, schätzt sie.

In ihrem Artikel stellt Suzi die Behauptung auf, dass New Wave durch die Eröffnung eigener Nightclubs und geheime Gigs das Establishment – die Labels, die A&R-Männer – ausgeschlossen habe, um damit ebendieses Establishment herauszufordern, ihnen lukrative Plattenverträge zu geben.

Und Spandau Ballet haben den Jackpot geknackt, was Plattenverträge angeht.

Sehr clever, diese Angel Boys.

»Der Sound des Thatcherismus auf Vinyl« ist ein viel zu abschätziges Urteil über diese Art von Popmusik.[90] Suzi ist völlig anderer Meinung.

Keith behauptet, dass das nächste Album von Spandau Ballet ein Riesenerfolg wird.

Gary Kemp meint, sie »verkörpern den neuesten Trend in Mode und Musik«. Und in dessen Kern geht es um Klassenkampf.

»Kulturelle Identität ist ein großartiges Ventil für die Frustrationen der Menschen. Die Kids haben das Wenige, das sie haben, immer für Schallplatten und Frisuren ausgegeben. Sie haben es nie in Bücher von Karl Marx investiert.«

Außerdem sagt er über Suzis Branche:

»Sie verstehen nicht, dass Stil ein ureigenes Ding der Arbeiterklasse ist: Sie denken, dabei ginge es nur um Geld. Tut es aber nicht. Es ist echt schwierig, Journalisten aus der Mittelschicht zu erklären, was Stil bedeutet, weil Stil für sie immer was mit Bourgeoisie zu tun hat, und der versuchen sie ihr ganzes Leben lang zu entkommen. Ich fühle mich nicht schuldig, wenn ich genug Geld für ein eigenes Haus verdient habe. Nur die Mittelschicht hat solche Schuldgefühle.«[91]

Im Radio läuft Eddy Grants »Electric Avenue«.

Suzi blickt von ihren Notizen auf und lauscht. Es ist ein Protestsong mit einem eindringlichen Refrain. Electric Avenue: Brixton Market. Gewalt auf den Straßen. Nicht genug Wohnraum. Nicht genug Geld. Nicht genug Essen.

Keith kommt pfeifend herein. Er legt einen Stapel Blätter auf den Tisch neben Suzi.

»Alles in Ordnung, meine Schöne?«, sagt er. Er lauscht mit übertriebener Geste. »Arbeitest du immer noch an dem Spandau-Artikel?« Er nickt in Richtung Musik. »Das ist nicht gerade weiße europäische Tanzmusik«, grinst er.[92]

»Aber sie kommt aus derselben Stadt«, sagt Suzi. Sie notiert sich den Ausdruck, den sie vergessen hatte, Spandaus Beschreibung ihres frühen Sounds.

»Sehr clever, Liebes. Tee?«

Suzi nickt. Sie wirft einen Blick auf den Stapel Papiere. Sie entdeckt eine Art Flugblatt. Sie hält es hoch: »Wo hast du das her, Schatz?«

»Ein Typ auf der Hauptstraße hat es verteilt. Wegen diesem Jungen, du weißt schon, diese schreckliche Geschichte letzte Woche.«

Suzi nickt. Das Flugblatt kündigt ein Treffen der Hackney Black People's Association an. Darunter das Foto eines lächelnden jungen Mannes namens Colin Roach –

»Ich werde hingehen. Kommst du mit?«

Keith wendet ihr den Rücken zu, kümmert sich um Teebeutel und Milch. »Da arbeite ich!«, ruft er.

Suzi nickt.

»Weller will seine erste Single ›Speak Like a Child‹ nennen«, lacht Keith und steckt den Kopf in den Kühlschrank. »Monster ist begeistert!«

Suzi, in Gedanken ganz woanders, lächelt.

Rathaus.

Godfrey Heaven steckt den Kopf durch Jon Davies' Bürotür und fragt, ob er Zeit für ein kurzes Gespräch habe.

»Für dich, Godfrey«, lächelt Jon, »habe ich alle Zeit der Welt.«

Jon Davies hat kein Problem damit, dass Godfrey Heaven der Vorsitzende des Police Committee geworden ist. Die Zusammenarbeit im Fall der Hausbesetzer war unkompliziert, und Jon hat Heavens Einstellung im Lauf der Zeit schätzen gelernt.

Vor allem aber ist Jon froh, dass er nicht *selbst* Vorsitzender des Police Committee ist.

»Sehr witzig«, sagt Godfrey Heaven.

Jon lehnt sich zurück und verschränkt die Hände hinter dem Kopf. »Man muss nicht verrückt sein, um hier zu arbeiten, Godfrey, aber es hilft.«

»Okay.«

»Was kann ich für dich tun?«

337

Godfrey Heaven setzt sich. »Weißt du, Jon, das Ganze ist ein Glücksspiel, eine Art Lotterie.«

»Ja.«

»Wir – und damit meine ich das Police Committee – haben keine wirkliche Macht und kein wirkliches Mandat.«

Jon nickt. »Tja, es ist kein Ponyhof«, sagt er.

Es macht ihm Spaß, bei Godfrey Heaven in diese Rolle zu schlüpfen.

»Für so ein Komitee gibt es keinen Präzedenzfall und keine gesetzliche Grundlage, und das Einzige, was wir erreichen können, ist, dass die Leute anfangen, den Kopf aus dem Sand zu ziehen.«

»Es ist ein schmutziger Job, aber jemand muss ihn machen«, sagt Jon.

»Ich wusste gar nicht, dass du so ein Witzbold bist, Jon.«

Jon Davies lächelt. »Dann wird es höchste Zeit, Godfrey.«

Godfrey Heaven wirft Jon einen Blick zu. »Ich habe etwas gehört, Jon, das ich mit dir teilen möchte.«

»Ich bin ganz Ohr.«

»Ernie Roberts, unser Abgeordneter für Hackney North, wird eine Erklärung abgeben, dass er besorgt über die gestörten Beziehungen zwischen der Gemeinde und der Polizei ist. Er wird seine Unterstützung für eine öffentliche Untersuchung des Todes von Colin Roach zusichern«, sagt Godfrey Heaven. »Außerdem hat daraufhin der Greater London Council beschlossen, die Roach-Kampagne mit fünfzehnhundert Pfund zu unterstützen.«

Jon nickt. »Interessant.«

»Natürlich könnte sich die Presse über eine solche Verwendung öffentlicher Gelder empören. Es könnte wie eine Geldspende aussehen, um die Polizei zu untergraben. Es könnte den Anschein erwecken, als wolle der GLC, ich zitiere, die Unzufriedenheit in den schwarzen Gemeinden schüren.«

»Du hast absolut recht, Godfrey.«

»Vorsicht ist besser als Nachsicht.«

»Wer ist hier der Sprücheklopfer, Godfrey?«

Godfrey Heaven lächelt. »Das sollte man alles im Hinterkopf behalten.«

Er erhebt sich. »Ich will dich nicht länger aufhalten, Jon.«

»Später gibt es ein Meeting«, sagt Jon. »Die Hackney Black People's Association hat es einberufen. Wegen Colin Roach und der Kampagne, die du erwähnt hast. Ich werde hingehen.«

»Guter Plan.«

»Sehen wir uns dort?«

»Darauf kannst du wetten.«

»Eine Sache noch«, sagt Jon. »Ich werde vorschlagen, dass wir alle Polizeiakten anfordern, die mit dem Tod von Shahid Akhtar im Jahr 1978 zu tun haben. Mithilfe dieser Amtsbefugnis, die wir vielleicht haben oder auch nicht.«

»Sehr gut.«

»Es ist eine Frage des Timings«, sagt Jon. »Vorsicht ist besser, und so weiter.«

»Ich könnte es nicht besser ausdrücken, Jon.«

Jon lächelt.

Scotland Yard, Montagmorgen.

Noble trifft sich mit Detective Chief Inspector Maurice Young.

»Setzen Sie sich, Chance.«

»Schönes Büro.«

»Ist nur vorübergehend.«

Noble nickt. Er ist aufgedreht, erregt, Sonntag ist ein fantastischer Tag gewesen –

Am Samstagabend früh ins Bett, sonntags Mittagessen im Pub in Soho mit Lea, nachmittags ein Spaziergang durch das schicke Marylebone, zurück in seine Wohnung, ein leichtes Abendessen und eine Flasche Wein, sie ist noch da, heute ist ihr freier Tag, er kann es kaum erwarten –

Noble vibriert innerlich.

Detective Chief Inspector Maurice Young reibt sich die Hände. »Dann wollen wir mal.«

Noble nickt. »Der Tote ist ein junger Schwarzer, einundzwanzig Jahre alt, ohne richtige Ausbildung. Seine Familie und seine Freunde sagen, dass er auf keinen Fall Selbstmord begangen hat. Sein Vater hat ihn auf der Polizeiwache gesucht, daraufhin haben sie ihn dort über zwei Stunden lang verhört, bevor sie ihn über den Tod seines Sohnes in Kenntnis gesetzt haben. Sogar die Pressemitteilung haben sie vorher rausgeschickt. Sehr rücksichtsvoll. Dann haben sie das Haus der Familie durchsucht und die Mutter eingeschüchtert. Freunde sagen, der Junge hatte Angst, jemand würde ihn verfolgen, aber sie wissen nicht, warum. Es gibt keinen Hinweis darauf, dass er in etwas Strafbares oder überhaupt in etwas verwickelt war. Einer seiner Freunde meint, er habe vor etwa einer Woche in der Siedlung in ein Auto hineingespäht, aber es ist unklar, ob der Verstorbene dabei war. In dem Wagen saßen zwei Polizisten in Zivil und auf der Rückbank eine dürftig bekleidete Frau. Man kann sich vorstellen, was da abgelaufen ist.«

Im Mund schmeckt er Lea.

»Reden Sie Klartext.«

»Für mich klingt das nach klassischer Schutzgelderpressung bei Prostituierten.«

»Ist Ihnen das woanders schon mal untergekommen?«

Noble nickt. »Die Sache ging vom Revier in West End Central aus, hat sich dann auf Soho und Mayfair ausgedehnt. Eine Franchise-Situation über mehrere Gerichtsbezirke. Und es ging nicht nur um Schutz und entsprechende Räumlichkeiten. Teilweise haben sie die Mädchen selbst auf den Strich geschickt.«

»Was noch?«

»Am Abend des 14. Januar habe ich miterlebt, wie die Polizeibeamten Cole und Rice während einer spontanen Demonstration vor der Stoke Newington Police Station einen jungen Demonstranten verbal und körperlich bedroht haben. Ich bin dem jungen Mann gefolgt. Er hat mir von den Polizisten in Zivil und der Frau in dem Auto erzählt.«

»Sehr gut. Behalten Sie ihn im Auge.«

Im Mund, auf der Zunge schmeckt er Lea.

»In derselben Nacht wurde ich Zeuge einer weiteren Schutzgelderpressung durch die DCs Cole und Rice in einem Club in der Nähe des Bahnhofs.«

»Die beiden kommen ja ganz schön rum. Sonst noch was?«

»In dieser Nacht hat mir DS Williams den Zugang zu jeglichen Zeugenaussagen oder Berichten verweigert. Der Gerichtsmediziner war schon weg, als ich ankam. Ehrlich gesagt, Chef, stehen für mich zwei Dinge fest. Erstens: Dieser Junge hat sich keine Polizeistation ausgesucht, um Selbstmord zu begehen. Zweitens: In Stoke Newington haben sie Dreck am Stecken.«

Detective Chief Inspector Maurice Young nickt.

»Patrick, Sie erinnern sich sicher an Ihre Undercover-Operation.«

Noble nickt.

»Es wird eine Wiederauflage geben, denke ich. Bevor wir in das Debakel mit der Met Race Crime Initiative verwickelt waren, haben Sie zwei verdeckte Ermittler geführt. Einer von ihnen lebt jetzt von einer Polizeirente im ländlichen Gloucestershire als Pflegefall bei seiner Familie, dank der Verletzungen, die ihm von der Special Patrol Group zugefügt wurden.«

Noble schaut zu Boden. Er schluckt.

Sein Herz ist schwer, sein Gesicht faltig, sein Haar grau.

Im Mund, auf der Zunge schmeckt er Lea.

»Der zweite Junge hat sich ausgezeichnet, das wissen Sie. Sie wissen auch, dass er nicht für die Organisation bestimmt war, in die Sie ihn eingeschleust haben. Das durfte er natürlich nie erfahren, also wurde in jeder Hinsicht gut für ihn gesorgt, und das verdientermaßen.«

Noble nickt. Noble denkt: *Jetzt kommt's.*

»Ich hatte Sie für zwei Jahre beurlaubt, weil Sie nach der komplexen Undercover-Arbeit erst einmal eine Pause benötigten und von der Bildfläche verschwinden mussten. Sie haben gute Arbeit geleistet – der SPG-Vorfall lag nicht in Ihrer Verantwortung. Außerdem wollte ich, dass Sie wieder für mich arbeiten.«

Noble nickt. »Ja, Chief.«

»Die Met Race Crime Initiative ist nach den Ereignissen in der Brick Lane still und heimlich aufgelöst worden. Ihr verdeckter Ermittler Parker war ein willkommener Vorwand.

Erinnern Sie sich an Blair Peach? Es hätte schlimmer kommen können. Die Einstellung der Ermittlungen hat den Weg für Ihre Rückkehr geebnet.«

»Ja, Chief.«

»Ich erzähle Ihnen das, damit Ihnen klar ist, dass Sie mir etwas schulden.«

»Ich verstehe.«

»Und weil ich Ihre Art von Täuschungsmanövern weiterhin brauche.«

Noble nickt.

Im Mund, auf der Zunge, in der Kehle schmeckt er Lea.

»Wie Sie wissen, schleusen wir Spycops in Aktivistengruppen ein, um subversive Aktivitäten und geplanten Aufruhr aufzudecken und auszumerzen. Ich überlasse Ihnen Ihren alten Freund Parker. Sie werden ihn als Spycop in jeglicher Gruppe, Bewegung oder Kampagne einsetzen, die sich infolge des tragischen Todes von Colin Roach bildet.«

»Chief?«

»Gleichzeitig verschaffe ich Ihnen Zugang zu allen relevanten Akten und Ermittlungsunterlagen. Damit haben Sie freie Hand in Stoke Newington. Verstehen Sie mich?«

»Ich denke schon.«

»Ihr anderer alter Freund, Bill Stewart, erwartet Sie mit Parker an der üblichen Stelle. Ich schlage vor, dass Sie sich schnellstmöglich dorthin begeben.«

»Ja, Chief.« Noble erhebt sich –

Im Mund, auf der Zunge, in der Kehle schmeckt er Lea.

»Sie finden allein raus.«

Noble nickt. Er verlässt den Raum.

Fünfundvierzig Minuten später.

Noble stellt sein Auto ab, öffnet das Tor zum Park von Clapton Pond, geht durch die Anlage, das Wasser ist schmutzig und seicht, die Sträucher sind müde und traurig, die Enten waten im Schlamm –

Noble überquert den Kreisverkehr. Der Dan's Island China-Imbiss ist noch immer voll in Betrieb. Rauch steigt aus dem Schornstein, das halbe Reklameschild fehlt, Frittiergeruch weht über die Straße –

Noble nimmt die Seitengasse, es stinkt nach Pisse, er klopft an die Hintertür, die Farbe blättert ab, das Holz ist morsch, er steigt die Treppe hinauf, die Teppiche sind fadenscheinig, die Wände schmierig, er klopft an die Tür –

Öffnet die Tür –

»Guck mal, was die Katze angeschleppt hat«, sagt Old Bill Stewart.

»Hast du uns kein Frühstück mitgebracht, Chef?«, sagt Parker.

Jesus, denkt Noble. »Was ist denn mit euch beiden los?« Noble setzt sich. »Ihr wisst wohl beide, was Sache ist.«

Nicken, Hände werden gerieben, entschlossene Blicke.

»Diese Bande in Stoke Newington ist echt kriminell«, sagt Stewart. »Das ist der verdammte Wilde Osten, weißt du?«

»Mittlerweile schon«, sagt Noble. »Dank dir habe ich jetzt Zugang.« Er deutet auf Parker. »Hast du schwarze Freunde, die nicht wissen, dass du bei Old Bill bist?«

Parker nickt. »Ein oder zwei.«

»Ruf sie an«, sagt Noble. »Du triffst dich heute noch mit ihnen.«

Im Mund, auf der Zunge, in der Kehle schmeckt er Lea.

Draußen vor dem Imbiss sagt Parker: »Geht es um ein Täuschungsmanöver?«

Noble lächelt. »Schlauer Junge.«

»Du benutzt mich schon wieder.«

»Nicht nur ich.«

»Ich kann dir nicht ganz folgen.«

Noble legt Parker eine Hand auf die Schulter. »Wir beklauen Peter, um Paul auszuzahlen, darum geht's.«

»Was zum Teufel soll das bedeuten?«

»Das heißt, dass du mit deinen Kumpels zu diesem Treffen gehst und dich unter die Demonstranten mischst, okay, ab heute.« Noble klopft Parker auf die Schultern. »Du bist perfekt für die Rolle, du siehst richtig erwachsen aus.«

Parker schüttelt den Kopf und lächelt. »Na ja.«

»Du sollst nur das machen, was du ohnehin gut kannst.« Parker verdreht die Augen.

»Hör zu«, sagt Noble, »es ist für eine gute Sache, glaub mir. Du tust nur so, als ob, aber nach außen muss es perfekt wirken, verstanden?«

»Absolut.«

»Guter Junge. Wir treffen uns morgen im Café in der Chatsworth Road.«

Ein verhaltenes Lächeln, dann plötzlich ein breites Grinsen. »Diese Blondine, klar doch, ich erinnere mich.« Er klatscht in die Hände. »Stilles Wasser, was, Chef?«

»Es ist sicher dort, nur darum geht's.«

Parker lacht. »Soso.«

»Wirf dich in Schale und mach dich an die Arbeit, ja?«

Parker nickt. »Ich habe mir extra die Haare wachsen lassen.«

»Sehr hübsch. Cord oder Leder, passende Buttons, ein Paar ordentliche Boots. Ein regenbogenfarbener Pulli, Ellbogenaufnäher, so in der Art.«

Parker nickt.

»Guter Mann.«

Noble fährt die Straße hinauf zur Stoke Newington Police Station, parkt in einer Seitenstraße, geht durch den Haupteingang, die Treppe hinauf, den Flur entlang und in einen verrauchten Raum, in dem es nach schalem Bier, Kaffee, Curry zum Mitnehmen, Schweiß und Fett riecht, ein müder, neonbeleuchteter Raum, in dem Williams, Cole und Rice gerade Kriegsrat abhalten –

»Guten Morgen, Jungs«, grüßt Noble. »Wo ist mein Schreibtisch?«

Williams schaut hoch. Seine Haare sind ungewaschen, strähnig. Haarbüschel quellen über einen abgewetzten Hemdkragen, ein Netzunterhemd schimmert durch, ein dicker Schnurrbart, wie von einem Schafe fickenden Hinterwäldler.

»Wir haben uns schon gefragt, wann Sie auftauchen«, sagt er.

Rice und Cole weichen Nobles Blick aus. Williams reicht ihm einen Zettel.

»Die Sache ist die, Junge«, erklärt Williams, »wenn Sie überhaupt Zugang haben wollen, brauchen Sie einen schriftlichen, von oben gegengezeichneten Antrag.«

Noble faltet das Papier und steckt es ein. »Verstanden.«

»Es war Selbstmord, Noble. Wir werden es als solchen behandeln.«

»Verstanden.«

»Fakten sind Fakten.«

Noble nickt. »Schon klar.«

»Was auch immer Sie vorhaben …«

»Besser, Sie wissen möglichst wenig darüber, DS Williams.«

Williams nickt. Er blickt zu Rice und Cole. »Wenn Sie etwas brauchen, DC Noble«, er deutet mit dem Finger auf ihn, »Sie wissen, wie's läuft.«

Noble tippt sich an die Brust. »Ja, weiß ich.«

Noble greift zum Telefon und hinterlässt eine Nachricht für Special Young.

Was er für seine Nachforschungen braucht –

Den Gerichtsmediziner. Zugang zur Asservatenkammer. Die an jenem Abend diensthabenden Officers –

In dieser Reihenfolge.

Dann wählt er die neue Nummer von Gardiner, der von Whitechapel versetzt wurde und jetzt Detective Sergeant in Hackney ist.

»Verdammt, Chance, lang nichts von dir gehört«, sagt Gardiner.

»Lass uns ein andermal über die guten alten Zeiten quatschen, Kumpel.«

»Was kann ich für dich tun?«

»Ich brauche eine Liste mit Namen. Prostituierte, die bekanntermaßen mit der Polizei in Verbindung stehen, Informantinnen, Spitzel, solche Sachen.«

Gardiner pfeift durch die Zähne. »Geht's noch genauer? Bezirk?«

»Hackney. Von deinem alten Büro bis rüber nach Stoke Newington.«

»Verdammt, das könnte eine Weile dauern. Ein paar Wochen, schätze ich, Chance.«

»Kein Problem, Kumpel«, sagt Noble. »Niemand geht in der Zwischenzeit irgendwohin.«

Er legt auf.

Im Mund, auf der Zunge, in der Kehle schmeckt er Lea.

Suzi arbeitet in ihrem Schlafzimmer, eine rote Glühbirne erhellt das Dunkel, sie entwickelt Fotos, die sie bei der Versammlung der Hackney Black People's Association und bei der Demonstration – der zweiten innerhalb von vier Tagen – vor der Stoke Newington Police Station gemacht hat.

Bei der Versammlung herrschte eine gespannte, aber respektvolle Atmosphäre. Es wurden ein paar elementare Dinge besprochen. Das Roach Family Support Committee wurde gegründet und eine schriftliche Resolution verfasst, die unabhängige Ermittlungen zum Tod von Colin Roach fordert.

Suzi hat Schwarz-Weiß-Aufnahmen gemacht.

Während sie die Abzüge wässert und an einer Wäscheleine über ihrem Bett aufhängt, blicken die Gesichter der hundertfünfzig Anwesenden auf sie herab.

Männer und Frauen in Mänteln, Schals, Hüten und Handschuhen runzeln die Stirn, blinzeln, starren sie an, unterdrücken Tränen, beißen sich auf die Unterlippen.

Sie sieht aschfahle Gesichter, wütende Gesichter, verwirrte und verzweifelte Gesichter.

Es wirkt wie eine Gedenkfeier, wie ein Staatsbegräbnis.

Nach der Versammlung sind sie auf die Straße gegangen – eine spontane Aktion, soweit Suzi das beurteilen konnte, um einen unabhängigen Ermittlungsausschuss zu fordern.

Suzi hatte ihr Notizbuch dabei, sie war nicht die einzige Journalistin. Sie hat beobachtet, wie uniformierte Polizisten einen Mann mit flacher Ledermütze und Lederjacke in die Mangel nahmen, der eine Kamera um den Hals trug. Sein Name war Roy Cornwall, wie sie später erfahren hat.

Sie schaut zu, wie sich das Foto entwickelt. Ein Uniformierter, der Roy Cornwall nicht direkt ansieht, streckt seine Hand nach dessen Kamera aus. Neben ihm ein Mann mit grimmigem Gesichtsausdruck, daneben ein weiterer Mann mit einer Videokamera.[93]

Dahinter Uniformierte, die sich zwischen die Demonstranten drängen.

Das nächste Foto entwickelt sich –

Suzi hat gesehen, wie Uniformierte die Demonstranten in der Nähe der Polizeistation einkesselten. *Schlagstöcke raus, Schilde hoch.* Sie identifizierten die lauteste Gruppe. *Die skandierten: Wer hat Colin Roach getötet?* Die Uniformierten zeigten und nickten in deren Richtung und pickten sich eine Handvoll junger schwarzer Männer heraus. *Die Männer wurden auf den Boden geworfen, und die Uniformierten knieten sich zu zweit oder zu dritt auf je einen der jungen Schwarzen.* Sie hat gesehen, wie einige der jungen Männer in die Polizeistation geschleppt, geschleift, gezerrt wurden. *Die Arme hinter dem Rücken, Fäuste in den Seiten.*

Suzi blättert in ihrem Notizbuch. Sie hat mit einem jungen Schwarzen gesprochen, Delroy Thompson, der ihr erzählte:

»Ich habe Colin Roach gekannt. Ich glaube nicht, dass er in eine Polizeistation gegangen wäre, um sich umzubringen, wie uns die Polizei glauben machen will. Ich habe an der ersten Demonstration teilgenommen, weil ich die Forderung nach einem unabhängigen Ermittlungsausschuss unterstütze. Ich weiß, dass eine Untersuchung durch den Coroner niemals die Wahrheit ans Licht bringen wird.«[94]

Die Untersuchung durch den Coroner hätte morgen beginnen sollen, aber in der Sitzung kam heraus, dass sie auf frühestens April verschoben werden soll.

Suzi hat mit einem der Uniformierten gesprochen, der ihr erklärte:

»Kein Kommentar. Dies ist eine nicht geplante, nicht angemeldete, illegale Ansammlung von Menschen, und wir halten uns an das Gesetz, indem wir dafür sorgen, dass sie sich augenblicklich und friedlich auflöst.«

Ein weiteres Foto ist fertig entwickelt, diesmal von der Versammlung.

Es zeigt die Menge, ihre Gesichter, aufgenommen in der Nähe der Bühne –

Sie betrachtet es, betrachtet die Gesichter.

Eines im Hintergrund sticht besonders hervor.

Ein junger weißer Mann, die Arme verschränkt, der Blick neugierig, offen, aufmerksam –

Sie studiert dieses Gesicht, sie kennt dieses Gesicht –

Scheiße, denkt sie.

Das letzte Mal hat sie dieses Gesicht in dem Hotelzimmer in Bloomsbury gesehen, das sie sich kurz mit Dai Wyn geteilt hat.

Einer der jungen Kerle.

Er sieht jetzt ein bisschen älter aus, ist ein bisschen schicker gekleidet, aber es ist definitiv er.

Rathaus.

Bei einbrechender Dunkelheit sitzt Jon Davies in seinem Büro und listet im Schein einer Schreibtischlampe die wichtigsten Auseinandersetzungen zwischen der schwarzen Community und der Polizei in den letzten Jahren auf.

Im Dezember 1978 wurde in Stoke Newington (wieder einmal) ein junger Schwarzer namens Michael Ferreira bei einer Schlägerei von einigen weißen Jugendlichen niedergestochen. Seine Freunde trugen ihn blutend zur Polizeistation, wo man Michael und seine Freunde verhörte, anstatt ihnen zu helfen. Michael starb an seinen Verletzungen, bevor er ins Krankenhaus eingeliefert werden konnte.

April 1979, St. George's Day, Todestag von Blair Peach. Blair Peach lebte in Hackney und protestierte in Southall gegen die National Front, als er von einem Mitglied der Special Patrol Group auf den Kopf geschlagen wurde. Blair Peach erlag noch am selben Abend seinen Verletzungen. Im Zuge der internen Ermittlungen untersuchte man die Spinde der SPG: Man fand nicht offiziell zugelassene Schlagstöcke, Prügel, Messer, Brechstangen, eine Peitsche, einen Holzstock von einem Meter Länge, einen mit Blei beschwerten Totschläger sowie verschiedene Objekte mit Nazi-Motiven. Kein Polizeibeamter konnte als Täter identifiziert werden, obwohl sich inzwischen vierzehn Zeugen gemeldet hatten, die den tödlichen Schlag beobachtet hatten.

Im Februar 1980 waren fünf Einheiten der Special Patrol Group in Hackney im Einsatz. Diese Entscheidung war nicht mit den anderen Behörden abgesprochen. Commander Mitchell wurde mit den Worten zitiert: »Ich fühle mich nicht verpflichtet, irgendjemandem von meinen polizeilichen Aktivitäten zu berichten.«

Im Dezember 1981 wurde ein Schwarzer, Newton Rose, wegen Mordes an Anthony Donnelly, ein Weißer aus Clapton und bekanntes Mitglied der National Front, verurteilt und inhaftiert. Im folgenden Jahr wurde Newton Rose wegen »schwerwiegender Mängel in der Beweisführung während des Prozesses« freigelassen. Oder mit anderen Worten: Er war Opfer eines abgekarteten Spiels gewesen, und man hatte ihm die Tat in die Schuhe geschoben.

Im April 1982 wurde einem schwarzen Ehepaar, den Rentnern David und Lucille White, eine Entschädigung von 51 000 Pfund zugesprochen, weil sie von der Polizei von – man ahnt es bereits – Stoke Newington »mehrfach gewalttätige und unmenschliche Behandlungen« erlitten hatten.

Das ist ein verdammter Skandal, denkt Jon. Und das sind nur die Fälle, die öffentlich bekannt geworden sind.

Er denkt: Was können wir tun?

Er greift zum Telefon und wählt die Privatnummer von Godfrey Heaven. Er fragt sich, was Godfrey wohl abends zu Hause so treibt.[95]

Noble betritt gerade seine Wohnung, da klingelt das Telefon –

»Chef?«

»Parker.«

»Da gibt es was, das du vielleicht wissen solltest.«

»Schieß los.«

»Die rothaarige Kleine, die bei der Geschichte im Hotel vor ein paar Jahren dabei war.«

»Was ist mit ihr?«

»Sie war heute dort, hat Fotos gemacht und herumgeschnüffelt.«

»Ist sie eine von denen?«

»Ich glaube nicht.«

»Hat sie dich erkannt?«

»Auf keinen Fall.«

»Warum sprichst du nicht mit dem Komitee und bürgst heimlich für sie? Kriegst du das hin?«

»Klar, Chef.«

Noble nickt zufrieden. »Dann bis morgen früh.«

Im Mund, auf der Zunge, in der Kehle schmeckt er Lea.

Und da ist sie, lächelnd.

Lea, ein Glas in der Hand, in einen warmen Mantel und einen Schal gehüllt, mit einem breiten Lächeln, schaut zum Mond hinauf, gebadet im Licht des nächtlichen Himmelskörpers, schaut sich fasziniert um, mit leuchtenden Augen –

»Bringst du alle deine Frauen hierher?«

»Alle meine Frauen«, sagt Noble langsam. »Alle meine Frauen.« Er lächelt. »Klar doch, alle.«

Lea kuschelt sich an ihn. »Die Aussicht ist fantastisch. Was ist das, die Nelsonsäule?«

»Kluges Mädchen.«

Die beiden sitzen auf einer Bank auf dem Dach von Nobles Apartmenthaus, trinken Rotwein und wärmen sich an einem Feuer in einer Metallschale.

Noble stochert darin herum, legt Holz nach.

»Außer uns kommt niemand hier hoch«, sagt er. »Soweit ich weiß.«

»Ist ziemlich gut zu sehen von hier.« Lea deutet auf den Post Office Tower. »Das höchste Gebäude von London. Wohnst du deshalb hier?«

»Es ist nicht mehr das höchste«, lächelt Noble. »Falsch getippt, Schatz.«

»Klugscheißer.«

»Es gibt noch ein höheres in der Stadt, das NatWest.«

»National Westminster. Klar, das muss natürlich höher sein.«

»Warum das?«

»Mrs. Thatcher. Ein Symbol ihrer Politik.«

»Vermutlich. Bist du immer noch ein Fan?«

»Ich war nie ein Fan. Sie ist eine Frau, das ist alles.«

»Du hast sie nicht gewählt?«

»Natürlich nicht, verdammt.«

Noble nickt. »Nicht, dass es einen Unterschied gemacht hätte.«

»Nein, hätte es nicht.«

»Es war Zeit für eine Veränderung, die Siebzigerjahre waren schrecklich.«

»Das lag an den Streiks.«

»Vielleicht.«

Noble denkt an Dai Wyn und deutet auf den Post Office Tower. »Weißt du von der Bombe, die dort vor zehn Jahren in der Herrentoilette hochgegangen ist?«

Lea schüttelt den Kopf.

»Das Gebäude unterliegt strengen Geheimhaltungsmaßnahmen. Staatliche Kommunikation und so.«

»Woher weißt du dann davon?«

»Eigentlich weiß ich es gar nicht.«

Lea schnuppert am Wein und nippt.

Noble schürt die Glut, Flammen züngeln aus der Schale.

»Eine anarchistische Gruppierung steckte dahinter. Die Angry Brigade nannten sie sich.«

»Hinter was?«

»Der Bombe, Blondie.«

»Ich habe dir doch gesagt, du sollst nicht so überheblich tun. Ich habe noch nie von denen gehört.«

Noble lächelt, legt seine Hände um Leas Gesicht. Er küsst sie –

»Man hat ihnen den Prozess gemacht, den Stoke Newington Eight, wie sie genannt wurden. Vier von ihnen haben zehn Jahre bekommen.«

»Und die anderen vier?«

»Die haben sich wieder beruhigt.«

Lea lacht. »Sehr lustig.«

»Das Problem ist, dass mindestens einer der vier Verurteilten nichts mit dem Anschlag zu tun hatte, vielleicht auch zwei. Allerdings waren sie an anderen Bombenanschlägen beteiligt.«

»Und deshalb war die Verurteilung okay?«

»Aus staatlicher Sicht schon. Einem Schuldigen was in die Schuhe zu schieben, ist ein geschickter Schachzug.«

»Klingt aber fragwürdig.«

»Das Ganze ist eine vertrackte Geschichte.«

Lea dreht sich um, ihre Augen leuchten, ihr Lächeln wird breiter –

»Warum erzählst du mir das?«

Noble wendet sich ihr zu, mit offenem Blick, seine Hände kribbeln –

»Weil es gewisse Parallelen mit dem hat, was ich getan oder besser angerichtet habe. Allerdings nicht mit dem, was ich jetzt tue. Alles hat sich zum Besseren gewendet.«

Lea nickt, sie wirkt nachdenklich –

Noble schenkt Wein ein, unten dröhnt der Verkehr, Flugzeuge brummen –

»Warst du deshalb so lange weg?« Lea nickt ernst.

Noble lacht. »Ich war nicht im Knast, Liebes.«

»Das weiß ich.«

»Aber ja, es war ein Grund.« Noble nickt, seine Lippen sind feucht, seine Augen auch. »Ich habe einen Fehler gemacht, aber ich habe daraus gelernt, und sie haben mir eine zweite Chance gegeben.«

»Ja?«

»Ja.« Noble beugt sich vor, er lächelt. »So wie du.«

»Du hast diese Chance gebraucht, oder?«

»Das habe ich.«

Beide hängen ihren Gedanken nach.

VIERTER TEIL

Doppeldenk

1
Buffalo Gals

Februar 1983

Aus *Inside the Inner City: Life Under the Cutting Edge* von Paul Harrison, 1983: »Selbst für die Verhältnisse in Inner London ist Hackney ein ungewöhnlich benachteiligtes Gebiet. Es hat den zweithöchsten Anteil an überbelegten Haushalten in Inner London, den zweithöchsten Anteil an Arbeitern (zwei Drittel), den zweithöchsten Anteil an Haushalten ohne Auto (zwei Drittel), die zweithöchste männliche Arbeitslosenquote (22 Prozent im Januar 1982) und den zweithöchsten Anteil an Pflegekindern (ein Kind von vierzig). Bei all diesen Kriterien liegt Tower Hamlets, das gemeinhin als Londons East End bezeichnet wird, an der Spitze. Aber Hackney liegt bei anderen Indikatoren vor Tower Hamlets: Es hat den zweithöchsten Anteil (nach Haringey) von Menschen, die in Haushalten mit einem New-Commonwealth-Haushaltsvorstand leben (27 Prozent), und die zweithöchste Rate (nach Lambeth) an Gewaltverbrechen. Bei einer Reihe anderer Faktoren liegt Hackney an der Spitze. Es hat die höchste Frauenarbeitslosigkeit in London und den höchsten Anteil an Alleinerziehenden (mit 15 Prozent der Kinder unter sechzehn Jahren). Es hat den bei Weitem höchsten Anteil an unbewohnbaren Wohnungen – jede fünfte ist unbewohnbar – und das bei Weitem niedrigste Bildungsniveau in London. Es hat den höchsten Anteil an registrierten Behinderten in London. Hier ist die Luftverschmutzung am höchsten. Und es hat die Ehre, der einzige Bezirk in Inner London ohne U-Bahn-

Station zu sein. Die Einkommen in Hackney sind die niedrigsten in London und liegen weit unter dem nationalen Durchschnitt, obwohl die Wohn- und Transportkosten weit über dem Durchschnitt liegen. Im April 1981 betrug der durchschnittliche Wochenlohn für Männer 133,50 Pfund und für Frauen 94 Pfund – in beiden Fällen das Schlusslicht im Großraum London. Jeder dritte männliche Arbeitnehmer verdiente weniger als 100 Pfund pro Woche, jeder zehnte weniger als 72,30 Pfund. Diese Zahlen beziehen sich auf Vollzeitbeschäftigte, deren Verdienst nicht durch Fehlzeiten beeinträchtigt wurde: Die Durchschnittseinkommen in Hackney, die durch hohe Teilzeit- und Kurzarbeitsquoten, Entlassungen, Fehlzeiten und Arbeitslosigkeit nach unten gedrückt werden, liegen weit darunter.«[96]

Parker

Wichtig ist, dass du dein Wissen als Polizist einsetzt, ohne dich selbst zu verraten. Du kannst Einblicke geben, du kannst ihnen Dinge zeigen, die sie nicht wissen, und dich damit unersetzlich machen. Nehmen wir dieses Beispiel: Die dritte Demonstration ist die erste, die vom Roach Family Support Committee organisiert wird, also die erste, bei der die Teilnehmerzahl etwas höher ist, aber auch die erste, bei der die Polizei sich darauf einstellen kann und sie in der Folge als Marsch oder Kundgebung behandelt, also jeden Teilnehmer aus irgendeinem Grund verhaften kann. Daher ist es nicht verwunderlich, dass die Zahl der Festnahmen von siebzehn in der Vorwoche und einer Handvoll in der Woche davor auf fünfundzwanzig angestiegen ist. Der Punkt ist, dass die Kampagne jetzt legal ist, dass sie vom Komitee organisiert wird und nicht nur von Familie und Freunden, dass sie friedlich ist und dass sie auf eine unabhängige öffentliche Ermittlung drängt. Aber genau das gefällt der Polizei nicht, in ihren Augen gibt es dafür keine Notwendigkeit, also kriminalisieren sie jede Beteiligung, wo immer sie können. Ein Junge aus der Nachbarschaft, Delroy, wird der Gewaltanwendung und des Tragens einer Waffe beschuldigt. Du bist sicher, dass er keine Waffe bei sich hatte, aber niemand kann es zu diesem Zeitpunkt beweisen: Die Verhaftung beruhte auf einem unbegründeten Verdacht, aber wenn du den Fall weiterver-

folgst, wird der Junge noch mehr Ärger kriegen – bevor es überhaupt zu einer Verhandlung kommt. Also rätst du Delroy, Berufung einzulegen und darauf hinzuweisen, dass der Teil mit der Angriffswaffe eine schwerwiegende Unterstellung ist, und das wird den Beamten, der ihn verhaftet hat, ein wenig nervös machen, und plötzlich besteht die Chance, dass die Anklage fallen gelassen wird. Das Gleiche gilt für diesen Studenten Chas Holmes, einen Aktivisten, der verhaftet und wegen Strafvereitelung angeklagt wurde. Du hast gesehen, wie der junge Chas, der nicht besonders bösartig ist, eingegriffen hat, als ein anderer Junge verhaftet wurde. Sein Eingriff bestand lediglich darin, nach dem Namen und der Adresse des Jungen zu fragen. Keine illegale Handlung. Du sagst Chas, dass er auf die Beweise achten soll, denn der Polizist behauptet, dass der junge Chas ihn in den Schwitzkasten genommen hat, und du sagst Chas, dass das eine Körperverletzung ist und keine Strafvereitelung, also soll er genau auf die Anklagepunkte achten. Noble hat dann die gute Idee, dass du dich weiter einbringen sollst, indem du ihnen bei taktischen Fragen hilfst. Beispielsweise indem du dem Komitee Fragen vorschlägst, die sie stellen sollen, und die Noble dir basierend auf seinen Erkenntnissen empfiehlt, aber ohne dir zu sagen, auf was sie genau abzielen. Fragen wie: In welcher Position befand sich Colin Roachs Leiche, als sie entdeckt wurde? Wie viele Beamte waren anwesend, als Colin gefunden wurde? Welche Gegenstände, wenn überhaupt, hatten Kontakt mit seinem Körper, und wo genau befanden sie sich, als er entdeckt wurde? Wo ist die Tasche, die Colin bei sich trug, und wie groß ist sie? Hat Colin Handschuhe getragen oder nicht? Diese Fragen verschaffen dir in den Augen des Komitees noch mehr Respekt, und als ein offizieller Fotograf gebraucht wird und jemand eine Rothaarige erwähnt, kannst du für sie bürgen und ihr helfen, den Zuschlag vor ein paar anderen Jungs zu bekommen. Und als die Stoke Newington and Hackney Defence Campaign ihre Arbeit aufnimmt und jede Woche mehr Leute verhaftet werden, kommt deine Spürnase, dein Polizistenwissen, zum Einsatz, und du hältst dich bedeckt, aber du verrätst ihnen ein paar Kniffs und Tricks, und sie vertrauen dir, aber von der Rothaarigen hältst du dich fern. Du versorgst ein paar andere Jungs, die in Parks und Cafés und Spielhallen und Dönerläden abhängen, mit Informationen, und dann erzählt dir einer von ihnen von einem Typen, der einen Typen kennt, der einen Typen kennt, der einen gewissen Dalston Yardie kennt, der sehr unglücklich darüber ist, dass gewisse neue Märkte von gewissen korrupten Bullen übernommen worden sind, und dass du, wenn du wissen willst, wo du dein Crack kaufen kannst, zuerst nach Stoke Newington fahren musst. Am selben Tag erfährst du von jemandem, dass das Roach Family Support Committee an den Innenminister geschrieben hat, und es herrscht eine gewisse Aufbruchstimmung, und das gefällt dir, es fühlt sich gut an, als wärst du auf der Seite der Gewinner, zumindest der moralischen Gewinner.[97]

Mrs. Thatcher hat wieder mal Willie Whitelaw am Telefon. Willies Redeschwall ist nicht zu bremsen, und sie, Mrs. Thatcher, will endlich zur Sache kommen.

»Wenn Sie erlauben, unterbreche ich Sie an dieser Stelle, Willie«, sagt sie.

Willies Schweigen ist wohltuend.

»Sie kennen unsere Position zu diesem Thema, es ist Wahljahr. Wir verlautbaren, und diese Formulierung möchte ich Ihnen ans Herz legen, dass wir ›die Notwendigkeit einer vollständigen, unabhängigen öffentlichen Untersuchung in dieser Angelegenheit akzeptieren‹, aber diese Notwendigkeit durch die geplante öffentliche Untersuchung voll und ganz erfüllt sehen.«

»Ich verstehe, Premierministerin, aber ...«

»Ja, Willie, eine Untersuchung durch den Coroner ist keine unabhängige Ermittlungskommission, ich weiß, wir alle kennen den Unterschied. Trotzdem bleibt es dabei, ohne Ausnahme. Ich überlasse es Ihnen, das hinzubiegen, mit dem Ihnen eigenen Fingerspitzengefühl. Verstanden?«

Dann legt Mrs. Thatcher auf.

Die Abgeordneten sollen davon halten, was sie wollen, Petitionen unterschreiben, so viel sie wollen. Die Zeit wird ihr in die Hände spielen.

Willie zeigt kein Rückgrat, denkt sie, einerseits bastelt er an einem neuen härteren Polizeigesetz, und dann ist er so zögerlich wegen dieser öffentlichen Untersuchungen –

»Man könnte meinen, er sei weich geworden«, murmelt Denis im Vorbeigehen. »Eher schlaff.«

Stimmt.

Natürlich wird das neue Polizeigesetz Menschen für kriminelles oder asoziales Verhalten bestrafen, für das andere Gesetze und Verordnungen dieser Regierung überhaupt erst die Bedingungen *geschaffen* haben: miserable Wohnverhältnisse, Arbeitslosigkeit und so weiter.

Aber sie wird sich in dieser Hinsicht nicht janusköpfig zeigen, zumindest nicht privat.

Thatcherismus ist ein Begriff, den sie immer öfter hört.

Ihr, Mrs. Thatcher, gefällt das.[98]

Es ist kurz nach fünf Uhr morgens, und Suzi steht auf dem offenen Oberdeck eines Londoner Doppeldeckerbusses. Durch ein Fernglas beobachtet sie den Sonnenaufgang über Paul Weller, der auf einem Hügel in Malvern, Worcestershire, in einem Schaukelstuhl sitzt.

Sie sind in Malvern, um das Video zu »Speak Like a Child«, der ersten Single von The Style Council, zu drehen. Die Grundidee ist, einfach in der Natur herumzutollen.

Suzi und Keith sind dabei, um das Team zu komplettieren, bei diesem höheren Blödsinn, wie Keith sagt.

Paul Weller, Mick Talbot und Tracie Young, die auf der Single die Backing Vocals singt, sowie Nicky Weller und einige andere werden im Video mitspielen.

Suzi hat zugesagt, weil sie für eine Weile aus London rauswollte und noch nie bei einem Videodreh dabei war –

Wie sich herausstellt, ist das Budget äußerst knapp kalkuliert.

Der Regisseur Tim Pope hat, um seine Vision dieses Sonnenaufgangsmoments zu verwirklichen, die gesamten fünfzehntausend Pfund für Hotelzimmer, den Doppeldecker und den Schaukelstuhl ausgegeben.

Suzi hat die Erlaubnis, Fotos und Notizen zu machen, und sie überlegt, das Ergebnis als Reportage zu vermarkten. Irgendjemand wird sicher daran interessiert sein, ein paar Tausend Worte und ein halbes Dutzend Bilder darüber zu veröffentlichen, was Paul Weller gerade so treibt – so geheimnisumwittert, wie er seit der Auflösung von The Jam ist. Cleverer Bursche.

Es ist ein wunderschöner Morgen. Auf den Hügeln liegt Schnee, die Bäume sind mit Raureif überkrustet, kalte, sonnige Luft –

Ein paar Mädchen – unter ihnen auch Suzis alte Freundin The Child – und einer der Jungs sind als Hippies verkleidet, mit rosa Kaftanen und Hüten, weißen Stiefeln und kurzen Röcken. Tim Pope filmt sie im Nebel auf einem Hügel, während sie herumtanzen und auf Plastiktrompeten spielen.

Später sitzen alle im Bus, Paul Weller trägt einen eleganten Regenmantel und einen karierten Schal, die Haare kurz geschnitten, und er singt und spielt, duckt sich unter Ästen hindurch, während der Bus herumfährt, lächelt schief und versucht, nicht das Gleichgewicht zu verlieren. Tracie Young trägt ein schwarzes Kleid, einen schwarzen Mantel und einen schwarzen Hut und sieht sehr cool aus, während sie hinten im Bus sitzt und ihre Parts mimt.

Später stellen sie den Schaukelstuhl und Mick Talbots Orgel auf ein eisiges, schlammiges Feld. Paul Weller hat seinen Regenmantel ausgezogen, er trägt jetzt einen schicken bunten Pullover, blau, grün, weiß, die Tänzer umringen ihn, wirbeln

Regenschirme herum. Suzi klettert mit Tim Pope den Hügel hinauf, um die Seite des Doppeldeckerbusses zu fotografieren, auf der in kindlicher Handschrift geschrieben steht:

really free ← aren't we!?!

Dann ein Bergrücken im Nebel, die Sonne bricht durch, und Paul Weller und Tracie Young und Mick Talbot frösteln und lächeln sich erneut durch den Song.

Irgendwann sagt Tim Pope: »Wir haben's im Kasten, Leute. Ich werde das Filmmaterial noch mit verrückten Farben nachbearbeiten, so ähnlich wie Graffiti, und das war's.«[99]

Danach geht's zurück in die Hotelbar –

Sie tun so, als würden sie Paul Weller interviewen, mit Mick Talbot als Timmy Mallet, und Paul Weller lässt sich darauf ein, nur so zum Spaß, und alle lachen –

Ich hasse diese ganze Weichei-Popmusik, die wir im Moment zu hören kriegen, wie Duran Duran und all diese Lackaffen.

Kajagoogoo?

Ist doch dasselbe.

Eddy Grant?

Nein, die Musik taugt nichts, obwohl er ein ziemlich guter Songschreiber ist.

Keith stupst Suzi an, und sie verzieht das Gesicht: *was?*

Eigentlich mag sie Eddy Grant.

Gibt es in Großbritannien zurzeit überhaupt etwas, das dir gefällt?

O ja! Culture Club sind großartig! George hat eine tolle Stimme. Fun Boy Three sind fantastisch.

Deine Lieblingsplatte in den Charts?

Orange Juice mit »Rip It Up«, vor allem die 12-Inch-Version.[100]

Dann setzt sich Paul Weller neben Suzi, hält eine Mappe in der Hand und will ihre Meinung zu einigen Promofotos für die Single hören, die sie vor ein paar Wochen in Boulogne gemacht haben.

»Klar doch, Paul«, sagt Suzi. »Lass mal sehen.«

Paul Weller holt die Fotos heraus. Suzi betrachtet sie –

»Wer hat die gemacht?«

Paul Weller erklärt, dass sie von Peter Anderson sind.

Suzi nickt. Sie geht sie durch, hält eines hoch und sagt: »Das hier.«

Paul Weller nickt.

Es ist eine Aufnahme von Paul Weller und Mick Talbot neben einer Wand, auf die der Slogan YANK BASES OUT gesprüht ist, und in kleinerer Schrift: WHICH CONTINENT IS THIS? OURS OR THE USA?

Paul Weller erklärt Suzi, dass sie auf das Cover den Schriftzug *a record by new Europeans* drucken und in viele Sprachen übersetzen wollen.[101]

Suzi nickt. »Clever«, sagt sie.

Paul Weller grinst.

Aus der Stereoanlage der Hotelbar tönt ein seltsamer Song, schräges Geschrei, gescratchte Vinyls, Samples, sich wiederholende Synthies –

»Was zum Teufel ist das?«, fragt jemand.

Suzi meint, das sei eine Art Avantgarde-Performance.

Keith schreit: »Das ganze Scratchen verursacht mir Juckreiz«, und alle lachen.

»Seht ihr«, sagt Keith. »Punk ist tot, und Mr. Weller hier hat das schon vor langer Zeit festgestellt.«

»Wer *ist* das?«, fragt jemand.

»Malcolm McLaren«, erklärt Keith. »Der Pate des Punk. Der Song heißt ›Buffalo Gals‹. *Go round the outside*, ist der Refrain. Schau über den Tellerrand, setze dich über Grenzen hinweg«, fügt er nachdenklich hinzu.[102]

»Das ist verdammter Lärm.«

»Denkt an meine Worte«, sagt Keith, »er ist auf etwas gestoßen.«

»Eher mit dem Kopf *gegen* etwas«, sagt jemand, und wieder lachen alle.

»Brooklyn, Harlem, Queens, die Slums, ihr wisst schon«, meint Keith. Er nickt in Richtung Decke. »Da ist das nächste große Ding, Tanzpartys wie diese. Das ist politisch, innovativ aus der Not heraus.«

Paul Weller legt die Fotos weg, bedankt sich bei Suzi und steht auf –

Wieder zu Hause hört Suzi Eddy Grant und geht die Notizen durch, die sie sich für das Bulletin des Roach Family Support Committee gemacht hat.

Die Beziehungen zwischen der schwarzen Gemeinde und der Polizei sind empfindlich gestört. Eine mögliche Ursache ist die Kluft zwischen denen, die Gesetze machen, und denen, die für ihre Durchsetzung sorgen.

Sie hat die *Hackney Gazette* gelesen, in der wiederholt der Name Godfrey Heaven aufgetaucht ist, der Vorsitzende des neuen Police Committee im Bezirksrat.

Sie hat ihn angerufen und tolle O-Töne aufgezeichnet.

»Sir Kenneth Newman. Der Metropolitan Police Commissioner. Er hat eine Menge Managementtheorie der weniger hilfreichen Art in sich aufgesogen, was sich in jeder seiner Äußerungen zeigt. Seine schriftlichen Verlautbarungen sind ungenießbar; die lokalen Londoner Bobbies verdrehen beim Lesen die Augen. Er hat keine Ahnung von dem, was man ›Soziologie schwarzer Londoner Familien‹ nennen könnte. Die jungen schwarzen Männer, die mit seinen Officers nicht klarkommen, fordert er auf, sich ein Beispiel an ihren gesetzestreuen, religiösen, gehorsamen Müttern zu nehmen.«

Suzi mag seinen Stil.

»Das Hackney Council Police Committee hat nur insofern amtliche Befugnisse, als es vom Verwaltungsapparat der lokalen Behörden unterstützt wird und seine Mitglieder gewählte Volksvertreter oder kooptierte Mitglieder von Organisationen wie dem Community Relations Council sind. Oberste Kontrollinstanz der Londoner Polizei ist nach wie vor das Innenministerium. Davon kann man halten, was man will.«

Suzi sagte zu Godfrey Heaven, er klinge wie ein echter Aktivist. Sie fragte nach seinem Hintergrund.

»Ob ich mich mit den Dingen auskenne, über die ich mich so lautstark verbreite und die den Thatcheristen offensichtlich ein Dorn im Auge sind? Zufällig ja. Denn ich habe in der John Campbell Road gewohnt und die Unruhen von 1981 aus nächster Nähe miterlebt. Die Polizei hat unsere Mülltonnendeckel geklaut und sie als Schutzschilde benutzt. Im Jahr darauf hat mein Weg zum Rathaus durch die Sandringham Road geführt, die damals teilweise als die ›Frontlinie‹ bekannt war. Auf viele mag ich wie ein junger Klugscheißer wirken, der ein Wörterbuch verschluckt hat, aber ich lebe in dieser Gegend, und ich kenne sie gut. Zu den schädlichsten Verhaltensweisen der Polizei gehört die inoffizielle Empfehlung an alle Haushalte der Mittelschicht, das Viertel zu verlassen, solange es noch geht.

Es besteht kein Zweifel, dass die Polizei derzeit auf den Straßen eine ausgeprägte Kultur der Feindseligkeit etabliert, insbesondere gegenüber schwarzen Männern. Es gibt halbherzige Versuche, daran etwas zu ändern, etwa indem hochrangige Polizeibeamte Einführungskurse im multikulturellen Roots Pool in der Montague Road besuchen. Der Modebegriff dort heißt ›Inner City‹. Wir dagegen werden als ›Problemviertel‹ abgestempelt.«[103]

Suzi überlegt, was für das Committee und die Familie des Toten am ärgerlichsten ist.

Der Blickwinkel der weißen Politiker.

Sie schreibt:

Wer kann ihnen den Protest verübeln, wenn Ursache und Wirkung so krass vertauscht werden?

Sie denkt darüber nach, einen Artikel über die radikale Verschlechterung der Beziehungen zwischen der schwarzen Community und der Polizei zu schreiben.

Jon Davies sitzt auf seinem Fahrrad und schaut zu, wie sein Sohn über den Pausenhof der Rushmore Infants' School zu seinen Freunden Shaun, Wally, Shuhel und Simeon rennt. Er sieht glücklich aus, sehr glücklich und entspannt, sein Sohn.

Er hat ein paar harte Wochen hinter sich.

Eines Nachmittags nach der Schule, als er darauf wartete, von Jackie abgeholt zu werden, wurde er in den engen Flur gedrängt, wo sie ihre Mäntel aufhängen, und ein älterer Junge aus der Junior School auf der anderen Straßenseite zerkratzte sein Gesicht von der Schläfe bis zum Kinn mit einem Siegelring.

Der Kratzer sah nicht sehr schön aus, aber es war nur ein Kratzer, und man musste sich keine großen Sorgen um seinen körperlichen Zustand machen.

Als er in den Hauptflur zurückkam, bemerkte ihn seine Lehrerin, Mrs. Wilson, und rief Mrs. Walkinshaw. Während der Junge sich in ihrem Büro ausruhte und von ihrer Sekretärin mit Keksen und Saft versorgt wurde, nahm sich Mrs. Walkinshaw den älteren Jungen vor.

Jon weiß nicht genau, was Mrs. Walkinshaw gesagt oder getan hat, aber dieser Junge – dieser junge Mann, er war verdammt nochmal vierzehn – würde nie wieder einen Fuß in die Grundschule setzen.

»Was hatte er dort überhaupt zu suchen?«, fragte Jackie zu Recht.

Woher sollte er das wissen?

»Warum mein Sohn, womit hat er das verdient?«, schluchzte Jackie.

Es gab überhaupt keinen Grund, es war reine Willkür.

»Was soll ich meinem Sohn jetzt sagen?«, fragte Jackie.

Darauf antwortete Mrs. Walkinshaw:

»Er ist ein kluger Junge, Ihr Sohn. Sagen Sie ihm die Wahrheit: Ein großer Junge mit ernsthaften psychischen Problemen wollte jemanden verletzen, irgendjemanden, weil es ihm nicht gut ging, und er wollte etwas fühlen. Er wird die Hilfe bekommen, die er braucht, und in der Zwischenzeit wird er bestraft, und meine Schüler werden lernen, dass Mobbing und körperliche Gewalt falsch sind, egal aus welchem Grund.«

Das war ein guter Vorschlag, denkt Jon, und es hat tatsächlich funktioniert.

Mrs. Walkinshaw hat ein gutes Gespür für ihren Sohn, das muss er ihr lassen.

Er scheint nicht besonders traumatisiert zu sein, er scheint verstanden zu haben, dass es nichts mit ihm zu tun hat, und das ist die Hauptsache.

Mrs. Walkinshaw eilt auf Jon zu, winkt ihm.

Er lächelt zurück.

Sie nickt in Richtung des Jungen und seiner Freunde und sagt: »Er entwickelt sich sehr gut, Jon, er ist ein toller Junge.«

Jon lächelt. »Er kommt ganz nach seiner Mutter.«

Mrs. Walkinshaw klopft Jon auf die Schulter. »Sie sind in Ordnung, Jon«, sagt sie.

Einen Moment lang stehen sie schweigend beieinander, blicken auf die Schule mit ihren zwei symmetrischen Gebäudehälften, den roten Backsteinmauern, den Schieferdächern und den gemauerten Schornsteinen, den Giebeln im Osten und im Westen, den großen rechteckigen Fenstern –

»Dieser ältere Junge«, sagt Mrs. Walkinshaw, »wurde in ein Pflegeheim gebracht.«

Jon nickt.

»Seine Familienverhältnisse sind schwierig. Sein Vater ist nicht da, und seine Mutter hat Probleme.«

»Das ist schlimm«, sagt Jon.

»Das ist es. Diese kleinen schwarzen Jungs ohne männliche Vorbilder haben es schwer.«

»Ich verstehe.«

Mrs. Walkinshaw nickt wieder in Richtung des Jungen und seiner Freunde. »Er lebte in derselben Siedlung wie Shaun – in Pembury.«

Jon nickt.

Er war schon ein paarmal dort, um den Jungen von seiner Fußballmannschaft abzuholen.

Es sind gute Fußballer, diese Kids, besser als er in ihrem Alter.

Organisierter, konzentrierter.

»Es gibt dort ein paar Probleme«, sagt Frau Walkinshaw, »aber es ist auch eine Gemeinschaft. So wie wir eine Gemeinschaft sind.«

»Das sind wir, Mrs. Walkinshaw«, sagt Jon, obwohl er nicht genau weiß, was sie damit meint.

»Denken Sie einfach daran, dass wir alle Teil einer Gemeinschaft sind«, fügt sie lächelnd hinzu.

»Das sind wir.«

Mrs. Walkinshaw holt tief Luft und lächelt. »Sie sind ein guter Mann, Jon Davies.«

»Es ist ein schmutziger Job«, scherzt Jon, »aber einer muss ihn ja machen.«

Beide lachen so laut, dass im Pausenhof Köpfe geschüttelt werden und irritiertes Gemurmel zu hören ist –

Rathaus.

Jon Davies und Godfrey Heaven stehen über Jons Schreibtisch gebeugt und gehen noch einmal den Wortlaut ihres Antrags durch:

»Der Bezirksrat soll alle ihm zur Verfügung stehenden

Maßnahmen ergreifen, um die Zahlung der Polizeiabgaben zu verweigern, sowohl als Ausdruck des Ärgers über den Missstand bei der Polizeiarbeit in Hackney, als auch um die Aufmerksamkeit der Regierung auf die Forderung nach einer unabhängigen Untersuchungskommission zur Polizeigewalt in Hackney zu lenken.«

»Bei diesen Abgaben geht es um vier Millionen Pfund, nicht wahr?«, fragt Jon.

Godfrey Heaven nickt.

»Sie werden wissen wollen, was wir stattdessen damit machen«, sagt Jon.

Wieder nickt Godfrey Heaven.

»Irgendwelche Ideen, Godfrey?«, fragt Jon.

Godfrey lächelt. »Ich antworte mit einer Gegenfrage: Gibt es nicht bessere Wege, das Geld auszugeben, um die Kriminalität zu verringern?«

»Du meinst, es gibt bessere Methoden, die Kriminalität zu reduzieren, als die Polizei zu finanzieren.«

»Nein, nicht ganz. Wenn man der Polizei die Gelder streicht, setzt man Haushaltsmittel frei, um die *Wurzeln* der Kriminalität zu bekämpfen, nämlich die Ungleichheit, die durch das völlige Desinteresse der Thatcher-Regierung an der Arbeiterklasse und den sozial Schwachen entstanden ist.«

»Aber wie genau? Willst du ein paar Spielplätze bauen, oder was?«

»Das ist egal, Jon, wichtig ist, dass wir anfangen, miteinander zu reden.«

»Und wenn wir damit durchkommen?«

»Damit kommen wir nie durch.«

Jon kratzt sich an der Wange. »Ich kann dir ehrlich gesagt nicht ganz folgen, Godfrey.«

»Oh, wir werden den Antrag durch den Ausschuss bekommen, ohne Probleme. Wir sind die aufstrebende Partei. Aber es ist eine Geste, Jon, das ist alles, ein Misstrauensvotum gegen die Polizei. Wir können das Geld nicht zurückhalten, das wäre illegal, und der Bezirksrat wird nicht gegen das Gesetz verstoßen.«

»Okay.«

»Aber hinter dieser Geste steckt noch mehr.«

»Wahrscheinlich wirst du es mir gleich verraten.«

Godfrey Heaven lächelt. »Damit bringen wir zum Ausdruck, dass wir nur unter Protest zahlen: Jedes Jahr geben wir Steuergelder für die Polizei, aber London ist einzigartig in diesem Land, weil es keine gewählte Polizeiführung hat. Das ist der Punkt, und das werden wir der Presse mitteilen. Die Londoner Stadtbezirke ziehen alle an einem Strang.«

»Ein gefundenes Fressen für die Presse«, seufzt Jon.

»Wie unser geschätzter Kollege Patrick Kodikara mir gestern gesagt hat: Dreißig Prozent der Steuerzahler in Hackney sind Schwarze. Warum sollte der Bezirk die Polizei dafür bezahlen, dass sie uns schikaniert?«

»Gute Frage«, sagt Jon.[104]

Noble hat arbeitsreiche Wochen hinter sich. Er hat die diensthabenden Officers befragt, er hat den Gerichtsmediziner befragt, er hat die Verhörprotokolle gelesen, er hat die Polizeiberichte gelesen, er hat die Zeugenaussagen gelesen.

Er hat die scheinbar richtige Version der Ereignisse zusammengetragen, eine Version, die eine sehr undurchsichtige

Chronologie ergibt, eine verwirrende und widersprüchliche Abfolge von Geschehnissen.

Special Young hat ihn um ein Update gebeten, um einen schriftlichen Bericht, eine nüchterne und einfache Schilderung seiner Erkenntnisse, aber – und das ist entscheidend – ohne Namen, ohne Daten, ohne Referenzen.

Noble hat das Gefühl, dass es Young um glaubhafte Abstreitbarkeit geht. Wahrscheinlich wird Young dieses kleine Dokument nach oben weitergeben; er weiß nicht, an wen oder warum oder zu welchem Zweck, aber so ist es nun einmal.

Noble denkt: Im Grunde bin ich in einer ähnlichen Position wie Parker.

Er sitzt an seinem Küchentisch, vor sich ein leeres Blatt Papier und einen Kugelschreiber. Er nippt an seinem Tee, kaut auf seinem Toast. Er denkt: Nüchtern und einfach.

Er schreibt:

Nach Angaben der Polizei starb das Opfer im Eingangsbereich einer Londoner Polizeiwache an einer selbst zugefügten Schusswunde im Kopf.

Das Opfer betrat die Polizeistation freiwillig.

Freunde des Opfers bestätigten, dass das Opfer glaubte, dass »jemand hinter ihm her war«, und dass es Zuflucht in der Polizeistation suchte.

Das Opfer trug eine Sporttasche bei sich, in der sich nach Angaben der Polizei die Schrotflinte befand.

Die Sporttasche war nicht groß genug für eine Waffe dieser Größe.

Die Körperhaltung des Opfers und die Lage der Schrotflinte sprechen gegen eine selbst beigebrachte Schussverletzung aufgrund des Rückstoßes einer solchen Waffe.

Zwei Officers waren zur Tatzeit im Dienst, ihre Aussagen sind widersprüchlich.

Nach ihren Aussagen waren andere Beamte zuerst am Tatort, die Leiche und die Gegenstände um sie herum lagen an anderen Stellen.

In der Jackentasche des Opfers wurden von zwei verschiedenen Beamten Schrotpatronen gefunden.

Die Patronen wiesen keine Fingerabdrücke auf.

Auch auf der Schrotflinte wurden keine Fingerabdrücke gefunden.

Das Opfer trug keine Handschuhe.

In beiden Berichten heißt es, dass die Leiche und die sie umgebenden Gegenstände bis zum Eintreffen des forensischen Teams nicht berührt worden waren.

Der genaue Todeszeitpunkt ist nicht bekannt, er wird zwischen 23:30 Uhr und 24:00 Uhr angegeben, was mit der Art der Protokollierung in einer Polizeistation nicht vereinbar ist.

Es ist unklar, ob ein Beamter am Empfang saß, als das Opfer die Lobby betrat.

Noble faltet die beschriebene Seite, steckt sie in einen Umschlag, leckt die Gummierung ab, verschließt den Umschlag, steckt ihn in die Innentasche seiner Jacke, zieht seine Jacke an, ruft Lea zu: »Ich bin dann mal weg!«, und wartet einen Moment auf ihr leises Stöhnen der Zustimmung, des Abschieds, dann lächelt er und geht.

Godfrey Heaven hat Suzi auf eine sehr interessante Forschungsarbeit von John Fernandes aufmerksam gemacht, einem schwarzen Soziologen, der an der Hendon Police Cadet School unterrichtet.

Suzi studiert sie gerade.

Fernandes unterrichtet seit Mitte der Siebzigerjahre in Hendon und leitet derzeit einen Kurs für multikulturelle Studien, nachdem Lord Scarman empfohlen hatte, die Beziehungen zwischen den verschiedenen ethnischen Gruppen innerhalb der Metropolitan Police zu verbessern.

Auch Suzi hält dies für dringend notwendig.

Als Teil des Kurses bittet Fernandes die neuen Kadetten, Aufsätze über Schwarze in Großbritannien zu schreiben. Zweiundsechzig Studenten, viele von ihnen erst sechzehn Jahre alt und gerade von der Schule abgegangen, werden für den Polizeidienst auf den Straßen Londons ausgebildet, Londons vielfältigen, multikulturellen Straßen voller schwarzer, brauner und asiatischer Menschen.

Fernandes veröffentlichte seine Ergebnisse –

Und sorgte damit für Aufsehen.

Im besten Fall glaubte man, die Fragen seien so gestellt, dass sie eine gewünschte Reaktion hervorriefen, dass sie manipulativ waren.

Im schlimmsten Fall glaubte man, dass einige Antworten ein Scherz oder sogar gefälscht waren.

Eine interne Untersuchung ergab, dass nichts von beidem der Fall war.

Die Aufsätze waren anonymisiert, es war nicht zu erkennen, welcher Kadett was geschrieben hatte.

Zwei Beispiele aus den Aufsätzen:

Die Schwarzen in Großbritannien sind eine Plage. Sie scheinen nie einer legalen Arbeit nachzugehen (außer als Ärzte), sondern leben davon, den Sozialstaat auszuplündern, zu dem anständige, steuerzahlende, weiße, gesetzestreue Bürger wie ich beitragen.

Die Schwarzen in Großbritannien behaupten, sie seien Briten ... Das ist ein Haufen Müll ... Wenn man die Schwarzen nach Afrika oder wohin auch immer zurückschicken würde, gäbe es weniger Arbeitslosigkeit ... Um es ganz offen zu sagen: »Kick them out.«

Suzi liest ein Dutzend Aufsätze mit ähnlicher Tendenz.

Mehr als die Hälfte der Befragten, schreibt Fernandes, äußerten sich feindselig gegenüber Schwarzen. Die andere Hälfte war neutral oder positiv eingestellt.

Sie erinnert sich an einen Satz von Godfrey Heaven, als sie mit ihm am Telefon sprach:

»Wenn ich mit normalen Streifenpolizisten zu tun habe, fällt mir auf, wie schlecht ausgebildet und hilflos einige von ihnen sind.«

Suzi liest über Les Curtis, den Vorsitzenden der Polizeigewerkschaft, die rund hundertzwanzigtausend Polizisten vertritt. Er wird gefragt, ob ein Polizist entlassen werden sollte, wenn er einen Bürger oder Verdächtigen mit einem rassistischen Ausdruck anspricht, ein rassistisches Schimpfwort verwendet oder eine beleidigende Sprache benutzt.

Les Curtis antwortet, für ihn sei das so, als würde man einen Australier einen Pommie oder einen Londoner einen Cockney nennen.

»Das sind einfach geläufige Ausdrücke, die im ganzen Land verwendet werden«, wird Les Curtis zitiert. »Am Ende wird es noch so weit kommen, dass man nicht mal mehr ›Negerkuss‹ sagen darf.«[105]

Suzi meint, der Tod von Colin Roach vor der Haustür der Polizei – buchstäblich *vor ihrer Haustür* – sei schon schockierend genug, aber die geringe Aufmerksamkeit, die die Polizei dem Fall schenkt, sei vielleicht noch schlimmer.

Erniedrigung: Sie behandeln die gesamte schwarze Gemeinschaft erniedrigend.

Suzi schreibt: Wessen Leben zählt?

Keith kommt aus dem Schlafzimmer, reibt sich die Augen und kratzt sich an der Brust.

»Tee, Schatz?«, fragt er.

»Der Kessel ist aufgesetzt, Liebling.«

»Ausgezeichnet.«

Keith beugt sich über Suzis Papiere. »'Allo, 'allo, 'allo, worum geht es?«

»Arbeit, Keith.«

Keith schnalzt mit der Zunge. »Wann ist der nächste Marsch?«, fragt er.

»Samstag, Schatz.«

Keith zieht eine Schnute. »Der zwölfte, oder?«

Suzi nickt.

»Ich komme mit«, sagt Keith. »Und tu das Richtige.«

Suzi lächelt.

Jon Davies und Godfrey Heaven haben die konservativen Boulevardzeitungen auf Jons Schreibtisch ausgebreitet, die *Mail*, den *Express*, die beiden anderen –

Valentinstag, 1983, Montagmorgen, und Jon findet, dass dem armen alten Godfrey Heaven übel mitgespielt worden ist.

Godfrey ist stinksauer.

»Sowohl die *Mail* als auch der *Express* haben schwere Geschütze gegen mich aufgefahren und die völlig unzutreffende Behauptung aufgestellt, die ganze Bewegung sei von weißen Linken ausgegangen, deren Hauptagitator ich angeblich bin. Dabei haben sie weder Kosten noch Mühen gescheut. Am Samstag beim Colin-Roach-Marsch habe ich mich bescheiden im Hintergrund gehalten. Also haben sie sich zu mir in die Mitte des Marsches gestellt, mir in meiner Arglosigkeit ein Plakat in die Hand gedrückt und ein Foto von mir gemacht.«

»Ich sehe die Fotos, Godfrey.«

»Das ist eine Riesenschweinerei. Wir wissen beide, dass die rasant gestiegene öffentliche Aufmerksamkeit für den Fall Colin Roach wenig mit mir zu tun hat, sondern viel mehr mit der außergewöhnlichen Zahl von Verhaftungen vor der Polizeiwache in Stoke Newington. Das hat die nationalen Medien aufgeschreckt, die sich zuerst an mich und dann an den Abgeordneten für Hackney North, Ernie Roberts, gewandt haben.«

»Ich bin ganz deiner Meinung, Godfrey.«

»Das ist ein abgekartetes Spiel, Jon.«

»Ohne Zweifel.«

»Ein Massaker am Valentinstag.«

»Du wirst langsam ein richtiger Witzbold, Godfrey.«

»Wenigstens bin ich nicht verhaftet worden.«

»Wäre vielleicht besser gewesen.«

Godfrey Heaven nickt. »Nur neun diese Woche, aber das sind neun zu viel.«

18. Februar.

Mehr als dreihundert Menschen nehmen an der Beerdigung von Colin Roach teil.

In den folgenden Tagen schreibt das Roach Family Support Committee an alle Bezirksräte von Hackney und fordert sie auf, für die Einbehaltung der Polizeiabgaben zu stimmen, der Polizei von Stoke Newington ihr Misstrauen auszusprechen und die Beziehungen zur Polizei abzubrechen, bis eine unabhängige öffentliche Untersuchung des Todes von Colin Roach durchgeführt worden ist.

Godfrey Heaven zeigt Jon seine Kopie des Briefes. Jon sagt: »Abbruch der Beziehungen ist eine gute Formulierung.«

»Es wird mehr als das sein, Jon, wenn die nationale Kampagne gegen das Polizeigesetz anläuft.«

Jon nickt. »Mit Ausgangspunkt in Stoke Newington.«

»Rectory Road Nummer 50.«

»Der GLC soll 38 000 Pfund gespendet haben. Stimmt das?«

Godfrey Heaven zwinkert ihm zu. »Darf ich dir nicht sagen, Jon.«

23. Februar, Rathaus.

Jon unterschreibt den Antrag, die vier Millionen Pfund für die Polizeiabgabe einzubehalten. Es ist ein leichter Sieg, wie Godfrey Heaven vorausgesagt hat: Alle Liberalen und Labour-Abgeordneten stimmen dafür, alle Konservativen dagegen.

Die verrückten Linken, schreibt die Boulevardpresse. Streicht ihnen die Parteienfinanzierung, fordern sie.

Auszug aus einer Parlamentsrede von Clinton Davis, Abgeordneter für Hackney Central: Meine eigene Kommunalverwaltung ist gelegentlich – vielleicht zu Recht – enttäuscht über einige Aktionen oder auch die Untätigkeit der örtlichen Polizei. Doch der Vorschlag, die Polizeiabgabe abzuschaffen, ist eine leere, aber inakzeptable Geste, die die Angst vieler meiner Wähler – vor allem älterer Menschen – vor einem plötzlichen Rückzug der Polizei schürt. Aber so weit wird es natürlich nicht kommen. Als ich mit Bezirksrat Heaven, dem Vorsitzenden des Police Liaison Committee, gesprochen habe, hat er mir sofort zugestimmt, dass das nicht passieren wird. Es ist eine Geste – ein Misstrauensvotum gegenüber der Polizei –, aber ich glaube nicht, dass eine solche Geste unter den gegebenen Umständen gerechtfertigt ist. Wenn wir konstruktive Kritik an der Polizei üben, wie wir es manchmal tun müssen und wie ich es heute tue, dann nicht, um die Autorität derer zu stärken, die sich jeder sinnlosen Geste und jedem Angriff auf die Polizei anschließen.[106]

Die Times *vom 24. Februar 1983:* Der Bezirksrat von Tower Hamlets soll am Dienstag aufgefordert werden, dem Beispiel des Bezirksrates von Hackney zu folgen und die Einbehaltung der Gebühren für die Metropolitan Police zu erwägen. Auch das Newham Monitoring Project wird den dortigen Bezirksrat auffordern, entsprechend zu handeln, sofern keine unabhängige Untersuchung der Vorgänge in der Police Station Forest Gate in Newham durchgeführt wird. Unmesh Desair, hauptamtlicher Mitarbeiter des Projekts, bezeichnete das Revier gestern als »Folterkammer«.

Noble besucht den türkischen Club, um mit dem Geschäftsführer zu plaudern.

Der Geschäftsführer zuckt mit den Schultern. Er zeigt auf den leeren Raum –

»Schutzgeld und Spielautomaten. Die kassieren ab. Manchmal persönlich, manchmal jemand anders.«

»Wer denn?«

»Manchmal junge Männer, manchmal eine Frau.«

»Eine Frau?«

»Ja. Sie ist hübsch, aber ein bisschen alt. Trotzdem würde man sie nicht von der Bettkante stoßen.«

Der Manager lacht jetzt. Noble nicht.

»Was noch?«

»Hier nichts. Aber die Straße rauf ...«

»Wo?«

Der Manager schnieft. »Sie haben es nicht von mir gehört, okay, aber schauen Sie in das erste Modegeschäft hinter der Moschee. Die Treppe runter, okay. Sagen Sie, Sie wollen die neuen Importe sehen.«

Wieder lacht er. »Subtil wie ein Schlag ins Gesicht!«

Noble sagt: »Dieses Gespräch hat nie stattgefunden.«

»Ganz in meinem Sinn, Boss«, sagt der Manager. »Kommen Sie mal auf einen Drink vorbei, ich mache Ihnen einen Sonderpreis.«

»Ich nehme Sie beim Wort«, sagt Noble.

Die Treppe hinauf, durch die Tür, nach links, vorbei an der Moschee, an den leuchtend rosa-orangefarbenen handgeschriebenen Schildern, die Schlussverkäufe und Schließungen ankündigen, alle Größen, alle Modetrends, durch die Ladentür, vorbei an den Stapeln von Mänteln, Hüten, Schuhen, die Treppe hinunter, die feuchte Treppe, fadenscheinige Teppiche, abblätternde Wände, der Geruch von starken Zigaretten und Pfefferminztee –

»Was zum Teufel wollen Sie?«

Der Mann hinter dem Tresen starrt ihn finster an.

»Ich suche nach neuen Importen«, sagt Noble.

Der Mann – Vier-Tage-Bart, rot unterlaufene Augen, verschwitzter Kragen – schnieft. »Weiß oder braun?«

Noble will mehr über das Zeug wissen, von dem Parker ihm erzählt hat.

»Ich habe gehört, es gibt etwas Neues.«

Der Mann fährt sich mit der Zunge über die Zähne, räuspert sich, schluckt.

»Nicht hier.«

»Nein?«

Der Mann schüttelt den Kopf. Er spuckt auf den Boden.

»Warum?«

Der Mann zuckt mit den Schultern.

Noble bemerkt zwei Männer, die weiter hinten an einem Tisch sitzen, rauchen und Tee trinken.

Er nickt in ihre Richtung. »Das ist ein Social Club, nicht wahr?«

Der Mann stützt seine Hände auf den Tresen. »Ein Modegeschäft«, sagt er. »Weiß oder braun.«

Der Mann lächelt.

Noble sagt: »Ich habe es mir anders überlegt, ich brauche nichts.«

Der Mann zieht eine Augenbraue hoch, grinst –

Er wirkt kein bisschen nervös, denkt Noble. Was wohl bedeutet, dass die Elite von Stoke Newington mit im Geschäft ist.

»Ich finde allein raus«, sagt Noble fröhlich.

Der Mann zeigt auf die Treppe und den Ausgang.

Noble betritt ein kleines türkisches Café auf der anderen Straßenseite und bestellt Pfefferminztee und Kebab.

Der Tee schmeckt nach Pisse.

Er winkt der Kellnerin mit der Tasse zu. »Seien Sie so nett und bringen Sie mir ein Lager, Darling.«

Er benutzt das Münztelefon und ruft West End Central an, um seine Nachrichten abzuhören. Es gibt eine von Gardiner.

Er wählt die Nummer der Wache in Hackney und dann Gardiners Durchwahl.

»Das wurde aber auch Zeit«, sagt Noble. »Soll ich vorbeikommen und es abholen, oder gehen wir ein Bier trinken?«

»Trägt der Papst einen albernen Hut?«

»Vorsicht, ich bin Ire, Kumpel.«

Gardiner lacht. »Aber nicht der sprichwörtliche irische Glückspilz.«

In der Bar des Crown in der Mare Street am oberen Ende des Narrow Way kämpft sich die Wintersonne durch die Fensterscheiben. Noble bläst sich die Hände warm, er ist bis auf die Knochen durchgefroren und stampft mit den Füßen. Als er

Gardiner entdeckt, nickt er und deutet auf ihn: Ich nehme das Gleiche.

Noble geht durch die Glastür und findet einen freien Tisch.

Gardiner stellt zwei Pints und zwei Päckchen Beef and Onion ab.

Er hebt sein Glas. »In memoriam Met Race Crime Initiative«, sagt er.

Noble trinkt einen Schluck und lacht. »Darauf ein Pint Special, ja?«

Gardiner zwinkert ihm zu. Er zieht ein Blatt Papier aus seiner Innentasche und schiebt es über den Tisch.

Noble nickt. »Danke«, sagt er. Er wirft einen Blick darauf –

Namen, Namen, Namen, Frauennamen –

Gardiner singt halblaut: »Oh East London, is wonderful, oh East London is wonderful …«

Noble schaut auf, schüttelt den Kopf.

Gardiner wird lauter. »It's full of tits, fanny and West Ham.«[107]

Noble sagt: »Lass das, hey.«

Gardiner zieht die Augenbrauen hoch. Er deutet auf die Liste. »Jemand, der dich interessiert?«

»Ja. Die Nummer sechs im Rennen um drei Uhr in Chepstow.«

»Sehr witzig, Chance. Jetzt mal im Ernst.«

Noble überfliegt die Seite.

Ein Name sticht heraus, er schreit förmlich –

»Ja«, sagt er und steckt den Zettel ein. »Es ist keine todsichere Wette, aber …«

»Aber mit einer kombinierten Platz- und Einlaufwette triffst du voll ins Schwarze!« Gardiner lacht laut über seinen Scherz.

»Ich muss mal telefonieren«, sagt Noble.

Er wählt Parkers Nummer. Parker klingt verschlafen.

»Wach auf, du Penner«, sagt Noble zu ihm. »Und komm in einer halben Stunde in die Queensbridge Road.«

»Es gibt so etwas wie Arbeitnehmerrechte, weißt du«, brummt Parker.

»In der Gewerkschaft bist du das einzige Mitglied, mein Sohn. Beeil dich.«

Eine Dreiviertelstunde später stehen Noble und Parker in Dawn Driscolls Sozialwohnung in der Holly Street vor einer Badewanne, die zur Hälfte mit schmutzigem Wasser gefüllt ist.

Das Wasser ist warm, stinkend und mit einer dicken, klebrigen Schmutzschicht überzogen –

Das Badezimmerfenster ist zerbrochen.

Auf dem Boden liegen Spritzen, Schläuche, verbrannte und zerknüllte Alufolie –

Durch das Loch im Fenster sieht man den grauen Himmel. Der nasse, weiße, eisige Himmel –

Die Sozialbausiedlung ist grau, kalt. Verschmutzte Fenster, Dampf steigt auf.

Stimmen und Husten, Schniefen und Räuspern.

Wasserkocher pfeifen, Kinder schreien, Fernseher rauschen und plärren.

Aus dem Radio tönt Dionne Warwicks Song über all die Liebe dieser Welt.

Parker sagt zu Noble: »Sie scheint nicht zu Hause zu sein.«

Noble deutet auf den Boden. »Sieht auch nicht sehr einladend aus, oder?«

Februar 1983, ein weiterer Tag im Paradies.

»Komm in Stimmung«, sagt Noble. »Wir besuchen ihre alte Wirkungsstätte.«

Parker nickt in Richtung Wohnzimmer. »So wie es hier aussieht, wahrscheinlich ein Luxusetablissement, oder?«

»Sagen wir mal so«, sagt Noble, »wir brauchen ein paar Fünfzig-Pence-Münzen.«

Parker schnaubt. »Ständig predige ich Arbeitnehmerrechte, und was hat es mir gebracht?«

Noble schüttelt den Kopf und murmelt: »Ihr jungen Leute wisst gar nicht, wie gut ihr es habt.«

Parker grinst.

2

Total Eclipse of the Heart

März 1983

Parker

Du sagst zu einem der Jungs, der sich auszukennen scheint, dass du gerne mal einen durchziehen würdest, und ob er jemanden kennt, der was hat? Ja, klar kenne ich jemanden, sagt er. Für wie viel willst du? Nur für einen Zehner oder so, ein bisschen was. Ja, keine große Sache, Kumpel. Ich sag dir was, wir treffen uns heute Nachmittag in Hackney Downs, und ich besorg's dir. Ja? – Ja, klar. Du gibst ihm einen Zehner, er zieht los, bestens, und du grinst, und du denkst, alles klar, Schritt für Schritt, Vorsicht ist die Mutter der Porzellankiste. Vermassel das nicht. Anschließend verbringst du den Rest des Vormittags im RFSC-Büro in der Rectory Road und schaust dich um, weil niemand da ist und es, wie du herausgefunden hast, das Hauptquartier des RFSC ist und auch der Stoke Newington and Hackney Defence Campaign und der Hackney Campaign Against the Police Bill, also schaust du dich um, um herauszufinden, wo es Überschneidungen gibt und ob die Leute, die das alles leiten, überhaupt was draufhaben, manchmal hast du so deine Zweifel, aber was kann man schließlich schon groß tun, außer den Innenminister zu nerven und Märsche zu organisieren? Im Hinterzimmer, dessen Tür ausnahmsweise nicht verschlossen ist, findest du hinter Milchglas, was du suchst: ein Hauptbuch. Woher das Geld kommt und warum, ist immer eine gute Frage. Du öffnest es und schaust nach den großen Zahlen. Es ist ein ziemliches Durcheinander, und die Spenden und Zusagen für die drei Kampagnen scheinen unübersichtlich zu sein – du suchst nach sich wiederholenden Beträgen oder Namen, und du musst schnell sein, denn sicher kommen bald noch mehr Leute, und dann siehst du 1500 – GLC, und dann 38 000 – GLC, und du denkst: Bingo. Du legst das Buch zurück, schleichst wieder aus der Tür und lässt alles so, wie es war, jemand hatte es gestern Abend eilig, und machst dich wieder daran, Flugblätter zu kopieren und Broschüren zu stapeln. Nach dem Mittagessen schlenderst du rüber nach Hackney Downs, wo ein paar Jungs Fußball spielen und ein paar andere sich unterhalten, und dein Kumpel nickt dir zu, du setzt dich unter einen Baum, und er steckt dir ein braunes, in Frischhaltefolie gewickeltes Rechteck in die Jackentasche und sagt, Gute Reise, und lacht. Am nächsten Tag triffst du ihn wieder und sagst, Leck mich am Arsch, Kumpel, das war guter Stoff, hast du noch mehr davon, eine ganze Ecke mehr sogar, ich habe ein paar Kumpels, die daran interessiert sind, und er sagt, Ich rede mal mit dem Kerl, den ich kenne, und dann sehen wir weiter, ja? Du nickst, du verstehst, du kennst dich aus, also ja, ganz entspannt, wann auch immer, ja. Und in der Zwischenzeit, sagt er, zwinkert dir zu und zieht einen Joint raus. Gute Idee, sagst du, und ihr raucht ihn auf den Downs und lehnt euch zurück und schaut zu, wie die grauen Wolken aufreißen und sich in der Kälte auflösen, ihr schaut zu, wie euer Atem aufsteigt, und ihr seid still, und es ist kalt auf dem Boden – Komm schon, sagst du, ich habe einen verdammten Heißhunger, lass uns was zu essen holen, und dein Kumpel lacht, schon wieder! Ich geb einen aus, Kumpel, und er lacht den ganzen Weg zu dem jamaikanischen Lokal Granny's, kurz vor der Lower Clapton Road, und ihr geht rein und bestellt Reis und Erbsen und Hühnchen, und du warst noch nie da drin, hast dich noch nie getraut, schließlich ist ein großer, junger, weißer Typ in Boots nicht die normale Kundschaft bei Granny's, aber dein Kumpel bürgt für dich, und Granny selbst lächelt dich an und sagt, Du bist jederzeit willkommen. Zwei Tage später hat dein Kumpel eine Nachricht für dich – Ja, die Antwort ist im Prinzip Ja, aber er will dich treffen, ist das in Ordnung? Und du sagst, Das ist in Ordnung, Kumpel, kein Problem, und dein Kumpel sagt, Hör zu, es ist nicht der Freund, von dem ich dir erzählt habe, okay, es ist der Nächsthöhere. Okay, sagst du. Ja, sagt er, aber es ist entspannt, es ist dasselbe, sie wollen nur wissen, ob du vertrauenswürdig bist, und außerdem habe ich mich für dich verbürgt. Vertrauenswürdig? Du spielst dich ein bisschen auf, natürlich bin ich vertrauenswürdig. Beruhige dich, Großer, es geht eher darum, dass mehr daraus werden könnte, du bist weiß, du hast Kumpels, ein gegenseitiger Vorteil. Es geht also nur darum, oder? Ja, ich schwöre, entspann dich. Gut, ja, das ist gut, sag mir nur, wo und wann, ja.

Mrs. Thatcher seufzt. Denis hat sie gerade an Sir Ronald Bell erinnert, einen erzkonservativen Agitator und Mitglied des Monday Club. Ein Schlüsselsatz von ihm wurde 1980 in der *Times* zitiert, irgendetwas darüber, dass Immigranten sich *nicht* höflich in die Schlange stellen, um für das Verlassen des Landes bezahlt zu werden, und wie bedauerlich das sei. Rückführungspolitik ist schon seit einer Weile kein Thema mehr.[108]

Sir Ronald ist auch kein Thema mehr, denn er hat den Löffel abgegeben.

Letztes Jahr, in seinem Büro im Unterhaus, beim Sex mit einer Frau, die nicht seine Frau war.

»Immerhin ist er lächelnd gestorben«, tröstet Denis sie.

Seit 1980 hat sich viel verändert, das weiß auch Margaret Thatcher. Es ist ihr nicht entgangen.

Das große Thema ist nicht mehr Einwanderung, das große Thema ist Rassismus.

Dieses ganze: Schickt sie zurück, sie nehmen uns die Arbeitsplätze weg –

Das stimmt einfach nicht. In den letzten zehn Jahren sind mehr Menschen ausgewandert als eingewandert, und trotz steigender Geburtenraten ist die Bevölkerungszahl mehr oder weniger konstant geblieben.

Warum also wird Zuwanderung immer noch als Problem betrachtet?

Margaret Thatcher erinnert sich an 1979, eine Zeit, in der man Dinge sagen konnte, die man heute, 1983, nicht mehr sagen kann.

Die Vietnam-Flüchtlingskrise, der Aufruf der Vereinten Nationen an Großbritannien, zehntausend Boatpeople aufzunehmen, der GLC – damals von den Torys geführt, nicht wie heute von diesen »IRA-liebenden, Schwulen-liebenden Marxisten«, um den *Sunday Express* zu zitieren[109] –, der diesen Familien vierhundert Häuser anbietet, Willie Whitelaw, der ihr erzählt, wie sehr die Öffentlichkeit von den Bildern im Fernsehen bewegt ist. Der Außenminister Lord Carrington erklärt ihr, dass wir das tun müssen, dass es eine gute Idee ist, dass sie alle nach Hongkong strömen, und das gehört schließlich zu uns, und dass die Regierung dort unsere Hilfe braucht, das Innenministerium erzählt ihr von einem Sack voller Briefe, in denen wir aufgefordert werden, Hilfe zu leisten.

»Alle, die so einen Brief geschrieben haben«, sagt Mrs. Thatcher, »sollten eingeladen werden, einen Flüchtling bei sich zu Hause aufzunehmen.«[110]

Mal schauen, ob ihnen das gefällt.

Mrs. Thatcher hat dem GLC mitgeteilt, dass es »völlig falsch ist, wenn Einwanderer Sozialwohnungen bekommen und Weiße nicht«.[111]

1980 hätte man das nicht als Rassismus bezeichnet, es ging um die nationale Identität.

Was hat sich also geändert?

Es geht um Fragen der ethnischen Zugehörigkeit, nicht um Einwanderung. Es geht um die Wahrnehmung.

Im Februar 1981 ist die Arbeitslosigkeit um zwei Drittel gestiegen, aber bei den Schwarzen lag sie bei 82 Prozent.

Es geht nicht mehr darum, dass sie kommen und uns die Arbeitsplätze wegnehmen, sondern dass sie hier sind und keinen Beitrag leisten, sondern nur schnorren und stehlen.

Man muss wissen, wo man hingehört, denkt sie.

3. März.

Innenminister Willie Whitelaw hat dem Roach Family Support Committee geschrieben, dass auch er eine umfassende und öffentliche Ermittlung für notwendig halte, dass dies aber im Rahmen der Untersuchung durch den Coroner geschehen solle.

Es gibt eine Diskussion darüber, wie man am effektivsten mit dieser offensichtlich unzulänglichen Haltung umgehen soll, und Suzi weiß im Moment auch keinen Rat. Stattdessen hat sie sich bereit erklärt, die Zuschriften zu sichten und zu katalogisieren. Die überwältigende Mehrheit ist unterstützend, und Suzi ist gerührt, wenn sie die Briefe liest, das Mitgefühl, die Hilfsangebote, die Bekenntnisse, die Liebe –

Briefe von Sister Asher, von der Radical Black Students Society am Sunderland Polytechnic, von SPEAR, der Solidarity of Pupils in Education Against Racism, vom Generalsekretär der Student Union an der University of Warwick, von der Tameside Immigration Campaigns Support Group, von Reverend Robin Millwood von der Methodist Church und dem Stoke Newington Mission Circuit, von der National Convention of Black Teachers, vom Hackney-Chapter der Confederation of Health Service Employees, von *For Musique*, einer Gemeindezeitschrift aus dem West Country –

Suzi blättert, Suzi überfliegt, Suzi liest:

Meine einschlägigen Erfahrungen mit der Polizei ... Mein Bruder wurde zehn Minuten, nachdem er das Haus verlassen hatte, verhaftet, weil er angeblich einen Raubüberfall auf dem Narrow Way begangen hatte ... Sie haben mich wüst beschimpft, mich unter Anwendung von Gewalt festgenommen und mich dann wegen Körperverletzung, Sachbeschädigung und Strafvereitlung angeklagt. Mein Bruder wurde ohne Anklage freigelassen ... Wir dürfen nicht aufgeben! ... Wir wollen unsere Unterstützung auch dadurch zeigen, dass wir solidarisch mit euch marschieren ... In den letzten Jahren sind zu viele Menschen, Weiße und Schwarze, unter ähnlich mysteriösen Umständen in Polizeigewahrsam gestorben. Es darf nicht länger ignoriert werden, dass schwarze Jugendliche in vielen unserer Städte ständig von Polizeibeamten schikaniert und eingeschüchtert werden ... Wir möchten euch unser Beileid aussprechen ... Wir werden dem Innenminister schreiben ... Ich war besonders beeindruckt von der Ordnung und Disziplin ... Meine persönliche Überzeugung, mein Engagement und meine Hingabe gilt der vollständigen Befreiung der unterdrückten und bedürftigen Menschen ... Möge das ewige Licht der Liebe, das heißt die konkrete menschliche Liebe und Brüderlichkeit, Sie und Ihr Komitee begleiten ... Frieden, Gerechtigkeit, Liebe, Brüderlichkeit und Humanität ... Volle Unterstützung im Kampf gegen die systematischen Versuche der Polizei, die Ermittlungen zu verzögern und zu behindern ... Wir möchten Ihnen unser Mitgefühl aussprechen ... Darf ich Ihnen unsere Unterstützung anbieten ...[112]

Sie verbringt den Vormittag damit, Briefe für das nächste RFSC-Bulletin abzuschreiben.

Da sie gut tippen kann, braucht sie dafür nicht so lange wie andere, und es macht ihr Spaß.

Als sie fertig ist, hat sie Lust auf Mittagessen.

Sie steht auf, sammelt die Briefe ein, sortiert sie in eine Hängemappe, bringt die Mappe zum Aktenschrank, tastet nach dem kleinen Schlüssel, der an der Rückseite des Aktenschranks befestigt ist, öffnet den Aktenschrank, findet die richtige Hauptmappe, legt die neue Mappe hinein, dreht sich um –

Und sieht ihren Freund wieder, der gerade auf dem Weg zum Kopier- und Druckraum ist.

Es ist eindeutig er.

Er hat sie nicht gesehen, er beugt sich jetzt über den Kopierer.

Suzi zögert –

Jon Davies beschließt, dass es an der Zeit ist, die Medienberichte über die Entscheidung des Police Committee, die vier Millionen Pfund zurückzuhalten, zu nutzen, um mehr über den Tod von Shahid Akhtar zu erfahren oder zumindest Zugang zu den entsprechenden Polizeiakten zu erhalten. Aufgrund der allgemeinen Stimmung geht er davon aus, dass man ihm Gehör schenken wird und er so vielleicht Mrs. Akhtar helfen kann.

Er macht einige Anrufe.

Er muss jedoch schnell feststellen, dass der Bezirksrat von Hackney auf der Beliebtheitsskala der Metropolitan Police nicht sehr weit oben steht.

Jon verlässt das Rathaus, geht die Mare Street hinunter, den Narrow Way hinauf und betritt die Hackney Police Station.

Er lächelt dem Polizisten am Empfang zu.

»Jon Davies. Ich komme vom Bezirksrat und möchte DS Williams sprechen«, sagt Jon. »Es geht um die Met Race Crime Initiative.«

»Die was?«

»Die Met Race Crime Initiative.«

Jon glaubt, dass es so hieß. Und er *weiß*, dass der DS, mit dem er bei seinem letzten Besuch sprach, Williams hieß, weil er walisischer war als Nye Bevan –

Wenn auch weniger egalitär als dieser.

Der Officer verzieht fragend das Gesicht. »DS Williams?«

»Ein großer Waliser, nicht zu übersehen.«

»Ich bin mir nicht sicher, ob ich weiß, wovon Sie sprechen, Sir.«

Jon nickt. »Nun, es ist schon ein paar Jahre her, nehme ich an.« Er lächelt. »Sie sehen nicht viel älter als achtzehn aus, mein Sohn. Sie sind neu hier, nicht wahr?«

Der Officer nickt.

»Woher kommen Sie, Officer?«

Der Junge richtet sich auf, reckt das Kinn. »Stevenage.«

»Aha, Stevenage. Dann wissen Sie wahrscheinlich nicht, was hier vor fünf Jahren passiert ist.«

»Da bin ich noch zur Schule gegangen.«

»Natürlich, das ehrt Sie.«

Jon lächelt, und sein Gesichtsausdruck besagt: *Komm schon, du weißt genau, was ich will.*

»Ich rufe einfach oben an. Jon Davies, Ihr Name?«

Jon lächelt. »Von der Rechtsabteilung des Bezirksrats.«

Der Polizist nimmt den Hörer ab und dreht sich um, sodass Jon nur ein paar Brocken des Gesprächs mitbekommt, das offenbar für beide Seiten verwirrend ist.

»Folgen Sie mir«, sagt der Officer.

Die Treppe hoch, dritter Stock, einen Flur hinunter, in einen muffig grauen Raum.

Ein Mann hinter einem Schreibtisch sagt: »Nehmen Sie Platz, Mr. Davies.«

Jon setzt sich. »Danke. Detective …«

»Detective Sergeant Gardiner.«

Jon streckt die Hand aus. »Freut mich, Detective Sergeant.«

Gardiner lächelt schwach und ignoriert Jons Hand. »Was kann ich für Sie tun?«, fragt er.

»Die Met Race Crime Initiative …«

»Wurde Anfang 1979 aufgelöst.«

»Warum?«

Gardiner schüttelt den Kopf. »Interne Ermittlungen.«

»Aha.«

»Also«, sagt Gardiner. »Was kann ich für Sie tun?«

Jon beugt sich vor. »Als die Met Race Crime Initiative noch aktiv war, war ich hier, um mit einem DS Williams über den Tod von Shahid Akhtar zu sprechen, der 1978 an der Lea Bridge Road aus dem Kanal gezogen wurde.«

»Williams arbeitet seit 1980 in Stoke Newington.«

»Verstehe.«

»Shahid Akhtar. Ein Unfall. Der Obduktionsbericht ist öffentlich.« Gardiner zuckt mit den Schultern. »Seitdem hat sich nichts Neues ergeben. Ich war bei der Initiative und kann mich noch gut daran erinnern.«

Jon wechselt das Thema. »Kennen Sie den Polizeiausschuss des Hackney Borough Council, DS Gardiner?«

»Ich weiß, dass Sie unsere Gehälter nicht zahlen wollen.«

Jon nickt. »Was mir ein bisschen unangenehm ist, jetzt, wo wir gerade reden.«

»Mir ist es nicht unangenehm.«

Jon nickt. »Ich nehme an, Sie sind sich der Aufmerksamkeit der Medien bewusst.«

Gardiner zeigt auf die Wand.

Dort hängen Ausschnitte aus Boulevardzeitungen, ein grobkörniges Foto von Godfrey Heaven –

»Wir fühlen uns geschmeichelt«, sagt Jon.

»Warum kommen Sie nicht zur Sache, Mr. Davies?«

»Im Namen der Familie Akhtar verlange ich offiziell Einsicht in alle Polizeiakten, die sich auf den Tod von Shahid Akhtar beziehen, sowie in den Bericht des Coroners, dass es sich um einen Unfall gehandelt habe. Wir beabsichtigen, den Innenminister aufzufordern, auf der Grundlage dieser Akten eine Untersuchung einzuleiten.«

Was, wie Jon sich insgeheim eingesteht, nur zur Hälfte wahr ist.

»Sie wissen, dass ich diese Akten nicht einfach so aushändigen kann, Mr. Davies.«

»Also das übliche Prozedere, ja?«

»Wissen Sie, warum Shahid Akhtar in den Kanal gefallen ist?«

»Ein Unfall, nehme ich an.«

»Er hatte eine Affäre mit einer anderen Frau. Er konnte die Schande nicht ertragen.«

»Steht das alles in der Akte?«

»Das hier ist keine Bibliothek.«

Jon lächelt. »Stimmt, ich sehe auch nicht viele Bücher.«

»Sie gehen jetzt besser, Mr. Davies.«

Jon steht auf. »Wenn ich Sie wäre, würde ich Ihre Vorgesetzten vorbereiten. Wenn wir keine Akteneinsicht erhalten, wenden wir uns an die Medien.«

Gardiner schnaubt und deutet wieder auf die Wand. »Die scheinen Ihre Bande wirklich zu mögen.«

Jon lächelt. »Seien Sie nicht naiv, Detective Sergeant, darauf kommt es nicht an.«

Jon geht zur Tür, dreht sich noch einmal um. »Aber wenn wir in die Zeitung kommen«, sagt Jon, »dann sind Sie auch drin.«

Auf der Treppe nimmt Jon zwei Stufen auf einmal. Sein Puls rast.

Noble hat Parker eine Nachricht geschickt: *Am westlichen Ende der Hackney Road, in der Nähe der Kirche, kurz vor zwölf.*

Noble wartet in einem verkehrswidrig geparkten Auto in der Austin Street, in der Nähe des Friedhofs von St. Leonard's.

Parker kommt die Straße entlanggeschlendert –

Noble öffnet die Tür, Parker beugt sich vor, faltet sich auf dem Beifahrersitz zusammen –

Noble fährt los, biegt hinter der Kirche rechts ab, dann links, parkt vor Boundary Gardens am Arnold Circus.

Parker zeigt auf den alten Musikpavillon. »Londons erste Wohnsiedlung.«

Noble zieht die Handbremse an, stellt den Motor ab, kramt seinen Ausweis aus dem Handschuhfach.

»Wie?«

»Ende des 19. Jahrhunderts war es ein berüchtigtes Elendsviertel. Old Nichol.«

»Danke, Professor.«

Parker gestikuliert und zitiert: »›Es ist ein einziger schmerzhafter und monotoner Kreislauf aus Laster, Schmutz und Armut.‹«[113]

»Großer Gott.«

»Heimatkunde, Chef. Schule, schon mal eine besucht?«

Noble lächelt.

»Die haben nicht nur Boundary Estate gebaut, sondern auch den Park, den Musikpavillon.«

»Wer sind die?«

»Keine Ahnung, irgendwelche Wichser.«

Noble zieht die Augenbrauen hoch. »Machst du Witze?«

Parker reißt die Beifahrertür auf. »Nein, Boss.«

Auf der anderen Seite steigt Noble aus.

Über das Dach hinweg sagt er: »Ich bin ein Stück die Straße runter aufgewachsen, Kumpel. Meine einzige Erinnerung an Boundary Estate sind irische Bauarbeiter und polnische Juden.« Er nickt einer asiatischen Familie zu, die mit ihren Einkäufen vorbeitrottet. »Und es hat sich erneut verändert.«

»Typisch London eben.«

»Jetzt wohnen hier die Bangladeschis.« Noble nickt nach Osten. »Und in Whitechapel die Bengalis. Erinnerst du dich an Altab Ali?«

»Natürlich.«

»Also dann.«

Sie marschieren los. Parker steckt sich eine Zigarette an.

»Dann steigen wir mal tief hinab in den Sündenpfuhl London«, sagt Noble.

Parker lacht.

Fünf Minuten später stehen sie vor dem Ye Olde Axe in der Hackney Road, und der Türsteher rezitiert die Clubregeln:

»Nicht anfassen, nicht singen, nicht schreien, nicht wichsen, fünfzig Pence pro Runde ins Glas des Mädchens, Getränke an der Bar, Cash im Voraus, wer Faxen macht, fliegt raus.«

Noble nickt. Er steckt dem Türsteher einen Fünf-Pfund-Schein in die Brusttasche. »Netter Vortrag«, fügt er hinzu.

»War mir ein Vergnügen. Hier entlang, die Herren.«

Er deutet auf die Tür. Parker drückt sie auf und winkt Noble herein.

»Alter vor Schönheit.«

Der Türsteher lacht. »Da drin findest du beides, Junge.«

Noble stupst Parker an, deutet auf den kantigen Uhrturm, den farbigen Backstein, das Gitterwerk.

»Kommt dir das bekannt vor?«

Parker schiebt ihn weiter. »Sozialer Wohnungsbau.«

Noble lacht.

Drinnen gibt Noble Parker einen Zehner. »Hol uns zwei Pints und etwas Kleingeld.« Er nickt in Richtung der Nischen. »Ich organisiere uns einen Tisch.«

Ein Teppich mit Rosenmuster, übersät mit Schmutzflecken und Brandlöchern, zieht sich durch den langen, schmalen Raum bis zur kleinen Bühne in der Ecke.

Schwarz-weiß karierter Linoleumboden vor der Bar. Ein paar Stammgäste auf Hockern.

Ein Billardtisch, der schon bessere Tage gesehen hat. Oder auch nicht, denkt Noble, je nachdem, wofür er gebraucht wird.

Stuckdecken, Trennspiegel, falsche Gaslampen.

Eine andere, sauberere, gesündere Nutzung dieses Ortes, und man könnte ihn ein historisches Kleinod nennen.

Die Bänke sind hart, aus rotbraunem Leder, abwaschbar.

Die Nischen sind groß und bieten viel Beinfreiheit.

Zwischen den Nischen verläuft eine Sitzbank an der Wand entlang, die einen erstklassigen Blick auf das Geschehen bietet.

Bis auf zwei Nischen sind alle leer.

Zwei Männer sitzen dort allein, beide essen Chips, haben Zeitungen aufgeschlagen und nippen langsam am ersten Bier des Tages.

Ein Typ steht mit finsterer Miene am Spielautomaten, eine Zigarette zwischen den spröden Lippen.

Noble macht es sich bequem.

Drei, vier schlanke Säulen säumen den Gang zwischen den Nischen und der Bar. Die grüne Farbe ist zerkratzt und abgescheuert, wo die Tänzerinnen sich gedreht und geschwungen, gebogen und gewunden haben.

Parker rutscht herum und schiebt die Gläser über den Tisch. Er deutet auf die umlaufende Sitzbank. »Anscheinend nennt man das die Perversenbank«, sagt er. Er nickt in Richtung Bar und Barfrau. »Sie geht davon aus, dass wir bald Nümmerchen schieben wollen.«

Noble lächelt. »Das Angebot ist nicht gerade überwältigend, oder?«

»Freitagmittag, Kumpel. Da machen die auch einen flotten Dreier, wenn's sein muss.«

Parker türmt zwei Stapel mit Münzen auf. Er sieht Noble über die Schulter. »Oi, oi, da schau her.«

Eine Blondine in Unterwäsche grinst sie an, hält ihnen

einen Bierkrug hin, und sie werfen ihre Münzen hinein. Mit dem Klimpern beginnt die Frühschicht.

Das Licht geht aus, die Discokugel dreht sich glitzernd.

Die Musik setzt ein. Bonnie *bloody* Tyler.

Parker grinst, nickt der Blondine zu. »Dreh dich um, Augenweide«, sagt er.

Sie dreht sich tatsächlich. Sie dreht sich und dreht sich und dreht sich –

»Das ist sie nicht, oder?«, fragt Parker.

Noble schüttelt den Kopf. Aber wo ist sie dann?

Dawn Driscoll, zu der Shahid Akhtar hereingeschlendert kam, breites Lächeln, breites Revers, Taschenuhr und Einstecktuch, Hosenträger und Gürtel, er protzte mit Geld und kaufte ihr Blumen –

»Total Eclipse of the Heart«.

Das Lied endet, das Glitzern erlischt, die Lichter gehen wieder an.

Die Blondine hebt ihr Höschen vom Boden auf, zählt ihr Geld auf dem Billardtisch.

Sie kommt mit ihrem Glas zurück.

Noble schnappt sich eine Handvoll Fünfziger und beginnt, sie einzuwerfen. »Wie lange bist du schon hier, Schätzchen?«

Sie verzieht den Mund. »Seit drei Jahren. Es ist ganz in Ordnung. Die Provision ist nicht so schlimm, und den Rest kann ich behalten.«

»Die Provision?«, sagt Parker. Er nickt empört in Richtung Bar. »Sag bloß, du musst *die* bezahlen?«

»Na und?«, sagt sie. »Du bezahlst ja schließlich mich.«

Parker verzieht das Gesicht. »Wenn du das so siehst«, sagt er.

Noble sagt: »Dawn kommt später, oder?«

»Dawn? Ist das ein Künstlername?«

»Hast du noch nie mit einem Mädchen gearbeitet, das Dawn heißt?«

»Nein, noch nie.« Sie nickt der Bardame zu. »Sie könnte sie kennen. Sie ist schon ewig hier.«

»Gut.« Noble erhebt sich. Er lächelt die Blondine an. »Darf ich dir einen Drink ausgeben, meine Liebe?«

»Babycham«, flötet sie.

»Nichts prickelt so sehr wie Babycham«, zitiert Parker aus der Werbung.

»Ich lasse euch zwei allein, damit ihr euch kennenlernen könnt.«

An der Bar, nach einem kurzen Austausch von Höflichkeiten, sagt Noble: »Ich suche jemanden, eine ehemalige Mitarbeiterin von Ihnen.«

»Ach ja?« Die Bardame zapft ein paar Pints und tut gleichgültig.

»Ja, eine Tänzerin.«

Die Bardame schnaubt. »Tja, Kumpel, ich dachte auch nicht, dass du hinter dem Koch her bist.«

Noble lächelt. »Sie heißt Dawn. Dawn Driscoll.«

»Dawn, sagst du.« Jetzt nickt sie, die Bardame. »Dawn Driscoll.«

Die Bardame winkt einem der Stammgäste. Er hat sich nach dem Tanz wieder der Bar zugewandt und trinkt einen Whiskey zu seinem Lagerbier.

»Wann hast du Cracker das letzte Mal hier gesehen?«, fragt sie ihn.

Einen Moment lang wirkt er sehr nachdenklich, dieser

Stammgast. »Cracker Dawn? Ich würde sagen, vor vier Jahren.«

»Cracker Dawn?«, sagt Noble.

Die Bardame verdreht die Augen. »Verstehst du?«

Der Stammgast kichert. »Cracker Dawn. *Crack o' Dawn.* Morgendämmerung. Die saftigsten Arschbacken östlich von Belfast.«

Die Bardame tadelt: »Du bist mir ja einer.«

Noble fragt: »Ist sie Irin?«

»Ich hab sie deswegen aber nie blöd angemacht«, hustet der Stammgast. »Hatte nie die Gelegenheit.« Er lacht wieder, rotzt und hustet und lacht bis zur Pointe: »Sie hat mich nicht rangelassen!«

»Mein Gott«, sagt Noble, »die Mittagspausen hier müssen ja wie im Flug vergehen.«

Die Bardame reicht Noble den Babycham der Blondine. »Ihr Daddy war Ire.«

»Warum ist sie gegangen?«

»Na, warum wohl?«

Noble schaut sich um und sagt: »Keine Ahnung.«

Er gibt ihr einen Fünfer. »Nimm dir auch einen Drink, Liebes.«

»Da hat aber jemand die Spendierhosen an.«

Noble zwinkert. »Wo das herkommt, gibt es noch viel mehr.«

Zurück in der Nische verteilt Noble die Drinks. »Ihr zwei benehmt euch, hoffe ich.«

Parker grinst, die Blondine gibt die Bescheidene. »Billie Jean« dröhnt aus der Anlage.

Noble bleibt stehen.

Die Blonde sagt: »Bleibt ihr nicht?« Sie nickt zur Decke. »Das ist eine meiner besten Nummern.«

Noble sieht Parker an. »Ich muss telefonieren. Danach gehen wir, okay?«

Parker sagt zu der Blonden: »Dann gibst du mir besser deine Nummer.«

Sie giggelt und kreischt, während Noble über den dunklen, fleckigen, feuchten Teppich zum Ende der Bar geht und den Hörer abnimmt.

Eine Nachricht von Gardiner. Schon wieder.

Er wählt die Nummer der Wache in Hackney und wartet.

»Da war so ein Typ von der Bezirksverwaltung, der hat nach Shahid Akhtar gefragt und wollte die Akten haben.«

»Ach ja?«

»Vielleicht ist es nichts, aber ich dachte, du solltest es wissen.«

»Wie war sein Name?«

»Jon Davies. Er meinte, er hätte während der Initiative mit Williams gesprochen.«

Noble wiederholt leise: »Jon Davies.« Er prägt sich den Namen ein. »Hast du sonst noch jemandem davon erzählt?«

»Nur Williams.«

»Danke«, sagt Noble und legt auf.

Zurück durch den Flur, knapp an der Blondine vorbei, die sich zu Michael Jackson dreht, während die ersten Mittagsgäste durch die Tür strömen.

»Zieh deinen Mantel an«, sagt er zu Parker. »Du Frauenheld.«

Im Auto sagt Parker: »Wegen des Mädchens …«

»Ich will davon nichts wissen, wirklich nicht.«

»Ich meine die Rothaarige.«

»Ach so.« Noble hat darüber nachgedacht, aber noch keinen Plan. »Bist du sicher, dass sie dich nicht erkannt hat?«

»Ziemlich sicher.«

Noble hat Parkers Bericht in der Innentasche, er wägt ab, er weiß, dass er sich auf dünnes Eis begibt.

»Lern sie kennen, aber sag ihr nichts. Freundschaftlicher Kontakt. Mehr nicht. Du gehörst wie sie zum inneren Kreis.«

»Ja, Boss.«

»Und die andere Sache, an der du dran bist …« Noble klopft sich auf die Jacke. »Die hältst du von allem anderen getrennt, ja?«

Parker nickt. »Klar.«

»Groovy«, meint Noble ironisch.

»Am Samstag ist eine große Demo. Wir werden vom Rathaus nach Stoke Newington marschieren. Die Rothaarige wird Fotos machen. Dann kümmere ich mich darum.«

»Guter Mann.«

12. März: Die dritte Demonstration des Roach Family Support Committee für eine unabhängige öffentliche Untersuchung.

Die Menge skandiert »No Cover Up«, dann »Leave Us Alone«, Suzi macht Fotos, Suzi macht Notizen. Ein Transparent wird entrollt, weiße Buchstaben auf schwarzem Grund – *ROACH FAMILY SUPPORT COMMITTEE*. Plakate mit Colins Gesicht, seinem jungen Gesicht, Plakate, die eine unabhängige öffentliche Untersuchung fordern, Rufe: »Colin Roach, No Cover Up, Colin Roach, No Cover Up.« Polizeibarrikaden säumen den Weg. Polizei auf der einen, Polizei auf der anderen Seite. Uniformierte Polizisten lachen und lächeln, bitte weitergehen, so ist es gut, Polizisten lachen und plaudern in hellblauen Fahrzeugen – Metropolitan Police Control –, in dunkelgrünen Fahrzeugen – Zeitung lesend, lachend und zwinkernd, in weißen Polizeifahrzeugen, in unmarkierten blauen Fahrzeugen, Polizisten auf Motorrädern, Polizisten flankieren die Demonstranten, marschieren neben ihnen her, Polizisten sperren Straßen ab, Polizisten leiten den Verkehr um, Polizisten leiten Busse um, lachen und lächeln, scherzen mit Passanten –

Suzi spürt, wie ihr jemand auf die Schulter tippt, sie dreht sich um –

»Ich dachte mir, dass du das bist.«

Suzi lächelt nervös.

»Wir sind im selben Team, ja.«

Suzi nickt. »Wie heißt du?«

Der junge Mann zwinkert ihr zu. »Und wie heißt du?«

»Ich habe zuerst gefragt«, sagt Suzi.

Der junge Mann sagt: »Wenn du was Spannendes fotografieren willst, dann komm mit.«

Er schiebt sich durch die Menge, macht Platz für sie, mit einer Mischung aus Entschlossenheit und Freundlichkeit, er hat eine gute Art, denkt sie, während er sich einen Weg um die Polizisten herum bahnt und sich langsam an die Spitze des Marsches heranarbeitet.

Seine Anwesenheit scheint sowohl die Demonstranten als auch die Polizei zu entspannen; die Schwarzen nicken ihm zu, die weißen Beamten beäugen ihn misstrauisch, wissen aber seine Höflichkeit zu schätzen. Seine Größe und sein Selbstbewusstsein wirken vertrauenerweckend, sein geradliniges Auftreten strahlt Autorität aus, die Menge hat Respekt vor ihm.

Er führt sie an den vereinzelten Uniformierten vorbei in den inneren Kreis.

Dort fotografiert Suzi Mr. James Roach und Bezirksrat Dennis Twomey.

Sie fotografiert, wie Mr. James Roach und Bezirksrat Dennis Twomey verhaftet werden.

Während Suzi fotografiert, kommt ein Police Officer mit ausgebreiteten Armen auf sie zu, bewegt sich nach links und rechts, um ihr die Sicht zu versperren.

Suzi duckt sich, täuscht an, fotografiert weiter.

Der Polizist kommt noch näher.

Der junge Mann baut sich vor Suzi auf, schaut dem Polizisten in die Augen, lächelt, hebt die Hände.

Der Polizist bleibt stehen.

Der junge Mann beugt sich vor, flüstert etwas –

Der Officer nickt, dreht sich um, geht weg.

»Was hast du ihm gesagt?«, fragt Suzi. »Und woher wusstest du das?« Sie deutet auf den Ort der Festnahme.

Der junge Mann zuckt mit den Schultern. »Instinkt, nehme ich an.«

Suzi mustert ihn. Diesen großen, muskulösen jungen Mann in Hafenarbeiterjacke und Halstuch, in Jeans und Leder –

Sie schüttelt ungläubig den Kopf. »Wer bist du?«, fragt sie.

»Ich habe ihm erklärt, dass wir den Unterschied zwischen Behinderung und Körperverletzung kennen.«

»Was heißt das?«

»Das heißt, dass er es nicht riskieren wollte, dir die Kamera wegzunehmen.«

»Danke.«

Der junge Mann lächelt. »Weiterhin viel Erfolg«, sagt er.

Suzi, jetzt ziemlich nachdenklich, schaut ihm nach, wie er sich ruhig seinen Weg zurück durch die Menge bahnt.[114]

Rathaus von Hackney.

Jon Davies und Godfrey Heaven gehen die Verhaftungsstatistiken und Anklageschriften gegen Teilnehmer der Demonstrationen des Roach Family Support Committee durch.

Godfrey Heaven: »Haben die beim letzten Mal einen Fehler gemacht, als sie James Roach und den Stadtrat Dennis Twomey verhaftet haben? Wohl kaum. Sie können nicht gewusst haben, wer die beiden waren.«

Jon Davies sagt: »Insgesamt vierundzwanzig Verhaftungen, das war wie ein Anschlag.«

»Ich überlasse dir die Akten«, sagt Godfrey Heaven. »Vorerst.«

»Wir sollten den Police Liaison Officer einbestellen.«

Godfrey Heaven stimmt zu. »Ich werde mich darum kümmern.«

Godfrey Heaven schleicht auf Zehenspitzen zur Tür.

Jon Davies liest über Mr. Merville Bishop, der als Ordner bei der Demonstration am 12. März von Polizeibeamten angegriffen und anschließend festgenommen wurde.

Merville Bishop wurde später zu achtundzwanzig Tagen Haft verurteilt.

Jon Davies liest über Fred Chitole, einen Mann, der nicht an der Demonstration teilgenommen hat, sondern bei Woolworths Batterien, bei Rumbelows eine Kassette und bei Boots Shampoo kaufen wollte, als er festgenommen wurde.

Fred Chitole wurde zu sechs Wochen Haft verurteilt.

Jon überprüft die Gerichtstermine:

17. Mai Highbury Juvenile Court
17. Mai Old Street Magistrates Court
18. Mai Highbury Corner M.C.
19. Mai Highbury Juvenile Court
19. Mai Highbury Corner M.C.
23. Mai Highbury Corner M.C.
24. Mai Highbury Corner M.C.
25. Mai Highbury Corner M.C.
26. Mai Highbury Corner M.C.
27. Mai Highbury Corner M.C.
31. Mai Highbury Corner M.C.
1. Juni Old Street M.C.
1. Juni Highbury Corner M.C.
2. Juni Old Street M.C.
14. Juni Seymore Place M.C.
20. Juni Old Street M.C.

Merville Bishop und Fred Chitole trafen auf Richter Johnson vom Highbury Corner Magistrates Court. Wie kann die Kampagne für eine unabhängige, öffentliche Untersuchung erfolgreich weitergeführt werden, wenn die Gegner einer unabhängigen Untersuchung die Verhaftungen vornehmen?

Die Anwälte des County Council und des Police Committee bieten dem Roach Family Support Committee Rechtsberatung an. Jon ist besorgt über die Manöver des Innenministers, der eine unabhängige Untersuchung verhindern will und stattdessen eine Untersuchung durch den Coroner befürwortet.

Und nicht nur die Regierung will das, sondern auch die regierungsnahen Medien, Medien mit großer Reichweite –

In der *Sun* vom 16. Februar 1983 schreibt der sogenannte Experte Professor Vincent:

Die endgültige Entscheidung liegt bei den Geschworenen – zwölf ehrbaren Männern. Wenn das keine vollständige und unabhängige Untersuchung ist, dann ist es schwer zu sagen, was es ist. Die Presse wird anwesend sein, die Öffentlichkeit wird anwesend sein, und jeder wird aussagen können.

Jon weiß, dass diese Bemerkung von Professor Vincent darauf hinausläuft, Lügen zu verbreiten –

LÜGEN. LÜGEN. LÜGEN. LÜGEN. LÜGEN. LÜGEN. LÜGEN. LÜGEN.

Irgendjemand muss gute Beziehungen zur *Sun* haben.

Denn zum einen besteht die Jury eines Coroners nicht aus »zwölf ehrbaren Männern«, sondern aus sieben bis elf »rechtschaffenen Männern«. Diese rechtschaffenen Männer werden aber vom Coroner ausgewählt. Außerdem ist der Coroner selbst Polizeibeamter.

Zwar könnte das abschließende Urteil der Untersuchung theoretisch von den Geschworenen gefällt werden, aber die Geschworenen lassen sich vom »Bericht des Coroners, seiner Rechtsauffassung und seiner Interpretation der Beweise« leiten. Mit anderen Worten, den Geschworenen wird gesagt, was sie zu tun haben. Es ist äußerst selten, dass eine Jury gegen die Empfehlung des Coroners entscheidet.

Zudem kann der Anwalt der Familie Roach nicht selbst zu den Geschworenen sprechen. Auch das ist ein wichtiger Unterschied.

Jon trinkt Tee. Jon macht sich Notizen.

Weitere entscheidende Bereiche, in denen diese Untersuchung absolut keine wirklich öffentliche und unabhängige ist: Der Coroner beschränkt sich darauf, herauszufinden, »wie, wo und wann« Colin Roach gestorben ist. Die Behandlung seiner Familie oder der schwarzen Gemeinschaft in Stoke Newington im Allgemeinen wird nicht untersucht.

Jon schluckt zwei Aspirin mit seinem Tee, er unterstreicht, er macht sich Notizen –

Die Geschworenen können zu drei möglichen Ergebnissen kommen:

1. dass Colin Roach Selbstmord begangen hat;
2. dass Colin Roach »unrechtmäßig getötet« wurde;
3. ein offenes Urteil.

Wenn die Geschworenen zu dem zweiten Ergebnis kommen, können sie kein Urteil darüber fällen, wer Colin Roach getötet hat, da dies außerhalb des Rahmens einer Untersuchung durch den Coroner liegt.

Wenn die Geschworenen zu dem zweiten Ergebnis kommen und sich im Laufe der Untersuchung herausstellt, wer der Mörder von Colin Roach ist, gibt es keine rechtliche Garantie für eine Strafverfolgung, und die Entscheidung liegt bei der Staatsanwaltschaft.

Jon stöhnt, Jon kratzt sich am Hals. Jon gießt sich eine weitere Tasse Tee aus der Metallkanne ein, die auf seinem billigen Schreibtisch einen dunklen Ring hinterlässt.

Der letzte und vielleicht wichtigste Punkt, zumindest in Jons Augen, ist, dass der Polizeibericht über die Ermittlungen zum Tod von Colin Roach nicht als frei zugängliches, öffentliches Beweismittel vorgelegt wird.

Das bedeutet, dass die Anwälte der Polizei einen Zeugen in

Misskredit bringen können, beispielsweise wenn die Aussage eines Zeugen während der Untersuchung im Widerspruch zu dem steht, was der Zeuge zu einem anderen Zeitpunkt der Polizei gesagt hat – und dabei möglicherweise sogar unter *Druck* gesetzt wurde.

Und das unabhängig vom Inhalt der Aussage.

Da der Anwalt der Familie Roach kein Recht auf Einsicht in die Zeugenaussagen hat, hat er auch keine Möglichkeit, festzustellen, ob die als Zeugen befragten Officers den Inhalt ihrer Aussagen geändert haben oder vor Gericht ändern.

Das sind jedenfalls die entscheidenden Punkte.[115]

Jon reibt sich die Augen, Jon gähnt, Jon kratzt sich am Hals. Jon spürt die Müdigkeit in seinen Armen, in seinen Beinen, in seinem Rücken.

Jons Bürotelefon klingelt. Es ist Jackie.

»Du wirst es nie erraten«, sagt sie. »Ich habe Neuigkeiten.«

Jons Herz hüpft.

»Ach ja?« Er grinst. »Wer ist der Vater?«

»Ach, Jon!« Sie lacht.

»Ich komme gleich nach Hause.«

3
We Are Detective

April–Mai 1983

Parker

Dein Kumpel bringt dich zu einer Adresse in Dalston, nickt dem Rasta zu, der dir die Tür öffnet, sagt, Das ist er, und dreht sich um. Du bist jetzt auf dich allein gestellt, Kumpel, sagt er. Ich habe mich für dich verbürgt, also sei brav. Er lacht, Wir sehen uns baaaald, und imitiert eine gruselige Stimme, um dich zu erschrecken. Du zwinkerst dem Kerl zu, der die Tür geöffnet hat, und sagst, Das Vergnügen ist ganz auf meiner Seite, und er zieht ein Gesicht wie, Muss das sein, ein großer weißer Junge, aber es ist kein feindseliger Blick, und er zeigt auf das Auto vor dem mit Brettern verrammelten Reihenhaus. Du gehst auf die Beifahrertür zu, aber da sitzt schon ein anderer Typ, und er nickt in Richtung Rücksitz, und du steigst hinten ein, und da liegt eine Sturmhaube, aber ohne Augenlöcher, und du sagst, Wer seid ihr, die verdammte IRA? Aber du lächelst, und sie sehen ganz entspannt aus, und sie sagen, Wenn wir dir ein Zeichen geben, setz die Haube auf, und du erwiderst, Abso-fucking-lutely. Du lehnst dich in deinem Sitz zurück und überlegst, worüber du reden könntest, während das Auto nach Norden fährt, den Weg zurück, den du gekommen bist, und während du darüber nachdenkst, denkst du, diese Yardies, die müssen doch Interesse an Sport haben, also sagst du, Jahr des World Cups, eh, ich wette, ihr setzt ein paar Pfund auf eure Mannschaft, stimmt's? Und Fahrersitz schnaubt, fletscht die

Zähne, Mann, lohnt sich nicht, wegen der Quoten, weißt du?
Die kassieren ab, das ist alles. Und er trägt ein Abzeichen, auf
dem in Rot, Gold und Grün Serious Business *steht, und du*
sagst, Weißt du was, ich mag die Windies ganz gern, die sind
dieses Jahr ganz gut dabei, ohne Scheiß. Die beiden Typen la-
chen. Das westindische Cricket-Team, sagt der Beifahrer, ist das
beste Beispiel für die Überlegenheit des schwarzen Mannes, die
man derzeit in der Sportwelt sehen kann, und du sagst, Kein
Widerspruch, Winston, ich sage nur, dieses Jahr könnte es tricky
werden. Noch mehr Gelächter von beiden Vordersitzen. Der
Beifahrer sagt, Gordon Greenidge, Desmond Haynes, King Vivian Richards, *Gus Logie, Clive Lloyd, Larry Gomes, Jeff Du-*
jon, Malcolm Marshall, Andy Roberts, Michael Holding und
Joel »Big Bird« Garner, er schnippt mit den Fingern, klatscht
Fahrersitz ab und heult, Du weißt, wovon ich rede. Und du
sagst, Respekt gebührt dieser feinen Truppe, keine Frage, und
nach allem, was ich gehört habe, wächst da ein junger Bursche
heran, der vielleicht noch besser ist als Isaac Vivian Alexander
Richards, er nennt sich Richie Richardson. Und die beiden
vorne, die brüllen jetzt, Der Mann kennt sich aus, sagen sie und
klatschen in die Hände, Richie Rich, nächstes Jahr, wenn wir
hier rüberkommen, weißt du, was laufen wird? Und du sagst,
Warum verrätst du es mir nicht? Und sie sagen unisono, in ei-
nem schönen kleinen Refrain, Blackwash, es wird ein Black-
wash. Du magst das, Blackwash, und du sagst es ihnen, und
dann, gerade als ihr Stoke Newington erreicht, rate mal, ist es
vorbei mit der Partystimmung, und der Beifahrer sagt zu dir,
Sturmhaube auf, weißer Junge.

Wahlen, Wahlen, Wahlen.

Finden sie statt, finden sie nicht statt?

Im Radio quasseln sie ununterbrochen darüber, warum jetzt oder warum warten –

Noble stellt den Motor ab, das Radio quasselt weiter.

Er denkt: Sie sagen, dass es so kommen wird, aber das heißt noch lange nichts.

Manifest hier, Falkland dort –

Arbeitslosigkeit und Verstaatlichung, Privatisierung und gewerkschaftliche Neuorganisation; es ist an der Zeit, die staatliche Kontrolle über die Wirtschaft zu lockern.

British Telecom, British Airways, British Steel, British Shipbuilders, Rolls-Royce.

Abschaffung des Greater London Council und sechs weiterer Großstadtbehörden; mehr Macht auf Bezirks- und Kreisebene.

Deckelung der Tarife: Entlastung der Steuerzahler und damit weniger Verantwortung der Kommunen für ihr eigenes Handeln.

Das klingt nicht besonders klug.

Zehn Gründe, die Konservativen zu wählen. Grund Nummer zehn:

Margaret Thatcher.

Noble ist auf der Suche nach einer anderen Art von Frau –

Aufgrund der Liste, die Gardiner ihm gegeben hat, vermutet er, dass Cracker Dawn vom Striptease zur Prostitution übergegangen ist.

Zuletzt ist sie in Stoke Newington aktenkundig geworden – Überraschung, Überraschung –, weil sie Freier angequatscht hat, aber sie wurde nicht angeklagt, und die angegebene Adresse war die, an der sie nicht mehr wohnte. Also ist er selbst losgezogen, hat Visitenkarten aus Telefonzellen mitgenommen und die Nummern angerufen, um herauszufinden, ob einige von ihnen in einer Sozialwohnung arbeiten, ob es ein Netzwerk oder eine Organisation gibt, aber bisher hatte er kein Glück.

Sein Zeigefinger ist taub vom Wählen, seine Stimme heiser vom Fragen, sein Schädel brummt von all den Namen und Versprechungen, den Bildern und Wörtern –

Titten und Nummern, Ärsche und Geld-zurück-Garantien –

Ein echter Scheißjob, den er nicht machen will.

Er hat Gardiner nicht gesagt, wen er sucht.

Gardiner und Williams sind immer noch Freunde, also ist er auf sich allein gestellt.

Er mag Gardiner, aber Gardiner mag Williams –

Visitenkarten von Nutten:

Tina, Debbie, Becky, Miss Whiplash, The Lovely Young Charlotte in Rubber, Heel Boy, Come on Eileen, Neue junge Schönheit für Champagner- und Klistierspiele, Heiße und willige Blondine, Neue atemberaubende orientalische Schönheit, Brünettes Model, Freches Schulmädchen, Elegante Brünette, Yuko Your Favourite Japanese Mistress, Auf mein Kommando, Reife Dame gibt Französischunterricht, Lady Madonna, Roxanne, Brustentspannung mit sexy Blondine, A&O Specialist, DUNGEON, Lisa's Back, New English Rose –

Aber keine von ihnen verrät, wo sie arbeiten und wer das Geld kassiert, nicht am Telefon, und Noble ist müde und erschöpft, und sein Kopf schmerzt von all dem.

Vielleicht will Dawn Driscoll gar nicht gefunden werden.

Und das alles nur, weil ein Junge eine Blondine in einem Auto mit Zivilpolizisten gesehen hat.

Außerdem hat er Parker eine Liste mit Namen von jungen Männern gegeben, die in den letzten zwölf Monaten in Stoke Newington verhaftet wurden.

»Kennst du einen von denen?«

Parker überflog die Liste. »Vielleicht.«

»Hör dich um«, forderte Noble ihn auf. »Ich will jeden, der von Misshandlungen durch die Polizei berichten kann.«

Parker lachte ein wenig sarkastisch. »Das dürfte nicht allzu schwierig sein, Boss.«

»Warum?«

»Komm schon.«

»Sag es mir.«

»Hart im Austeilen und flink im Einsacken, sagt man.«

»Das habe ich auch schon gehört.«

Da Parkers Nachricht auf sich warten lässt und er mit Cracker Dawn nicht weiterkommt, beschließt Noble, die Sache selbst in die Hand zu nehmen.

Er hat ein paar Takte mit Turkish in dessen Club gesprochen und erfahren, dass die DCs Rice und Cole ihren Rhythmus in den letzten Monaten geändert haben. Sie kassieren seltener und sind freundlicher. Sie halten den Ball flach, eine logische Konsequenz aus der angespannten Situation im Bezirk.

Er hat abseits der Hauptstraße geparkt, mit Blick auf Turkishs Club. Es ist später Nachmittag.

Sportnachrichten im Radio –

Luther Blissett trifft wieder. Liverpool verliert zwei Punkte durch ein torloses Unentschieden an der Highfield Road gegen Coventry City. Für Birmingham City wird es eng im Abstiegskampf, das Team verliert an der Kenilworth Road gegen Luton Town mit 1:3. Später haben wir Jenny Pitman zu Gast, die erste weibliche Trainerin, die einen Grand-National-Sieger trainiert hat. Sie spricht über das Leben mit Corbiere, dem achtjährigen Pferd, geritten von Jockey Ben De Haan, das am vergangenen Wochenende das dritte Rennen mit einer Dreiviertellänge Vorsprung vor Greasepaint und Yer Man gewann.

Noble hatte auf Greasepaint gesetzt, und zwar sowohl auf Platz als auch auf Einlauf. Er wartet auf Neuigkeiten vom jungen Tony Cottee, aber nichts.

Er schaltet das Radio aus, entspannt den Nacken und wartet.

Er hat eine schmale schwarze Kodak-Disc-Kamera mit Autofokus dabei, die genau in seine Innentasche passt. Ganz neues Gerät, hat ihm der Techniker im West End Central erklärt.

»Sie ist klein, das ist der Punkt«, sagt er. »Und sie macht gute Nahaufnahmen.«

Noble holt die Kamera heraus und untersucht sie, der Blitz ist aus.

Wo ist die Sicherung?, denkt er.

Er öffnet das Handschuhfach und holt ein Paar Lederhandschuhe, einen flachen schwarzen Lederhut und ein kleines schwarzes Fernglas heraus.

Er schaut auf die Uhr.

Er sieht, wie DC Rice und DC Cole die Kingsland High Street überqueren. Er hebt die Kodak, knipst drei, vier Mal, als sie den Club betreten, sich nach links und rechts umschauen.

Er wartet. Er späht auf seine Uhr. Er schlägt den Mantelkragen hoch und zieht den Hut tief ins Gesicht.

Dreieinhalb Minuten später öffnet sich die Tür, DC Rice und DC Cole treten auf die Straße, schauen nach links und rechts. Noble knipst noch drei, vier Mal, die Kamera zoomt näher heran, ihre Gesichter sind deutlich zu erkennen.

Sie haben die Augen zusammengekniffen, der Blick ist finster.

Dreitagebärte, akkurat geschnittene Haare, Lederbomberjacken, weiße Turnschuhe und goldene Uhren.

Noble sieht sie die Straße hinuntergehen, an der Moschee vorbei, in den ersten Laden –

Er fotografiert weiter, während sie erst nach rechts, dann nach links schauen.

Klick, klick, klick.

Er schaut auf die Uhr.

Vier Minuten später fotografiert er sie beim Verlassen des Ladens, wie sie zwischen den Schildern *ALLES MUSS RAUS, ALLE GRÖSSEN* hindurchgehen, und beobachtet, wie DC Rice flucht, stehen bleibt, seine Schuhe nach Hundescheiße absucht. Der Wind treibt den Müll die Straße hinunter, der Himmel ist schwer und feucht, ferne Stimmen in der dunstigen Luft, es wird wärmer, Frühling –

Noble startet seinen Wagen und biegt in die Kingsland High Street ein. Er sieht, wie DC Rice und DC Cole auf dem Vorplatz der Jet-Garage in einen blauen Ford Escort mit leerem Rücksitz einsteigen und in Richtung Norden davonfahren.

Noble folgt ihnen in einem Abstand von drei Autolängen.

Sie überfordern den Motor des Escort nicht, und Noble kann problemlos mithalten.

Der Escort hält vor dem Rochester Castle Pub, parkt in zweiter Reihe, und Noble fährt vorbei, bevor er selbst einparkt.

Er dreht sich gerade noch rechtzeitig um, um zwei oder drei weitere Fotos zu schießen, als die beiden den Pub betreten, nach rechts und links blicken, die Hände in ihren ledernen Bomberjacken.

Noble mustert den Pub. Das war mal ein Punk-Pub. Er hat hier The Jam gesehen, 1976, vermutet er. Ian Dury, The Stranglers. *The Police*. Er lacht bei dem Gedanken.

Er fragt sich, was Paul Weller jetzt macht, er ist nicht auf dem Laufenden.

Der Pub wurde von einer neuen Brauereikette namens Wetherspoons übernommen, hat er gehört. Die veranstalten keine Konzerte mehr.

Früher war alles anders.

Irgendwie war früher alles besser.

Er schaut auf die Uhr.

Im Rückspiegel sieht er, wie DC Rice und DC Cole aus dem Pub kommen und nach links abbiegen. Er duckt sich in seinen Sitz, als sie vorbeigehen.

Noble fotografiert, wie DC Rice und DC Cole ein türkisches Café betreten und nach rechts und links schauen.

Zweieinhalb Minuten später fotografiert Noble die beiden beim Verlassen des türkischen Cafés, DC Rice trägt jetzt eine Reisetasche.

Sie gehen drei, vier, fünf Türen weiter und betreten ein weiteres türkisches Café.

Noble fotografiert, DC Rice und DC Cole schauen nach rechts und links.

Noble schaut auf seine Uhr.

Dreieinhalb Minuten später fotografiert Noble die beiden beim Verlassen des zweiten türkischen Cafés, DC Cole trägt eine weitere Reisetasche.

Sie gehen weiter Richtung Norden.

Noble legt einen Gang ein, rollt den Bordstein entlang und bleibt dreißig Meter weiter stehen.

DC Rice und DC Cole überqueren die Straße.

Noble fotografiert sie – klick, klick, klick –, wie sie nach rechts und nach links schauen, als sie mit ihren Reisetaschen das Coach and Horses betreten.

Noble denkt: interessant.

Das Coach ist eine alte Halbweltkneipe. Die Kray Firm traf sich hier, als John Dicksons Kumpel, der alte Blondy Bill, der Wirt war. Auch heute noch treffen sich hier ein paar von ihnen, die treuen Mitglieder der Zunft, um in fröhlicher Runde ihre schmutzigen Geschäfte abzuwickeln.

Noble schaut auf die Uhr.

Er schreibt Namen und Adressen in sein Notizbuch.

Siebzehneinhalb Minuten später fotografiert Noble DC Rice und DC Cole, wie sie den Pub verlassen, sich den Mund abwischen, erst nach links, dann nach rechts schauen und keine Taschen mehr tragen.

Klick, klick, klick.

DC Rice und DC Cole gehen die Stoke Newington High Street in südlicher Richtung hinunter, direkt gegenüber von Nobles Auto. Noble lässt sich in seinen Sitz zurücksinken. Im Rückspiegel sieht Noble, wie DC Rice und DC Cole ein weiteres türkisches Café betreten. Durch das Fenster beobachtet er, wie sie sich an einen Tisch setzen und der Besitzer ihnen lächelnd und scherzend zwei Flaschen türkisches Bier bringt.

Noble sieht, wie ein junger Schwarzer mit braunem Kapuzenpullover, blauer Jogginghose, schwarzer Kappe und schwarzen Schuhen das Coach and Horses betritt.

Noble schaut auf die Uhr.

Weniger als eine Minute später verlässt derselbe junge Schwarze das Coach and Horses mit denselben zwei Reisetaschen, die DC Rice und DC Cole hereingetragen haben.

Klick, klick, klick.

Noble schaut wieder zum türkischen Café. DC Rice und DC Cole trinken und lachen.

Noble denkt: *Glücksspiel.*

Der junge Schwarze überquert die Straße und biegt in die Church Street ein.

Noble parkt aus, biegt links ab und folgt ihm.

In Höhe der Feuerwache überquert der junge Schwarze die Church Street und geht die Kersley Road hinunter. Noble fährt nach links und folgt ihm.

Der junge Schwarze geht sechs, sieben, acht Häuser weiter, dann –

Er bleibt stehen, öffnet ein Tor, geht ein paar Stufen hinunter zu einer Kellerwohnung.

Nummer sieben, Apartment A, Kersley Road.

Noble rollt langsam vorbei, bleibt stehen.

Klick, klick, klick.

Noble schaut auf die Uhr.

Zwölfeinhalb Minuten später verlässt der junge Schwarze die Wohnung mit leeren Händen.

Er geht Richtung Church Street, biegt rechts ab, Noble folgt ihm.

Er läuft schnell nach Süden durch die Stoke Newington High Street, überquert die Straße –

Noble wird langsamer, Noble entdeckt einen Parkplatz vor dem türkischen Cafe.

Noble fährt an dem jungen Schwarzen vorbei, hält an, schlägt den Kragen hoch, zieht den Hut ins Gesicht, zückt die Kamera –

Der junge Schwarze betritt das türkische Café und übergibt DC Rice und DC Cole je einen dicken Umschlag.

Klick, klick, klick.

DC Rice und DC Cole öffnen die Umschläge. Die Umschläge sind prall mit Banknoten gefüllt.

Klick, klick.

Der junge Schwarze verlässt das türkische Café.

Noble verlässt seinen Parkplatz, fährt langsam die Straße entlang, es ist wenig Verkehr, er wendet und parkt etwa ein Dutzend Meter hinter dem blauen Ford Escort von DC Rice und DC Cole.

Noble schaut auf die Uhr. Es ist fast achtzehn Uhr.

Der Verkehr wird jetzt dichter, die Straßen sind voller Einkäufer und Arbeiter auf dem Weg nach Hause.

Noble wartet.

Sechs Minuten später verlassen DC Rice und DC Cole das türkische Café, DC Rice trägt eine schwarze Reisetasche. Sie überqueren die Stoke Newington High Street und steigen in ihren blauen Ford Escort.

Noble folgt ihnen nach Norden bis Stamford Hill, dann nach Osten in Richtung Clapton.

Der Verkehr staut sich, Busse warten in Schlangen an den Haltestellen und rangieren, Abgase dringen scharf und ölig durch die offenen Fenster, Kinder klettern über die Brüstung am Park, Jugendliche spielen Fußball, Rentner mühen sich zum großen Supermarkt –

Runter nach Clapton, vorbei an Hochhaussiedlungen, Curry-Restaurants und Elektrogeschäften, vorbei am Bahnhof und der Moschee, um den Kreisverkehr an der Lea Bridge, Panda hat geöffnet und macht gute Geschäfte nach der Schule, es riecht nach Geschmacksverstärker und gebratenem Reis. Vorbei an der Kreuzung und dem westindischen Imbiss auf der rechten Seite, vorbei am Teich und dem Schnapsladen ohne Lizenz auf der linken Seite, vorbei an der öffentlichen Toilette, die nach Pisse und abgestandenem Schnaps riecht. Dann biegen sie in die mittlere von drei Straßen ein, Noble hält sich zurück und beobachtet, wie DC Rice und DC Cole die Mildenhall Road hinunterschleichen –

Bis sie anhalten, nach etwa drei Vierteln der Strecke, kurz hinter der Fletching Road. Scheinwerfer an, Motor an, Auto mitten auf der Straße –

Noble in der Chailey Street, Kamera raus.

Klick, klick, klick.

Nummer 99, Mildenhall Road.

DC Rice und DC Cole im Gespräch mit einem Mann auf der Türschwelle, ein Weißer im Anzug.

Nicken, Notizbücher werden gezückt, die Frau des Mannes hält die Hand eines kleinen Jungen, mit der anderen streicht sie über ihren Bauch.

DC Rice und DC Cole lächeln, wenden sich zum Gehen, der Mann beobachtet sie –

Das Auto beschleunigt, die Reifen quietschen, eine Faust wird aus dem Fenster gereckt –

Schon sind sie weg.

Noble denkt: Wohin zuerst?

Suzi sitzt an ihrem Schreibtisch in der Rectory Road 50 und tippt ein weiteres Glanzstück von Godfrey Heaven ein.

Und dann ist da noch der Community Liaison Officer der Polizei, dessen Zuständigkeitsbereich traditionell Pfarrer und Jugendclubs sind, der heimlich meine Fingerabdrücke nahm, indem er mir eine präparierte Karte reichte und sie dann vorsichtig in eine geschützte obere Tasche zurücksteckte (er dachte, es sei heimlich; und ich hielt es für besser, ihn nicht zu konfrontieren, um zu sehen, wozu er sonst noch fähig war … eine Menge, wie sich herausstellte, eine nützliche Informationsquelle).

Sie lächelt – dieser Godfrey Heaven ist eine Goldgrube.

Eigentlich muss sie das jetzt gar nicht tun. Sie wartet auf den jungen Mann, der normalerweise im Laufe des Vormittags kommt.

Suzi weiß nicht genau, woran sie zusammen gearbeitet haben. Sie will es auch gar nicht genau wissen. Aber der junge Mann wurde von jemandem für seine Rolle angeworben, und es könnte Patrick Noble gewesen sein, was bedeutet, dass der junge Mann ein Polizist sein könnte.

Nach Suzis Meinung wäre das zumindest ein Interessenkonflikt.

Aber es besteht auch die Möglichkeit, dass er nichts mit Noble zu tun hat, dass er nur eine externe Verstärkung ist, wie sie es wahrscheinlich nennen würden, und dass er einfach ein ehrlicher Kerl ist, wenn auch ein ziemlich großer.

Sie setzt sich an ihren Schreibtisch und behält die Eingangstür im Auge, als der junge Mann hereinkommt. Suzi dreht sich auf ihrem Stuhl um und schaut aus dem Fenster, holt tief Luft, überlegt, was sie sagen soll, will ihm in den Kopierraum folgen und dreht sich wieder um, als –

»Alles in Ordnung?«, fragt er sie. »Kannst du mir einen Gefallen tun?«

»Natürlich«, lächelt Suzi.

»Groovy«, sagt er.

Suzi denkt: Das sagt Keith auch immer.

»Nur zu.«

Jetzt hockt er auf der Kante ihres Schreibtisches. Er kramt in seinen Taschen, zieht einen gefalteten und zerknitterten Umschlag heraus, und daraus eine gefaltete und zerknitterte Liste, eine Liste mit Namen, denkt Suzi –

»Kennst du einen dieser Namen?«

Also doch ein Bulle, denkt Suzi.

»Warum fragst du?«

Der junge Mann lächelt. »Ungerechtfertigte Verhaftung, Misshandlung, Einschüchterung von Zeugen, was auch immer.«

Suzi nickt.

»Wir schreiben einen Bericht für den Verteidigungsausschuss, ein Dossier über Stoke Newington.« Er nickt in Richtung Polizeiwache. »Letztes Jahr oder so, ja?«

»Okay«, sagt Suzi. »Lass es bei mir.«

»Warte, ich mache eine Kopie.«

Er springt auf und durchquert das Büro. Suzi beobachtet, wie er in den Kopierraum geht und wieder herauskommt.

Das gibt ihr den Moment, den sie braucht, um sich zu entscheiden.

»Hier.« Er reicht ihr eine frische, warme Xerox-Kopie, die Namen sprechen Bände, die Gründe für die Verhaftung sind offensichtlich –

»Ich sehe es mir später an.«

»Gut.«

Suzi lächelt. »Bist du morgen da?«

Er nickt.

»Gut. Du musst mir nämlich auch einen Gefallen tun.«

»Natürlich.« Er lächelt und macht eine Geste, als sei das kein Problem.

»Super«, sagt Suzi. »Dann sehen wir uns morgen.«

»Klar doch.«

Suzi denkt: Der Typ ist entweder clever oder richtig hinterhältig. Oder –

Sie weiß es nicht.

Später ruft Suzis Mutter im Büro in der Rectory Road an, und Suzi begreift, dass sie ihren Vater besuchen muss, dass es ernst ist.

Wieder zu Hause: Keith in Weste und Rollkragenpullover, Musik läuft –

»Was für ein Scheiß ist das denn?«, fragt Keith und fuchtelt mit den Händen.

»Wie bitte, Schatz?«

»Ich sag dir, was das ist«, sagt Keith. »Das ist die neue Single von den Thompson Twins.«

Suzi hört die französisch klingenden Melodien, den simpel gestrickten Text darüber, dass sie Detektive sind –

»Die müssen gedacht haben, dass Singlekäufer ziemlich bescheuert sind, oder?«

»Keine Ahnung, Keith.«

»Na ja, ich schätze schon. Die halten sich wohl für …«
Keith verzieht das Gesicht. »Avantgardistisch.«

Keith lacht. »Eine Tasse Tee?«

»Bitte.«

Er gießt Tee in die Tassen, beugt sich in den Kühlschrank, seine Unterhose spannt sich, der Geruch von Käse und Zwiebeln, Banane und Gemüse weht an ihm vorbei, er holt die halb leere Milchflasche heraus, die Seiten sind mit Sahne verschmiert, er gießt Milch in Suzis Tasse, er reicht ihr die Tasse, er lächelt –

Suzi denkt: Das ist Liebe, oder? *Zeit*. Jemanden zu haben, der Tag für Tag für dich da ist, der dir Tee macht und dich zum Lächeln bringt –

Zu Hause.

»Willst du ein Dosenfleisch-Sandwich, Schatz?«, fragt Keith.

Suzi lächelt.

Keith streicht Margarine auf das Weißbrot und sagt: »Frau Thatcher bezeichnet das als eine Delikatesse aus Kriegszeiten.«

Suzi lacht. »Na dann.«

»Du kannst einen Bissen von mir abhaben, Schatz.«

Zu Hause.

Früher Morgen, rötlicher Himmel.

Jon Davies öffnet die Haustür und denkt –

Nicht schon wieder.

»Jon Davies?«

»Was kann ich für Sie tun?«, sagt Jon.

»Ich bin Detective Constable Patrick Noble.« Er hält Jon seine Dienstmarke hin. »Ich glaube, zwei meiner Kollegen waren gestern Nachmittag hier.«

»Das stimmt.«

Der Mann nickt.

»Ich verfolge den Fall weiter«, sagt Detective Constable Patrick Noble.

»Weiterverfolgen?«

Wieder ein Nicken.

Jon findet das merkwürdig. Es wäre nicht das erste Mal –

»Falscher Alarm«, sagt er. »Ein Einbruch wurde gemeldet, ein Ziegelstein durch ein Fenster. Ich habe denen schon gesagt, dass es ein anderes Haus war, ein anderer Ziegelstein.«

»Okay.«

»Das wissen Sie sicher schon.«

»Stimmt.«

Irgendetwas stimmt nicht, denkt Jon. Er sagt: »Die beiden machten einen komischen Eindruck.«

»Welchen Eindruck?«

»Als ob sie mich begutachten würden.«

Dieser Noble lächelt. »Die beiden sind schon ein besonderes Gespann.«

»Sonst noch etwas?«, fragt Jon.

»Die Met Race Crime Initiative.«

»Ich bin ganz Ohr«, sagt Jon.

»Warten Sie mit der Akteneinsicht noch ein bisschen.«

Jon denkt: Der Typ hat so etwas im Blick –

Detective Constable Patrick Noble nickt zur anderen Straßenseite, zum ehemaligen Wohnhaus von Shahid Akhtar.

»Geben Sie dem Ganzen noch etwas Zeit«, sagt er. »Okay?«

Er drückt Jon eine Karte in die Hand. »Wir bleiben in Kontakt«, sagt er.

»Haben Sie Familie?«, fragt Jon.

»Ich denke darüber nach.«

»Gut für Sie.«

Detective Constable Patrick Noble zuckt mit den Schultern.

»Familie ist etwas Gutes«, sagt Jon.

»Ach ja?«

»Sie entschädigt für die Ernüchterungen des politischen Lebens.«

»Und woher kommt dieses Gefühl?«

»Aus der Erkenntnis, dass man nicht viel tun kann.«

Detective Constable Patrick Noble nickt.

Jon sieht ihm nach. Er geht zurück in sein Zimmer und bereitet sich auf die Verhandlung vor.

St. Pancras Coroner's Court, 18. April, neun Uhr morgens. Wiederaufnahme der Untersuchung der Todesursache von Colin Roach.

Jon Davies und Godfrey Heaven wechseln verwirrte und verärgerte Blicke, als der Coroner verkündet, dass die Untersuchung mit sofortiger Wirkung auf den folgenden Montag, den 25. April, am selben Ort vertagt wird.

»Geheime Absprachen«, sagt Godfrey Heaven zu Jon Davies.

Jon denkt: nicht abwegig.

Der Anwalt der Familie Roach stellt einen Antrag gegen die Vertagung, den der Coroner ignoriert.

Jon Davies berät sich mit dem Anwalt der Familie Roach.

442

Sie beantragen, die Untersuchung der Todesursache in das Rathaus von Hackney zu verlegen, damit jeder, der der Untersuchung beiwohnen möchte, dies tun kann.

Die Anwälte der Polizei beraten sich. Sie lehnen den Antrag ab.

»Was für eine Überraschung«, sagt Godfrey Heaven.

Die Anwälte der Polizei weigern sich, ihre Gründe für die Ablehnung des Antrags öffentlich zu nennen. Sie wollen sie in eidesstattlichen Erklärungen darlegen, die sie dem Coroner vorlegen werden.

»Mal sehen, wie schnell sie diese eidesstattlichen Erklärungen beibringen«, murmelt Godfrey Heaven. »Wahrscheinlich liegen sie schon in einem Umschlag auf diesem Tisch.« Er deutet auf den Tisch der Anwälte. »Kein Wunder, so wie wir den verdammten Liaison Officer inzwischen kennen.«

Jon denkt: Wenn das stimmt, dann –

Der Coroner entscheidet, dass die Sitzung nicht an einen anderen Ort verlegt wird.

Also braucht es keine eidesstattliche Erklärung, denkt Jon. Schade eigentlich. Es hätte ihn interessiert, wie schlau Godfrey Heaven wirklich ist.

Später an diesem Tag, Rathaus von Hackney.

Jon Davies und Godfrey Heaven öffnen Umschläge mit Erklärungen, aus denen hervorgeht, dass der Coroner beabsichtigt, sich an den High Court zu wenden, um eine einstweilige Verfügung zu erwirken, die besagt, dass der GLC ihn rechtlich nicht zwingen kann, die Untersuchung zu verlegen. Jon erfährt, dass auch die Anwälte der Familie Roach, die Hackney Black People's Association und der GLC diese Dokumente erhalten haben. Aus den Dokumenten geht hervor, dass der Coroner die eidesstattlichen Erklärungen der Polizei als Grundlage für seinen Antrag verwenden wird.

Jon ruft die Anwälte der Familie Roach an.

»Wir wollten Sie gerade auch anrufen. Was halten Sie davon?«, fragen sie ihn.

Sie lesen Jon eine Liste von Fragen vor, die sich aus den Ereignissen des Tages ergeben haben.

»Sie werden im nächsten Bulletin der Familie Roach erscheinen«, sagen sie.

Woher wusste die Polizei, dass der Coroner die eidesstattlichen Erklärungen brauchen würde?

Gab es am Wochenende vor der Wiederaufnahme der Untersuchung Absprachen zwischen der Polizei und dem Coroner?

Erfolgte der Antrag des Coroners an den High Court in Absprache zwischen ihm und der Polizei vor Beginn der Untersuchung?

Wenn ja, bedeutet dies, dass der Coroner mit der Polizei konspiriert hat und dass die Untersuchung der Todesursache am 18. April eine Farce war, weil die Polizei und der Coroner alle Entscheidungen im Voraus getroffen hatten.

Wenn ja, würde das bedeuten, dass die Polizei den Coroner in der Hand hatte und ihm sagte, was er zu tun und zu sagen hatte.

Jon sagt: »Die letzten beiden Fragen sind keine Fragen.«

Die Anwälte der Familie Roach schnauben. Sie lesen weiter:

Wenn ja, haben sie dem Coroner schon vorgegeben, welches Urteil er am Ende der Untersuchung fällen soll?

Wenn der Coroner mit der Polizei zusammenarbeitet, wie kann er dann unabhängig sein?

Wenn der Coroner nicht mit der Polizei konspiriert, warum hat er sich an den High Court gewandt, um zu verhindern, dass die Untersuchung der Todesursache verlegt wird? Warum hat er es nicht der Polizei überlassen?

»Für das Gericht«, sagen die Anwälte der Familie Roach zu Jon, »müssen wir einige Dinge etwas anders formulieren.«

»Für das Bulletin ist es gut, so wie es ist«, sagt Jon.

»Das ist noch nicht alles.«

Sie lesen weiter:

Warum will der Coroner Colins Familie nicht alle Beweise zugänglich machen, die er gesammelt hat?

Was versucht der Coroner zu verbergen?

Versucht er, die Polizei zu schützen, indem er Beweise zurückhält?[116]

»Soll ich diese Fragen beantworten?«, fragt Jon.

Die Anwälte der Familie Roach erklären Jon, dass die letzten drei Fragen eher rhetorischer Natur seien.

»Vermutlich kommen bis nächste Woche noch ein paar dazu«, sagt Jon.

Noble hört seine Nachrichten im West End Central ab, und eine davon schreit ihn förmlich an.

Sie ist von Suzi Scialfa: »Rectory Road 50, morgen, elf Uhr.«

Noble ruft Parker an, um ihn zu informieren.

Parker sagt: »Kluges Mädchen.«

Noble sagt: »Ich übernehme das Reden.«

Er unterbricht den Anruf, wartet auf das Freizeichen und wählt erneut.

Er ist müde, Noble. Er spürt es bis in die Knochen. Er schüttelt den Kopf und atmet tief durch.

Rectory Road 50, nächster Tag, elf Uhr vormittags.

Suzi lächelt Patrick Noble und ihren neuen jungen Freund an, der Parker heißt, wie sie inzwischen weiß. Oder sich zumindest so nennt.

»Ihr kennt euch also«, sagt sie.

»Indirekt.« Noble lächelt zurück. »Etwa so, wie ihr beide euch kennt.«

»Indirekt«, nickt Suzi. »Genau.«

Sie sitzt an ihrem üblichen Schreibtisch, Noble und Parker stehen –

»Diese Liste, die er dir gegeben hat«, sagt Noble. »Irgendwelche Ergebnisse?«

»Er hat mir gesagt, dass sie für das Defence Committee ist.«

»Das wird sie auch sein.«

»Was bedeutet das?«

»Das bedeutet, dass wir sie dem Defence Committee übergeben werden, wenn die Zeit reif ist.«

Suzi atmet aus und nickt zur Tür. »Ist sie auch richtig verschlossen?«

Parker öffnet und schließt sie. Es klickt.

»Heißt das, er ist Polizist?«

446

Noble nickt. »Irgendwie schon.«

»Und ich soll einfach den Mund halten?«

»Wir sind im selben Team.«

Suzi nickt Parker zu und schnaubt. »Das hat er auch gesagt.«

»Was ist mit der Liste, Suzi?«

»Keine Ahnung.«

»Was meinst du mit ›keine Ahnung‹?«

»Ich brauche noch etwas Zeit.«

Noble nickt. Er greift in seine Jacke und reicht Suzi einen
Umschlag.

»Das wird dir helfen, es zu verstehen«, sagt er.

In dem Umschlag ist ein Brief. Er sieht offiziell aus und
kommt ihr irgendwie bekannt vor.

Suzi zieht die Augenbrauen hoch. »Kein Siegelwachs? Geizkragen.«

Noble lacht.

Suzi liest den Brief.

Er ist von Detective Chief Inspector Maurice Young.

Das Wichtigste: Er dankt ihr für ihren Beitrag zum Fall, damals, 1978, und jetzt wieder, 1983.

Sie wird offiziell als Mitarbeiterin erwähnt.

Will heißen: Dir bleibt keine große Wahl, Schätzchen.

Noble sagt leise: »Wir sind im selben Team.«

Suzi faltet den Brief. »Das will ich hoffen.« Sie wirft Parker
einen Blick zu. »Ich sehe mir die Liste noch einmal an.«

»Braves Mädchen«, sagt Noble.

Suzi zuckt mit den Schultern. Sie spürt eine seltsame Erleichterung, eine Art Unausweichlichkeit.

Noble greift wieder in seine Jacke und holt eine dünne,

schwarze Kodak-Disc-Kamera mit Autofokus heraus. Er legt sie auf Suzis Schreibtisch.

»Kennst du dich damit aus?«

Suzi nickt.

»Sehr gut. Ich möchte, dass du den Film entwickelst und dann die Abzüge und die Negative so schnell wie möglich unserem Freund Parker hier übergibst.«

Suzi nickt. »Ich gehe nach Hause und mache das sofort.«

Noble lächelt sie an. »Danke.« Er schaut sich im Büro um. »Ich mach die Biege«, sagt er. »Ich finde selbst hinaus.«

Suzi packt die Kamera mit zitternden Händen, aber klarem Kopf in ihre Tasche.

Parker sagt: »Vertrau mir, wir tun das Richtige.«

»Wir treffen uns in zwei Stunden im Amhurst Arms«, sagt Suzi.

Auch in der nächsten Woche geht nichts voran, die Vertagung zieht sich hin, und erst am 30. April entscheidet der High Court, dass weder der Bezirksrat von Hackney noch der GLC die Befugnis haben, den Coroner zu einem anderen Verhandlungsort zu drängen, dass aber ein größerer Saal eine gute Idee wäre. Es ist nur ein Vorschlag, aber einer, dem alle folgen, und der Auftakt wird für den 6. Juni im Clerkenwell County Court angesetzt.

6. Juni, denkt Jon, Tag X.

Auszug aus einer Parlamentsrede von Ronald Brown, Abgeordneter für Hackney South und Shoreditch, im Mai 1983: Seit dem 10. Januar hat der neue Polizeipräsident verzweifelt versucht, einen Kontakt zwischen der Polizei und dieser Organisation [Hackney Council for Racial Equality] herzustellen. In Anerkennung der Beschwerden über die Polizei in London, insbesondere in Hackney, und der Probleme in Hackney nach der jüngsten Tragödie hat er versucht, wieder eine Beziehung zu den Bürgern aufzubauen. Er hat sich an jede Gruppierung gewandt und versucht, einen Dialog in Gang zu bringen. Welche Antwort erhielt er vom Council for Racial Equality? In einem Brief vom 21. Februar heißt es: »Ich schreibe im Namen des Hackney Council for Racial Equality Executive« – nicht des Rates, sondern des Exekutivorgans –, »das Sie gebeten hat, Anweisungen zu erteilen, dass die örtlichen Streifenpolizisten, die für das HCRE-Büro in der Mare Street und das HCRE-Familienzentrum in der Rectory Road zuständig sind, nicht mehr in einem dieser Büros anrufen« – dieser Satz ist unterstrichen –, »es sei denn, HCRE ruft ausdrücklich die Polizei. Ich vertraue darauf, dass dies unverzüglich befolgt wird.« Dies wurde vom Community Relations Officer unterschrieben. Damit war die Beziehung zwischen den Streifenpolizisten und der Bevölkerung in den beiden Bezirken ruiniert. Diese Beziehung hatte sich zuvor im gegenseitigen Einvernehmen als wertvoll erwiesen. Ein Brief hat sie zerstört.[117]

Ayeleen: Ich bin im Café, Lauren hat sich über ein paar Stühle und einen Tisch ausgebreitet, Mesut ist hinten und macht irgendwas, als Onkel Ahmet reinkommt und sagt: »Komm, Ayeleen, ich will dir was zeigen.«

Er bemerkt Lauren. »Du kannst auch mitkommen, Lauren. Wenn du nicht zu beschäftigt damit bist, in der Ecke einzuschlafen.«

Lauren setzt sich gerade hin und lächelt, als wolle sie einen Lehrer beeindrucken. »Sehr gerne, Mr. Ahmet.«

Ich verdrehe die Augen und muss lachen.

Onkel Ahmet deutet nach hinten und bittet Mesut, in der nächsten halben Stunde nach dem Rechten zu sehen.

Wir gehen die Straße hinunter und bleiben vor dem alten Kino, der neuen Moschee, stehen.

»Das ist sie«, sagt Onkel Ahmet. »Unsere Zukunft.«

»Unsere Zukunft?«, frage ich.

»Ein bisschen schmutzig, oder?«, sagt Lauren. »All die alten Poster an den Wänden.« Sie holt scharf Luft und schüttelt den Kopf. »Ich weiß nicht, diese Türme machen mir keinen vertrauenserweckenden Eindruck, Mr. Ahmet, vielleicht müssen wir sie abreißen.«

Ich lächle sie an.

»Das wird teuer«, sagt sie.

Wir lachen beide.

»Mädchen«, sagt Onkel Ahmet. »Folgt mir.«

Wir steigen die Treppe hinauf und gehen durch die einzige Tür, die nicht mit Brettern vernagelt ist, unter dem selbst gebastelten Banner hindurch, einem großen weißen Tuch, auf dem mit roter Farbe *AZIZIYE MOSCHEE* geschrieben steht.

Drinnen ist es feucht und kahl.

»Bisschen muffig, die Bude, Mr. Ahmet«, sagt Lauren. »Wir könnten sie etwas aufmöbeln …«

»Ja, sehr witzig, Lauren«, unterbricht Onkel Ahmet. »Wie wäre es, wenn wir für ein paar Minuten mit dem Scherzen aufhören?«

»Ja, Lauren«, sage ich.

»Du auch, Ayeleen, okay?«

Wir schauen uns in dem großen Raum um, der früher einmal das Foyer und die Kasse gewesen sein muss.

»Meine erste Frage betrifft die Geschichte«, beginnt Onkel Ahmet. »Wann wurde das Gebäude gebaut? Antworten, bitte.«

Ich schaue an die Decke, Onkel Ahmet sieht mich an, und wir hören beide, wie Lauren sagt: »Ursprünglich als Kino erbaut, wurde es 1913 als Apollo Picture House eröffnet, 1933 als Ambassador Cinema wiedereröffnet und ab 1974 als Astra Cinema mit Martial-Arts- und Softcore-Sexfilmen bespielt, bevor es 1983 geschlossen wurde. Es gehört zu den denkmalgeschützten Gebäuden im Stadtteil Hackney.«[118]

Ich muss kichern. »Softcore-Sexfilme in einer Moschee, hm.«

Onkel Ahmet schüttelt den Kopf. »Wo hast du das her?«

Lauren hält ihm ein schmutziges Stück Papier hin. »Da hinten in der Ecke liegt ein Haufen davon, von einem Infostand.«

Onkel Ahmet murmelt, dass sie das unbedingt wegräumen müssen.

»Und jetzt lasst eurer Fantasie freien Lauf«, beginnt er. »Schließt eure Augen.«

Wieder müssen wir beide kichern.

»Ich meine es ernst, schließt eure Augen.«

Wir tun es.

»Atmet ihn ein, den Raum. Jetzt stellt euch eine Moschee im osmanischen Stil vor, für zweitausend Menschen, einen Halal-Metzger, eine Wochenendschule für gute türkische, muslimische Kinder, ein Restaurant, einen Hochzeitssaal, alles in einem wunderschönen Gebäude, das von unseren eigenen Leuten restauriert und umgebaut wurde.«

Lauren stupst mich mit dem Ellenbogen an. »Ein wunderschönes Gebäude?«

»Das wird es«, sagt Onkel Ahmet. »Wir behalten die Art-déco-Details bei, die Fassade wird im osmanischen Stil mit gemusterten Keramikfliesen verziert, blau, türkis und weiß. Oben goldene Türme, man stelle sich das vor, und unten Mosaiksäulen. Fenster aus Bronze und verspiegeltem Glas. Eine dunkelgrüne Kuppel. Wunderschön!«

So aufgeregt, so leidenschaftlich habe ich Onkel Ahmet noch nie erlebt. Das gefällt mir.

Er dreht sich zu mir um. »Wir haben dieses Gebäude mit gekauft, unsere Familie, weil die Türken nicht gerne in eine nicht-türkische Moschee gehen, verstehst du? Hier in der Gegend beten ein halbes Dutzend Leute zusammen in einer schmutzigen Wohnung, das ist nicht in Ordnung. Die Gottesdienste werden auf Türkisch abgehalten, nicht auf Arabisch und natürlich auch nicht auf Englisch. Aber wir werden ein englisches Unternehmen gründen und an all diesen Geschäften beteiligt sein.«

»Und Ihre Fabriken, Mr. Ahmet?«, fragt Lauren.

»Die Textilindustrie ist am Boden. Das habe ich vorausgesehen«, grinst er. »Und gerade noch rechtzeitig verkauft.«

»Und die Cafés, die Geschäfte, die Bars?«

Onkel Ahmet schaut mich an. »Einige werden wir behalten, andere nicht. Das«, er deutet auf den leeren Raum, »ist unsere Zukunft.« Er lächelt. »Das da, versteht ihr?«

Ich nicke. »Das ist großartig, Onkel Ahmet.«

»Ein Kulturzentrum und eine Gebetsstätte. Ich bin ein sozialer Unternehmer!«

Lauren kichert. »Softcore-Pornos und Kung-Fu-Filme. Genau wie Mrs. Thatcher es will.«

Onkel Ahmet lacht. »Du bist lustig«, sagt er zu ihr. »Lustiges Mädchen!«

Lauren macht eine kleine Verbeugung, und ich klatsche Beifall.

Später, als ich allein im Café sitze, denke ich darüber nach, wie lange die Bauarbeiten wohl dauern werden und ob ich noch hier sein werde, wenn sie fertig sind, und ob das bedeutet, dass mein Vater zurückkommt.

10. Mai 1983: Margaret Thatcher ruft Unterhauswahlen für den 9. Juni aus.

Wahlen, Wahlen, Wahlen –

4

Let's Dance

Mai–Juni 1983

Parker

Du nimmst die Sturmhaube ab und findest dich in einer Kellerwohnung wieder. Jemand hat Bowies neue Platte aufgelegt, und
du sagst, Das Beste, was Bowie je gemacht hat, und ein großer
Rasta sagt, Ja, Mann, und du sagst, Nein, ich meine, das Beste,
was Bowie je gemacht hat, ist, der Welt Stevie Ray Vaughan
vorzustellen, und ein anderer fragt, Wer? und du sagst, Gitarre,
Kumpel, hör dir die Gitarre an, und der Rasta sagt, Cool, das
ist cool, und du sagst, Ich weiß, dass das cool ist, Junge. Du
lachst, und der große Mann sagt, Geschäft jetzt, okay, ernstes
Geschäft, und du sagst, Was, die Gitarre?, und der große Mann
lächelt und sagt, Was wir jetzt machen. Ich gebe dir das, und er
hält ein Paket in der Größe eines dicken, gebundenen Buches
hoch, und du gibst mir, was in deiner Tasche ist, und dann
machst du mit dem Stoff, was immer du vorhast. Wieder hält
er das Paket hoch, Und dann reden wir weiter, macht das Sinn?
Du sagst, Auf jeden Fall, ziehst einen Umschlag aus deiner
Jacke und gibst ihn weiter. Der Beifahrer grinst dich an, öffnet
den Umschlag und zählt nach. Alles in Ordnung? Ja, alles in
Ordnung. Der große Mann wirft dir das Päckchen zu. Du fängst
es geschickt auf. Der Beifahrer sagt, Slip Fielder, und alle lachen, und du sagst, Nee, Spin Bowler, und sie lachen noch mehr,
sie machen sich über dich lustig, aber es ist nur Spaß, also nutzt
du die Gelegenheit und fragst, Ich hab gehört, es gibt was Neues,

was zum Rauchen, ja? Wisst ihr, wo ich was davon kriegen kann? Einen Moment lang herrscht Stille, alle im Raum vertrauen dem großen Mann und seinem Urteilsvermögen. Er deutet auf einen der jüngeren Brüder, der ihm Stift und Block reicht. Er kritzelt etwas. Dann wirft er den Block, und du fängst ihn geschickt auf. Slip Fielder, du zwinkerst, und sie kichern leise über deinen Witz, deinen Stil, und du reißt die Seite ab, die er vollgekritzelt hat, und steckst sie ein, wirfst den Block zurück, und der große Mann fängt ihn mit einer Hand und lächelt und sagt, Nicht fürs Geschäft, hörst du, nur zum Vergnügen, nur zum privaten Vergnügen, ja? Und du sagst, Kumpel, ich hab's kapiert, ich bin nur neugierig. Neugierige Katze verbrennt sich die Tatze, sagt der Beifahrer und erntet anerkennendes Gemurmel. Und du stehst auf, und der große Mann sagt, Mein Freund hier bringt dich zur Tür, Sir, aber er kann dich nicht nach Hause fahren, und du sagst, Cool Mann, ich finde mich schon zurecht, und wir bleiben in Kontakt, und ihr stoßt die Fäuste aneinander, und sie zeigen dir die Tür, und kaum bist du aus der Tür, drehst du dich um und schreibst dir die Hausnummer auf, die Nummer der Wohnung, und du schaust nach rechts und nach links, du biegst links ab, du gehst auf die belebtere Straße zu, und du weißt, wo du bist, es ist die Church Street, du kannst die Feuerwache sehen, und du weißt, wo du warst, Nummer sieben, Apartment A, Kersley Road, und du schaust dir die Adresse auf dem Zettel an und denkst, es gibt einen guten Grund, warum diese Jungs sie dir einfach so gegeben haben. Weil es sicher ist.

Jon Davies liest über die neue Hoffnung für Großbritannien.

Das Labour-Manifest verspricht einseitige nukleare Abrüstung und den Rückzug Großbritanniens aus Europa. Eine Art Belagerungsmentalität, um dem Sturm zu trotzen. Einschränkung der freien Marktkräfte. Quoten und Zölle, um Importe zu begrenzen. Devisenkontrollen und Androhung der Verstaatlichung bei unkooperativen Finanzinstituten. Staatliche Planung und weitgehende Verstaatlichung. Thatcher erklärt in Cardiff, wenn die Leute ihre Ersparnisse in den Sparstrumpf stecken, wird Labour die Strümpfe verstaatlichen.[119] Verstaatlichung jedes Sektors, der als Teil des nationalen Interesses angesehen wird, je nach Bedarf. Abschaffung des privaten Gesundheitswesens und der Privatschulen. Die Gewerkschaften zu altem Ruhm zurückführen.

Der Titel des Labour-Manifests:

Die neue Hoffnung für Großbritannien.

Jon Davies blickt auf. Godfrey Heaven sagt zu ihm: »Das ist ein Anfang, Jon.«

Auf Jons Schreibtisch liegen Zeitungen –

Bernard Levin in der *Times* über Michael Foot: »Er taumelt mit der Gewandtheit und Souveränität eines einbeinigen Seiltänzers von einer Katastrophe in die nächste … Er ist nicht in der Lage, sein Schattenkabinett zu ernennen oder sich in der Öffentlichkeit die Nase zu putzen, ohne dass ihm die Hose runterrutscht.«[120]

Boulevardpresse auf Jons Schreibtisch –

Die *Sun,* unter einem wenig schmeichelhaften Foto von Michael Foot beim Spaziergang:

WOLLEN SIE WIRKLICH, DASS DIESER ALTE MANN GROSSBRITANNIEN REGIERT?[121]

Linke Presse auf Jons Schreibtisch –

Clive James im *Observer* über Michael Foot: *Ein schlaffer Hampelmann auf Benzedrin.*[122]

Rechte Presse auf Jons Schreibtisch –

Der *Sunday Telegraph* über Michael Foot: *Ein älterer, nörgelnder Pamphletist, der in Hampstead mit seinem Gehstock herumfuchtelt.*[123]

»Die Mitte und die Linke werden dieses Foot-Bashing eines Tages bereuen«, sagt Godfrey Heaven in weiser Voraussicht.

Jon ist geneigt, ihm zuzustimmen.

Sie bereiten Werbe- und Informationsbroschüren für die Konferenz *Kill the Bill* vor, die am 15. Mai in der Stadthalle stattfindet.

Sie richtet sich gegen die *Police Bill,* das Polizeigesetz, das Kontrollen, Durchsuchungen und allerlei drakonische Maßnahmen vorsieht.

»Wir halten es anonym«, sagt Godfrey Heaven. »Wir zeigen ein Fallbeispiel und machen deutlich, dass so etwas noch häufiger passieren wird, wenn das Polizeigesetz verabschiedet wird.«

»Anonymität für die Familie, aber wir nennen den Namen Mars-Jones, oder?«

»Das tun wir. Wirf einen Blick drauf, Jon.«

Jon liest:

Ein ungeheuerliches, bösartiges und schändliches Verhalten im Namen der Justiz.

Sie [die Polizei] haben diesen wehrlosen Mann in seinem eigenen Haus mit einer Waffe angegriffen und ihn brutal und unmenschlich geschlagen, mit der Absicht, ihm Schmerzen und Verletzungen zuzufügen.

Fünf Jahre lang haben sie ihre brutalen, grausamen und andauernden Übergriffe vertuscht.

Ich muss leider feststellen, dass systematisch versucht wurde, das Gericht in die Irre zu führen, um die Rechtswidrigkeit und die ungerechtfertigte Gewaltanwendung zu verschleiern.

»Das stammt aus einem Urteil von Justice Mars-Jones, Richter am Obersten Gerichtshof«, sagt Godfrey Heaven. »Er hat einem schwarzen Ehepaar Schadenersatz zugesprochen, nachdem die Polizei gewaltsam in dessen Haus eingedrungen war.«

Jon nickt.

»Wenn das Polizeigesetz durchkommt, erwartet uns noch viel Schlimmeres.«

Wieder nickt Jon. »Wir drucken das auf Gelb und Rot, was meinst du?«

»Wir gestalten das nicht, Jon«, lacht Godfrey Heaven. »Es ist eine Publikation, die vom GLC gesponsert wird. Sie werden es *Policing London* nennen, und jeder Buchstabe O wird durch Handschellen dargestellt.«[124]

»Sehr militant.«

»Am Tag davor ist die letzte RFSC-Demo. Man fragt sich, wie viele Verhaftungen es am nächsten Tag geben wird.«

»Wir sollten Buch führen«, murmelt Jon.

»Hoffentlich wird's nicht so schlimm.«

»Du weißt, dass über hundert Abgeordnete eine Petition für eine unabhängige öffentliche Untersuchungskommission unterschrieben haben.«

»Das weiß ich, Jon.«

»Das ist ermutigend.«

Godfrey Heaven lächelt. »Ich nehme an, Whitelaw und Thatcher haben im Moment Besseres zu tun, als Petitionen zu lesen.«

Jon nickt.

»Whitelaw hat uns hingehalten, Jon, wenn sie gewinnen, wird er befördert.«

»Und das ist dann nicht mehr sein Problem.«

Godfrey Heaven zwinkert. »Willie ist aus dem Schneider.«

»Er wird sich feiern lassen.«

»Und wir werden diejenigen sein, die einen Kater haben, Jon.«

Noble ist auf dem Weg zu Parker, er fährt nach Norden, kein Verkehr, keine Wolke am Himmel, Vogelgezwitscher –

Das Radio läuft, wieder so eine blöde Polit-Talkshow.

Wahlen, Wahlen, Wahlen –

Cecil Parkinson, Vorsitzender der Conservative Party: »Die Konservativen sind definitiv nicht von der National Front oder der Liga des Heiligen Georg unterwandert worden, auch nicht von einzelnen rechtsextremen, abtrünnigen Mitgliedern dieser politischen Gruppierungen.«[125]

Noble glaubt, dass Parker zufrieden sein wird.

Spät in der Nacht sagte Parker zu ihm: »Ich kenne den jungen Schwarzen auf diesen Fotos.«

Parker sagte: »Nummer sieben, Apartment A, Kersley Road.«

Parker sagte: »Ich habe noch eine Adresse, die dich interessieren wird.«

Der Moderator plappert in einem fort –

Bla bla bla bla –

Noble hört dem »charmanten« konservativen Abgeordneten Alan Clark zu, der, so der Talkshow-Moderator, für seine »Extravaganz, seinen Witz und seine Unerschrockenheit« bekannt sei.

Alan Clark erzählt dem Publikum, dass schwarze Briten Angst davor hätten, »zurück ins Bongo-Bongo-Land« geschickt zu werden.[126]

Wie verdammt unerschrocken von ihm, denkt Noble.

Es ist noch nicht ganz 7:30 Uhr, als Hackney gähnt und sich die Augen reibt. Die Marktstände in der Ridley Road beleben sich, Straßenkehrer und Verkehrspolizisten, das Rattern und Klappern der North London Line, Busschaffner, die lachend und winkend auf der hinteren Plattform lehnen, Gruppen von Kindern, die ihre Sporttaschen schleppen und dagegentreten, obdachlose Männer und Frauen, die ihre Schlafsäcke packen und nach Shoreditch schlurfen, in die City, das goldgepflasterte gelobte Land …

Noble zwängt den Wagen in eine enge Parklücke und macht sich auf den Weg zum Café in der Amhurst Road, wo er Lloyd Manley getroffen hat.

Parker ist schon da, vertilgt ein Bacon-Sandwich und blättert in einer Boulevardzeitung.

Noble setzt sich, winkt der Kellnerin und deutet auf Parkers Becher.

Ohne aufzublicken, liest Parker aus der Boulevardzeitung vor:

»Aus einer vertraulichen Quelle in Westminster. Man munkelt, dass Cecil Parkinson, der Vorsitzende der Konservativen Partei, mit seiner Sekretärin Sara Keays ein Kind der Liebe erwartet. Mrs. Thatcher soll Mr. Parkinson als Außenminister in Betracht gezogen haben; wir vermuten, dass sie ihre Meinung ändern könnte, wenn sich herausstellt, dass er nicht genügend Distanz zu seiner eigenen Sekretärin hält. Auf jeden Fall klingt das alles ein bisschen französisch.«[127]

Parker faltet die Zeitungen zusammen, wischt sich den imaginären Schmutz von den Händen –

»Bastard.«

»Schreibt der *Mirror*?«, fragt Noble.

Parker nickt. Er nippt an seinem Tee. Die Kellnerin bringt einen weiteren.

»Cheers, Darling«, grinst Noble. »Erinnern Sie sich an mich?«

Die Kellnerin verdreht die Augen und nickt in Parkers Richtung. »Inzwischen ist er ein bisschen zu groß für einen Milchshake, oder?«

Noble lacht und klopft sich auf den Schenkel. »Bringen Sie uns bei Gelegenheit die Rechnung, Darling.«

Parker verschränkt die Arme und beugt sich vor. »Es ist alles bereit.«

»Hausnummer zehn?«

»Wie du vermutet hast.«

»Wo?«

Parker zeigt über die Schulter. »Bei den Downs.«

»Ausgezeichnet. Ist er allein?«

Parker nickt.

»Dann gib mir die genaue Adresse.«

Parker zieht einen zerknitterten Zettel aus der Tasche und reicht ihn Noble.

Noble studiert ihn. Eine Siedlung, Nightingale, nordwestlich der Downs, etwa zehn Autominuten südöstlich der Polizeistation von Stoke Newington.

»Was meinst du?«, fragt Noble.

Parker runzelt die Stirn und überlegt. »Ich glaube, unsere Leute stecken dahinter.«

»Warum?«

»Die Rastas haben doch ihr eigenes Netzwerk, oder? Aber wahrscheinlich gibt es irgendeine Form der Zusammenarbeit, zumindest hier in der Gegend.«

»Klingt einleuchtend.«

»Die Sache ist die, dass sie die Adresse bereitwillig herausgegeben haben, aber nur unter einer Bedingung.«

»Weiter.«

»Ich soll nur für den Eigenbedarf kaufen, sonst nichts, keine weiteren Absichten, ja?«

Noble nickt –

»Warum sollten sie so schnell herausrücken, wenn sie etwas zu befürchten haben?«

Noble nickt –

»Mir scheint, es war wie eine Empfehlung.«

Noble nickt –

»Als wären sie Partner oder so.«

Noble nickt, lächelt –

Noble sagt: »Lass uns da rübergehen.«

Er lässt Münzen auf dem Tisch liegen. Seine Beine schmerzen, seine Zunge ist geschwollen.

Nightingale Estate, Downs Road, Lower Clapton:

Sechs zweiundzwanzigstöckige Türme, jeder fünfundsechzig Meter hoch –

Seaton Point

Embley Point

Farnell Point

Rachel Point

Rathbone Point

Southerland Point

Erbaut 1968 vom GLC; Wohnungen für London von London.

Betonblöcke und winzige Fenster.

Menschen zusammengepfercht wie Ratten in einem Gully.

Noble erinnert sich an Holly Street.

Schuften für den Aufstieg.

Eine Utopie, eine solidarische Gemeinschaft von Arbeitern, Straßen bis zum Himmel.

Gemeinschaftsräume, dunkel und verlassen.

Die üblichen Probleme mit asozialem Verhalten und fehlender Polizeipräsenz.

Nichts zu tun außer Klebstoff schnüffeln und Autoradios klauen.

Die öffentlichen Anlagen sind verwüstet, die Stadtverwaltung stellt keine Mittel für die Instandsetzung zur Verfügung, die Mülltonnen werden nie geleert –

Die Mülltonnen sind voller Ratten und Maden. Die Aufzüge stinken nach Pisse.

Sich selbst überlassen –

Die Straßenlaternen sind zerschlagen.

Die Bürgersteige sind schmutzig und zugeparkt.

Im Winter friert man im kalten Wohnzimmer.

Fremde Autos werden aufgebrochen und die Reifen zerstochen –

Im Sommer schwitzt man im heißen Wohnzimmer.

Rentner, die am Tag der Rentenauszahlung vom Postamt zurückhumpeln und darauf warten, dass die Diebe einbrechen –

Noble sagt: »Wir gehen besser zu Fuß.«

Als sie die Downs überqueren, sagt er: »Ein Paar, das ich kenne, hat hier in den späten Siebzigern seine Hochzeitsfotos gemacht.«

»Ach ja?«

»Sah gut aus, die Türme im Hintergrund, der Wind und der Frost.«

»Grausame Schönheit.«

»Genau.«

»Weiße Hochzeit, ja?«

Noble lacht. Innerlich spürt er nichts.

Noble und Parker starren an Rachel Point hinauf.

Es ist noch nicht halb neun –

»Der Trick besteht darin«, sagt Noble, »ausnahmsweise mal wie Bullen auszusehen.«

Parker lacht nicht.

Noble schiebt ihn vor sich her. »Komm.«

Der Aufzug stinkt nach Pisse, aber er funktioniert.

Vierzehnter Stock –

Noble und Parker schauen nach rechts und links, studieren den Lageplan der Wohnungen –

Noble nickt. »Hier entlang.«

Den schmalen Flur hinunter, Wohnungstüren, von denen die Farbe abblättert, vertrocknete Topfpflanzen, rostige Fahrräder mit einem oder gar keinem Reifen, fadenscheinige Fußmatten, die darauf bestehen, dass man sich die verdammten Füße abtritt, Hausfrauen, die an den Vorhängen zupfen, Kindergeschrei hallt herauf, Wäsche hängt in den Durchgängen –

Noble nickt. »Die da.«

Er tritt zur Seite und gibt Parker ein Zeichen, die Klingel zu drücken.

Ding-dong.

Das Geräusch schlurfender Pantoffeln –

Die Tür wird geöffnet. Parker schnieft –

Eine Frau steckt den Kopf aus der Tür, Noble lächelt –

»Ich habe mich schon gefragt, wann ich Sie wiedersehen würde«, sagt Dawn Driscoll. »Sie kommen besser rein.«

»Wieso sind Sie hier, Dawn?«

Sie sitzen in einem anständig eingerichteten Zimmer, der Couchtisch sauber und aufgeräumt, darauf eine Teekanne und ein Aschenbecher, drei Tassen, drei Untertassen.

»Erinnern Sie sich an Shahid Akhtar?«, fragt Dawn.

»Natürlich.«

»Er hat mir etwas gegeben, das ich benutzen sollte, falls ich jemals in ernste Schwierigkeiten gerate.«

»Warum haben Sie mir das nicht gesagt, als wir uns das letzte Mal gesehen haben?«

»Ich war nicht in ernsthaften Schwierigkeiten.«

»Ich muss sagen«, bemerkt Noble, »diese Wohnung macht einen besseren Eindruck als Ihre letzte.«

»Schicker. Aber das heißt nicht, dass ich keine Schwierigkeiten habe.«

»Das ist diesmal keine beschönigende Umschreibung, oder? Irgendwann hieß es doch, Sie seien ›in anderen Umständen‹.«

»Gutes Gedächtnis.«

Noble zuckt mit den Schultern.

»Meine alte Wohnung, Holly Street. Hinter dem Fernseher ist eine Klappe. Es ist da drin.«

»Was?«

»Das werden Sie schon sehen.«

»Ich verstehe immer noch nicht, was Sie hier tun, Dawn.«

»Besser so.«

Sie will aufstehen.

»Sie haben einen anstrengenden Tag vor sich, richtig?«

»Die werden gleich hier sein, und dann geht's los, ja.«

»Wer sind die, Dawn?«

Sie schüttelt den Kopf.

»Dawn.«

»Finden Sie heraus, was sich hinter meinem alten Fernseher verbirgt, und dann reden wir.«

Noble nickt.

»Man vermisst Sie im guten alten Axe«, sagt er. »*Let's dance*, hm?«

»Darauf wette ich.«

»Das ist keine Lebensweise, die jemand wie Sie freiwillig wählen würde, Dawn, seien Sie ehrlich.«

Dawn steht auf, drückt ihre Zigarette im Aschenbecher aus, kippt den Rest ihres Tees hinunter, schnalzt mit der Zunge und sagt: »Ich nehme ein kurzes Bad.«

Vor der Wohnungstür schaut Noble auf die Uhr. »Also los. Cracker – knackig, vielseitig und immer für eine Geschmacksüberraschung bereit.«

»Guter Spruch.«

Noble stimmt zu. Seine Beine sind wie Gummi.

14. Mai.

Suzi nimmt an der vierten Demonstration teil, die vom Roach Family Support Committee organisiert wird.

Keith sagt, während sie Seite an Seite gehen: »Ich finde, die Stimmung ist etwas gedrückt, nicht wahr, Schatz?«

»Wie soll es sich denn anfühlen, Keith?«, fragt Suzi. »Das ist kein verdammter Carnival.«

Leicht eingeschnappt gibt Keith zu: »Du hast recht.«

Am nächsten Tag nimmt Suzi an der »Kill the Bill«-Konferenz im Rathaus von Hackney teil. Keith kommt nicht mit.

Die Stimmung auf der Konferenz ist etwas gedrückt, findet Suzi.

Die Tatsache, dass es am Vortag keine Verhaftungen gab, hat etwas Seltsames, etwas Beunruhigendes.

Eigentlich sollte das gefeiert werden, aber niemand ist in der Stimmung.

Saffron Walden.

Suzi hat ihren Vater lange nicht gesehen, und er wirkt zerbrechlich, leer und erschöpft, als sei alles Leben und alle Energie aus ihm gewichen.

Und natürlich weiß sie jetzt, wie schlecht es ihm geht. Die Krankheit erfüllt den Raum wie der Geruch von verdorbenem Fleisch.

Er erklärt ihr: »Du wirst etwas Geld erben, mein Schatz. Verwende es gut.«

Seine graue Hand fühlt sich zerbrechlich an, kalt wie Knochen. Sein Hals ist gelb.

»Dad.«

»Lage, Lage, Lage, habe ich recht?«

»*Dad*.«

»Ich meine es ernst, Liebling.«

Er hustet jetzt; es klingt, als käme es von irgendwo tief unten, von einem trockenen, ausgedörrten Ort –

Suzi nickt. »Ich weiß.«

»Versprich es mir einfach, okay?« Er umschließt ihre Finger mit seinen, und Suzi denkt, wie zerbrechlich sie sich anfühlen. »Versprich mir, dass du es gut ausgibst, dass du etwas für dich kaufst, für dich und Keith, und wenn ihr mal … Du weißt schon.«

»Ist gut.« Suzi spürt, wie etwas in ihrer Brust anschwillt. »Ich verspreche es.«

Ihr Vater zwinkert ihr zu. »Braves Mädchen.« Er gibt ihr einen Klaps auf die Hand. »Jetzt hol mir die Abendzeitung und hilf deiner Mutter in der Küche.«

Suzi hat Tränen in den Augen, als sie das Zimmer verlässt. Sie blickt zurück und sieht, wie er zu ihr aufschaut.

»Ich habe dich sehr vermisst, Dad«, sagt sie, aber sie ist sich nicht sicher, ob er sie hört.

Godfrey Heaven stürzt mit einer Zeitung in der Hand ins Büro von Jon Davies.

»Immer mit der Ruhe, Godfrey«, sagt Jon. »Langsam macht schnell glücklich.«

»Hast du das gesehen?«

Er wedelt mit der Zeitung in Jons Richtung, als wolle er eine Wespe verscheuchen.

Jon nimmt sie, streicht sie glatt –

Das Foto eines gut gekleideten Mannes, darunter eine Schlagzeile:

LABOUR SAGT, ER IST SCHWARZ
TORYS SAGEN, ER IST BRITE

Jon schnauft, den Blick gesenkt.

Er murmelt: »Und das von denselben Leuten, die sich über einen Schwarzen im Anzug lustig machen.«

»Das ist eine Schande«, schimpft Godfrey Heaven.

»Eine bodenlose Frechheit!«

5

I Guess That's Why They Call It the Blues

Mai–Juni 1983

Parker

Vorsichtig öffnest du die Wohnungstür und trittst ein. Der Flur ist schmal, Boden und Wände sind mit dem gleichen trostlosen Teppichboden ausgelegt. Du schaust dich im Wohnzimmer um – Müll und kaputte Möbel. Im Bad die gleiche Badewanne, halb gefüllt mit dem gleichen schmutzigen Wasser. Warm, faulig, die gleiche Schleimschicht, dick, geronnen – das gleiche zerbrochene Badezimmerfenster, die gleichen Spritzen auf dem Boden, Schläuche, die gleiche verbrannte und zerknitterte Folie – der gleiche sichtbare Himmel. Ein klarer, blauer Himmel – das gleiche Grau der Sozialwohnungen, warm, windig. Die gleichen Fenster, verrammelt und von innen beschlagen. Dieselben Stimmen und das Husten, Schniefen und Rotzen – dieselben Wasserkocher pfeifen, dieselben Kinder schreien, dieselben Fernseher rauschen und plärren. Dieselben Radios, aus denen Elton John über den Blues singt. Zurück im Wohnzimmer findest du den Fernseher, der Bildschirm ist zersplittert, du gehst auf die Knie, achtest auf Glasscherben und stromführende Kabel, findest die Verkleidung, bürstest Schmutz und Staub von den Kanten, ziehst sie Stück für Stück heraus – und dahinter, in einer durchsichtigen Plastikmappe, liegt etwas, das aussieht wie ein ledernes Buch. Bingo. Kurze Zeit später triffst du deinen Kumpel Trevor, der dir den Kontakt zu den Big Men vermittelt hat und der jetzt schluchzt, Trevor, dem du gerade klargemacht

475

hast, dass er in echten Schwierigkeiten steckt, Trevor, dem du gerade erklärt hast, dass du ihm helfen kannst. Trevor schluchzt, Trevor schreit, und du sagst, Vertrau mir, Trev, wir sind auf derselben Seite, ich will dich nicht verarschen, im Gegenteil. Trevor ist wütend, wischt sich die Augen, Ich soll dir vertrauen, du verdammte Schlange, und du nickst und sagst, Ja, schon gut, aber hör zu, die sind zu mir gekommen, damit ich dir helfe, ich bin keiner von denen, und sieh dir das an, und du zeigst Trevor die Fotos, zeigst ihm genau, wer auf den Fotos zu sehen ist, und sagst ihm, dass sie nicht hinter ihm und seinen Leuten her sind, und Trevor, der schluchzt und zittert und sich die Augen am Ärmel seines Trainingsanzugs abwischt, beginnt zu nicken, er beginnt zu verstehen, und er sagt, Ich habe keine andere Wahl, oder? Und du sagst, Das ist eine Chance, Kumpel, eine Chance, du wirst da rauskommen und alles ändern, und Trevor hört auf zu schluchzen und sieht dich an, und du siehst die Entschlossenheit in seinen Augen, du siehst die Rebellion gegen die Ungerechtigkeit, und er sagt, Okay, ja, okay.

Queensbridge Road, vor dem Holly Street Estate.

Noble hört Radio, während er auf Parker wartet. Wieder eine Talkshow, in der spekuliert wird.

»Die Standpunkte und stark polarisierten Positionen der beiden großen Parteien werden wahrscheinlich die traditionell radikaler ausgerichteten Parteien unter Druck setzen, die National Front, die British National Party, die Workers' Revolutionary Party – sie alle werden Stimmen verlieren, Mitglieder verlieren, verlieren, verlieren. Man könnte sich fragen: Ist das schlecht? Nun, vielleicht sollte man fragen: Wann ist unsere Mainstream-Politik so extrem geworden?«[128]

Er denkt: Was hat sich geändert?

Parker steigt auf der Beifahrerseite ein und sagt: »Ich wünschte, die würden alle mal eine Pause einlegen.«

Noble schaltet das Radio aus.

»Lass mal sehen.«

Parker reicht ihm eine durchsichtige Plastikmappe.

Noble öffnet sie mit Handschuhen.

Ein Hauptbuch. Summen, Zahlen, Namen.

Namen von Polizisten, Namen von Geschäftsleuten, Namen von Teilhabern, Namen von Familien, die in Whitechapel und Bethnal Green bekannt sind.

Shahid Akhtars Hauptbuch.

»Ich glaube nicht, dass das Finanzamt eine Kopie davon bekommen hat«, sagt Parker.

Noble blättert die Seiten um. Er sucht ein bestimmtes Datum, um seine Neugier zu befriedigen, um eine *Vermutung* zu bestätigen.

Er geht die Jahre durch: '75, '76, '77 –

1978.

Dann die Monate: Januar, Februar, März –

April.

Er blättert weiter, Monatsende:

30. April 1978, der Carnival Against Racism.

Ein Sonntag. Die Wochenendseite ist dicht beschrieben. Spuren von Bleistift und Radiergummi, Tintenkleckse –

Eine Spalte, die auf erhaltenes Geld hinweist: eine Liste von Initialen, sechs Paare, die auf *SH* enden, was darauf hindeutet, dass die Polizei selbst eingezahlt hat.

Eine zweite Spalte, eine große Geldsumme, ein Gesamtbetrag.

Eine dritte Spalte, ein Name: *Williams*. Das deutet auf einen Geldabfluss hin. Geld, das von Shahid Akhtar und anderen kam. Es ging an Detective Sergeant Williams.

Das ist immerhin ein Anfang.

Noble schaut auf seine Uhr. »Wir sollten deinen Kumpel treffen«, sagt er zu Parker.

Noble beobachtet, wie Parker seinem Kumpel alles erklärt.

Er hat keine wirkliche Wahl, Parkers Kumpel, wegen der Fotos, und Parker zeigt ihm seine Optionen auf.

Noble sitzt auf einer Bank an der Downs Road und wartet auf den richtigen Moment, um einzugreifen.

Nightingale Estate ragt in den wolkenlosen Himmel.

Dahinter das Summen der Masten und das trockene Knistern des Millfield Parks und der Marshes, das vergilbte Gras, der Kanal, eine giftige, tote Kloake, aus der der Geruch der Verwesung steigt.

Hier haben sie Shahid Akhtar gefunden, aufgedunsen, vollgepumpt mit Alkohol und Tabletten.

Ein tragischer Unfall.

Dawn Driscoll sagte: *Er hat mir etwas gegeben, das ich benutzen sollte, falls ich jemals in ernste Schwierigkeiten gerate.*

Noble versteht jetzt, warum. Das Buch deutet auf geheime Absprachen hin. Das Buch deutet darauf hin, dass Mr. Akhtar sowohl die Polizei von Whitechapel als auch ein paar alteingesessene Kriminelle bezahlte, damit sie andere gewaltsam einschüchtern. Die Zahlen deuten darauf hin, dass es zahlreiche finanzielle Transaktionen zwischen diesen Fraktionen gab.

Ein Name taucht auf, über den Noble nicht unglücklich ist: Williams.

Wenn dieses Buch Dawn Driscoll helfen soll, muss es in die Hände der richtigen Person gelangen, um als Druckmittel eingesetzt zu werden.

Warum hat sie es nicht schon früher benutzt?

Noble weiß, dass man ihr mit einer Anklage gedroht hat, und das könnte jederzeit wieder passieren. Und natürlich –

Shahid Akhtar wurde fälschlicherweise glauben gemacht, seine Geliebte sei schwanger. Daran war sie beteiligt. *Erpressung.*

Shahid Akhtar wusste nicht, dass seine Freundin, die ihn angeblich liebte, von Anfang an eine Marionette der Polizei war. Ein *Lockvogel*. Ein Mittel, um ihn in die Hand zu bekommen.

Shahid Akhtar steckte finanziell mit der Polizei und Kriminellen unter einer Decke, und die korrupten Praktiken werden in seinen Aufzeichnungen offenkundig. *Schutzgelderpressung, Steuerhinterziehung, Geldverleih.* Kein Wunder, dass er so genau Buch geführt hat, kein Wunder, dass er es Dawn gegeben hat. Als eine Art Lebensversicherung, mutmaßt Noble.

Shahid Akhtar war vollgepumpt mit Alkohol und Tabletten, um seine Sorgen zu ertränken, im wahrsten Sinne des Wortes. *Ein tragischer Unglücksfall.* Auch wegen dieser heimlichen Geliebten, die, wie sich herausstellte, gar nicht so schwanger war.

Verschleierungsversuch.

Noble hält den Moment für gekommen, springt auf den Rücksitz –

»Hallo, Jungs.«

Parker sagt zu seinem Kumpel: »Das ist Detective Constable Patrick Noble. Er hat ein paar Fragen an dich. Wenn du sie zu seiner Zufriedenheit beantwortest, wird er dein Verbindungsmann, okay?«

Parkers Kumpel nickt.

Im Rückspiegel wirkt er niedergeschlagen, resigniert, aber auch einsichtig, findet Noble.

Bingo.

»Wie heißt du?«

»Trevor.«

»Okay, Trevor, schön, dich kennenzulernen.«

»Ich kann nicht sagen, dass das auf Gegenseitigkeit beruht«, antwortet Trevor.

Noble gefällt das. »Oh, das kommt noch, mein Sohn, das kommt noch. Ich bin der beste Freund, den du je hattest.«

Trevor schweigt. Seine Augen sind nach vorne gerichtet, die Hände im Schoß.

»Du hast meinen Mitarbeiter Parker durch die Kampagne für eine öffentliche Untersuchung des Todes von Colin Roach kennengelernt. Aber deshalb bist du nicht hier. Du bist hier, weil ich fotografische Beweise für illegale Aktivitäten habe, auf denen du zu sehen bist. Ich nehme an, du kennst diese Fotos.«

Trevor nickt.

»Normalerweise interessiere ich mich nicht für Deals auf niedriger Ebene, Trevor, aber mir sind deine Geschäftspartner aufgefallen.«

Trevor nickt. Nervös fummelt er an seinen Händen herum.

Parker hält Noble ein Foto hin. »Das bist du«, sagt Noble, »und das sind Detective Constable Rice und Detective Constable Cole, beide aus Stoke Newington.«

Trevor nickt.

»Wie hat diese Zusammenarbeit begonnen, Trevor? Fangen wir damit an.«

Trevor sieht Parker an, der nickt. Noble blickt auf Trevors Hinterkopf.

»Vor etwa sechs Monaten wurde ich auf Verdacht verhaftet.«

»Diese Gesetze gelten nicht mehr, Trevor.«

»Sie wissen, was ich meine, eine Kontrolle und eine Durchsuchung.«

»Von wem?«

»Ein paar Uniformierte.«

»Du warst allein?«

»Ja.«

»Wo?«

Trevor zeigt mit der Hand nach draußen. »Hinter der Schule, auf dieser Seite der Kingsland Road.«

Noble nickt. »Erzähl weiter.«

»Die Uniformierten haben behauptet, sie hätten was bei mir gefunden. Ich hatte nichts bei mir, okay. Das habe ich ihnen versichert. Sie haben einen Streifenwagen gerufen. Sie haben mich mitgenommen.«

»Und dann?«

»Sie haben mich in Stoke Newington wegen Drogenbesitzes eingebuchtet. Sie haben mich drei Stunden lang in einer Zelle schmoren lassen, kein Wasser, kein Anruf, keine Verlesung der Rechte, nichts.«

»Erzähl weiter.«

»Dann kamen Rice und Cole und haben mir erklärt, dass es einen Weg gäbe, die Anklage wegen Drogenbesitzes abzuwenden. Ich habe erneut beteuert, dass ich nichts bei mir hatte. Sie haben zwei Taschen hochgehalten, eine kleine und eine große. Sie haben gesagt, wenn ich so weitermache und darauf beharre, würden sie mir die große Tasche anhängen, und dann wäre es Besitz mit der Absicht gewerbsmäßiger Abgabe. Wenn ich das nicht tue, könnten sie bei der kleinen Tasche ein Auge zudrücken, und ich würde für sie arbeiten. Und wenn ich den neuen Job, den sie mir anbieten, nicht annehme, würden sie meiner kleinen Schwester etwas anhängen und sie zwingen, in einer anderen Branche für sie zu arbeiten.«

»Du hast dich also für die kleine Tasche entschieden.«

»Was hätte ich denn sonst tun sollen?«

Noble nickt. »Also gut. Erzähl mir von der Arbeit.«

»Lieferungen und Abholungen, das ist alles. So wie auf den Fotos.«

»Hast du schon mal gesehen, was in den Taschen und Paketen ist?«

Trevor schüttelt den Kopf. Die Hände im Schoß.

Noble nickt. »Wir haben dich in der Kersley Road gesehen, im Coach, im türkischen Café. Wo noch?«

Trevor deutet auf die andere Straßenseite. »Da drüben ist eine Wohnung.« Er zeigt auf Nightingale Estate. »Da wohnt eine Frau.«

»Was ist da oben los?«

»Keine Ahnung, ich liefere nur.«

»Was *glaubst* du, was da oben los ist?«

Trevor schüttelt den Kopf.

Noble nickt. »Glaubst du, das ist die Art von Geschäft, in das sie deine kleine Schwester verwickeln wollten?«

Trevor schüttelt den Kopf.

Noble nickt. »In Ordnung, Trevor.«

»Was passiert jetzt?«, fragt Trevor.

»Du hältst mich über Parker auf dem Laufenden. Zuerst wirfst du einen Blick in eine der Taschen – wir wissen, was in den Umschlägen ist. Wir wissen auch, was in der Kersley Road vor sich geht. Ich will wissen, was da drüben los ist.« Er nickt in Richtung der Siedlung. »Verstanden?«

Trevor nickt.

»Wenn du willst, dass das alles aufhört, und ich meine alles, dann tust du, was Parker und ich dir sagen.« Nobles Miene im Rückspiegel besagt: *Komm schon, Junge.* »Du wirst uns vertrauen müssen.«

Trevor sieht Parker an, der nickt. »Ja, ich weiß«, stimmt Trevor zu.

»Und du hältst den Mund.«

»Natürlich.«

»Eine Sache noch, Trevor. Hast du in diesem Zusammenhang schon mal von Colin Roach gehört?«

Trevor schüttelt den Kopf. Er nestelt mit den Händen im Schoß.

»Sicher?«

Trevor nickt.

Noble nickt. »Okay, Trevor, du bist ein guter Junge.« Über den Beifahrersitz hinweg streicht Noble ihm durchs Haar: »Wir holen dich bald da raus, Kumpel.«

Parker ergänzt: »Das werden wir.«

Noble sagt: »Bleib cool, Junge. Ich weiß, du schaffst das.«

Trevor nickt. In seinen Augen liegt ein hoffnungsvoller Ausdruck. Noble lächelt ihm im Rückspiegel zu.

»Los geht's.«

Trevor springt aus dem Auto, joggt über die Hackney Downs in Richtung Clapton und schaut nicht zurück.

Noble blickt auf die Uhr.

Er beugt sich vor, legt Parker eine Hand auf die Schulter –

»Komm, wir gehen rüber zu Cracker Dawn.«

Er reicht Parker das Hauptbuch.

»Schieb das für mich unter den Sitz, sei so nett.«

Beim Aussteigen wirft Noble einen anerkennenden Blick über das Autodach. »Das hast du gut gemacht, mein Sohn.«

Noble steigt wieder ein, sein Herz pocht hart und unregelmäßig, und er versucht, sich zu beruhigen.

Suzi geht die Liste der Namen durch, die Noble ihr gegeben hat, die Liste der Namen und die Liste der Anklagen, und sie überlegt, wie sie mit diesen jungen Männern Kontakt aufnehmen kann, wie sie ihre Geschichten erzählen kann, ob sie ihre Geschichten erzählen *darf,* ob sie die richtige Person ist, um sie zu erzählen, und wenn ja, zu welchem Zweck, da kommt Keith in die Küche gestürmt.

»Babe«, ruft er. »Ich habe gute Nachrichten für dich.«

»Warst du schon im Bett, Keith?«

»Nein, noch nicht.«

Suzi lächelt.

»Zugegeben, es war eine lange Nacht, aber es hat sich gelohnt.«

»Wirklich.«

»Eine erstklassige Nacht.«

Suzi schüttelt den Kopf.

»Was wollte ich noch mal?«

»Neuigkeiten, du bringst gute Neuigkeiten.«

Keith grinst. »O ja. *Neuigkeiten.*« Er reibt sich freudig die Hände. »Suzi Sweetheart, ich nehme dich mit nach Paris.«

Suzi schaut ihn zweifelnd an.

»Ich schwöre, wirklich.«

»Keith.«

»Das ist die romantischste Stadt der Welt, Suzi. Wer weiß, was dort passiert, oder?«

Er lässt einen Finger vielsagend in der Luft kreisen.

»Keith!«

»Die gute Nachricht ist, dass es Arbeit ist und alles bezahlt wird, Schatz«, argumentiert Keith. »Weller und Talbot fliegen hin, um ein paar Promo-Aufnahmen für die neue Single zu machen, ganz europäisch, du weißt ja, wie die drauf sind, eine Woche oder so nach der Wahl.« Keith hält inne, formt seine Hände mit ausgestreckten Zeigefingern und Daumen zu Pistolen. »Und sie wollen, dass *du* den Job machst. Und ich«, er deutet mit den Daumen auf seine Brust, »bin dein Zuhälter.«

Suzi lächelt. Eine Woche oder so nach der Wahl, das heißt, eine Woche oder so nach der Untersuchung der Todesursache, das heißt: Ja, ja, ja.

Suzi küsst Keith, umarmt ihn. »Tja, wer weiß, was dort passiert.«

Hackney Mothers' Hospital.

Jon Davies hält Jackies Hand.

Sie schauen auf eine Maschine, sehen zitternde Linien und hören bumm-bumm, bumm-bumm.

Eine Frau bewegt ein Gerät über Jackies Bauch.

Jon versucht zu verstehen, was er da sieht, aber es ist hoffnungslos. Es dauert eine Weile, bis sie alles finden, was sie suchen, aber dann haben sie es geschafft. Jackie musste sich drehen und wenden und einen Spaziergang machen – zweimal! –, bis sich das kleine Kerlchen wirklich zeigte.

Aufregend, das alles, denkt Jon, der nie so recht weiß, was los ist, die Krankenschwester unnahbar, der Techniker gibt Kommentare von sich wie ein Automechaniker: Oh, das müssen wir uns genauer anschauen, was denn, meint er die verdammte Maschine oder das Baby?

»Und das«, sagt die Frau, »bedeutet, Sie bekommen – Moment, wollen Sie das überhaupt wissen?«

Jon drückt Jackies Hand.

Jackie sagt: »Ja, das wollen wir, wenn das okay ist.«

Die Frau lächelt. »Ein kleines Mädchen«, sagt sie. »Sie bekommen ein Mädchen.«

Jon klatscht, lächelt und küsst Jackie: »Das ist wunderbar.«

Jackie nickt. »Das ist es wirklich.«

Sie halten sich an den Händen und bedanken sich. »Ihr zweites Kind, glaube ich«, sagt sie.

»Ja«, bestätigt Jon.

Jackie fügt hinzu: »Eine kleine Schwester für unseren Sohn.«

»So ein Glückspilz.«

»Ja, er hat wirklich Glück.«

Im Aufzug stinkt es nach Pisse.

Vierzehnter Stock.

Wieder den engen Flur hinunter, Wohnungstüren, von denen noch immer die Farbe abblättert, die eine oder andere Topfpflanze, die noch immer stirbt, rostige Fahrräder, die noch immer ein Rad haben oder gar keines, fadenscheinige Teppiche, die noch immer darauf bestehen, dass man sich die verdammten Füße abtreten muss, Hausfrauen, die noch immer an den Vorhängen zupfen, Kindergeschrei, das noch immer nach oben dringt, Wäsche, die noch immer in den Durchgängen hängt.

Noble hält inne. Er dreht sich zu Parker um. Er zeigt den Flur hinunter.

»Was zum Teufel?«

Ein uniformierter Polizist steht vor Dawn Driscolls Wohnungstür.

Die Wohnungstür aus den Angeln gerissen, blau-weißes Absperrband quer über dem Flur, gaffende Nachbarn, die Hände um Teetassen geschlungen …

»Jesus«, fügt Parker unnötigerweise hinzu.

Noble zückt seinen Ausweis. Der Uniformierte überprüft ihn.

Der Uniformierte schnieft.

»Und?«, fragt Noble.

»Man hat mir gesagt, dass Sie kommen würden. Es hieß, Sie bräuchten eine schriftliche Vollmacht. Haben Sie eine?«

Noble funkelt den Mann wütend an. Noble zieht sich zurück.

Parker, der das Fenster inspiziert hat, kommt zu ihm.

»Boss«, sagt er. »Da ist sonst niemand drin. Wir könnten, Sie wissen schon.«

Er nickt in Richtung des Uniformierten, zieht eine Augenbraue hoch.

Noble schüttelt den Kopf. Er wendet sich wieder dem Uniformierten zu. »Cole und Rice.«

Ein kurzes Zögern, dann –

»Schriftliche Vollmacht.«

Noble nickt. »Du bleibst hier«, sagt er zu Parker. »Behalt die Lage im Auge.«

Noble geht –

Noble fährt wieder die Straße hinauf zur Stoke Newington Police Station, wieder parkt er am Straßenrand, wieder geht er durch den Haupteingang, wieder die Treppe hinauf, wieder den Flur hinunter, wieder betritt er einen verrauchten Raum, einen Raum, in dem es noch immer nach schalem Alkohol und Kaffee riecht, nach Curry zum Mitnehmen, nach Körpergeruch und Fett, ein müder, von Leuchtstoffröhren erhellter Raum, in dem Williams, Cole und Rice wieder einmal Kriegsrat halten –

Noble schreit: »Sie hat mir gehört!«

Williams, Cole und Rice drehen sich um.

Noble wieder: »Ihr habt mich reingelegt.«

Williams, Cole und Rice lachen jetzt –

Williams schüttelt den Kopf. »Heute Morgen kam der Hinweis. Klarer Fall. Besitz mit Verkaufsabsicht. Eine verdammte Tonne von dem Zeug.«

Noble schüttelt den Kopf –

»Nein …«

Williams sagt: »Auch dieses neue Zeug, nennt sich Crack-Kokain, sehr süchtig machend, sehr zerstörerisch, Junge.« Er nickt Rice und Cole zu. »Die beiden verdienen einen Orden dafür.«

»Ich will mit ihr reden«, sagt Noble.

Rice und Cole schütteln die Köpfe.

Williams lächelt. »Ich sehe da kein Problem.«

Noble dreht sich um, geht zur Tür hinaus, die Treppe hinunter, in den Keller, in den Verhörraum, wo sie Dawn Driscoll festhalten.

»Sie schon wieder«, sagt sie.

»Ich würde sagen, jetzt sind Sie wirklich in Schwierigkeiten, Dawn.«

»Ich würde sagen, ich habe mich selbst da reingeritten.«

»Klingt sehr fatalistisch.«

Dawn Driscoll lächelt. »Ich meine das eher wörtlich.«

»Sie haben sich selbst angezeigt.«

»Nicht direkt, nein.«

»Warum, Dawn?«

»Die Liste der Polizisten, mit denen ich auf die eine oder andere Weise in Beziehung stand, ist lang und prominent. Irgendwann musste Schluss sein.«

»Sie wissen, wie das in so einem Fall abläuft, oder?«

»Kann ich mir vorstellen.«

Noble schüttelt den Kopf. »Nein, können Sie nicht. Sie müssen sich schuldig bekennen, das ist Ihre einzige Chance. Und gleichzeitig erklären, dass Ihre Komplizen Polizisten waren und Sie gezwungen haben, diese Straftaten zu begehen.«

Dawn Driscoll schnaubt.

Noble hebt den Finger. »Sie erklären, dass die Razzia von Ihren Komplizen koordiniert wurde, als Sie sich weigerten, weiter mitzumachen.« Noble rutscht in seinem Stuhl zurück, beugt sich vor. »Dann wird der Richter das bei *seinem Urteil* berücksichtigen. Und er wird sein Urteil darauf abstimmen, dass Sie von einem korrupten Beamten zu einer Straftat angestiftet wurden, aber das bedeutet nicht, dass er dieser Beschuldigung strafrechtliche Relevanz beimisst.«

»Das klingt etwas verwirrend.«

»Ist es auch.«

»Ich verstehe.«

»Der Punkt ist, Dawn, dass der Richter Ihre Aussage als wahr akzeptiert und Sie unter Berücksichtigung dieser Aussage verurteilt, aber dass die Aussage und ihr Inhalt keine Konsequenzen über Ihre Verurteilung hinaus haben.«

»Vorausgesetzt, ich bekenne mich schuldig.«

»Die andere Option des Richters ist ein Prozess im Prozess, um den Wahrheitsgehalt Ihrer Aussage über Ihre Mitverschwörer festzustellen.«

Wieder schnaubt Dawn Driscoll.

»Und das wird nicht passieren«, schließt Noble.

Dawn Driscoll wiederholt: »Vorausgesetzt, ich bekenne mich schuldig.«

»Sie sind sehr hartnäckig, Dawn.«

»Haben Sie das Buch gefunden?«

Noble nickt.

»Gut.«

Noble beißt sich auf die Lippe. »Wer hat Sie ursprünglich auf ihn angesetzt, Dawn?«

Dawn Driscoll schüttelt den Kopf.

»Ohne das habe ich nichts in der Hand.«

Dawn Driscoll nickt. »Sie werden es herausfinden.«

Sie gibt dem diensthabenden Officer ein Zeichen.

»Sie müssen mich entschuldigen«, sagt sie zu Noble. »Ich muss wohin.«

Noble nickt und geht –[129]

Tag X, 6. Juni, Clerkenwell County Court.

Jon Davies und Godfrey Heaven nehmen Platz, als die Untersuchung der Todesursache von Colin Roach eröffnet wird.

»Aufgrund der vorliegenden Fakten müssen wir wohl davon ausgehen, dass dies das einzig mögliche Urteil ist«, erklärt der Coroner.

»Oder auch nicht«, sagt Godfrey Heaven.

Jon schweigt.

Godfrey Heaven beugt sich vor.

Jon kann Kaffee und Knoblauch in seinem Atem riechen.

»Professor Stuart Hall hat draußen gesprochen«, flüstert Godfrey Heaven. »Er hat einen guten Satz gesagt: Es ist zu bezweifeln, dass ein Innenminister bei klarem Verstand eine so unplausible Geschichte als angemessene Erklärung für den Tod seines eigenen Sohnes ruhig und gelassen hinnehmen würde. Genau richtig, denke ich.«[130]

Jon nickt.

Es ist heiß im Bezirksgericht, der Saal ist überfüllt, die Atmosphäre bedrückend, der Erwartungsdruck hoch.

Jon mustert die Anwesenden und fragt sich, wer von ihnen heute eine Rede halten wird.

Aus einer Parlamentsrede des Abgeordneten Neil Kinnock, ehemals Bedwellty, jetzt Islwyn, im Juni 1983: »Wenn Mrs. Thatcher am Donnerstag gewinnt, warne ich Sie davor, ein einfacher Bürger zu sein. Ich warne davor, jung zu sein. Ich warne davor, krank zu werden. Ich warne davor, alt zu werden.«[131]

Scotland Yard.

Noble hat ein vertrauliches Gespräch mit Detective Chief Inspector Maurice »Special« Young.

Er hat seinen Bericht vorgelegt, seine Ergebnisse, seine Empfehlungen, die Beweise –

»Was Sie hier haben, DC Noble«, sagt Young, »ist ein guter Anfang.«

»Wie bitte?«

»All das«, Young gestikuliert in Richtung der Papiere, der Fotos, der Zeugenaussagen, »all das ist ein guter Ausgangspunkt.«

»Ich weiß nicht, ob ich Ihnen folgen kann.«

Young lächelt geduldig. Er zeigt auf Dokumente, auf Fotos. »Indizien, Hörensagen, geheime Absprachen, Einschüchterung von Zeugen.« Wieder lächelt er. »Das Schlüsselwort ist ›Indizien‹.«

Noble nickt.

»Sie haben gute Arbeit geleistet, Chance.«

»Und jetzt?«

»Sie machen weiter. Das ist ein ausgezeichneter Anfang.«

»Ich verstehe nicht, Chief, Sie wollten doch, dass ich …«

»Ich habe Sie gebeten, Stoke Newington zu durchleuchten, und das haben Sie getan. Das war keine polizeiinterne Untersuchung oder Ermittlung.«

»Also unternehmen wir nichts?«

»Wie gesagt, ein guter Anfang.«

Noble schüttelt den Kopf. »Wenn es um Erpressung und geheime Absprachen geht, ist das ein Fall für die Steuerfahndung.«

»Sie haben es geschafft, einen unserer Leute einzuschleusen. Sie haben eine Handlangerin von denen auffliegen lassen. Sie haben einen Spitzel aufgebaut, der zu den Eingeweihten gehört. Keine schlechte Arbeit, würde ich sagen.«

»Die Falschaussage, die Erpressung, die Verschwörung zur Rechtsbeugung …«

»Jede zu drastische Maßnahme schadet unseren Bemühungen. Cool bleiben und weitermachen.«

»Was ist mit Colin Roach, Chef? Was ist mit seiner Familie?«

»Das ist ein guter Anfang, DC Noble.« Young nickt. »Sie tun, was Sie können.«

Noble steht auf, seine Beine wackeln, seine Arme zittern, er streckt die Hand aus. »Danke, Chief.«

Young lächelt, schüttelt Nobles Hand. »Sprechen Sie auf dem Weg nach draußen mit meiner Sekretärin. Bonusscheck, steuerfrei. Nehmen Sie Ihre Freundin mit nach Lanzarote, auf irgendeine Insel. Sie haben es sich verdient.«

Noble nickt, schwankt hinaus –

Lea hat ihm versichert: *Ich liebe dich.*

Kümmere dich endlich um dich selbst, beschließt er. *Du hast es dir verdient.*

Aber er weiß nicht, *wie.*

Er denkt an Jon Davies: *die Ernüchterungen einer politischen Existenz.*

10. Juni, überall in den Nachrichten: Margaret Thatcher und die Konservativen gewinnen mit einem Erdrutschsieg die Unterhauswahlen. Es ist ein besonderer Triumph für die Eiserne Lady, denn sie ist die erste konservative Premierministerin des 20. Jahrhunderts, der es gelingt, mehrmals hintereinander arbeitsfähige Mehrheiten zu erringen. Als der Sieg spät in der Nacht und früh am Morgen feststand, soll sie ihrem Mann Denis zugeflüstert haben: *Jetzt werden sie mich nicht mehr Hilda nennen.*

Denis Thatcher soll geantwortet haben: *Sie werden dir noch viel schlimmere Namen geben.*

Die beiden Turteltäubchen küssten und umarmten sich kurz, bevor sie sich wieder auf den Weg zur Nummer zehn machten, um dieses Land ein für alle Mal auf Vordermann zu bringen.[132]

17. Juni, Clerkenwell County Court.

Bei der Untersuchung der Todesumstände von Colin Roach entscheidet sich die Mehrheit der Geschworenen (8:2) für Selbstmord.

Suzi schüttelt den Kopf. Suzi denkt – zwei von euch waren dagegen.

Hat das denn nichts zu bedeuten?

Suzi schaut sich im Gerichtssaal um, die Familie in Tränen, die Anwälte in Tränen, Freunde und Unterstützer schütteln den Kopf, schütteln die Fäuste, schreien –

Zu Hause, nach dem Prozess und der Urteilsverkündung, schreibt Suzi drei Fragen auf:

Wer war Colin Roach?
Wer ist Colin Roach?
Wer hat Colin Roach getötet?

Einige Leute kennen die Antwort auf die erste Frage, denkt sie.

Noch mehr Menschen kennen die Antwort auf die zweite.

Und was die dritte Frage betrifft, so ist der Mörder von Colin Roach – und es war nicht Colin Roach selbst, da ist sie sich sicher – ungestraft davongekommen.

Benjamin Zephaniah, Who Killed Colin Roach?
Murder, murder, some a shout,
some of you might have your doubts
but what about our democracy,
we want public inquiry[133]

20. Juni.
Die Geschworenen schreiben einen Brief an den neuen Innenminister von Mrs. Thatcher, Leon Brittan. Der Brief kritisiert ausdrücklich die polizeiliche Vorgehensweise in diesem Fall und insbesondere die Behandlung der Familie Roach, vor allem von Mr. und Mrs. Roach.

Professor Stuart Hall: Die Untersuchung der Todesursache durch den Coroner war nie als Ersatz für eine unabhängige öffentliche Ermittlung in solchen Fällen gedacht und kann es auch nicht sein, da das Vertrauen der Öffentlichkeit in die Rechtsstaatlichkeit der Gerichte und der Polizei auf dem Spiel steht. Unter solchen Umständen darf die Polizei nicht selbst weiter ermitteln und sich »reinwaschen«, soweit ihr eigenes Vorgehen und ihre eigenen Methoden in Frage gestellt werden. Die gängige Praxis einiger Innenminister, unabhängige Ermittlungen mit der Begründung abzulehnen, es handele sich bei der Untersuchung der Todesumstände de facto um eine solche, ist offen gesagt eine Augenwischerei, die niemandem nützt, am wenigsten den Angehörigen und Betroffenen.[134]

28. Juni.
Innenminister Leon Brittan – der jüngste Innenminister seit Winston Churchill – antwortet auf den Brief und kündigt an, ihn an die Beschwerdestelle der Polizei weiterzuleiten.

Ende des ersten Bandes

Danksagung

Es ist viel über diese Zeit geschrieben worden; ich bin allen Autoren dankbar, die sich vor mir mit dem Thema beschäftigt haben. Ich habe ausgiebig von dem umfangreichen Online-Archiv der wunderbaren *Radical History of Hackney* Gebrauch gemacht; auch die *Hackney Gazette* war eine unschätzbare Quelle. Wenn aus diesen Quellen zitiert wird, ist dies in den »Anmerkungen« (S. 505-510) vermerkt. Die *Undercover Policing Inquiry* unterhält unter ucpi.org.uk ein Archiv mit Dokumenten zum Spycops-Skandal, das wichtig, faszinierend und erschreckend ist. Die Internet-Quellen werden in den Anmerkungen angegeben. Weit weniger seriös, aber in diesem Zusammenhang nicht weniger nützlich ist das Online-Archiv der Margaret Thatcher Foundation unter margaretthatcher.org, das alles enthält, was sie jemals öffentlich gesagt hat, sowie private Papiere und freigegebene Dokumente. Ich bin dank der Anmerkungen in Sandbrooks *Who Dares Wins* darauf gestoßen. Während des Schreibens dieses Romans habe ich eine Reihe von Quellen konsultiert, um bestimmte Fakten und chronologische Abläufe zu klären; im Allgemeinen handelt es sich bei diesen Quellen um Nachrichtenmedien, insbesondere die *BBC, The Guardian, The Times, The Telegraph* und andere. Moss Evans war tatsächlich im Urlaub auf Malta, als die entscheidende Gewerkschaftsabstimmung stattfand, was durch eine Reihe von Quellen in der Bibliografie bestätigt wird; die Folgen seines Versäumnisses, seine vermutlich entscheidende Stimme abzugeben, werden hier untersucht. Dai Wyns Geschichte ist frei erfunden. Mein besonderer Dank gilt Brynley Heaven für die Überlassung seiner Erinnerungen an das Hackney Police Committee im Jahr 1983. Eine überarbeitete Fassung der Soho/Challenor-Geschichte erschien in *The Social Gathering* unter dem Titel »Soho Mornings«, 28. Mai 2020. Soweit in der Bibliografie Belletristik erwähnt wird, hat sie diesen Roman im weitesten Sinne beeinflusst; konkrete Zitate sind in den Anmerkungen angegeben. Ich hoffe, dass dieser Roman ein neues Licht auf den grausamen Tod – und das tragisch kurze Leben – von Altab Ali und Colin Roach wirft.

Bibliografie

Sachbuch:

Beckett, Andy, *Promised You A Miracle: Why 1980–1982 Made Modern Britain* (Allen Lane, 2015)

Beckett, Andy, *When the Lights Went Out: Britain in the Seventies* (Faber & Faber, 2009)

Blackman, Rick, *Babylon's Burning: Music, Subcultures and Anti-Fascism in Britain 1958–2020* (Bookmarks Publications, 2021)

Bloom, Clive, *Violent London: 2000 years of riots, rebels, and revolts* (Palgrave Macmillan, 2010)

Buford, Bill, *Among the Thugs* (Martin Secker and Warburg, 1991)

Burn, Gordon, *Pocket Money* (Faber & Faber, 2008)

Harrison, Paul, *Inside the Inner City: Life Under the Cutting Edge* (Penguin, 1983)

Huddle, R., und Saunders, R. (Hrsg.), *Reminiscences of RAR* (Redwords, 2016)

Independent Committee of Inquiry, *Policing in Hackney 1945–1984* (Karia Press, 1989)

McLean, Donna, *Small Town Girl* (Hodder & Stoughton, 2021)

McSmith, Andy, *No Such Thing as Society: Britain in the Turmoil of the 1980s* (Constable, 2010)

Morton, James, *Bent Coppers: A survey of police corruption* (Warner Books, 1994)

Munn, Iain, *Mr Cool's Dream: A Complete History of The Style Council* (A Wholepoint Publication, 2011)

Rachel, Daniel, *Walls Come Tumbling Down: The Music and Politics of Rock Against Racism, 2 Tone and Red Wedge* (Picador, 2016)

Renton, David, *Never Again: Rock Against Racism and the Anti-Nazi League 1976–1982* (Routeledge, 2019)

Sandbrook, Dominic, *Seasons in the Sun: The Battle for Britain 1974–1979* (Penguin, 2013)

Sandbrook, Dominic, *Who Dares Wins, Britain, 1979–1982* (Penguin, 2019)

Shelton, Syd, *Rock Against Racism* (Autograph, 2015)

Sinclair, Iain, *Lights Out for the Territory* (Penguin, 2003)

Sinclair, Iain, *Hackney, That Rose-Red Empire* (Penguin, 2009)

Stewart, Graham, *Bang! A History of Britain in 1980s* (Atlantic Books, 2013)

Thorn, Tracey, *Bedsit Disco Queen* (Virago, reprint edition, 2013)

Turner, Alwyn W., *Crisis? What Crisis? Britain in the 1970s* (Aurum Press, 2008)

Turner, Alwyn W., *Rejoice! Rejoice! Britain in the 1980s* (Aurum Press, 2008)

Walker, Martin, *The National Front*, (Fontana, 1977)

Weller, Paul, *Suburban 100: Selected Lyrics* (Arrow, 2010)

Widgery, David, *Beating Time: Riot 'n' Race 'n' Rock and Roll* (Chatto and Windus, 1986)

Journalismus:

»›They Hate Us, We Hate Them‹ – Resisting Police Corruption and Violence in Hackney in the 1980s and 1990s« von John Eden, *Datacide Magazine*

»Back to Front« von Mike Goulden, Charles Ashleigh und Doris Archer, *Marxism Today*, März 1980

»Altab Ali: The Racist Murder that Mobilised the East End« von Catrin Nye und Sam Bright, *BBC News*, 3. Mai 2016

»›Who Killed Altab Ali?‹« von David Widgery, *CARF* 6, Herbst 1978

»Rock Against Racism: the Syd Shelton images that define an era« von Killian Fox, *Observer*, 6. September 2015

»Spandau Ballet: The Sound of Thatcherism« von Michael Hann, *Guardian*, 25. März 2009

»Spandau Ballet, The Blitz Kids and the New Romantics« von David Johnson, *Guardian*, 4. Oktober 2009

»Stand Down, Margaret!« von John Lewis, *Uncut*, 12. April 2013

»Blair Peach killed by police at 1979 protest, Met report finds« von Paul Lewis, *Guardian*, 27. April 2010

»Police use unauthorised weapons, Peach Jury Told« von David Pallister und Nick Davies, *Guardian*, 7. Mai 1980

»Simon Says« von Ian Walker, *New Society*, Januar 1980

»The year rock found the power to unite« von Sarfraz Manzoor, *The Observer*, 8. April 2008

»How Denis Thatcher went to war with the BBC over ›foul libel‹ of his wife« von Ben Farmer, *Daily Telegraph,* 21. Juli 2016

»The Political Legacy of Blair Peach« von Jenny Bourne, *Institute of Race Relations*, https://irr.org.uk/article/the-political-legacy-of-blair-peach/

»Benjamin Zephaniah on how Colin Roach's death inside Stoke Newington Police Station sparked a movement 35 years ago« von Emma Bartholomew, *Hackney Gazette*, 23. Januar 2018

»Britannia Rules the waves« von Emma Bartholomew, *Hackney Gazette*, 18. Januar 2017

»I was engaged to an undercover police officer« von Donna McLean, *Guardian*, 29. Januar 2021

Belletristik:

Arnott, Jake, *He Kills Coppers* (Sceptre, 2002)

King, John, *Human Punk* (Jonathan Cape, 2001)

Mantel, Hilary, *Die Ermordung Margaret Thatchers* (DuMont, 2014)

Mantel, Hilary, *Brüder* (DuMont, 2012)

Nath, Michael, *The Treatment* (Riverrun, 2020)

Peace, David, *1983* (Liebeskind, 2008)

Peace, David, *GB84* (Liebeskind, 2014)

Unsworth, Cathi, *The Singer* (Serpent's Tail, 2007)

Film/Fernsehen:

Babylon von Franco Rossi (1980)

Long Hot Summers: The Story of The Style Council von Lee Cogswell (2020)

Pop into Politics, TV Eye, ITV (30. Januar 1986)

Rude Boy von Jack Hazan und David Mingay (1980)

Small Axe (fünfteilige BBC-Serie) von Steve McQueen (2020)

Speak Like a Child von The Style Council, Musikvideo von Tim Pope

The Filth and the Fury von Julien Temple (2000)

Uprising (dreiteilige BBC-Serie) von Steve McQueen (2021)
White Riot von Rubika Shah (2020)
Who Killed Colin Roach? von Isaac Julien (1983)
World in Action, BBC 1 (27. Januar 1978)
Yardie von Idris Elba (2019)

Mein besonderer Dank gilt

Will Francis, Ren Balcombe und allen bei Janklow & Nesbit; Paul Engles, Katharina Bielenberg und allen bei Arcadia und Quercus; Piers Russell-Cobb; Angeline Rothermundt; David Peace, für seine Unterstützung und Freundschaft; Lucy Caldwell, für ihre Lektüre – wieder einmal! – und ihre Gedanken; Martha Lecauchois und Lucian Thomas-Lecauchois für ihre Liebe.

Anmerkungen

1   Rachel, *Walls*, S. 135
2   Rachel, *Walls*, S. 135
3   Rachel, *Walls*, S. 136
4   Rachel, *Walls*, S. 35
5   Rachel, *Walls*, S. 136
6   Rachel, *Walls*, S. 138
7   Basierend auf dem Text »Babylon's Burning« von The Ruts
8   Rachel, *Walls*, S. 138
9   Rachel, *Walls*, S. 139
10 Aus dem Film *Rude Boy*
11 Aus *Rude Boy*
12 Aus *Rude Boy*
13 Basierend auf einem Zeugenaufruf der Metropolitan Police. Nye und Bright, BBC News
14 Nye und Bright, BBC News
15 Nye und Bright, BBC News
16 Nye und Bright, BBC News
17 Nye und Bright, BBC News
18 Nye und Bright, BBC News
19 Nye und Bright, BBC News
20 Renton, *Never Again*, S. 123–125
21 Renton, *Never Again*, S. 124
22 Nye und Bright, BBC News
23 Renton, *Never Again*, S. 123
24 Widgery, *Beating Time*, S. 14
25 Widgery, »Who killed Altab Ali?«, S. 8.
26 Aus »Back to Front« von Mike Goulden, Charles Ashleigh und Doris Archer, *Marxism Today*, März 1980
27 Zitat von Stuart Weir aus *Red Pepper*, redpepper.org.uk, Quelle: The Radical History of Hackney
28 Das Anti-Nazi-League-Pamphlet zitiert »Heroes or Villains« von Anti-Fascist Action, 1992, Quelle: The Radical History of Hackney

[29] Hasstirade von Derrick Day aus *The Filth and the Fury* von Julien Temple

[30] Statistische Auswertung der Zeitungsberichterstattung über den Altab-Ali-Marsch zur Downing Street aus Renton, *Never Again*, S. 123

[31] Nesta Wyn Ellis, zitiert nach Turner, *Crisis? What Crisis!*, S. 272

[32] *World in Action*, BBC 1, 27. Januar 1978, Margaret Thatcher Foundation, www.margaretthatcher.org

[33] Turner, *Crisis? What Crisis!*, S. 269

[34] Renton, *Never Again*, S. 124

[35] Vereinshymne von West Ham United

[36] Aus dem Songtext zu »White Noise« von Stiff Little Fingers

[37] »Simon Says« von Ian Walker, *New Society*, Januar 1980

[38] Adaptiert aus »Simon Says« von Ian Walker, *New Society*, Januar 1980

[39] Adaptiert aus Morton, *Bent Coppers*, S. 293

[40] Morton, *Bent Coppers*, S. 293

[41] Morton, *Bent Coppers*, S. 293

[42] Die Stellen über Abdul Monan basieren zum Teil auf Renton, *Never Again*, S. 124

[43] Suzis Interview mit Jake Burns basiert auf Zitaten aus Rachel, *Walls*, S. 158–160

[44] Sandbrook, *Seasons in the Sun*, S. 761

[45] Dennis Potter, zitiert nach Sandbrook, *Seasons in the Sun*, S. 760

[46] Imaginäre Gespräche zwischen Frau Thatcher und Saatchi & Saatchi, zitiert nach Sandbrook, *Seasons in the Sun*, S. 756–758

[47] Sandbrook, *Seasons in the Sun*, S. 759

[48] Aus *Daily Telegraph*, »How Denis Thatcher went to war with the BBC over ›foul libel‹ of his wife«, 21. Juli 2016

[49] Teile des Gesprächs über das Booking für RAR 2 im Brockwell Park stammen aus Rachel, *Walls*, S. 172–173

[50] Der Bericht von Abdul Noor basiert zum Teil auf »Simon Says« von Ian Walker, *New Society*, Januar 1980

[51] Edward Shaws Bericht basiert zum Teil auf »Simon Says« von Ian Walker, *New Society*, Januar 1980

[52] Aus »Simon Says« von Ian Walker, *New Society*, Januar 1980

[53] Iris Walkinshaw war Schulleiterin der Rushmore School, die ich Anfang der Achtzigerjahre besuchte.

[54] Callaghans Fernsehansprache zitiert nach Sandbrook, *Seasons in the Sun*, S. 805

[55] Sandbrook, *Seasons in the Sun*, S. 806

[56] *The Daily Mirror*, aus Sandbrook, *Seasons in the Sun*, S. 806

[57] Alan Clark, zitiert aus Turner, *Rejoice! Rejoice!*, loc. 409–410

[58] Sandbrook, *Seasons in the Sun*, S. 811

59 Bestimmte Details über das Excalibur House stammen aus »Simon Says«
    von Ian Walker, *New Society*, Januar 1980
60 Die Schilderungen von gewalttätigen Übergriffen der Special Patrol Group
    stammen aus »The Political Legacy of Blair Peach« von Jenny Bourne,
    https://irr.org.uk/article/the-political-legacy-of-blair-peach/
61 Bestimmte Details über die Bewaffnung der Special Patrol Group stam-
    men von Pallister und Davies, *Guardian*, 7. Mai 1980
62 Eine bearbeitete Fassung der Soho/Challenor-Geschichte erschien zuerst
    in *The Social Gathering* unter dem Titel »Soho Mornings« am 28. Mai 2020
63 Zitate aus Rachel, *Walls*, S. 171/175
64 Sandbrook, *Seasons in the Sun*, S. 811
65 Sandbrook, *Seasons in the Sun*, S. 811
66 Sandbrook, *Seasons in the Sun*, S. 815
67 Sandbrook, *Seasons in the Sun*, S. 815
68 Nach einem Zitat von M. Thatcher in Sandbrook, *Who Dares Wins*, S. 319
69 Sandbrook, *Who Dares Wins*, S. 319
70 Adaptiert aus Rachel, *Walls*, S. 176
71 Die Rede von Paul Holborow ist zitiert und adaptiert nach Renton, *Never
    Again*, S. 127
72 Rachel, *Walls*, S. 177
73 Renton, *Never Again*, S. 126
74 Ernie Roberts, zitiert und adaptiert nach Renton, *Never Again*, S. 127
75 Zitat aus Harrison, *Inside the Inner City*, aus dem Prolog
76 Rachel, *Walls*, S. 349–350
77 Paul Weller, zitiert aus dem Programm der Internationalists-Tour von The
    Style Council
78 Zitate und mehrere Details zum Planungsstreit um Excalibur House über-
    nommen aus »Simon Says« von Ian Walker, *New Society*, Januar 1980 und
    »Back to Front« von Mike Goulden, Charles Ashleigh und Doris Archer,
    Marxism Today, März 1980
79 »›They Hate Us, We Hate Them‹ – Resisting Police Corruption and Vio-
    lence in Hackney in the 1980s and 1990s« von John Eden, *Datacide Maga-
    zine*
80 »Goodnight moon, goodnight cow jumping over the moon«, aus *Good-
    night Moon* von Margaret Wise Brown
81 Details zum Monday Club und zu John Bercow zitiert nach McSmith, *No
    Such Thing*, S. 87
82 Willie Whitelaw zitiert Auszüge aus dem Police Bill, 1983, und aus seinen
    eigenen Erinnerungen *The Whitelaw Memoirs*, S. 246–247
83 Paul Weller, zitiert nach *Suburban 100*, S. 67, und »Pop into Politics«, TV
    Eye, ITV, 30. Januar 1986
84 David Widgery, *Beating Time*, S. 1

85   Prinz Philip und Grace Ellis, zitiert nach *Hackney Gazette*, »Britannia Rules the waves«, Bartholomew, 18. Januar 2017

86   Der Bericht über James Roach basiert zu großen Teilen auf »Bulletin of the Roach Family Support Committee, no. 3« und auf »›They Hate Us, We Hate Them‹ – Resisting Police Corruption and Violence in Hackney in the 1980s and 1990s« von John Eden, *Datacide Magazine*

87   Die Aussagen von Keith Scully basieren zum größten Teil auf einem Zeitungsartikel von Nicholas Timmins und auf »Who Killed Colin Roach?« von Isaac Julien, www.isaacjulien.com

88   Die Zitate von Thatcher/Livingstone stammen aus Turner, *Rejoice! Rejoice!*, loc. 1994–1995 und Sandbrook, *Who Dares Wins*, S. 762–763/768–770

89   Steve Strange und Chris Sullivan, zitiert nach »Spandau Ballet, The Blitz Kids and the New Romantics« von David Johnson, *Guardian*, 4. Oktober 2009

90   Die Formulierung »Der Sound des Thatcherismus auf Vinyl« ist übernommen aus »Spandau Ballet: The Sound of Thatcherism« von Michael Hann, *Guardian*, 25. März 2002

91   Gary Kemp, zitiert nach »Spandau Ballet, The Blitz Kids and the New Romantics« von David Johnson, *Guardian*, 4. Oktober 2009

92   Die Wendung »White European Dance Music« wurde übernommen aus »Spandau Ballet, The Blitz Kids and the New Romantics« von David Johnson, *Guardian*, 4. Oktober 2009

93   Die Szene mit Roy Cornwall wurde inspiriert von einem Standbild aus dem Film *Who Killed Colin Roach* von Isaac Julien, www.isaacjulien.com

94   Delroy Thompson, zitiert nach »Bulletin of the Roach Family Support Committee, no. 3«

95   Zitate und Details über den Antrag auf Streichung der Polizeiabgaben stammen aus »When Hackney (almost) defunded the Police«, The Radical History of Hackney

96   Zitat aus Harrison, *Inside the Inner City*, Prolog

97   Das Material zu Parkers juristischen Ausführungen und den von Noble vorgeschlagenen Fragen stammt aus »Bulletin of the Roach Family Support Committee, no. 3«

98   Thatcher zitiert hier in der Tat Whitelaw, entnommen dem »Bulletin of the Roach Family Support Committee, no. 3«

99   Details aus dem Musikvideo zu »Speak Like a Child« von The Style Council von Tim Pope und aus Munn, *Mr Cool's Dream*, Februar 1983

100 Paul Wellers Zitate aus der Timmy Mallet Show, Piccadilly Radio, 7. März 1983, und aus Munn, *Mr Cool's Dream*, März 1983

101 Details zur Plattenhülle von »Speak Like a Child« entnommen von der Hülle selbst und aus Munn, *Mr Cool's Dream*, März 1983

102 »All that scratching is making me itch! (Das ganze Scratchen verursacht mir Juckreiz!)«, Sample aus »Buffalo Gals« von Malcolm McLaren

103 Hier und im ganzen übrigen Text zitiert Godfrey Heaven Brynley Heaven, aus einem Interview mit dem Autor, Januar 2020

104 Zitate und Details aus »When Hackney (almost) defunded the Police«, The Radical History of Hackney

105 Zitate aus der Studie von John Fernandes sowie weitere Zitate, darunter die von Les Curtis, aus Morton, *Bent Coppers*, S. 293–294

106 Zitat von Clinton Davis aus »When Hackney (almost) defunded the Police«, The Radical History of Hackney

107 Gardiner singt einen West-Ham-Fangesang

108 Ronald Bell und der Monday Club, Details entnommen aus McSmith, *No Such Thing*, S. 87

109 *Sunday Express* zitiert nach Turner, *Rejoice! Rejoice!*, loc. 1994

110 McSmith, *No Such Thing*, S. 88

111 McSmith, *No Such Thing*, S. 88

112 Auszüge aus Briefen an das RFSC, aus »Bulletin of the Roach Family Support Committee, no. 3«

113 *The Illustrated London News*, Oktober 1863, lookup.london

114 Die Schilderung des Marsches basiert auf *Who killed Colin Roach?* von Isaac Julien

115 Statistische Angaben und Zitate aus »Bulletin of the Roach Family Support Committee, no. 2« und »Bulletin of the Roach Family Support Committee, no. 3«

116 Die Liste der Fragen basiert auf Zitaten aus dem »Bulletin of the Roach Family Support Committee, no. 3«

117 Ronald Brown zitiert nach »When Hackney (almost) defunded the Police«, The Radical History of Hackney

118 wikipedia.org

119 Thatcher Foundation, margaretthatcher.org

120 Bernard Levin, zitiert nach Stewart, *Bang!*, loc. 3788–3790

121 Zitat aus *The Sun* nach Stewart, *Bang!*, loc. 3791–3792

122 Clive James, zitiert nach Turner, *Rejoice! Rejoice!*, loc. 2646–2648

123 Zitat aus *The Sunday Telegraph* nach Turner, *Rejoice! Rejoice!*, loc. 2646–2648

124 Zitate aus der vom GLC gesponserten Broschüre »Policing London – by Coercion / Black people and the Police Bill«, via movinghere.org.uk, Katalognummer LmA/GLC/DG/PUB/01/164/UO331

125 Übernommen aus David Peace, *Nineteen Eighty-Three*, S. 161

126 Alan-Clark-Zitate aus Turner, *Rejoice! Rejoice!*, loc. 3114

127 Zitate betreffend die Gerüchte über Cecil Parkinson aus Sandbrook, *Who Dares Wins*, S. 93, McSmith, *No Such Thing*, S. 24, und Turner, *Rejoice! Rejoice!*, loc. 3082

[128] Talkshow-Zitat, basierend auf Stewart, *Bang!*, loc. 3908

[129] Details über die Umstände der Verhaftung von Dawn Driscoll sind entnommen aus Morton, *Bent Coppers*, S. 203

[130] Professor Stuart Hall, zitiert nach dem Independent Committee of Inquiry, *Policing in Hackney 1945– 1984*, Vorwort

[131] Neil Kinnock, zitiert nach Turner, *Rejoice! Rejoice!*, loc. 2667–2668

[132] Adaptiert nach Stewart, *Bang!,* loc. 3870–3871

[133] Zitate aus dem Gedicht »Who Killed Colin Roach?« von Benjamin Zephaniah

[134] Professor Stuart Hall, zitiert nach dem Independent Committee of Inquiry, *Policing in Hackney 1945– 1984*, Vorwort